T0031734

SOLEDAD SALVAJE

ALICE HENDERSON

SOLEDAD SALVAJE

Editado por HarperCollins Ibérica, S. A.
Avenida de Burgos, 8B - Planta 18
28036 Madrid

Soledad salvaje
Título original: A Solitude of Wolverines
© 2020, Alice Henderson
© 2022, para esta edición HarperCollins Ibérica, S. A.
Publicado por HarperCollins Publishers LLC, New York, U.S.A.
© De la traducción del inglés, Celia Montolío Nicholson

Diseño de cubierta: HarperCollins
Imágenes de cubierta: © Westend61/Getty Images (mujer); © Aaron Foster/The Image Bank/ Getty Images (cielo); © Images by Dr. Alan Lipkin/Shutterstock (montañas); © 99Art/ Shutterstock (textura); © Pakhnyushchy/Shutterstock (textura)

ISBN: 978-84-9139-811-0
Depósito legal: M-16123-2022

A Norma, que compartió conmigo su afición a las novelas
de misterio y siempre quiso que yo escribiera una.

A Jason, por su apoyo y su estímulo sin límites.

Y a todos los activistas y conservacionistas que luchan
para proteger a las especies amenazadas
y los espacios naturales que son su hogar.

ESTACIÓN
DE ESQUÍ
SNOWLINE
RESERVA
NATURAL
NOROESTE DE MONTANA

RESTAURANTE EN LO
ALTO DEL REMONTE

AVIONETA

ESTACIÓN DE ESQUÍ SNOWLINE

AL RANCHO COLINDANTE

A LA CARRETERA ESTATAL

REMONTE
CAMINO
CAMINO
DE TIERRA

UNO

La ceremonia de inauguración de los humedales estaba siendo un éxito clamoroso hasta que apareció el pistolero. Pestañeando bajo un sol radiante, con la mirada perdida en la verde zona pantanosa, Alex Carter se sentía feliz. El dorado y el escarlata del otoño acariciaban los árboles. Sin bajar la guardia, atenta a los retazos de cielo azul que se reflejaban en el agua, una garza azul esperaba vislumbrar algún pez. En estos momentos hacía sol, pero en el horizonte empezaban a acumularse los nubarrones, y Alex sabía que una tormenta caería sobre la ciudad antes de que el día llegase a su fin.

El concejal de Boston, Mike Stevens, subido a un escenario provisional, estaba soltando un discurso a un grupo de entusiastas de las actividades al aire libre que degustaban alegremente el vino y el queso del convite. Desde un rincón del escenario, una periodista de televisión con un peinado impecable y un inmaculado traje blanco hacía señas al cámara para que grabase frases breves y llamativas. El cabello rubio resplandecía en torno al rostro rosado. Alex iba a ser entrevistada más tarde por ella, y tenía los nervios agarrados al estómago.

Se miró la ropa: vaqueros desgastados, un top térmico negro debajo de una chaqueta negra de forro polar. Botas de montaña embarradas. Llevaba la larga melena castaña recogida con una cola de caballo hecha deprisa y corriendo. No recordaba si se la había cepillado esa mañana, pero sospechaba que no. Aunque Zoe, su mejor amiga, siempre le insistía en que el delineador destacaba sus ojos azules, hoy también había olvidado usarlo. Y tampoco se había dado una

11

crema hidratante de color en la cara, que se temía que tenía un aspecto especialmente pálido y nervioso.

Christine Mendoza, la fundadora de Salvemos Nuestros Humedales ¡Ya!, se acercó a Alex, sonriendo a la vez que se remetía por detrás de la oreja unos mechones despeinados por el viento. Le tocó cariñosamente el codo y susurró:

—Gracias por venir.

—De nada, un placer.

El año anterior, Christine se había puesto en contacto con Alex para preguntarle si estaría dispuesta a hacer una evaluación *pro bono* de impacto ambiental para la zona. Una promotora inmobiliaria había anunciado planes para construir apartamentos de lujo y locales comerciales que desplazarían a más de cien especies de aves. Durante el último año, Alex había vivido en el centro de Boston, a años luz de los espacios agrestes que su corazón pedía a gritos. Ayudar a salvar un rinconcito de naturaleza había sido una delicia.

Después de que Alex entregase su informe, la comunidad ecologista habló alto y claro, asistiendo a reuniones del Ayuntamiento y enviando peticiones. Al final, la ciudad declaró que el hábitat era un espacio protegido y la promotora retiró su propuesta.

Y hoy era el gran día de la celebración.

Christine y ella miraron hacia el micrófono, donde Stevens estaba pontificando sobre la responsabilidad cívica y lo importante que era proporcionar espacios abiertos para el bienestar público. Lo cierto era que Stevens había sido una de las fuerzas impulsoras del proyecto inmobiliario después de recibir un cuantioso soborno de la promotora. Ahora intentaba desesperadamente salvar las apariencias, haciendo como si hubiese apoyado la protección de los humedales desde el principio.

—¿Tú te crees, el payaso este? —le dijo Christine a Alex en voz baja, señalando con la cabeza hacia el concejal—. Ha estado en nuestra contra desde el primer momento. Hasta me envió mensajes de odio. Ahora hace como si todo el plan para salvar los humedales hubiera sido idea suya. —Movió la cabeza—. Madre mía. Ya sé a quién no pienso votar en las próximas elecciones.

Alex miró la sonrisa congelada del hombre.

—Me pregunto si tuvo que devolver todo aquel dineral…

Christine cruzó los brazos, el rostro aceitunado enmarcado por una mata de pelo moreno y ondulado mientras miraba al sol con los ojos entornados.

—Desde luego, se enfadó mucho cuando fracasó el proyecto inmobiliario…

Varias personas más se habían llevado un disgusto, incluida la compañía constructora a la que habían adjudicado el contrato de los apartamentos.

Pero a partir de ahora este hermoso lugar iba a estar protegido. Para la fauna silvestre iba a ser una reserva natural, y para los residentes un lugar de reflexión. No era frecuente que las cuestiones medioambientales se resolvieran de esta manera, y Alex no cabía en sí de gozo.

Cuando Stevens llevaba diez minutos de perorata, Christine se acercó a él y le lanzó una mirada elocuente a la vez que le decía con señas que pusiera punto final a su discurso.

—¡Disfruten de su nuevo parque! —finalizó entre unos pocos aplausos que se volvieron más entusiastas cuando los asistentes comprendieron que había terminado de hablar.

Mientras Stevens salía del escenario, la periodista le hizo a Christine un gesto con la mano para que se acercase.

—¿Eres tú la bióloga? Tengo que entrevistar a una bióloga.

Christine señaló a Alex.

—Es ella.

«Genial», se dijo Alex. «Lanzada a los lobos». Forzó una sonrisa mientras la periodista se dirigía a ella con ademanes de impaciencia.

—¿Carter? Acércate. No quiero que se me hundan los tacones en ese barrizal.

Alex subió al escenario.

—Bien. Venga, Fred, dale.

El cámara pulsó el botón de grabar y Alex miró a la cámara con aire perplejo. Varias personas se quedaron rondando por el escenario para escuchar la entrevista.

De repente, la periodista parecía una persona completamente distinta: su malhumor se transformó en una jovialidad incontenible.

—Les habla Michelle Kramer desde la ceremonia inaugural del nuevo parque de los humedales. —Señaló a su alrededor—. Toda esta zona se va a conservar como un valioso hábitat de especies silvestres. —Se volvió hacia Alex—: Doctora Carter, su estudio ha contribuido de manera decisiva a dotar a esta zona de protección. ¿Puede decirnos qué tipos de flora y fauna salvaje van a aprovechar este espacio?

—Además de las especies que viven aquí todo el año, hay muchas aves migratorias que después de volar cientos de kilómetros hacen escala en esta zona.

Michelle soltó una risita que sonó falsa.

—¡Cientos de kilómetros! ¡Espero que no lleven a sus hijos en el asiento de atrás, preguntando «¿Cuándo llegamos?»!

Desconcertada, Alex perdió por un instante el hilo de la conversación, pero consiguió reírse un poco.

La periodista echó un vistazo a las notas que llevaba apuntadas en el móvil.

—Entonces, doctora Carter, entendemos que, además de proteger áreas como esta, podemos hacer más cosas para ayudar a nuestras aves.

Alex sonrió y asintió con la cabeza, bloqueada por los nervios. Después, siguió adelante:

—Mucha gente desconoce que las aves migratorias se guían por las estrellas.

—¡Oooh…! Me encantan las estrellas. Seguro que las aves tienen una *app* de astronomía como la que tengo yo en mi móvil —dijo la mujer, otra vez riéndose tontamente.

Se habían acercado más personas al escenario para escuchar la entrevista.

—Aunque no dudo de que la aplicación les sería muy útil, por desgracia dependen de que los cielos estén oscuros para ver la Estrella Polar —dijo torpemente Alex, procurando no desviarse del tema—. Pero con tanta contaminación lumínica en las ciudades, las aves están en apuros. Se las puede ayudar apagando la luz del porche por las noches o instalando un sencillo detector de movimiento para que se encienda la luz solo cuando se necesita. Además, como sistema de alerta, una luz que solo se activa cuando alguien se acerca es mejor que una que luce constantemente.

Michelle se rio.

—Bueno, y ¿si de paso remozamos la casa y cambiamos el cableado eléctrico…? —Michelle sonrió a cámara, dejando a Alex con la palabra en la boca—. Y hasta aquí nuestro informe sobre el terreno. Bostonianos, no dejen de venir a disfrutar del nuevo parque.

A continuación bajó el micrófono y Fred apagó la cámara.

Un murmullo se extendió entre los presentes, y Alex vio que la mayoría se había dado la vuelta y estaba mirando en dirección contraria al escenario. Empezaron a retroceder, con la vista clavada en alguien que se iba abriendo paso entre la multitud. De repente, una mujer chilló y un hombre se giró y salió corriendo con el miedo dibujado en el rostro. Dejó la tierra firme y se zambulló en el agua, tropezando y cayendo de bruces en el barro.

Sumidos en un silencio escalofriante, todos se alejaron del escenario. Un hombre se acercó con paso firme, apartando de malas maneras a dos personas asustadas. En la mano, que tenía tendida hacia Alex, llevaba una pistola.

Alex se quedó inmóvil mientras el hombre se detenía al borde del escenario y la apuntaba. Le reconoció…, le había visto en varias reuniones comunitarias. Su empresa inmobiliaria había hecho la puja más alta para construir los apartamentos. Repasó rápidamente todas las posibilidades: ¿saltar del escenario? ¿Salir corriendo? ¿Intentar hacerle un placaje al tipo? El hombre agitó la pistola y apuntó al concejal y a Christine antes de volver a Alex.

—¡Me habéis destrozado la vida! —gritó, girándose y apuntando a la multitud. La gente chilló y echó a correr hacia la parte de atrás, empujándose unos a otros—. ¿Y estáis aquí de celebración?

El pistolero volvió a girarse, apuntando otra vez a Alex. La periodista le hizo señas al cámara para que sacara un primer plano, y el pistolero se volvió hacia ella con los ojos llenos de ira.

—¿Estáis filmando esto? ¿Os pensáis que es un espectáculo? —bramó.

La pistola se disparó tan de repente que Alex retrocedió de un salto. Le zumbaban los oídos. El impoluto traje blanco de la periodista se tiñó de rojo por la zona del estómago, y la mujer se quedó en *shock*, con la boca abierta, antes de desplomarse. El cámara soltó el equipo,

15

salió disparado y se inclinó sobre ella. Sacó el móvil y llamó a emergencias.

La gente chillaba y corría, y el pistolero se dio la vuelta y disparó varias veces. La multitud se dispersó y Alex no pudo ver si había heridos. Varias personas se tiraron al suelo y, encogidas de miedo, miraban frenéticamente por encima del hombro. Un hombre con una gorra negra salió disparado y consiguió llegar al grupo de árboles más cercano.

El concejal, que se había quedado al lado de Christine paralizado por el *shock* y contemplándolo todo con los ojos abiertos como platos, dijo:

—David, siento que el proyecto no saliera adelante. Pero habrá otros trabajos, seguro.

—¿Y eso de qué me sirve? —le espetó David—. ¡Ya he perdido mi empresa! Nos fuimos a la bancarrota cuando esto fracasó. Mi mujer me ha dejado por un imbécil con pasta que juega al golf profesional.

—Lo siento —dijo el concejal—. Pero esta gente de bien no ha hecho nada para perjudicarte.

Alex solo quería escabullirse, ponerse a cubierto detrás del escenario, pero le preocupaba que el movimiento repentino provocase al pistolero. Eso sí, el concejal hipócrita empezaba a caerle bien. Al menos era lo bastante valiente para hacer frente al hombre.

—Joder, ¿me estás tomando el pelo? —dijo David, furioso—. Estas son ni más ni menos que las personas que me hicieron esta faena. Ponen el grito en el cielo por un maldito puñado de pájaros. ¡Pero mi empresa se fue a la ruina!

La mano de la pistola tembló de ira.

—Yo no —le aseguró el concejal—. Yo quería que el proyecto saliese adelante. Luché mucho para conseguirlo.

«Y ahora lucha por salvar el pellejo», pensó Alex.

—No lo suficiente. —El pistolero giró, apuntando a la multitud—. Y ahora me voy a cargar a todos los gilipollas que pueda.

El concejal saltó del escenario y salió corriendo mientras el pistolero se volvía y le apuntaba. Christine se quedó paralizada de terror al oír el estruendoso disparo que tenía como objetivo al concejal. Stevens se estremeció y cayó al suelo; después se levantó y siguió corriendo. La bala no le había dado. Christine, temblorosa, miró a Alex con el rostro desencajado y salió corriendo hacia ella. David siguió sus movimientos y apuntó contra las dos.

Alex saltó por la parte de atrás del escenario, tirando de Christine. Cayeron con fuerza y, agachándose bajo el minúsculo hueco de medio metro escaso de altura, se pusieron a cubierto. Oyó las botas de David subiendo a la plataforma. Se estaba acercando. En un abrir y cerrar de ojos estaría justo encima de ellas y empezaría a disparar hacia abajo.

Alex agarró la mano de Christine, susurró «¡Corre!» y salió disparada hacia los árboles más cercanos, que estaban a unos cien metros de distancia. Las botas de montaña chapoteaban sobre el terreno húmedo mientras corría en zigzag para ser un blanco difícil. En la hierba había matas duras que amenazaban con hacerla tropezar, y el suelo le tiraba de las botas cada vez que pisaba. Christine también siguió corriendo, y ya llevaban recorrido un tercio del camino cuando sonó otro disparo ensordecedor.

Alex se preparó para sentir dolor, mientras Christine, el rostro transformado por el pánico, la adelantaba por la izquierda. Pero no sintió nada. Estaba ilesa. Otro tiro fallido.

Alex se atrevió a mirar atrás. El pistolero les pisaba los talones, la mano extendida, la pistola rebotando erráticamente mientras corría. El objetivo era Alex, que viró hacia la izquierda y cogió impulso para correr más deprisa a la vez que oía otro tiro. Preparándose de nuevo para sentir un impacto de bala, de repente cayó en la cuenta de que esta pistola se había disparado desde un punto mucho más lejano que aquel en el que estaba David.

Desconcertada, se arriesgó a mirar atrás de nuevo y vio que David se había detenido y, con el cuerpo encorvado, estaba agarrándose con fuerza el brazo derecho. Le caía sangre de entre los dedos, y en el suelo, a su lado, estaba la pistola. ¿Le habría disparado alguien de la multitud? Pero no; la detonación había sonado demasiado lejos, a más distancia de la que le separaba del escenario.

Christine hizo una pausa y miró hacia atrás, confundida; Alex corrió hacia ella y la apremió para que siguiese corriendo hacia los árboles. El pistolero, mirando alrededor con furia, cogió el arma con la mano izquierda y volvió a dirigirse hacia ellas.

El corazón de Alex latía a mil por hora. Ahora que estaba más cerca de los árboles, vio que eran demasiado delgados para protegerlas bien. Al tipo le iba a ser muy fácil acertar si se metían allí. Presa del pánico, Alex barrió la zona con la mirada en busca de un lugar donde ponerse a cubierto.

—¿Qué hacemos? —gritó Christine, consciente del dilema.

El pistolero estaba cada vez más cerca. Apretaba los dientes para soportar el dolor, y por el brazo derecho, que le colgaba lacio, le brotaba sangre a chorros. La mano izquierda temblaba sobre la pistola, pero Alex sabía que no le costaría nada matarlas desde cerca. Impulsado por la ira, el hombre avanzaba tambaleándose.

Alex corrió hacia la derecha, haciendo señas a Christine para que se alejase en sentido contrario. Se separaron, y casi había llegado a los árboles cuando vio que estaban hundidos en un par de centímetros de agua estancada. Chapoteando, se abrió camino entre los troncos.

David se detuvo ante el límite forestal y alzó el arma, se tomó su tiempo para apuntar.

Alex estaba a escasos metros. Las botas se le hundían en el barro, frenándola. Entre ella y una bala solo había un tronco de quince centímetros de diámetro.

A lo lejos se oyó otro estallido. Horrorizada, Alex vio que una herida del tamaño de un pomelo se abría en la frente de David, quien se desplomó sobre el suelo empapado y se quedó inmóvil. El agua marrón se tiñó de sangre.

Alex obligó a su cuerpo a moverse. Christine estaba a unos quince metros de distancia, agachada detrás de unos árboles, y Alex, respirando con dificultad, llegó hasta ella.

Volvió la vista atrás. El pistolero no se movía. La bala le había entrado por la parte de atrás del cráneo y la herida de salida había sido demoledora. Era imposible que hubiera sobrevivido. Pero no estaba dispuesta a ir a comprobarlo. Se agachó al lado de Christine y susurró: «Hay otra persona armada». Por el ángulo de la herida, Alex dedujo que la persona estaba disparando desde la arboleda que se hallaba en el otro extremo del escenario, por donde había desaparecido el hombre de la gorra negra.

—Creo que deberíamos adentrarnos en la arboleda y tendernos en el suelo.

Eso hicieron, hasta que dejaron de ver la otra sección de árboles, entonces esperaron. Desde su posición, Alex veía que la muchedumbre se había dispersado y había huido hacia la carretera que estaba en la otra punta del humedal. El cámara se había tendido al lado de la periodista y miraba a su alrededor, los ojos abiertos como platos a causa del miedo.

Alex empezó a respirar aceleradamente, invadida por un torbellino de pensamientos. ¿Quién había disparado? ¿Un segundo pistolero? ¿La policía, tal vez? ¿Habrían conseguido traer a un francotirador en tan poco tiempo?

Minutos más tarde, oyó sirenas de policía a lo lejos. El concejal estaba en la carretera, hacía señas a los coches patrulla para que se acercasen. Pararon dos coches, después de que les indicase dónde se encontraba el cuerpo del pistolero, los policías salieron corriendo hacia él con cautela, hablando a través de sus radiotransmisores de bandolera.

A medio camino, un hombre y una mujer les salieron al encuentro y señalaron a los árboles desde los cuales Alex pensaba que había disparado el otro pistolero. Los policías comunicaron algo por radio y siguieron avanzando. Dos agentes acompañaron al hombre y a la mujer de vuelta a la carretera.

Alex observó a los dos agentes principales, que corrían agachados. Uno se acercó al pistolero y el otro siguió por el límite forestal. A los pocos segundos estaba acuclillado junto a Alex y Christine, su reconfortante mano sobre la espalda de Alex. En su chapa identificatoria ponía «Scott». Las miró detenidamente.

—¿Están heridas?

Alex negó con la cabeza, y Christine consiguió susurrar: «No».

El otro agente se acercó al cuerpo del pistolero y le examinó la carótida. Se volvió hacia su compañero y negó con la cabeza.

Durante un tiempo indeterminado, Alex se quedó tumbada bocabajo sobre el barro mojado, con la sensación de que en cualquier momento la bala de un francotirador podría atravesarla. Por fin, los agentes anunciaron que estaba todo despejado. Alex y Christine se levantaron con dificultad, temblando de frío y humedad.

Los paramédicos llegaron a toda prisa para ayudar a la periodista y la subieron a una camilla. Mientras corrían hacia la ambulancia, el cámara iba a su lado. Los policías acompañaron a Alex y Christine desde la arboleda hasta el escenario. Alex no pudo evitar mirar al pistolero muerto…, un tipo normal y corriente, medio calvo y con barriga cervecera, vestido con una camiseta roja y vaqueros descoloridos. No podía dejar de mirarle. Tenía la sensación de que la policía se movía a su alrededor a cámara lenta. Sus pensamientos eran confusos y los sonidos estaban amortiguados, como si tuviera la cabeza rellena de algodón. Alex se quedó clavada en el sitio, temblorosa y con el corazón todavía acelerado, mientras llegaban más agentes.

Christine se acercó a ella y le cogió la mano, y durante unos minutos se quedaron en el escenario pegada la una a la otra, temblando y tratando de asimilarlo todo. En la periferia del humedal, la vida de la ciudad discurría como de costumbre. Bocinazos de coches. Gente gritándose. Aviones y helicópteros zumbando por encima. Y ni siquiera aquí se libraba del hedor de los tubos de escape.

Allí sentada, sujetando la fría mano de Christine, una mujer a la que apenas conocía pero con la que había compartido una experiencia traumática, Alex se preguntó qué hacía aún en esa ciudad. Después de doctorarse en ecobiología, había venido para estar con su novio y cubrir una plaza de investigación posdoctoral sobre la parula americana, una pequeña parúlida migratoria. Pero Brad y ella habían roto hacía dos meses, y su trabajo de investigación había terminado incluso antes de la ruptura.

Hasta la ceremonia de inauguración, había considerado la posibilidad de quedarse allí, sin embargo, ahora que se encontraba en estado de *shock* en medio de aquel rinconcito agreste rodeado por una ciudad abarrotada de humanos dispuestos a ser violentos los unos con los otros, sabía que había llegado el momento de marcharse.

Christine y ella prestaron declaración ante la policía. Expertos en escenas del crimen atendieron a la prensa, y Alex vio que unos agentes acordonaban la zona. Finalmente, los dos policías que habían llegado primero al lugar del crimen las acompañaron a ambas a sus vehículos, diciéndoles que se pondrían en contacto con ellas si tenían más preguntas que hacerles. Mientras se subía a su coche, Alex miró al agente Scott y le preguntó:

—¿Saben qué ha pasado? ¿Saben quién era la otra persona armada?

Scott negó con la cabeza.

—No puedo hablar del tema. Lo siento. Pero seguro que en cuanto lo descubramos saldrá en todos los periódicos.

Alex arrancó. Lo único que quería era irse a casa, tomarse una taza de té bien caliente y acurrucarse en el sofá. Pero cuando llegó a su apartamento después de cruzar la ciudad, vio que Scott no hablaba en broma. Había un montón de periodistas esperándola, y ni siquiera había aparcado aún cuando ya estaban arremolinándose alrededor de su coche.

Sobre sus cabezas, la tormenta desató por fin su furia, azotando la ciudad con la lluvia.

DOS

Los periodistas se apretaban contra la puerta del coche de Alex y le lanzaban preguntas a gritos. No conseguía abrirla. «¿La ha amenazado el pistolero?». «¿Qué ha sentido al presenciar semejante tiroteo?». «¿Temió por su vida?».

Se pasó al asiento del copiloto y logró salir. Las cámaras le soltaban fogonazos en la cara, los periodistas la acercaban a empujones hasta la puerta del edificio.

—Por favor, no tengo nada que decir. Solo quiero irme a mi casa.

Las piernas le temblaban mientras se abría paso entre el enjambre.

Los periodistas se agolparon a su alrededor sin parar de acribillarla a preguntas. «¿Cree que la víctima va a sobrevivir?». «¿Vio al segundo pistolero?».

Consiguió abrir la puerta y entrar, pero ni siquiera entonces dejó la prensa de grabarla y de gritarle preguntas a través del cristal. Su apartamento estaba en la última planta, y subió las escaleras fatigosamente.

Al abrir la puerta de casa, oyó que sonaba el teléfono fijo. Corrió a cogerlo con la esperanza de que fuera Zoe. Le sentaría bien oír una voz amiga en aquellos momentos.

Sin embargo, se trataba de un periodista insistente.

—¿Ha grabado con el móvil imágenes del tiroteo que esté dispuesta a vender?

Alex colgó, pero el teléfono volvió a sonar al instante. Esta vez oyó una voz aguda:

—La llamo de las noticias de la WBSR. Queríamos invitarla a nuestro telediario de esta noche para que describa el tiroteo.

A Alex le faltó tiempo para colgar, aunque el teléfono volvió a sonar al instante.

—¡Dejadme en paz de una puta vez! —chilló al auricular.

—¿Estás bien? —preguntó Zoe.

Alex soltó un suspiro de alivio.

—¡Zoe! Qué bien oír tu voz. La prensa me está acosando. Sí, estoy bien. Un poco alterada con todo lo que ha pasado.

—¡No es para menos! —resopló Zoe—. Estaba pendiente de las noticias de Boston por si salía tu entrevista, y cuando vi que había aparecido un pistolero, casi me da un infarto. Te he llamado al móvil, pero saltaba el contestador todo el rato.

Alex se sacó el móvil del bolsillo.

—Olvidé que lo había apagado justo antes de la entrevista.

Lo encendió. Le bastó oír la voz de Zoe, recordar la estrecha amistad que las unía, para que el estrés empezase a salir de su cuerpo a raudales. Había conocido a Zoe Lindquist en la universidad, cuando Alex había desempolvado el oboe que tocaba en el instituto para ingresar en la orquesta de una producción universitaria de *El hombre de La Mancha*. A Zoe le habían dado el papel de Dulcinea, y entre las fiestas de actores y los ensayos lamentables que duraban hasta las tantas de la noche se habían hecho muy amigas y no habían perdido en ningún momento el contacto, ni siquiera cuando Alex se fue a hacer el máster y Zoe se fue a Hollywood dispuesta a dejar huella.

—Ha sido aterrador —dijo Alex.

—¿Así que estabas allí? Quiero decir, ¿estabas justo cuando pasó?

—Sí. Y es una experiencia que me gustaría des-tener.

—Ya te digo. ¿Estás bien? ¿Pillaron al segundo pistolero?

Alex se acercó un taburete de cocina y se sentó. Por la ventana abierta todavía se oía el griterío de los periodistas.

—No lo sé.

Un trueno tremendo hizo vibrar las ventanas.

—Yo me habría muerto de miedo.

El aturdimiento en que llevaba sumida desde el tiroteo estaba empezando a disiparse. Cambió de postura sobre el taburete, apoyando un codo en la encimera y pasándose una mano por el rostro. Estaba agotada.

—Sí, fue una locura. —Exhaló un suspiro—. Zoe, ni siquiera sé qué hago en esta ciudad.

—¿No han mejorado las cosas con Brad?

—Las cosas con Brad directamente no existen.

Brad y ella habían dicho que era una separación provisional mientras se aclaraban. Desde entonces, se habían llamado por teléfono sin dar el uno con el otro, y de tarde en tarde se habían enviado algún que otro sms, pero Alex tenía la sensación de que ambos sabían que lo suyo se había terminado. Ya habían roto una vez, después de que Alex tuviera una mala experiencia en su primer trabajo posdoctoral, pero en aquella ocasión habían logrado reconciliarse. Esta vez no lo veía posible.

—¿Y eso te alegra o te entristece?

—Supongo que, sobre todo, me cansa —dijo Alex.

Zoe guardó silencio unos instantes, y Alex oyó a alguien serrando al fondo y después unos gritos sobre la iluminación.

—¿Estás en un rodaje?

—Sí, harta de estar aquí sentada de brazos cruzados mientras la gente hace ajustes, se olvida del texto, zampa panecillos del bufé…

Zoe se estaba quejando, pero Alex sabía que le encantaba ser actriz.

—¿En qué proyecto estás metida esta vez?

—Es una de suspense, tipo cine negro, de época. Deberías ver qué pelos llevo ahora mismo. Como tenga que forzar una cerradura, horquillas no me van a faltar. ¡Y no veas lo que pica el traje de *tweed* que llevo puesto!

—Lo de que sea de época suena divertido. Así te puedes poner elegante.

—Eso es verdad. Pero también significa que durante el rodaje pueden fallar mil cosas más. Todo son prisas; total, para ir más despacio. El director se pasa el día gritando cosas como «Vaya, la toma ha quedado de maravilla si no fuera porque acaba de pasar el Corolla ese al fondo». O «Pero ¿no te he dicho que te quites el reloj digital?». Llevo aquí desde las seis de la mañana y todavía no han filmado ni una toma.

—Qué vida más dura.

Zoe se rio.

—¡Sí que lo es! Hace dos horas que se acabó la tarta de queso y arándanos.

—Dios mío, ¿cómo puedes sobrevivir en condiciones tan duras? Además, pensaba que habías dejado de comer arándanos.

Zoe siempre estaba haciendo dietas raras, buscando maneras de aferrarse a su juventud; a sus treinta años, ya pensaba que se estaba desvaneciendo.

—He vuelto a comerlos. Estoy haciendo una dieta que consiste en beber dos vasos de agua, comer un huevo, esperar cuatro horas y zamparme un puñado de cacahuetes sin sal y arándanos.

—Menudo banquete.

A diferencia de Alex, a Zoe le encantaba comer, así que sabía que tenía que ser una tortura para ella. Para Alex, comer era una necesidad, algo que había que hacer y, preferiblemente, con el menor lío posible.

—Se supone que te estira la piel de la mandíbula —explicó Zoe—. Aunque no entiendo cómo. Bueno, de todos modos merece la pena.

Alex sentía lástima por Zoe, por la enorme carga que ponía Hollywood sobre las actrices para que fueran eternamente jóvenes, un patrón que no imponía a los actores masculinos y cuya consecuencia era que, en general, a medida que envejecían, a las mujeres cada vez les ofrecían menos papeles. Zoe vivía con miedo a que esto le sucediese a ella, a pesar de que aún le daban papeles fabulosos. Esto se debía, en buena medida, a su extraordinaria capacidad para hacer contactos y para conseguir que la gente se sintiera bien, así como a su increíble capacidad para halagar a las personas adecuadas aunque le parecieran unos pelotas insufribles.

—Bueno, y hablando en serio, ¿cómo estás? —preguntó Zoe, en voz un poco más baja—. Me refiero a lo del pistolero.

—De los nervios —respondió Alex con sinceridad—. Sigo con un poco de tembleque.

—¿Pensabas que te iba a disparar?

—¡Vaya si lo pensaba! El tipo se acercó mucho. De no haber sido por el segundo pistolero, seguramente no estarías hablando conmigo en estos momentos.

—Madre mía, Alex. ¿Hay por ahí alguien con quien puedas tomarte un trago?

—¿Quieres decir que debería llamar a Brad?

—Lo que quiero decir es que llames a alguien, a quien sea.

—Estoy bien —le aseguró Alex—. Solo necesito acurrucarme en el sofá y quedarme un rato temblando.

En ese mismo instante, un coche dio un bocinazo en la calle y Alex se sobresaltó. Alguien se puso a maldecir. Oyó que se cerraba de golpe la puerta de una camioneta, probablemente otro equipo de periodistas que acababa de llegar.

—Y sospecho que también necesito largarme de esta ciudad.

—¿Y cómo fue la entrevista para la televisión? —preguntó Zoe—. O sea, ¿crees que sirvió de algo?

—No lo sé. La periodista era un poco… vocinglera. —El mero hecho de decirlo le hizo sentirse mal; pensó en la mujer, que en estos mismos instantes estaría en el hospital, seguramente en manos de un cirujano—. Ni siquiera estoy segura de que ahora vayan a retransmitirla.

—Qué pena que no saliera como esperabas. Sé que estabas ilusionada. —Se oyó un timbrazo en el plató—. En marcha. Me necesitan en el plató.

—Vale. ¡Ánimo! Esperemos que lleguen refuerzos con tarta de queso y arándanos.

—¡Si con desear bastara…! —dijo su amiga—. De todos modos, no podría comérmela. Los arándanos sí, el queso no. Luego te llamo a ver cómo vas.

—Gracias.

Nada más colgar, el teléfono volvió a sonar.

Pensando, ingenuamente, que Zoe se había olvidado de decirle algo, Alex respondió. Una voz atropellada dijo:

—Soy Diane Schutz, del *Boston View*. ¿Estaría dispuesta a darme una exclusiva sobre su experiencia como testigo del tiroteo de hoy?

—No, no estaría dispuesta —dijo Alex, y colgó.

El móvil zumbó de repente sobre la encimera, sobresaltándola. Miró la pantalla y, al ver un número bloqueado, dio a *rechazar*. Volvió a sonar, y esta vez vio un número local que no conocía. La sola idea de hablar con más periodistas la aterrorizaba, así que apagó el móvil, se duchó y se cambió de ropa, por último, se desplomó sobre el sofá.

Vaya tardecita. Ni siquiera le quedaban energías para prepararse un té. Se quedó mirando la colección de cajas que su exnovio Brad había embalado y aún no se había llevado a su nueva casa. A Brad le encantaba esta ciudad, le iba de maravilla aquí, y sin embargo a Alex, con el paso del tiempo, cada vez le resultaba más incomprensible: cómo trabajaba la gente, en qué pensaban, qué valoraban.

Finalmente, se levantó, preparó una taza de té y trató de repasar los acontecimientos del día. Se sentó delante de la encimera y bebió de la taza caliente mientras encendía la tele, que la asaltó con incesantes noticias que no hacían más que especular sobre el tiroteo. El segundo pistolero había escapado de la policía, y no había novedades acerca del estado de la periodista. La apagó.

No había probado bocado en todo el día; por la mañana había estado tan nerviosa por culpa de la entrevista que no había desayunado. Al final encendió el móvil para encargar comida para llevar, y saltaron montones de alertas de llamadas perdidas, en su mayoría de teléfonos bloqueados o desconocidos. Pero también había llamado su director de tesis desde Berkeley y le había dejado un mensaje pidiéndole que le llamase lo antes posible. Desde que empezó su investigación posdoctoral en Boston, hacía un año, no había sabido nada de él.

Le devolvió la llamada y el profesor respondió al segundo tono.

—¡Philip!

El doctor Philip Brightwell era un hombre afectuoso y sociable que Alex había tenido la buena fortuna de que presidiese su tribunal de tesis. Había sido un infatigable paladín del trabajo de Alex en la Universidad de California, en Berkeley, y le estaba inmensamente agradecida. Se lo imaginaba sentado en su despacho en este momento, rodeado de montones de papeles en precario equilibrio, su rostro color sepia vuelto hacia una pila de cuadernillos azules de exámenes.

—¡Doctora Carter! —contestó él.

Desde que Alex se había doctorado, hacía hincapié en dirigirse a ella formalmente. Alex tenía que reconocer que le encantaba cómo sonaba.

—¿Qué tal California? —preguntó ella.

—Bueno, ya sabes… Endemoniadamente soleada y apacible. ¡Lo que daría yo por una buena tormenta en estos momentos!

—Bueno, aquí está a punto de caer una, si quieres te la regalo.

Echaba de menos California, el ambiente creativo, las extrañas estaciones mixtas que permitían que las incontables escaleras ocultas de San Francisco se llenasen de flores exóticas en pleno mes de enero.

Alex no había querido marcharse del Área de la Bahía de San Francisco, pero cuando a Brad le salió un trabajo en un prestigioso bufete de abogados había cruzado el país para estar con él.

—¿Y qué tal van las cosas por Boston? —le preguntó Philip.

—Menuda mañanita…

—¿Y eso?

—Fui a una ceremonia de inauguración en unos humedales y apareció un pistolero.

Le temblaba la voz, a pesar de que intentaba mantener un tono animado.

—Dios mío, ¿estás bien?

—Sí, sí.

—Aterrador.

—Sí, desde luego.

Philip exhaló un suspiro.

—Me alivia saber que estás bien. ¿Quieres hablar de ello?

—Estoy bien —mintió.

Le oyó revolver unos papeles. Se lo imaginaba con los codos apoyados sobre el escritorio de caoba, las estanterías rebosantes de volúmenes de todos los grosores.

—Escucha, Alex, sé lo mucho que quieres a Brad y que te mudaste allí para estar con él, pero ¿qué te parecería hacer trabajo de campo?

—Para hacer un estudio ¿de qué? —preguntó ella y se sentó de nuevo en el taburete.

—De los carcayús.

Alex se animó al instante. Al oír la palabra «carcayús» le vinieron a la cabeza las montañas, y las montañas significaban paisajes escabrosos, praderas llenas de flores silvestres y, quizá lo mejor de todo, un poco de soledad y de tranquilidad.

—Has conseguido despertar mi interés.

—Un viejo amigo mío es el director ejecutivo de la Fundación Territorial para la Conservación de la Vida Salvaje. ¿Te suena?

—Sí.

Sabía que habían comprado muchísimos terrenos conectores para establecer corredores biológicos. Además, la gente donaba tierras o hacía servidumbres de conservación en su propio terreno para proteger la vida salvaje y las vías fluviales. En otras partes del mundo dirigían sus esfuerzos a eliminar la caza furtiva y el tráfico de animales.

—Han conseguido que les donen un terreno enorme. Es el emplazamiento de una antigua estación de esquí de Montana, un lugar de peregrinación de las élites desde los años treinta hasta finales de los sesenta. Acabó cerrando a principios de los años noventa y desde entonces está desocupada. El propietario también donó su terreno privado adyacente, así que la propiedad suma en total un poco más de ocho mil hectáreas, en su mayoría bosque de montaña y zonas alpinas. Al principio llevaron allí a gente para hacer estudios de la zona e inventariar especies, hacer mapas… Pero en este momento lo que realmente les interesa es hacer un estudio de la población de carcayús.

—Me dejas intrigada.

—Allá por la época en que se estaba construyendo la estación de esquí, hubo varios informes de testigos presenciales. Pero los avistamientos fueron menguando a medida que aumentaba la actividad invernal en la zona. Después se abrieron más pistas de esquí y los avistamientos se acabaron. No se ha visto ni un solo carcayú allí desde 1946. Pero ahora que la estación de esquí está cerrada, la fundación territorial quiere saber si los carcayús están volviendo a la zona. Tenían allí a un tipo, pero tuvo que volver de repente a Londres por una emergencia familiar. Así que el puesto es todo tuyo si lo quieres.

Alex se quedó inmóvil, parpadeando. Fuera se oían más pitidos de coches y alguien gritó con rabia: «¡Quita de en medio!». A lo lejos se oían sirenas, y el olor del humo de los tubos de escape de la concurrida calle se filtraba hasta su apartamento. Los periodistas llamaban cada poco tiempo al timbre de su apartamento para hablar con ella.

Echó un vistazo al rincón en el que estaban embaladas las cosas de Brad: libros de Derecho, una pelota de béisbol firmada por Lefty Grove de los Boston Red Sox, unas pocas prendas de ropa y unos cuadernillos rayados a medio escribir con su caligrafía minúscula y abigarrada.

Philip continuó.

—Si vas, tendrás que caminar por una zona bastante empinada, y pasarás allí sola todo el invierno. No tienen fondos para contratar a más de una persona. Pero podrías quedarte en la antigua estación de esquí, que supongo que será enorme y estará llena de habitaciones a tu entera disposición. Eso sí, te recomiendo que no veas *El resplandor* antes de ir.

Alex se rio, anonadada ante la inesperada oportunidad que se le ofrecía.

—Acepto —dijo después de una pausa.

—¿De veras? —Sonaba un poco sorprendido—. ¿No prefieres pensártelo?

—Creo que es exactamente lo que necesito.

—¡Genial! Le hablé de lo meticulosa que eres como investigadora, y se pondrá más contento que unas pascuas cuando sepa que vas.

—¿Cuándo me voy?

Philip carraspeó.

—Esa es la parte menos atractiva… La fundación envía mañana a su coordinador regional. Iba a reunirse con el investigador que se ha marchado para ponerse al día de sus descubrimientos. Pero ahora tendrá que enseñarle cómo funciona todo a la nueva persona. Solo dispone de un día, porque tiene que volver a Washington D. C. para reunirse con un equipo de investigación que se va a Sudáfrica a trabajar en un proyecto contra la caza furtiva de rinocerontes. Tienes que estar allí mañana.

A Alex se le abrieron los ojos de par en par y se levantó del taburete.

—¿Mañana? ¿Quieren que esté en Montana mañana?

—Sí. ¿Crees que podrás?

Alex recorrió la habitación con la mirada, repasando qué iba a tener que llevarse, qué bártulos iba a necesitar.

Philip le adivinó el pensamiento.

—Allí tienen todo el instrumental de trabajo que vas a necesitar. GPS, cámaras de control remoto, microscopio. Así que lo único que necesitarías sería tu ropa de campo.

Alex se imaginó su armario: sus botas, su mochila con estructura interna, el purificador de agua, la ropa para la lluvia.

—Podré.

—¡Estupendo!

Alex respiró hondo.

—Gracias, Philip. Para ser sincera, últimamente he estado bastante nerviosa aquí, y las cosas no han salido bien con Brad.

—Vaya, cuánto lo siento. Cuando estabais aquí erais uña y carne.

Alex sintió que la atenazaba una gran pesadumbre. Se acordó de los paseos que daba con Brad por el campus de Berkeley, el corazón ligero, riéndose, parando a besarse en el patio cuadrangular, sintiendo que todo era posible.

—Las cosas cambian, supongo —dijo, sintiéndose algo boba al condensar todo lo ocurrido en tres palabras tan breves. No quería incomodar a Philip con un tema tan personal, de manera que se apresuró a añadir—: Así que esto es perfecto. Una oportunidad para alejarme. Para despejarme. Para ver carcayús.

—¡Ver carcayús! —repitió Philip—. ¿Te imaginas?

Alex olía ya las tierras altas, con sus pinos bañados por el sol.

—Desde luego que sí.

Al otro lado del teléfono, alguien llamó a la puerta del despacho del profesor.

—Vaya, tengo una tutoría. Llama a este número y la coordinadora de la fundación territorial te reservará un vuelo para hoy mismo.

Leyó un número y Alex lo anotó en un taco de papeles que tenía pegado a la nevera.

—¡Buena suerte! —dijo Philip, y colgó.

Alex volvió a sentarse en el taburete. Montana. Las Montañas Rocosas.

Dedicó unos instantes a recobrar el aliento, después empezó a garabatear notas en el mismo papelito, cosas que tenía que coger ahora y otras, como artículos de aseo personal, que podía comprar al llegar a Montana en el pueblo más cercano. Deteniendo la mano sobre el taco, se cuestionó lo que estaba haciendo. Mañana estaría en Montana. ¿Era una buena decisión? ¿Qué iba a ser de su propósito de arreglar las cosas con Brad? Pero había terminado su investigación, y era el momento oportuno.

Se sacudió las dudas y llamó a la coordinadora de viajes de la organización sin ánimo de lucro. La mujer era amable y eficiente, y agradeció a Alex que les sacase del apuro con tan poca antelación. Le reservó un billete en el vuelo de las diez de la noche que llegaba a Missoula por la mañana y le alquiló un coche en el aeropuerto. Alex tendría que devolver el vehículo en un punto del noroeste de la Montana rural, donde una persona de la zona la recogería para llevarla a la vieja estación de esquí en la que iba a alojarse. Allí la esperaba una camioneta que podría utilizar siempre que tuviera que ir al pueblo. Había sido donada junto con la estación. Alex le dio las gracias y colgó; ya estaba haciendo mentalmente la maleta.

Se fue al armario, sacó la familiar y desgastada mochila de campo azul y empezó a llenarla de ropa. Camisetas de polipropileno, chaquetas y chalecos de forro polar, un par de gorros calentitos, un sombrero para el sol, un par de zapatos cómodos. Las botas de montaña las llevaría puestas en el avión. Varios pantalones vaqueros y camisas de algodón.

Entonces de repente se detuvo, sentía que la angustia le oprimía el corazón. Al fondo del armario, en el rincón derecho, estaban colgadas dos de las suaves camisas de algodón que llevaba Brad cuando vivían en Berkeley, en aquellos tiempos en los que sus ideas de lo que quería hacer en la vida habían sido muy distintas. Ni muerto se dejaría ver con ellas ahora; con razón no se había molestado en meterlas en una caja. Tiró de una manga y se la acercó para oler el familiar aroma. ¿Qué les había pasado? ¡Con lo unidos que habían estado!

Soltó la manga y dio un paso atrás, respirando hondo varias veces. Debería llamarle, comunicarle que se marchaba.

Sacó el móvil del bolsillo y marcó su número. Sonó solo dos veces antes de que saltase el buzón de voz, señal de que Brad había rechazado la llamada. Volvió a guardarse el teléfono y, con gran dolor, terminó de coger la ropa.

Miró el reloj. Todavía le daba tiempo a pasar por casa de su vecino antes de pedir un taxi para ir al aeropuerto.

Salió, llamó a su puerta y esperó. El vago aroma a comida india del pasillo hizo que le sonaran las tripas. Al cabo de unos instantes, la mirilla se oscureció: su vecino Jim Tawny estaba al otro lado. Le oyó forcejear con cientos de pestillos hasta que la puerta se abrió de par en par y apareció un hombre de sesenta y pico años, el ralo cabello negro peinado en cortinilla. Unas gruesas gafas que no había renovado como poco desde 1975 ensombrecían sus ojos verdes. El corpachón apenas le cabía por la puerta. El polo que llevaba puesto lucía miles de lamparones, y el pantalón corto había sufrido la misma suerte, con restos de mostaza, kétchup y algo que parecía salsa teriyaki. Iba calzado con dos sufridas zapatillas de tela de toalla que a Alex le asombraba que hubieran sobrevivido tanto tiempo. Debían de ser tan viejas como sus gafas, y lo que en su día fue un esponjoso blanco era ahora un gris apelmazado que casi parecía cuero.

Detrás de él, libros y ropa sucia cubrían todas las superficies horizontales disponibles.

—Hola, Jim —dijo Alex a la vez que él sonreía con un cigarrillo entre los dedos y soltaba volutas de humo al pasillo.

—Muy buenas, Alex. ¿Qué puedo hacer por ti?

—Voy a estar fuera una temporada... ¿Podrías pasar a regar el helecho y estar un poco pendiente de mi piso?

—Sin problema.

Ya lo había hecho en otras ocasiones en que Alex había salido a hacer trabajo de investigación, y se podía confiar en él. Ahora que Brad no estaba, le gustaba la idea de que alguien se asomase de vez en cuando a echar un vistazo. No era precisamente el mejor vecindario del mundo.

—¿Para cuánto tiempo esta vez?

Alex sonrió tímidamente.

—Puede que varios meses.

—¡Caramba! —Jim dio una calada al cigarrillo—. No sé cómo puedes. Yo me volvería loco de atar si tuviera que pasar tanto tiempo al aire libre.

—Bueno, el hecho de que me guste el aire libre es una ayuda...

—Sí, más te vale... Madre mía: sin aire acondicionado, cagando en un agujero, hiedra venenosa... Ni loco.

Alex sonrió. Abundaban las personas como Jim, que no entendían el atractivo de la naturaleza; sobre todo, sospechaba, porque nunca habían vivido en ella.

—Pero le echaré un ojo a tu casa.

—No sabes cuánto te lo agradezco. ¿Todavía tienes la llave?

—Sí.

—Gracias, Jim.

Alex volvió a su puerta, y Jim asomó la cabeza y dijo:

—¿De qué se trata esta vez? ¿Pájaros o antílopes?

Se refería a un viaje que había hecho Alex a Arizona para estudiar el berrendo de Sonora.

—Carcayús.

—¡Santo cielo! ¡Carcayús! Vi un documental en Animal Planet sobre ellos. ¿No te preocupa que te arranquen los brazos?

Alex se rio.

—Me preocupa más que no vea ninguno.

Jim movió la cabeza y dio otra calada al cigarrillo.

—Eres única, Alex. Única.

Alex sonrió y movió la mano a modo de despedida.

—Nos vemos, Jim.

Jim se volvió a meter en su apartamento y le oyó trancar todos los pestillos.

De vuelta en su piso, Alex llamó otra vez a Brad, pero, de nuevo, el buzón de voz saltó después de dos tonos. Le envió un SMS pidiéndole que llamase cuando pudiera, y después pidió un taxi.

Diez minutos más tarde estaba en la 1A, rumbo al aeropuerto internacional de Logan y a una nueva aventura. Le vinieron a la cabeza las palabras de John Muir: «Las montañas me llaman y he de ir».

TRES

Alex sacó el coche de alquiler del aparcamiento y salió del aeropuerto de Missoula. Apenas había dormido durante el vuelo; tan solo una cabezadita de media hora. A pesar del arrullador zumbido del motor y del silencio de los demás pasajeros, no paraba de darle vueltas a la cabeza, en parte ilusionada y en parte preocupada por el compromiso que acababa de adquirir. Durante la escala que habían hecho en Denver, se había descargado los estudios más recientes sobre el carcayú. En el segundo tramo del vuelo, los había leído con atención.

Mientras conducía, iba reflexionando sobre lo leído. El carcayú, el miembro más grande de la familia de las comadrejas, tenía un cuerpo musculoso cubierto de un largo pelaje marrón y dorado, y era, sorprendentemente, zancudo. Sus poderosas patas eran capaces de recorrer kilómetros y kilómetros de suelo escabroso, y tenía fama de estar siempre en marcha, recorriendo el territorio en su incesante búsqueda de víveres. Gracias a su potente mordida y a sus fuertes garras, podía comerse los restos animales más duros, triturando incluso los huesos.

Los carcayús del sur de Canadá y de los Estados Unidos necesitaban zonas frías cuya temperatura estival media no superase los 21 ºC. Además, para criar a sus cachorros requerían de mucha nieve acumulada, ya que a menudo excavaban las guaridas a tres metros por debajo de la superficie. Esto significaba que las regiones montañosas eran perfectas para los carcayús de Estados Unidos. Y también significaba que no había una población continua de carcayús entre el sur de Canadá y las cordilleras estadounidenses, sino que constituían lo que los biólogos llamaban una metapoblación, un conjunto de grupos separados que necesitan que los individuos se dispersen de un grupo a otro para garantizar la salud genética de la especie. Pero a medida que el terreno se había ido fragmentando debido a las carreteras, los proyectos urbanísticos y las extracciones de gas y petróleo, y había ido perdiendo manto de nieve a medida que se calentaba el planeta, la capacidad de los carcayús para desplazarse entre grupos se había visto gravemente comprometida. A esto había que añadir que la cifra de carcayús estaba menguando porque a menudo caían en trampas, algunas destinadas exclusivamente a ellos y otras a gatos monteses y coyotes.

Alex se incorporó al tráfico y suspiró. No quería que los carcayús corrieran la misma suerte que especies como el visón marino, pero cuando estudiaba animales en peligro de extinción solía invadirla una sensación de desesperanza. Al igual que el carcayú, el visón marino había sido un miembro de gran tamaño de la familia de las comadrejas. En tiempos había correteado por la costa nororiental de América del Norte, desde Maine hasta Nuevo Brunswick. De tupido pelaje marrón rojizo, había sido cazado hasta su extinción a finales del siglo XIX y a comienzos del XX. Al carcayú casi le había sucedido lo mismo, y por un tiempo había desaparecido de Estados Unidos.

Programó el GPS del coche para que la llevase a la cafetería más cercana y siguió conduciendo, absorbiendo las vistas de Missoula, las escarpadas montañas boscosas y el encantador pueblecito universitario.

Después de visitar la cafetería y armada con un termo de té, volvió a programar el GPS para que la dirigiera al punto de entrega del coche de alquiler más cercano a la reserva natural. Puso rumbo al norte, pasando por el lago Flathead, de un azul impresionante y rodeado de cumbres nevadas, antes de hacer un alto para tomarse otra taza de té. A las dos horas de viaje, echó un vistazo al móvil. Ningún mensaje de Brad.

Continuó su travesía hacia el noroeste, adentrándose en un terreno montañoso más empinado y subiendo casi hasta la frontera con Canadá. Al cabo de muchos kilómetros sin ver un solo pueblo, ni siquiera otro coche, llegó a su destino: una pequeña gasolinera que hacía las veces de compañía de alquiler de vehículos para mudanzas y de servicio de alquiler de coches.

Dejó el coche con el empleado, que estaba aburridísimo, y volvió a mirar el móvil. Para su sorpresa, tenía cobertura en aquel lugar tan alejado de todo. Nada de Brad. Todavía faltaban veinte minutos para que pasase a recogerla su contacto.

Hojeó la sección de revistas de la tiendecita, sin leerlas más que por encima. Tenía la cabeza hecha un lío, y el nudo de la boca del estómago se le había agrandado. Echaba de menos a Brad, ¡y acababa de marcharse! En fin, últimamente tampoco es que estuviesen hablando demasiado…

Al cabo de un rato salió, cargando con su mochila. Sacó el móvil y llamó a su padre, que respondió al segundo tono.

—¡Cielo!

—¡Papá! ¡Adivina dónde estoy!

—¿En Boston?

—No.

—¿En un templo perdido de las junglas de América Central?

—No.

—¿Por fin has encontrado un armario que lleva hasta Narnia?

—¡Ojalá!

—Pues me rindo.

—En Montana, con un trabajo temporal. He venido a hacer un estudio de los carcayús. Voy a pasar aquí el invierno.

—¡Montana! No está nada mal. Estarás más feliz que una perdiz, ¿no?

Alex se rio.

—¡Sí! Ahora mismo estoy en una gasolinera esperando a que venga una persona de la zona a recogerme. Aún no ha llegado. —Se acordó del tiroteo y titubeó. El corazón le latía aceleradamente. Todavía sentía el frío contacto del barro mientras Christine y ella yacían en el suelo, ocultas entre los árboles—. Pasó algo antes de venir.

La voz de su padre adquirió al instante un tono de preocupación.

—¿Qué?

—Hubo un tiroteo en la inauguración de la reserva a la que asistí.

—¿Cómo? —dijo él con tono de incredulidad—. ¿Estás bien?

Se apresuró a tranquilizarle.

—Sí, papá. Perfectamente. Un poco alterada, nada más. Una periodista recibió un disparo. No sé nada de ella, espero que salga de esta.

—Qué horror.

—Sí, fue horrible.

Empezaron a temblarle las manos. Solo con oír su afectuosa voz, casi se le saltan las lágrimas. Pero no podía llorar, sobre todo ahora que estaba al caer su contacto. Tenía que ser profesional.

—¿Pillaron al tipo?

—Sí. Bueno, por lo menos a uno de ellos.

—¿Había más de uno?

Su voz sonaba todavía más alarmada.

—Una segunda persona disparó al pistolero. Pero, fuera quien fuera, se escapó.

—Menuda pesadilla. Menos mal que no te ha pasado nada.

Alex quería cambiar de tema, asegurarle que estaba bien.

—¡Y ahora estoy en Montana! —dijo, forzándose a hablar con un tono más liviano.

Su padre guardó silencio unos instantes, luego dijo:

—Y yo me alegro muchísimo de que estés ahí. ¿Sabes, cariño? Me preocupaba que estuvieras en Boston. La verdad es que nunca me pareció una buena decisión, aunque sé que querías a Brad. Pero ahora que habéis roto, en fin… Tú estás hecha para vivir en plena naturaleza.

Alex tragó saliva; el doloroso nudo de la garganta iba aumentando.

—Gracias, papá.

Siempre podía contar con los ánimos y el apoyo de su padre. Seguro que Zoe pensaba que estaba loca por irse tan lejos, y Brad, sin duda, lo vería con malos ojos.

Su padre soltó una risita.

—Tu madre siempre decía que acabarías en las Rocosas. Viviéramos donde viviéramos, tú siempre hablabas de cuando vivíamos en la base de Colorado Springs.

«Las montañas me llaman y he de ir».

Alex se había criado en bases militares de todo el mundo. Su madre había sido piloto de combate en la Fuerza Aérea y se habían mudado cada pocos años. Sus padres no habrían podido ser más distintos.

Su padre era tranquilo, paciente, cariñoso y creativo, y se ganaba la vida como pintor de paisajes. Su madre era severa, amiga de la disciplina, y le costaba mostrar cariño. Pero también ella tenía una faceta creativa; disfrutaba trasteando con el piano y en ocasiones podía ser sorprendentemente juguetona. Y se amaban apasionadamente.

Alex había disfrutado de otras bases además de la de las Rocosas, incluida una en Arkansas. De esta le habían encantado las cuevas y los peñascos de caliza, la infinidad de colores de la primavera, con sus ciclamores morados, sus violetas y sus cornejos blancos, pero lo que le ensanchaba el alma era siempre el recuerdo de las montañas occidentales.

Su madre había muerto en una misión cuando Alex tenía tan solo doce años, un golpe devastador para su padre y para ella. La misión había sido secreta, y a día de hoy ni su padre ni ella sabían qué había sucedido exactamente, solo que su avión se había estrellado. El cuerpo destrozado de su madre les había sido devuelto y, después de enterrarla, habían cambiado la base militar por la vida civil. Su padre compró una cómoda casita en un barrio residencial al norte del estado de Nueva York; había grandes árboles que se mecían con el viento, tormentas, cigarras y grillos que cantaban en las noches de verano.

A los dieciocho años, Alex se mudó a California para ir a la universidad, y varios años más tarde, cuando decidió quedarse allí para hacer el posgrado, su padre también se mudó al oeste. Alex se puso contentísima. Su padre compró una preciosa casa estilo *craftsman* de 1906 en una calle de Berkeley bordeada de árboles.

—¿Puedo ir a verte cuando haya terminado lo que tengo que hacer aquí? —preguntó Alex.

—Me encantaría.

—Gracias, papá. Te quiero.

—Te quiero, Alex. Mantenme informado.

—Lo haré.

Después de colgar, la envolvió una cálida sensación. Era verdaderamente afortunada porque hubiera gente tan maravillosa en su vida. No tenía muchas relaciones estrechas, pero las que tenía, en especial con su padre y con Zoe, eran de por vida.

Inhaló el aire de montaña y contempló las cumbres de alrededor. Aunque estaban a mediados de septiembre y en la mayor parte del país todavía se consideraba que era verano, aquí parecía como si el otoño estuviese muy avanzado. El amarillo dorado de los alerces resplandecía en las laderas circundantes, y se oía susurrar a las hojas anaranjadas y rojizas de los álamos temblones. En el aroma a aire fresco había un vago indicio de hojas podridas, y pensó que no faltaba mucho para la primera nevada fuerte de la temporada.

Media hora más tarde, una camioneta destartalada se detuvo a repostar. Una mujer de cincuenta y pocos años se bajó, el largo cabello rubio ondeando al viento y surcado de trencitas moradas decoradas con abalorios de metal. Llevaba un pañuelo de vivos colores, un jersey morado de lana que le llegaba casi hasta las rodillas, vaqueros desgastados con agujeros y botas moradas.

La mujer llenó el depósito, mirando a Alex con aire vacilante. Cuando terminó, se acercó a ella.

—Tú eres la bióloga, ¿no?

Alex sonrió y le tendió la mano.

—Sí, soy Alex.

—Jolene Baker. —La mujer le estrechó la mano con fuerza, acto seguido sorprendió a Alex con un abrazo—. ¡Vamos a ser vecinas! —Jolene se rio y los ojos castaños le brillaron en el rostro pecoso y bronceado—. Bueno, si es que se puede decir «vecinas», teniendo en cuenta que nos separan veinticuatro kilómetros. Aunque aquí puede decirse. ¿Solo traes este equipaje? —preguntó, señalaba la mochila azul que estaba apoyada contra la pierna de Alex.

—Sí.

—Jo. Te envidio. Yo tendría que llenar cinco maletas. Libros, mis cristales, mis cachivaches para hacer joyas…, Jerry se pone de los nervios. Es mi marido. Pero ¡qué le vamos a hacer! Soy una auténtica urraca.

Alex se colgó la mochila de un hombro.

—Ya verás cuando veas la vieja estación de esquí. Lleva muchos años cerrada y es bastante lúgubre. Vas a compartir las noches con las ratas monteras, ¡eso seguro!

Alex hizo una mueca.

—Suena de lo más acogedor…

Jolene se dirigió hacia la camioneta.

—Tienes razón. No debería decir estas cosas. Piensa en positivo. Jerry siempre me lo dice. Seguro que te lo vas a pasar estupendamente. Los naturalistas limpiaron la cocina y un par de dormitorios, y el tejado solo tiene goteras en un par de sitios. —Al llegar a la camioneta señaló la mochila de Alex—. ¿Traes tienda de campaña?

—Sí, una pequeña.

—Genial. A veces me paso por la estación a echar un vistazo. Para asegurarme de que no hay okupas. De todos modos, considerando que el sitio tiene un puntito escalofriante, igual prefieres dormir fuera, en tu tienda. Al menos, hasta que llegue la nieve.

Alex soltó la mochila en la plataforma de la camioneta.

—¿Un puntito escalofriante?

El malestar que se le había agarrado al estomago creció. ¿En qué se estaba metiendo?

Jolene asintió con la cabeza.

—Muy muy escalofriante.

Se dirigieron hacia la reserva, dejando atrás profundos valles con ranchos, ganado deambulando entre kilómetros y kilómetros de artemisa. Durante todo el trayecto, Jolene habló sin hacer ni una sola pausa. Una vez cubiertos los casi cien kilómetros que había hasta la vieja estación, prácticamente se sabía toda la vida de Jolene. Se había criado en la Costa Este y se había ido de casa a los dieciséis años. Había viajado con varios grupos de música, cantando y tocando la mandolina. Había conocido a su marido, Jerry, en un festival de música cuando tenía veintipocos años, y llevaban juntos desde entonces. Ahora hacía joyas y tejía bufandas y sombreros y los vendía por internet. Trabajaba de voluntaria en un centro de rehabilitación y rescate de fauna salvaje que acogía ciervos, coyotes, osos, pumas, aves cantoras y otros animales.

—Es un trabajo muy gratificante —le dijo a Alex—. Pero a veces puede ser triste. Tenemos una veterinaria que trabaja de voluntaria. Ha curado a muchísimos bichos. Da gusto verlos regresar a su hábitat natural.

Por fin, Jolene dobló por un camino pavimentado que parecía que llevaba siglos sin reasfaltarse. Traqueteando sobre innumerables baches, subieron lentamente por una montaña. Llegaron a una verja verde de metal que se suponía que tenía que cerrarse sobre el camino, pero estaba abierta.

—Lleva décadas sin cerrarse con llave, pero si quieres, todavía se puede. Seguro que te dan una llave. Aunque yo la dejo abierta cuando vengo a echar un vistazo. La gente se colaba continuamente antes de que los naturalistas comprasen esto.

Siguieron ascendiendo. Por fin, al doblar la última curva, apareció el hotel. Era gigantesco, un descomunal edificio de madera. Sobre las puertas exteriores había un letrero medio borrado que decía «Estación de esquí Snowline». Alex se imaginó que en tiempos debía de haber sido impresionante, pero ahora estaba en muy mal estado. En torno al edificio principal había edificios anexos con los tejados medio hundidos, y las ventanas se hallaban entabladas.

—Desde luego, ha conocido tiempos mejores —dijo Jolene, soltando un largo silbido—. Acogedor, ¿eh?

Alex no conseguía articular palabra. Se inclinó y se quedó mirando el hotel a través del parabrisas.

—El naturalista ese debe de estar al caer. Lo conocí cuando compraron el terreno y lo convirtieron en una reserva. El tipo no está nada mal... —Miró a Alex—. Bueno, y ¿cómo se llama un grupo de carcayús? O sea, manada de leones, banco de peces, rebaño de cabras... ¿Qué palabra se utiliza para los carcayús?

Alex estuvo un rato pensando.

—Hmmm... No creo que exista un nombre grupal. Son muy solitarios. En realidad, solo salen en grupo cuando el padre o la madre saca a los cachorros y les enseña a sobrevivir en la montaña. El resto del tiempo están solos.

—Entonces deberías inventarte un nombre, ya que vas a estar aquí estudiándolos.

Alex se rio.

—De acuerdo. ¿Qué te parece «soledad»? Una soledad de carcayús.

Jolene chasqueó los dedos.

—¡Me gusta!

Alex no quería entretenerla.

—Gracias por venir a recogerme, Jolene.

—No hay de qué —respondió la mujer, mirando las montañas con aire pensativo—. Vas a andar por ahí tú sola, ¿no? —preguntó y se giró para mirarla a los ojos con una expresión repentinamente seria.

Alex dio por supuesto que le preocupaban los osos, de manera que dijo:

—No pasa nada. Me van a traer un espray antiosos.

Jolene negó con la cabeza.

—No me refería a los osos. Hay más cosas por ahí.

—¿Lo dices por los pumas?

Volvió a negar con la cabeza, los ojos abiertos como platos.

—No. Me refiero al *sasquatch* o Pie Grande.

—¿*Sasquatch*?

—Vi uno ahí arriba, en la montaña. —Señaló una ladera pronunciada con un denso pinar que llegaba hasta el límite forestal, donde unas escarpadas rocas grises y unos cuantos tramos de nieve tomaban el relevo—. Se estaba moviendo entre los árboles. No he pasado tanto miedo en mi vida. Notaba cómo me miraba, sus ojos me abrasaban. Salí corriendo.

—Conque viste un *sasquatch*… —se limitó a decir Alex.

—Más claro que el agua. Así que ten cuidado.

Alex no sabía qué pensar de la historia, pero quería ser cortés.

—Lo tendré.

Jolene volvió el rostro hacia el viejo y laberíntico hotel.

—Los carcayús no van a ser los únicos que vivan en soledad. Estar aquí sola va a ser todo un desafío. Mira ese viejo caserón. Y hubo una serie de asesinatos aquí, ¿sabes?

«Madre mía. Lo que me faltaba. La guinda del pastel».

Alex siguió la mirada de Jolene, que estaba clavada en la fachada descolorida del edificio principal.

—Hace ya muchos años. Fue justo después de que abandonaran el lugar. Un chalado se dedicó a secuestrar excursionistas y los traía aquí y los asesinaba en distintas habitaciones. Escribía cosas en las paredes. Mató a cuatro personas antes de que lo pillaran. —Se volvió hacia Alex, frunciendo el ceño, los ojos hundidos—. Hay almas turbadas vagando por el lugar.

«*Sasquatch*. Asesinos. Fantasmas». Como Alex pasara un minuto más en compañía de Jolene iba a terminar echando un vistazo al interior de cada armario y debajo de cada cama.

—Hace unos años trajeron a unos cazafantasmas —continuó Jolene—. Grabaron un episodio de aquel programa de televisión… ¿Sabes cuál digo?

Alex conocía varios programas de ese estilo, pero no dijo nada.

—Bueno, la cosa es que grabaron unas psicofonías.

—¿Psicofonías?

—Sí. Enciendes una grabadora y haces preguntas. Luego, al escuchar la cinta, puedes oír a los fantasmas respondiendo. Por lo general, con tono hostil. Enfadados. —Jolene volvió a mirar el hotel—. No. No te envidio ni pizca.

Alex quería recuperar el tono optimista. Sonrió.

—La verdad es que no podías haber pintado un panorama más estimulante.

Jolene soltó una risa cálida y le dio unas palmaditas tranquilizadoras en la pierna.

—¡Tienes razón! Lo siento. A veces se me va la olla. ¡Seguro que vas a estar a gusto! Y siempre puedes venir a vernos a Jerry y a mí. Espera, que te dibujo un mapa de dónde estamos.

Se inclinó, abrió la guantera y cayó de todo: papeles, un destornillador y una enorme bolsa de marihuana.

—Uy, perdona —dijo Jolene, metiéndolo todo de nuevo. Sacó una vieja factura de gasolina, le dio la vuelta y dibujó un mapa muy básico al dorso—. Aquí tienes. Ven siempre que quieras.

—Será un placer.

Alex aún no sabía qué pensar de ella, pero era una mujer amable y generosa, y le caía bien. Se bajó de la camioneta y sacó la mochila de la parte trasera.

—¡Cuídate! —dijo Jolene antes de alejarse, dejando a Alex en medio de la ruinosa entrada de coches con su mochila.

Mientras la camioneta de Jolene bajaba dando botes y se perdía de vista, Alex dejó la mochila en el suelo y se puso a explorar. El lugar había sido construido al estilo de los chalés suizos, con madera oscura y paneles pintados con grifos, leones y flores. Tenía tres plantas, y las dos superiores disponían de cubiertas de madera que daban la vuelta al edificio.

En el centro de la planta baja había una puerta doble de madera maciza, deteriorada por la acción de los elementos. Alex se acercó a probar los picaportes y vio que estaba cerrada. Rodeó el edificio y lo exploró desde todos los ángulos. La estación se hallaba demasiado avanzada como para que hubiera muchas flores silvestres, pero vio los vívidos tallos rojos de la andrómeda de pino, una planta con flor de la familia de las ericáceas que a Alex le encantaba. No producía clorofila, sino que dependía de una relación simbiótica con los hongos subterráneos para obtener alimento. Aquí y allá, unas pocas flores moradas de lupino resistían contra el frío que empezaba a avecinarse.

Regresó al lugar donde había dejado la mochila y se sentó encima de ella a esperar al coordinador de fauna y flora silvestre.

Por encima de Alex, los cúmulos se desplazaban perezosamente, blanquísimos en contraste con el intenso azul del cielo de las montañas. A grandes altitudes, el sol brillaba con intensidad, y Alex comprobó que daba mucho más calor que al nivel del mar. Mirara donde mirara se alzaban montañas escarpadas, sus laderas boscosas de un verde oscuro a la luz del sol. En varias había enormes pistas de avalanchas, lugares en los que la tromba de hielo y nieve cayendo a gran velocidad había barrido con todos los árboles a su paso. En las zonas umbrías, los ventisqueros se aferraban a las empinadas laderas. Una fina capa de nieve reciente espolvoreaba los picos.

Respiró hondo, inhalando el dulce aroma del abeto subalpino. En lo alto chilló un busardo colirrojo, trazando círculos perezosos sobre las corrientes térmicas. Instantes después, unos graznidos hicieron que Alex mirara de nuevo al cielo, y vio que pasaban volando cuatro cisnes trompeteros, su blanco plumaje resplandeciente bajo el sol. Dos de ellos, aves jóvenes a las que aún no les había salido el plumaje blanco, eran grisáceos.

Sacó el móvil y miró la hora. Había supuesto que el coordinador llegaría antes que ella, pero debía de haberse retrasado por algún imprevisto. Miró a ver si había llamadas o mensajes de Brad, pero no había ningún aviso, solo el icono de una antena parabólica tachada por una raya roja.

Volvió a levantarse y se puso a dar vueltas. Un amigo suyo de la universidad juraba y perjuraba que si «meneabas» el móvil acababas teniendo cobertura. Alex siempre había pensado que bromeaba, pero ahora lo intentó. Levantó el móvil y trazó círculos en el aire. Nada.

Dio la vuelta al edificio, pero al llegar a la mochila no había aparecido ni una sola raya. Sentándose otra vez sobre ella, apagó el móvil para ahorrar batería, y de repente se preguntó si habría electricidad en aquel lugar. Alex tenía un bonito panel solar portátil, perfecto para cargar pequeños dispositivos USB, pero se lo había dejado en su armario de Boston.

Aprovechando el viento, un cuervo la sobrevoló, aterrizó en lo alto de un estilizado pino contorto y la miró. Se puso a graznar y a gorjear, emitiendo extraños sonidos de cuervo, y Alex se quedó fascinada.

—Hola —le dijo, saludándole con la mano. El cuervo respondió con un gorjeo.

A los pocos instantes apareció un Honda rojo impoluto, y el conductor, al verla, disminuyó la velocidad. Era más o menos de su misma edad, y sus cabellos de color rubio rojizo estaban revueltos. Al verla sonrió y saludó con la mano. Aparcó en el mismo lugar que Jolene y se bajó. Era alto y estaba en forma, y Jolene tenía razón: no había duda de que era atractivo. Su rostro tostado y anguloso tenía una belleza clásica, y llevaba una camiseta negra debajo de una camisa de franela verde y marrón. Los vaqueros descoloridos y las botas de montaña tenían todo el aspecto de haber aguantado mucho trote.

—¡Lo siento! —dijo con una sonrisa—. Tenía la esperanza de llegar antes que tú, de dejar todo esto un poco presentable. —Se acercó mientras Alex se levantaba—. Ben Hathaway.

Alex le tendió la mano.

—Alex Carter.

Ben le dio un apretón de manos cálido y firme. A Alex le desagradaba cuando alguien le cogía solo los dedos y le estrechaba débilmente la mano, y le pareció una persona segura de sí misma. Ben volvió a sonreír y se le iluminó la cara.

—No sabes cuánto te agradecemos que hayas trastocado tu vida de un día para otro para venir aquí.

—Me alegro de estar aquí. Esto es precioso.

Ben alzó el rostro para abarcar las montañas con la mirada.

—Desde luego que lo es. —Señaló el hotel con la cabeza—. Y ¿qué me dices de esta antigualla? Es asombrosa, ¿no te parece?

Alex se volvió a mirar.

—Es enorme.

Ben se puso en marcha y le hizo un gesto para que le siguiera.

—Venga, te enseño el interior. Buena parte no es habitable, pero hemos arreglado un par de habitaciones para investigadores o para potenciales donantes que quieran venir aquí a ver qué hacemos. También hay una cocina que funciona… y electricidad, agua caliente… Incluso lavandería. Solo tengo que ponerlo todo en marcha.

La electricidad y el agua caliente eran, desde luego, un lujo. Y que hubiera lavandería significaba que no tendría que llevar los mismos vaqueros sucios un día tras otro. Cuando hacía trabajo de campo, la mayoría de las veces todo se reducía a su tienda de campaña, un aclarado frío en el río a modo de ducha y el pequeño panel solar con el que podía utilizar el portátil si lo necesitaba.

Siguió a Ben hasta la puerta principal; sus pasos eran relajados y seguros, los andares de alguien que pasaba mucho tiempo al aire libre y se sentía muy cómodo con su cuerpo. Ben sacó un manojo de llaves. El cuervo volvió a gorjear y salió volando. La puerta se abrió a una oscuridad cavernosa.

—Espera —dijo Ben, luego desapareció.

Instantes después, el vestíbulo se inundó de luz. Incluso ahora, era francamente bonito. En el techo se entrecruzaban unas grandes vigas de madera. Una inmensa chimenea de piedra se alzaba en el centro de la habitación, rodeada de asientos. En un rincón había un bar, y hasta tenía botellas acumulando polvo en los estantes. En algunas todavía quedaba alcohol.

En otro rincón había sofás y butacas apiñados en torno a mesas, y a lo largo de la pared del fondo se veían escritorios de madera, cada uno con su lamparita, y sillas de mimbre. A cada lado de la entrada principal, sobre dos mesas, había dos enormes esculturas de bronce de unos osos erguidos sobre las patas traseras, las bocas abiertas en un rugido. En la pared, unas fotografías enmarcadas en blanco y negro mostraban a huéspedes de antaño bebiendo champán vestidos con disfraces de teatro *amateur*. El lugar tenía mucho encanto.

A la derecha de Alex estaba el mostrador de recepción, también cubierto por una capa de polvo y con telarañas en los rincones. Encima había un viejo teléfono de disco de principios de los años ochenta.

Ben se fijó en la mirada de Alex.

—Todavía funciona. Aquí no hay cobertura móvil, así que si necesitas el teléfono, tendrás que usar el fijo. —Después volvió a la puerta principal—. Espera, que quito los postigos —dijo Ben y salió.

Instantes después, quitó uno de los postigos de madera y la luz entró a raudales por uno de los ventanales. Alex salió y le ayudó, entonces la planta baja se llenó enseguida de luz.

—¡Mucho mejor así! —dijo Ben mientras volvían a entrar—. Déjame que te enseñe la cocina.

La hizo pasar por unas puertas dobles que estaban al fondo de la planta baja. Al otro lado estaba la cocina, una extensa habitación con mesas de trabajo de acero inoxidable, cazos y sartenes colgando todavía de un escurridor suspendido del techo, una cámara frigorífica y estantes abarrotados de más bártulos de hostelería: termómetros para carne, cucharones, ollas soperas.

Ben se acercó a una nevera más pequeña, la abrió y metió la mano.

—Fría. ¡Genial!

Apoyándose contra una de las mesas de acero, dijo:

—La nevera es nueva. Funciona. Y la cocina es de gas. En este cajón están las cerillas. —Se acercó a un armarito que estaba pegado a los fogones y las sacó—. Cubiertos, vajilla… Aquí están. —Abrió otro armarito, revelando su contenido—. Utiliza lo que quieras con total libertad.

Junto a una caja de galletas saladas vio un puñado de petardos viejos y un paquete de velas de cumpleaños. Ben se fijó en su mirada.

—Me imagino que sobrarían de alguna fiesta. Serán de cuando aún no se consideraba que los petardos no eran precisamente el entretenimiento más adecuado en un bosque. —Señaló un armario al fondo de la habitación—. Ese está lleno de conservas. Lo llené la última vez que estuve aquí. También hay café, té y azúcar. Coge lo que quieras. Anota todo lo que gastes en comida y te lo reembolsaremos.

—Gracias.

Ben señaló otra puerta doble que había al fondo.

—Al otro lado está la lavandería. Hay un montón de lavadoras y de secadoras, la mayoría aún funciona. La última vez que vine llené los estantes de sábanas y toallas nuevas.

—Suena bien.

—Ahora, vamos al calentador de agua.

De nuevo, Alex le siguió, esta vez en dirección a una puerta estrecha del otro extremo. Al pasar había unos escalones que bajaban a un sótano, en el que un enorme horno ocupaba casi todo el espacio. Estaba oscuro y húmedo, casi todo en penumbra. Ben se acercó a un calentador de agua y subió el dial. El calentador parecía que estaba sin estrenar.

—Más o menos dentro de una hora debería estar caliente. Lo pusimos el año pasado. Llega hasta la cocina y hasta las dos habitaciones que he mencionado antes. El resto del lugar no tiene agua caliente. No nos la podemos permitir, y, total, ahora no hace falta.

Ben subió las escaleras.

—¡Genial! —exclamó, juntando las manos—. Supongo que ya solo nos quedan los dormitorios.

Alex le siguió otra vez hasta el vestíbulo, y después por una magnífica escalera que subía al siguiente piso. Ben se detuvo en la primera habitación a la izquierda.

—Esta habitación y la siguiente —dijo, señalando la puerta contigua— han sido renovadas. Creo que lo mejor será que duermas en una de ellas. El resto está bastante mal: daños por humedades, ventanas rotas… De hecho, yo no me pasearía demasiado por aquí. El suelo tiene puntos débiles, y en algunos lugares las tormentas han ocasionado daños en el tejado.

«Y hay fantasmas de asesinados merodeando por los pasillos», pensó Alex, contemplando con cierto espanto el largo pasillo oscuro.

Ben abrió la primera puerta y la invitó a pasar a una espaciosa habitación en la que había una cama, un escritorio, una mesilla de noche y una lámpara, además de su propio cuarto de baño.

—Coge tranquilamente la ropa de cama limpia que hay en la lavandería. —Salió al pasillo y añadió—: Y luego está esta habitación.

Abrió la segunda puerta. Alex le siguió y al asomar la cabeza vio una habitación prácticamente idéntica a la anterior, pero con una colcha de diferente color sobre la cama.

—Los dos cuartos de baño funcionan perfectamente.

Ducharse con agua caliente iba a ser todo un lujo. Lavarse en un río de esta zona suponía atreverse con el agua de deshielo de los glaciares. De hecho, entre la lavandería, la electricidad y el agua caliente, este era el trabajo de campo más pijo que le habían encargado en toda su vida. Por supuesto, sabía que el escabroso terreno y la cantidad de kilómetros que iba a tener que cubrir a pie la obligarían a pasar muchas noches en su pequeña tienda de campaña, pero le ilusionaba.

—Venga, y ahora vamos a ver unos mapas. Voy a por ellos.

Ben bajó corriendo y desapareció por la puerta de la entrada. Alex dedicó unos instantes a asimilar el lugar. Desde luego, era inmenso y un poco tétrico, pero también desprendía una agradable sensación de otros tiempos, de gente que iba a esquiar y a pasar las vacaciones con sus seres queridos. Bajó al vestíbulo justo cuando Ben volvía con varios mapas enrollados.

Una vez desplegados sobre la mesa, señaló dónde se encontraban en el primero. A Alex le llegó su aroma, una combinación de champú y de su propio olor natural. Era atrayente.

—Aquí estamos —dijo él. Alex se inclinó para ver el hotel en el mapa—. Y esta es la extensión de la reserva.

Cambió el mapa por otro de mayor escala. Su dedo volvió a indicar el hotel y después señaló un límite destacado en amarillo que se prolongaba muchos kilómetros en derredor.

—Aquí el terreno es muy escabroso —dijo, señalando zonas con tantas curvas de nivel muy juntas que Alex ya sentía las piernas cansadas—. Hay varios edificios anexos. La mayoría los hemos dejado para que los murciélagos puedan usarlos para descansar. —Extendió un mapa de papel muy manoseado—. Esto es una copia del mapa de la estación de esquí que tenían los empleados. —Se lo dio—. Ahí fuera, en el coche, tengo cámaras de control remoto, un microscopio, dos GPS, más mapas, radios de dos vías, pilas, tarjetas de memoria, un cargador de batería. Ah, y te he comprado varias latas de espray antiosos. Hay también una vieja camioneta en el cobertizo de mantenimiento. —Hurgó en su bolsillo y sacó un juego de llaves—. Toma, un juego de sobra. Son las llaves del hotel, del cobertizo de mantenimiento, de la camioneta y de varios edificios anexos, y también está la llave de la verja, por si decides cerrarla.

»En lo alto de la montaña hay un antiguo restaurante y un cobertizo con algunas herramientas...; cuerdas, piolets, ese tipo de cosas. Además, hay un viejo barracón que el último biólogo, Dalton Cuthbert, usaba a modo de puesto sobre el terreno. Si decides usarlo, que sepas que hay un generador y que debería haber gas de sobra. Dalton se repartía entre el hotel y el barracón. Cuando la estación estaba abierta, lo ocupaba el encargado de los caballos que tiraban de los trineos de paseo. Sigue en bastante buen estado. —La miró como disculpándose—. Eso sí, mejor que estés avisada: a veces se cuelan chavales en esos edificios. Recogí una tonelada de botellas de bebidas alcohólicas, latas de cerveza y colillas en el restaurante que está en lo alto de la antigua vía del remonte.

—¿Qué estudiaba Dalton?

—La cabra de las Rocosas, sobre todo; en los alrededores del barracón hay unos riscos impresionantes. Estaba a punto de empezar con el estudio de los carcayús. Y hacía mediciones meteorológicas periódicas desde el restaurante del remonte. —Señaló en el mapa tres edificios alejados del hotel—. Aquí está el barracón. —Se irguió—. Casualmente, él también venía de Boston. Acababa de terminar el posdoctorado en la Universidad de Boston cuando le contratamos. Aunque nació en Londres, donde todavía vive su familia.

—Anda, otro bostoniano...

Ben le dio las llaves y señaló el teléfono.

—Te he dejado unos números de teléfono: Peces, Fauna y Flora y Parques de Montana, el número del *sheriff*, la policía estatal, la compañía eléctrica. Si te topas con algún cazador furtivo hostil, no apechugues tú sola. Llama al 911.

—Eso haré.

Ben la miró.

—Qué bien que hayas venido. ¿Tienes ya algún plan de ataque?

Alex asintió con la cabeza.

—En el avión vine leyendo muchos artículos de investigación recientes sobre carcayús y pensaba seguir esta noche. Los investigadores están utilizando un nuevo protocolo de campo, una mezcla de cámara de fototrampeo y trampa de pelo. Además de seguimientos más tradicionales, como la búsqueda de excrementos, voy a construir unas cuantas trampas de este tipo.

Los biólogos las llamaban trampas, aunque no eran trampas en el sentido tradicional. Los animales se quedaban «atrapados» en una película o, en este caso, en una tarjeta de memoria, no en una jaula.

—Trampas de pelo, ¿eh?

—No tendréis en nómina a un técnico de laboratorio de ADN, ¿no? —preguntó Alex, esperanzada.

Ben sonrió.

—No, pero tenemos un voluntario que puede analizar ADN.

—¡Genial! Me gustaría ver cuántos carcayús están utilizando la reserva.

—Te paso el contacto. —Ben rebuscó en el bolsillo trasero y se sacó la billetera. Entre un montón de tarjetas de visita, encontró la que buscaba—. Toma. Quédatela. Tengo otra en la oficina.

—Gracias. —Alex se la guardó en el bolsillo de atrás de los vaqueros—. En cuanto empiece a formarse el manto de nieve, puedo salir con esquís a buscar huellas.

—Por cierto… Hay muchísimos esquís de campo a través y botas en el cobertizo de mantenimiento, algunos prácticamente nuevos que nos han donado, otros antiguos que estaban entre los restos del hotel. —Se quedó mirando las montañas por la ventana. Una nube blanca esculpida por el viento se cernía sobre una de ellas—. Te envidio. Echo de menos el trabajo de campo. Me encantaría quedarme aquí en vez de volver a Washington D. C.

—¿Casi todo tu trabajo te exige estar en la ciudad?

Ben volvió a mirarla.

—Por desgracia, sí. Yo antes era como tú: hacía informes, viajaba. Ahora me paso la vida de reunión de negocios en reunión de negocios. Pero es por una buena causa.

—Sí, desde luego.

—Y este estudio de los carcayús podría convencer a más gente a donar dinero para proteger este lugar tan maravilloso y otros parecidos.

Alex sonrió. Daba gusto estar en un trozo de tierra que ya estaba protegida, sabiendo que si encontraba animales en peligro, estarían a salvo, al menos siempre y cuando no saliesen de la zona. El área de distribución de un carcayú podía cubrir cientos de kilómetros.

Ben miró alrededor y se quedó pensando.

—Creo que poco más puedo contarte sobre este lugar. Quédate estos mapas. Antes de irme iré al coche a por el equipo.

—Estupendo.

—¿Alguna pregunta?

Alex se quedó pensando.

—No se me ocurre nada.

—Venga, vamos a poner en marcha la camioneta. Para asegurarnos de que funciona. ¿Quieres una cerveza, ya que estamos?

No era lo que Alex se estaba esperando, y se rio.

—Claro que sí. Genial.

Decididamente, era el ambiente de trabajo más informal que había tenido en su vida.

Mientras Ben enrollaba los mapas, Alex intentó no fijarse en si llevaba una alianza, pero cuando vio que no llevaba, intentó sofocar el pequeño hormigueo que empezó a bullir en su estómago. «Es un compañero de trabajo», se reprendió para sus adentros. «Y tú todavía no estás segura de qué está pasando con Brad». Pero era agradable, sin más, conocer a alguien que realmente comprendía el atractivo de la naturaleza. Llevaba años y años defendiendo su deseo de salir a lugares remotos…, frente a Brad, e incluso frente a Zoe, ambos urbanitas redomados.

Cerraron con llave y recorrieron unos doscientos metros por detrás del edificio principal hasta que llegaron a un destartalado cobertizo de mantenimiento. La decrépita puerta de madera estaba cerrada con candado, y Ben estuvo un rato probando con su juego de llaves hasta que dio con la correcta. Después abrió la puerta de par en par. Frente a Alex estaba la camioneta, pero no era lo que se había imaginado: en lugar de una vieja y desvencijada Ford 150 o algo por el estilo, era una preciosa Willys Wagon roja de 1947.

—¿Qué te parece? —preguntó Ben.

—Guau…

—El conserje de la estación la tenía en palmitas, la mantenía inmaculada. ¿Sabes conducir coches de marchas manuales?

—Aprendí con el Volkswagen Rabbit de 1980 de mis padres.

—¿Quieres conducir?

—Vale.

Alex sacó su manojo de llaves y buscó la del coche; no tardó en distinguir los anticuados contornos. Adentrándose en las sombras, recorrió el cobertizo con la mirada. Las paredes estaban llenas de estanterías abarrotadas de viejos botes de pintura, herramientas de jardinería y latas de gasolina. En las esquinas había montones de palas, rastrillos, estacas y maderos. Apoyados contra la pared del fondo vio esquís de campo a través; algunos, de madera con ataduras de cuero medio podridas, y otros prácticamente nuevos. Debajo de los esquís había una fila ordenada de botas. Alex rebuscó y encontró un par de su número.

Ben dio la vuelta y subió por el lado del copiloto. La camioneta estaba abierta. Alex se subió al asiento del conductor y contempló los maravillosos cuadrantes antiguos del salpicadero, el fino volante. Metió las llaves y arrancó al instante.

—Hay un pequeño *pub* en el pueblo, al este. Los clientes son personas que van conduciendo desde Vancouver hasta el Parque Nacional de los Glaciares, así que tiene un ambiente muy chulo, como de casa rural. Y hasta sirven cafés de todo tipo, con leche de soja y en tazas compostables. Incluso tienen una pequeña librería en un rincón. Guías de campo, novelas de suspense… Tiene mucho encanto.

—Pues venga, indícame el camino —dijo Alex, dando marcha atrás y saliendo a la carretera.

El pueblo más cercano en dirección este se encontraba a cuarenta kilómetros, una distancia considerable para ir a tomarse una cerveza. Pero la compañía era una gozada, y a Alex no le importó. Se esforzó por apartar los recuerdos del tiroteo, alegrándose de poder pensar en otra cosa. La conversación era cómoda; al principio fueron charlando sobre sus vuelos hasta allí y sobre el clima, y enseguida pasaron a temas más serios, como la caza furtiva y el cambio climático. Era refrescante hablar con alguien que tenía puntos de vista parecidos a los suyos.

Para cuando entraron en el aparcamiento del *pub*, Alex tenía la sensación de que eran amigos íntimos. El pueblo, Bitterroot, era muy pequeño; solo tenía mil cien habitantes. Pero se fijó en que tenía una ferretería por la que iba a tener que pasarse antes de salir a hacer su trabajo. Se había traído planos para construir un combinado de cámara de fototrampeo y trampa de pelo. La tienda había cerrado a las cuatro, así que tendría que volver al día siguiente.

Una vez en el *pub*, pidieron cervezas e intercambiaron anécdotas sobre distintos proyectos de ecobiología en los que habían participado. Alex le habló de la vez que había perdido cuatro litros de sangre grabando a murciélagos norteños orejudos en los bosques infestados de mosquitos de los Northwoods de Minnesota, y él describió cómo se había escapado por los pelos en Sudáfrica de unos cazadores furtivos de rinocerontes que finalmente habían sido arrestados.

Era divertido y amable, y cuando llegó el momento de volver, Alex notó que no le apetecía nada despedirse de él. Durante el trayecto de vuelta siguieron hablando, pero habían empezado a producirse cómodos silencios. El viaje transcurrió amigablemente y disfrutaron de una puesta de sol espectacularmente roja sobre las montañas.

De vuelta en el hotel, sacaron todo el equipo del coche de alquiler de Ben, y después Alex le acompañó a la salida.

—Espero que te vaya todo bien en Washington.

Ben sonrió.

—Yo también. Aunque voy a estar molido después de este vuelo nocturno. No hay cuerpo que aguante dos vuelos en un mismo día.

—Con un poco de suerte podrás dormir y no habrá un niño dándote paraditas en el respaldo.

—Ni un tipo de esos que se tiran tres horas para soltar un rollo que podría contarse en dos minutos, como por ejemplo la historia de cómo construyó el porche de su casa.

Alex se rio.

—Bueno, igual te ayuda a dormir. Yo una vez me senté al lado de un hombre que no paraba de hablar de sus proezas sexuales con las azafatas. Y lo que más grima me dio es que me di cuenta de que se lo estaba inventando todo para insinuar que era una especie de dios del sexo y que yo debería incorporarme a su club de altos vuelos…

—¡Qué me dices!

—Lo que oyes.

—¡Mejor que borremos esta imagen! Seguro que acabo sentándome al lado de alguien que se contenta con leer un libro. —Sonrió, mirándola con aire pensativo—. Adiós, Alex. Ten cuidado ahí fuera.

—Lo tendré —dijo ella, tendiéndole la mano.

A continuación, Ben la sorprendió estrechándola entre sus brazos. Alex olió de nuevo su aroma seductor. Su barbilla se apoyó fugazmente en el cálido cuello de Ben, que la retuvo un poco más de lo habitual en un abrazo intrascendente.

Después, carraspeó y se apartó.

—Te llamaré para ver qué tal estás.

—Vale. Que tengas un buen vuelo.

Ben dijo adiós con la mano y se subió al Honda. Alex se quedó mirando mientras daba la vuelta y bajaba por la entrada de coches, despidiéndose por última vez con la mano.

Viéndole alejarse, Alex suspiró. Ahora estaba completamente sola, algo que había estado esperando con ilusión. La soledad era una oportunidad para pensar, una oportunidad para caminar y despejarse, una oportunidad para buscar carcayús.

Una soledad de carcayús.

Alex entró en el hotel, cerró y pasó al oscuro vestíbulo. Encendió una luz y miró el reloj: 21:14. Las 23:14 en Boston. Bostezó.

Cogió la mochila y subió al primer dormitorio. Hacía frío, aunque en cuanto estuviera bajo las sábanas entraría en calor. Se cepilló los dientes, se puso el pijama y pensó en el día que la esperaba. Volvería al pueblo, a la ferretería, luego, si le daba tiempo, saldría a caminar y construiría la primera cámara trampa.

Se metió en la cama, se estiró bajo las sábanas heladas y encendió la tableta para repasar los últimos trabajos de investigación sobre los carcayús. Aunque siempre la habían fascinado, Alex, como la mayoría de la gente, jamás había visto uno en su hábitat natural. No solo tenían una baja densidad de población, sino que frecuentaban terrenos escarpados que en invierno estaban cubiertos por muchos metros de nieve…; no eran precisamente lugares a los que los humanos solieran ir. Subir pendientes no era nada para un carcayú. Si se topaba con una montaña escabrosa y casi vertical, se limitaba a subir y a bajar en línea recta, aunque para ello tuviera que coronar un pico que los humanos tardarían días en conquistar con cuerdas y equipo de escalada.

Los carcayús caminaban y trotaban, corrían y retozaban. Hacían una media de cuatro kilómetros y medio por hora en cualquier terreno, tanto llano y árido como casi vertical o cubierto por un grueso manto de nieve. Los investigadores del Parque Nacional de los Glaciares habían grabado una vez a un carcayú coronando el monte Cleveland, el pico más alto del parque. Atónitos, le habían visto subir los últimos mil quinientos metros verticales en tan solo noventa minutos. Otro había recorrido 354 kilómetros en solo trece días.

Los carcayús tenían fama de pendencieros. Capaces de enfrentarse al oso pardo, andaban siempre de acá para allá, merodeando por los bosques nevados en busca de comida. Podían vencer a presas mucho más grandes que ellos y se sabía que habían abatido a animales del tamaño de un alce. Podían enfrentarse a varios lobos a la vez, además tenían fama de comerse hasta los huesos y los dientes de los animales muertos. ¡Y tan temible reputación pertenecía a un animal que, por término medio, pesaba un poco menos de dieciséis kilos!

La descripción de la dieta de los carcayús que recogía la guía de campo que se había traído sonaba como si la hubiera escrito Bugs Bunny para referirse a la dieta del Demonio de Tasmania: puercoespines, liebres, nutrias, marmotas, ardillas terrestres, caribús, alces, bayas, plantas, huevos, raíces y carroña, además de ciervos, ovejas salvajes, uapitís y aves. Hasta les gustaban los huesos viejos y secos que llevaban años tirados en el suelo forestal.

Las hembras hacían su madriguera debajo de la nieve, a menudo alcanzando los tres metros de profundidad, y dependían del aislamiento y de la protección de un abundante manto de nieve para criar a sus crías. Pero a medida que la tierra iba calentándose debido al cambio climático antropogénico, el manto de nieve se iba reduciendo y la posibilidad de que los carcayús no pudiesen hacer sus madrigueras en muchos de los lugares que habían utilizado en el pasado era preocupante. Descendientes de una comadreja gigante de la era glacial, los carcayús habían vivido en tiempos en localidades tan meridionales como Nuevo México, pero en la actualidad habían desaparecido de buena parte de su ámbito histórico.

Con intención de formular un plan conciso para abordar su estudio poblacional, Alex se recostó en la almohada. Las historias relatadas por los investigadores le habían proporcionado lecturas fascinantes a lo largo de los años. Personas campechanas amantes de la nieve y de las áreas despobladas, con frecuencia esquiaban en zonas muy altas y nevadas en busca de estos huidizos depredadores. Entregados cineastas de la vida salvaje se pasaban semanas metidos en escondites, con la esperanza de grabar a los carcayús en lugares donde hubiera carroña. La investigación de los carcayús era para cierto tipo de gente que no hacía ascos a pasar largas horas a solas recorriendo terrenos escabrosos.

A Alex le venía como anillo al dedo.

Con frecuencia, los estudios poblacionales exigían atrapar con vida a los carcayús. Se construían grandes jaulas de troncos, y la trampa se cerraba cuando el carcayú tiraba de un trozo de carne que había en el interior. Al cerrarse, los investigadores recibían un mensaje avisando de que había algo dentro, e inmediatamente tenían que emprender la caminata para acudir al lado del animal. Estos animales tienen unos metabolismos tan activos que en muy poco tiempo su calor corporal derrite la nieve circundante, mojándolos y volviéndolos vulnerables a la hipotermia.

Al llegar, los investigadores abrían un poquito la trampilla con un cable y se asomaban valientemente a los oscuros confines de la jaula. A veces se encontraban con zorros, martas, martas pescadoras y linces, pero si había un carcayú lo sabían casi de inmediato por los gruñidos. A través de la rendija, un investigador inyectaba una dosis de tranquilizantes al animal, al cual, una vez sedado, se le implantaba de forma quirúrgica un radiotransmisor. Los GPS y los radiocollares no servían de mucho porque los carcayús tendían a arrancárselos al cabo de unos pocos días.

Después, los biólogos esperaban a que el carcayú sedado se despertase y recuperase las energías. Dejar solos a los carcayús tranquilizados era impensable, podían caer presa de los lobos o sucumbir a la hipotermia, de manera que los investigadores se quedaban cerca charlando hasta que el animal se despertaba, entonces abrían la trampilla. A pesar de que gruñían y se paseaban de un lado a otro, los carcayús no tendían a saltar fuera inmediatamente. Sopesaban la situación, llegaban a la conclusión de que estaba todo despejado y salían disparados en busca de un lugar seguro.

Alex ya había decidido que iba a utilizar otro tipo de trampa para su estudio. No disponía de ayudantes para atrapar a los carcayús con este método, así que se había decantado por aquel otro método menos invasivo del que le había hablado a Ben: consistía en instalar un cebadero para atraer a los carcayús, fotografiarlos y extraer muestras de pelo con las que analizar su ADN.

Tomó más notas y se empezó a adormilar. Había dormido tan poco la víspera que el cuerpo le pedía a gritos descansar. Dejó la tableta y cogió una novela que había comprado en el aeropuerto de Denver durante la escala. El avión había aterrizado cuando iba por una parte trepidante, preguntándose qué iba a pasar. Pero aún no había leído ni un párrafo cuando se quedó dormida, con el libro caído sobre el pecho.

El golpetazo del libro la sobresaltó, y por un instante tuvo la escalofriante sensación de que había alguien con ella en el cuarto. «Fantasmas vengativos». Miró alrededor mientras su corazón recuperaba poco a poco el ritmo normal, después dejó el libro en la mesilla de noche y apagó la luz. Sin embargo, le costó conciliar el sueño.

El viento silbaba a través de las ventanas entabladas de la primera planta, y Alex no conseguía controlar la sensación de que se encontraba en un lugar extraño y tal vez inhóspito.

CUATRO

A la mañana siguiente, Alex salió de la ducha y se secó el pelo con una de las esponjosas toallas nuevas que había dejado Ben en la lavandería. Las viejas toallas del hotel seguían amontonadas junto a las nuevas. Raídas y finas, le recordaban a las que había en casa de su abuela. Su abuela, que se había criado durante la Gran Depresión, no había sido partidaria de desperdiciar nada, así que se aferraba a su ropa blanca por muy deshilachada y llena de agujeros que estuviera.

Alex se vistió deprisa; hacía mucho frío en su planta. Mientras se subía los pantalones, le llamó la atención un movimiento al otro lado de la ventana y miró hacia la entrada del hotel, donde había aparcado la Willys Wagon al volver de tomarse una cerveza con Ben en Bitterroot.

Había un hombre junto a la camioneta que estaba dejando algo debajo del limpiaparabrisas. Llevaba sombrero y botas negras estilo *cowboy*, chaqueta vaquera descolorida y tejanos.

Se alejó de la camioneta y, de repente, alzó la vista hacia la ventana de Alex. Sus miradas se cruzaron. Tenía un rostro flaco y bronceado en el que asomaba una barba de tres días. Bajo la chaqueta y la camiseta, se adivinaba un cuerpo enjuto y fuerte; calculó que tendría varios años más que ella.

El hombre frunció el ceño. Alex cogió la camisa de la cama, salió corriendo y bajó las escaleras. Escuchó que arrancaba un coche, y justo cuando estaba abriendo la puerta del hotel, oyó que el vehículo se alejaba por la entrada y se perdía entre los árboles.

Debajo del limpiaparabrisas de la camioneta se agitaba una nota.

La soltó de la escobilla y leyó: «No eres bienvenida. Lárgate mientras todavía puedas».

Alex enrojeció. Había contado con que la tratarían como a una forastera en Bitterroot, aunque no con una hostilidad tan descarada. Apretando la mandíbula, estrujó la nota.

Si la gente estaba acercándose hasta allí para amenazarla, no quería ni imaginarse el trato que le darían en el pueblo. No le apetecía nada, pero tenía que ir allí para comprar suministros.

Volvió a entrar, se cepilló los dientes y metió una botella de agua y un par de barritas de granola y crema de cacahuetes en la mochila pequeña. Después se subió a la vieja camioneta y puso rumbo a Bitterroot con el fin de comprar todo lo que necesitaba para construir las cámaras de fototrampeo. Aunque casi todo lo podía conseguir en una ferretería, necesitaba una cosa que le incomodaba obtener: carne. Además, tenía que ser carne que los carcayús comieran normalmente en su hábitat natural.

Prefería utilizar la carne de algún animal atropellado o muerto a manos de cazadores furtivos. Así, al menos, tan terrible muerte serviría para algo bueno, tendría algún sentido. Si podían aprovecharse partes de un animal para ayudar a conservar a otro, quizá podría obtenerse un bien, por minúsculo que fuera, de un mal mayor.

Alex salió a la carretera principal que llevaba al pueblo, volviendo por el mismo camino que había seguido la víspera con Ben. La nieve se acumulaba en las altas cumbres del norte y el aroma a artemisa se extendía por el valle. Las montañas creaban su propio clima y unas cuantas nubes más oscuras se habían acumulado sobre las cimas.

La camioneta iba zumbando por la autovía, respondía de maravilla. Al pasar por los baches que habían formado las heladas en el asfalto, Alex daba algún que otro bote en el asiento corrido.

Bajó la ventanilla y sacó un codo, haciéndose cómodamente al ritmo de la conducción. El viaje al pueblo era una bonita excursión, aunque un poco larga. Acababa de reclinarse y estaba pensando en encender la vieja radio cuando una ranchera azul marino aceleró por detrás.

Pensó que la adelantaría, así que se aproximó un poco al arcén para dejarla pasar. Por el otro carril no se veía tráfico en el kilómetro y medio que faltaba para que la carretera doblase y dejara de verse.

Sin embargo, la destartalada ranchera no pasó. Aceleró y se acercó peligrosamente a su parachoques trasero. Alex miró al conductor por el espejo, pero el sol de la mañana brillaba sobre el parabrisas y lo único que pudo ver fue el reflejo del cielo. Redujo un poco la velocidad, por si acaso al conductor le agobiaba adelantar. Entonces, solo se le acercó más. No tenía intención de rebasarla.

Volvió a acelerar a noventa, y aun así la ranchera siguió pisándole los talones. No se veían más coches. El conductor dio un peligroso volantazo, derrapó y aceleró para pasarse al otro carril.

Bueno. Por lo visto sí quería adelantarla.

Con las prisas, la ranchera compensó en exceso y se salió al arcén del carril contrario, lanzando una ráfaga de piedras que rebotó contra la camioneta de Alex. Después rectificó y viró bruscamente, pero siguió pegada a ella por el otro carril.

Alex aminoró la marcha para darle tiempo a adelantarla. La curva cada vez estaba más cerca y no veía si venían coches en sentido contrario.

Sin embargo, la ranchera azul no aceleró. Se mantuvo a su altura, pero en el carril contrario.

Alex se arriesgó a mirar al conductor, aunque, de nuevo, el resplandor de la ventana le impedía ver gran cosa. Le pareció distinguir a una sola persona. La camioneta aceleró y se puso delante, manteniéndose en el otro carril. Vio que, en efecto, el conductor no llevaba pasajeros, pero el ángulo era demasiado cerrado para verle la cara. Pensó en el hombre que le había dejado la nota en el coche, pero este conductor llevaba un sombrero vaquero marrón claro y una chaqueta de ante beis. No creía que fuera el mismo.

Justo cuando estaba pensando que iba a adelantarla para colocarse en su carril, el hombre volvió a reducir la velocidad. La curva estaba a dos pasos. Si el tipo pretendía adelantarla antes de perder de vista el carril contrario, era ahora o nunca.

Pero no pasó.

Dio un volantazo hacia Alex, que tuvo que frenar y virar hacia el pedregoso arcén con el fin de evitar por poco una colisión. Echó pestes mientras oía rechinar las piedras y se levantaba una nube de polvo detrás. Poco a poco se detuvo y la ranchera disminuyó la velocidad, permaneciendo en el carril derecho pocos metros por delante de ella.

—Maldito borracho —dijo Alex en voz alta, esperaba que el tipo siguiera su camino.

En cambio, la ranchera se detuvo y se quedó en el carril derecho. Despacio, empezó a dar marcha atrás. Por un instante Alex se preguntó si el tipo tendría intención de disculparse, pero de repente viró hacia atrás apuntando hacia ella, demasiado deprisa como para pensar que solo pretendía charlar amistosamente.

Ni corta ni perezosa, Alex dio marcha atrás en dirección a la carretera. En cuanto las ruedas tocaron la calzada, cambió de marcha y pisó el acelerador con la esperanza de evitar al hombre y pasar. Pero también él aceleró y, poniéndose a su misma velocidad, le bloqueó el paso.

—¿Qué demonios…? —masculló Alex.

Volvió a pararse en el carril de la derecha, entonces la ranchera se detuvo justo frente de ella. Alex intentó rodearla y seguir, pero de nuevo el tipo imitó todos sus movimientos y le impidió avanzar.

—Ya me he hartado —dijo, adelantó y se colocó en la zona de hierba que estaba pegada a la curva.

Aceleró y salió disparada rumbo al pueblo. Con suerte, se cruzarían con otro coche y el tipo se achantaría ante un testigo. Dobló la siguiente curva muy deprisa, deslizándose sobre el asiento. Ante ella se extendía otra recta, y a la ranchera, más nueva, no le costó darle alcance. Se pegó a ella por detrás, después se pasó de un volantazo al carril de adelantamiento.

No había más vehículos en la carretera, así que mejor que se olvidase de encontrar testigos. Rebuscó en la mochila y sacó el móvil mientras echaba una mirada fugaz a la pantalla. Sin cobertura. Ya se lo había imaginado, pero si ese gilipollas estaba planeando sacarla de la carretera, más valía que se asegurase.

El hombre dio un volantazo a la derecha y se metió en el carril de Alex, que pisó el freno y se acercó al arcén, evadiéndole. También él aminoró y, manteniéndose a su lado, dio otro volantazo. Alex aceleró y rozó el arcén, con ello hizo que las ruedas giraran sobre la grava. Esta vez, el hombre se quedó en el carril de Alex, empujándola cada vez más hacia el arcén; las ruedas de Alex se descontrolaron y tuvo que reducir la velocidad. El hombre viró bruscamente a un lado y casi le dio en el parachoques. Alex pisó el freno, se salió del arcén y bajó zarandeándose por un terraplén cubierto de artemisa hasta que se detuvo con el morro medio metido en una torrentera de gravilla que corría en paralelo a la carretera.

Al mirar hacia lo alto del terraplén, vio que la ranchera se detenía justo a la altura de ella. Sin pensárselo dos veces, metió la camioneta en la torrentera. La ranchera permaneció al ralentí, después aceleró el motor un par de veces. Alex estaba ahora a una distancia suficiente para ver la matrícula y la memorizó.

No dejaba de pensar que el hombre podía salir con una escopeta y liarse a tiros. ¿Quién demonios era aquel tipo?

La ranchera aceleró varias veces más, luego salió disparada. Aturdida, Alex se quedó escuchando el ruido del motor, cada vez más distante. El corazón le latía con fuerza y se dio cuenta de que había estado respirando con tanta ansia que tenía la garganta seca. Miraba la carretera, atenta por si oía el ruido del motor. El hombre ya no estaba.

Lo que menos quería era estar allí sentada, atrapada en su camioneta, si volvía aquel cabrón o, peor aún, si volvía con amigos, así que decidió salir de allí cuanto antes. Agarró el volante y, enfilando el tramo pedregoso, avanzó en paralelo a la carretera. A lo lejos vio un camino de grava que se cruzaba con la carretera principal. La torrentera desembocaba directamente allí. Al menos no iba a tener que llamar a la grúa.

Metió la mano en la mochila, sacó una botellita de agua y dio un sorbo largo y agradecido, procurando que el temblor de las manos no le hiciese derramar el líquido. Le cayeron gotas por la pechera de la camisa.

Aún con el corazón a mil por hora, llegó al camino de grava. Se metió por él, traqueteando sobre la escabrosa superficie hasta que consiguió a salir a la carretera principal.

Durante el resto del trayecto, le inquietó la posibilidad de que la ranchera diese otra vez señales de vida, que intentase terminar lo que había comenzado. Sin duda, había alguien que no quería que estuviese allí, pero no sabía por qué.

CINCO

Al llegar al pueblo, Alex no dio crédito cuando vio la ranchera azul aparcada en una bocacalle. No había nadie dentro. Encontró la oficina del *sheriff* y se fue hacia allí derecha. Era un hervidero de actividad. Una mujer de largos cabellos blancos recogidos en una cola de caballo estaba haciendo esperar a la gente en recepción mientras un operador se comunicaba por radio con un agente que estaba de patrulla. Oyó algo como «otra vez grafiti». Al fondo de la oficina, una agente arrastraba a un borracho hacia un pasillo coronado por un letrero que ponía «Celdas». El borracho intentó escupirle a la agente, quien empujó al hombre hacia las celdas sin contemplaciones.

Al fondo de la habitación, sobre una puerta de cristal esmerilado, leyó: «Sheriff William Makepeace». Con semejante nombre[1], ¿cómo no iba a dedicarse a la carrera policial? Le recordó a Edward Gorey, que, cómo no, acabó escribiendo libros increíblemente gores. Esperó a ver si la encargada de la oficina la atendía, sin embargo la mujer estaba demasiado ocupada garabateando notas y pulsando las teclas del teléfono. Alex le echaba setenta y tantos años, su cara color melocotón había adquirido tonos grisáceos que seguro se debían al estrés laboral, teniendo en cuenta que no hacía ni una pausa entre sus quehaceres. Vestida con una camisa de franela y pantalones vaqueros, estaba sentada entre un millón de fotos, plantas y baratijas, de lo que Alex dedujo que llevaba

---

[1] *To make peace* significa 'hacer las paces, reconciliarse'. *(Todas las notas son de la traductora)*.

mucho tiempo trabajando allí. Al final, Alex decidió pasar de largo y dirigirse a la puerta del *sheriff*.

Llamó suavemente al cristal.

—Pase —gruñó una voz ronca.

Alex giró el picaporte y, al entrar, vio a un hombre de cincuenta y pico años sentado detrás del escritorio. Un enorme sombrero blanco de *cowboy* coronaba un rostro curtido y moreno. Unos oscuros ojos, tan marrones que casi eran negros, la miraron fijamente con un semblante serio y sagaz.

—¿*Sheriff* Makepeace?

—Eso pone en la puerta.

La miró de arriba abajo con gesto de desaprobación.

«Sé maja. Sé amable». Decidió pasar por alto la actitud hostil del *sheriff* y le sonrió con amabilidad.

—Soy Alex Carter, la bióloga de vida silvestre que está haciendo un estudio sobre los carcayús en la antigua estación de esquí Snowline.

El *sheriff* frunció el ceño abiertamente, la observaba con renovado interés. Si la fría mirada que le estaba lanzando se hubiera convertido en un arma, habría tenido posibilidades de ser un supervillano. Se recostó en la silla, echándose hacia atrás el sombrero vaquero con la punta de un dedo rugoso.

—Sí, me dijeron que iban a enviar a alguien.

Alex volvió a sonreír, en un intento de resquebrajar la dura fachada del *sheriff*.

—Ese alguien soy yo. Bueno, venía a contarle algo que me ha pasado de camino al pueblo. Un conductor me ha hecho salir de la carretera.

—¿Ah sí? —dijo él, con expresión insulsa.

—Era una ranchera azul, matrícula 49 2841A. —Apuntó con el pulgar hacia la calle—. Acabo de verla ahora, al entrar en el pueblo. Está aparcada en una bocacalle.

—¿Una tartana destartalada, ahí en Moose Street?

Alex asintió con la cabeza.

—El mismo.

—Es la vieja ranchera de Jim. Un trasto que ni siquiera funciona. Sigue ahí en la esquina desde que se averió hace cinco años.

—Pues alguien debe de haberlo arreglado —dijo ella—, porque

de lo que no hay duda es de que es el vehículo que me ha sacado de la carretera.

—Ha debido de coger mal la matrícula —respondió el *sheriff*, volviendo a fijar la vista sobre la mesa.

—No he cogido mal la matrícula.

El *sheriff* levantó la cabeza y resopló, impaciente.

—Siento decirle que esa ranchera necesita un motor nuevo. Y el viejo Jim no tiene dinero para arreglar semejante cachivache. El hombre tiene casi ochenta y seis años, además, estos días anda demasiado liado con su vecina, la viuda Humphreys, para necesitar un vehículo con el que desplazarse.

Exasperada, Alex se lo quedó mirando.

—¿De modo que no piensa hacer nada?

—Haría algo si hubiese anotado bien la matrícula. En mi opinión, seguro que solo eran unos chavales de por aquí que han salido a divertirse un rato.

Alex se quedó boquiabierta.

—¿A divertirse? Podrían haberme matado. O haber muerto ellos. De diversión, nada.

El *sheriff* sonrió desconsideradamente, en plan, «vaya por Dios».

—Sospecho que descubrirá que por aquí tenemos una idea de la diversión un poco diferente a la de la gran ciudad. Quienquiera que fuera, seguramente quería soltar un poco de estrés, nada más.

Alex no daba crédito. Apretó la mandíbula con tanta fuerza que le dolió. Se metió la mano en el bolsillo y sacó la nota que se había encontrado en el parabrisas.

—Y además está esto.

Se la dio.

—Y esto ¿qué es? —preguntó el *sheriff* mientras abría la nota. La leyó y se la devolvió.

—La dejó un hombre en el parabrisas de mi camioneta, en el hotel.

—Parece que su llegada aquí no despierta mucha simpatía...

—¿No cree que la amenaza guarda relación con que alguien intentase sacarme de la carretera?

—¿Cree que puede haber sido el mismo hombre? —preguntó el *sheriff*.

Alex recordó la imagen fugaz del sombrero y la chaqueta del hombre.

—No —confesó—, pero eso no significa que no haya relación.

El *sheriff* hizo un gesto desdeñoso con la mano.

—La fundación territorial no cuenta con muchas simpatías por aquí. Eso es todo. No se lo tome a mal.

—¿Que no me lo tome a mal? —repitió Alex, fingiendo que mantenía la calma—. Cuesta no tomarse a mal que alguien se divierta intentando sacarte de la carretera.

—Considérelo una juerguecilla de los chavales, nada más —repitió el *sheriff*, como si Alex fuera boba por darle importancia. Se puso otra vez con sus papeles, pero al ver que Alex no se movía del sitio, suspiró y volvió a mirarla—: ¿Quería algo más?

—Pues mire, *sheriff*, la verdad es que sí. —Carraspeó—. Voy a poner cámaras de fototrampeo de control remoto para captar imágenes de los carcayús que pueda haber por ahí. Y necesito carne para las trampas.

El *sheriff* frunció la boca con cara de desagrado.

—Hay un supermercado en Main Street. ¿Qué se cree que somos, un comedor de beneficencia?

Revolvió unos papeles con impaciencia.

—Sí, lo he visto. Pero lo que necesito es carne de caza. Ciervos, alces. Quería pedirle que me avisen cuando vean un animal atropellado antes de que sus agentes lo saquen de la carretera. Y si le confiscan la caza a algún furtivo, también me serviría.

El *sheriff* entornó los ojos, frunciendo los labios.

—No me diga…

Alex continuó:

—Sobre todo estaría genial si la pieza tuviese un hueso grande. Los carcayús tienen una mordida increíble, así que tendré que enganchar un perno al cebo y colgarlo de un cable.

Se encontraba incómoda y había empezado a irse por las ramas.

El *sheriff* la escudriñó en silencio, después se recostó en la silla y cruzó los brazos. Se encogió levemente de hombros y sus rasgos se suavizaron.

—En estos momentos no tenemos ningún caso de caza furtiva. Pero el agente Remar acaba de informarnos por radio de que han atropellado a un ciervo en la carretera de North Fork. Normalmente nos limitaríamos a sacarlo de la carretera y dejárselo a los coyotes o a los pumas. Pero si se quiere pasar ahora por allí, le digo que se espere y que se lo suba a su coche.

—Estaría muy bien, *sheriff*.

—Aunque supongo que tendrá un cochecito tipo Toyota Prius. No se puede meter un ciervo en un Toyota Prius.

—De hecho, llevo una Willys Wagon del 47 —respondió Alex, contenta de poder soltarle la pulla.

El *sheriff* resopló.

—Veré qué puedo hacer. El agente está cerca del kilómetro 35. Le diré que la espere. —Cogió el radiotransmisor, pero de repente hizo una pausa y se quedó mirando a Alex y su sonrisa esperanzada—. ¿Alguna vez ha descuartizado un animal?

—No, señor. Soy vegetariana.

El *sheriff* la observó con desagrado e hizo un gesto de desdeño, como si Alex fuera un insulto a la decencia.

—Es una tarea dura. ¿Se ve capaz?

—Supongo que no me queda otro remedio.

—¿Se aloja usted en el viejo hotel?

—Sí.

—No la envidio. Ese lugar pone los pelos de punta. Sabe que allí asesinaron a unos cuantos, ¿no?

Alex asintió con la cabeza, sorprendida por el súbito tono coloquial del *sheriff*, y quiso cambiar de tema.

—Sí, algo me comentó Jolene Baker.

—El tipo se volvió loco. Cogió una pistola y mató a unos ocho huéspedes.

Alex se removió, incómoda.

—Pensaba que los fue llevando allí de uno en uno.

El *sheriff* negó con la cabeza.

—Debe de estar pensando en los asesinatos de la autopista. No, esto fue unos años antes, en el 67, cuando el sitio aún estaba abierto. Un tipo que se encontraba allí en viaje de negocios se había reunido con sus socios y unos clientes para cerrar un trato importante y... ¡zas! Perdió la cabeza y disparó sobre ocho personas inocentes, incluidos los clientes, sus socios y unos desafortunados huéspedes que estaban en el vestíbulo del hotel.

—Vaya…

Alex empezaba a comprender la sensatez del consejo de Brightwell de que no viera *El resplandor* antes de incorporarse a su nuevo destino.

—La escena era truculenta. Mi predecesor estuvo al frente del caso. Pasó cuarenta años en el cuerpo de policía y decía que jamás había visto nada parecido.

—Suena espantoso —dijo Alex, de nuevo cambiando el peso al otro pie—. Bueno, más vale que me ponga en marcha antes de que se vaya el agente.

El *sheriff* la miró con expresión ligeramente compasiva y sus rasgos se suavizaron todavía más.

—¿Sabe? No se moleste en ir. Le diré a Joe que lleve el ciervo al carnicero y usted lo puede recoger ahí. Considérelo un regalo de «bienvenida al barrio».

«Porque nada expresa "bienvenida al barrio" con tanta precisión como los miembros descuartizados de un ciervo».

—Gracias, qué amable.

—De nada. Que pase un buen día.

Volvió a asumir un aire vagamente desdeñoso.

Alex se dirigió hacia la puerta.

—Usted también.

Se quedó esperando en el pueblo hasta que el carnicero hubo terminado, entonces volvió al pequeño *pub* para tomarse una taza de té. Al sacar el móvil, comprobó que tenía cobertura y miró a ver si había algún mensaje de Brad. Nada. Bueno, no era tan raro. Desde la ruptura, a veces tardaba varios días en devolverle las llamadas; además, no tenía ni idea de que la vida de Alex hubiese dado un vuelco tan grande.

Buscó noticias de Boston en el navegador y sintió alivio al enterarse de que la periodista permanecía estable después del tiroteo. Aún no habían encontrado al segundo pistolero. Solo de leer sobre el incidente, de recordar lo que sintió cuando la pistola la apuntaba, el corazón se le aceleró. Le vino a la cabeza un fogonazo de sus pies hundiéndose en el barro mientras intentaba correr, la sensación de la mano fría y temblorosa de Christine en la suya. Respiró hondo y trató de contener el temblor de las manos.

¿Habría visto Brad la noticia del tiroteo? En caso afirmativo, quería pensar que habría llamado. Conque tal vez no la había visto.

Después de beberse el té, salió a la calle para intentar anclarse en el presente y evitar darle vueltas al horror del tiroteo. En la acera de enfrente había una oficina de correos. Era un imponente edificio histórico, una construcción de mármol de finales del siglo XIX. Decidió presentar una solicitud de cambio de dirección y cruzó la calle. El interior conservaba cierto aire victoriano, con molduras de madera y recargadas volutas en la ventanilla postal. El empleado le dijo que no le acercarían el correo hasta la puerta del hotel, sino que lo dejarían en un buzón que estaba al inicio de la entrada de coches de la estación. Le dio el formulario necesario, Alex lo rellenó y se lo entregó.

Después se dirigió a la carnicería, allí el carnicero le subió al camión varios paquetes de gran tamaño. Era un hombre corpulento, de cabello rubio peinado a un lado para ocultar la incipiente calvicie, y se le notaba incómodo en presencia de Alex.

—Es la primera vez que descuartizo un ciervo para dar de comer a un carcayú —le dijo—. He dejado todos los huesos largos, como usted quería.

La miró de reojo, como si estuviera loca.

—Gracias.

Alex le pagó y el hombre regresó a su tienda sin añadir una palabra más.

La siguiente parada fue la ferretería. Necesitaba herramientas y madera para construir las trampas de cámara y pelo. Aparcó la ranchera en el bordillo más cercano a la fachada de una tienda en la que había un letrero que ponía «Ferretería Gary». Era un edificio histórico, seguramente también del siglo XIX, con una estructura de madera algo inclinada.

Al entrar oyó el tintineo de una campanilla. El olor a madera vieja le dio la bienvenida. Al otro lado de la caja registradora había un hombre alto y desgarbado, de pelo moreno y grasiento y astutos ojos azules. Llevaba una placa con su nombre: Gary. Él la saludó con un gesto de la cabeza, sin sonreír. Alex le devolvió el saludo.

Se paseó por los pasillos escogiendo con calma los artículos, repasando la lista que había escrito en el avión. Abrió todos los cajoncitos y cogió lo que necesitaba. Ahora solo tenía que cortar madera. No había nadie en el cuarto de la madera, así que se acercó a la caja registradora.

—Hola —dijo y dejó las bolsitas de suministros sobre el mostrador.

Gary las miró con expresión adusta.

—¿Nada más? —Levantó la mano para empezar a marcar.

—Espere, ¿puedo llevarme tablones de madera?

—Claro —dijo él a la vez que salía del mostrador—. ¿Qué necesita?

Alex le dio las medidas de los tablones y se fueron a la habitación de corte de madera.

—No la había visto nunca por aquí. ¿Está en una de esas casas turísticas que hay en el camino de North Fork?

Alex negó con la cabeza.

—No, estoy en la estación Snowline.

El hombre arqueó las cejas.

—Ah, usted es esa…

Por su manera de pronunciar «esa», Alex tuvo la impresión de que habían estado hablando de ella, y no precisamente en términos muy cordiales.

—¿Qué está construyendo?

—Cámaras trampa para carcayús.

El hombre se paró en seco y se volvió a mirarla.

—Demonios, pues entonces no necesita cortes de madera especiales. Aquí tengo trampas ya preparadas con cabida para un carcayú.

Señaló la sección por la que estaban pasando. Alex vio trampas para osos y otras más pequeñas, trampas a presión y varias trampas de captura viva de diversos tamaños, desde las pequeñas para ratones hasta las más grandes para mapaches.

Alex se mordió el labio.

—No son este tipo de trampas —explicó—. Puede que trampa no sea la mejor palabra; se trata, básicamente, de una estructura en la que se pone un cebo de carne para que el carcayú pueda acercarse a investigarlo y una cámara le saque una foto.

—¿Y luego se marcha, así, sin más? —El hombre sonaba confundido, como si fuera la mayor chaladura del mundo..., una absoluta pérdida de tiempo—. ¿Qué sentido tiene?

—A partir de las fotos podré distinguir a un carcayú de otro. Cada uno tiene su propio patrón de pelaje en el estómago. Además, voy a poner pinzas de cocodrilo para recoger muestras de pelo. Después encargo un análisis de ADN para determinar el linaje y ver si guardan relación entre sí.

Frunció el ceño.

—Y eso ¿para qué?

—Para ver cuántos hay y si hay alguna unidad familiar.

El hombre se quedó mirándola unos instantes más.

—Bueno, usted sabrá, es su dinero.

Siguió andando hacia la habitación de la madera.

Una vez que hubo cortado los tamaños que Alex necesitaba, marcó las compras en la caja. Estas piezas de madera eran más bien pequeñas. Iba a necesitar piezas mucho más grandes para construir las trampas, pero para eso tenía pensado utilizar pinos contortos caídos, árboles que encontraría *in situ* y que le ahorrarían subir las laderas arrastrando madera. Para este fin compró una sierra plegable.

—Si quiere le subo todo esto a la ranchera —se ofreció el hombre.

—Muy amable, se lo agradezco.

Gary cogió las piezas de madera y salieron. Alex le señaló la camioneta y cargó las compras en la parte de atrás.

—Que tenga un buen día, señorita —dijo al despedirse.

—Gracias.

Mientras organizaba todo en la parte de atrás, un coche patrulla se acercó y se detuvo a su lado. El agente bajó la ventanilla.

—Tú debes de ser la doctora Carter.

Era joven, veintipocos años, con pelo rubio al rape, ojos azules y sonrientes y una cara fresca e ingenua que había pasado más horas de lo debido al sol.

Alex sonrió.

—Sí.

—He reconocido la vieja camioneta de la estación de esquí. Es una pasada. Soy el agente Joe Remar.

Alex sonrió.

73

—¡Ah, hola! Gracias por tu ayuda.

Había sido él quien había llevado el ciervo al carnicero.

—Sin problema. Bueno, conque carcayús, ¿eh?

—Así es.

—Una vez vi uno. Hará diez años.

—¿Donde me alojo?

—No, en el Parque Nacional de los Glaciares, cerca del paso Logan. Estaba yo sentado en una roca, comiéndome un sándwich, cuando aparece contoneándose con toda su jeta y se vuelve a meter entre los árboles. Jamás lo olvidaré. Al pasar se volvió y me miró por encima del hombro, como si me estuviese examinando.

—Tuviste suerte. La mayoría de la gente nunca llega a verlos.

Probablemente eran los mamíferos alpinos más difíciles de localizar. Ojalá funcionaran las cámaras trampa, se dijo.

—Esos cabroncetes son muy fuertes. ¿Sabías que pueden abatir a un alce? ¡Solo pesan quince kilos y pueden abatir a un alce! —exclamó, claramente impresionado—. Bueno, espero que todo te vaya bien. ¿Te alojas en el propio hotel?

Por un segundo, Alex pensó en mentir. No quería saber nada más de los asesinatos.

—Sí.

El agente soltó un silbidito y meneó la cabeza, entonces Alex se preparó para oír más detalles macabros. Sin embargo, él dijo:

—Es un lugar de lo más chulo. Me gustan los edificios antiguos como ese, esa sensación de tiempos pasados. Tiene historia.

«Y parte de esa historia no es tan bonita», pensó Alex.

—Mis abuelos se prometieron allí.

—¡No me digas!

—Sí.

Alex sonrió. Daba gusto oír una historia agradable sobre aquel viejo lugar.

—Eso fue antes de que el viejo se liase a tiros allí mismo en 1967. —Movió la cabeza—. Es duro, esto de ser un poli y no poder librarte de tu historia familiar.

Alex se quedó pasmada, y, al darse cuenta de que tenía la boca abierta, la cerró.

—Ya me imagino.

—La gente se cree que en cualquier momento se te van a cruzar los cables como a tu abuelo.

Alex hizo una mueca.

—Pero su hijo, mi padre, salió bien. Manso como un corderito.

—Qué bien —exclamó ella, deseando subirse al coche y salir corriendo.

—Aunque, claro, dicen que la locura se salta una generación.

—¿Ah, sí? —dijo Alex, casi chillando.

—Sí. Pero yo estoy como una rosa.

Alex sonrió.

—Tranquiliza saberlo.

—Claro que solo tengo veintidós años, y el abuelo no perdió la cabeza hasta los cincuenta y cuatro.

—Pues entonces todavía tienes tiempo para disfrutar de tu cordura.

Joe se rio.

—¡Es verdad! —Dio un manotazo a la puerta del coche—. Oye, me caes bien. Buena parte de los muchachos estaban preocupados por la llegada de una ecologista, por que causara problemas. La gente cazaba y ponía trampas en esas tierras después de que cerrase la estación, pero ahora que la fundación territorial se ha metido por medio y ya no permiten cazar, muchos están cabreados. Pero tú eres es maja.

Alex no sabía qué responder a sus entusiastas alabanzas.

—Gracias, Joe. Tú también eres majo.

El joven sonrió, complacido.

—¡Gracias! —Echó un vistazo a la parte trasera de la ranchera—. ¿Necesitas ayuda?

—Creo que ya está todo.

—De acuerdo. ¡Que pases un buen día!

—Igual, Joe.

Joe arrancó y Alex siguió colocando la madera. Desde luego, el pueblo tenía color local propio. Echó una tímida ojeada a la gente que había en la calle. Hubo varias personas que la miraron con recelo, seguro porque era forastera.

Aun así, saber que los lugareños no estaban precisamente

contentos con la presencia de la fundación territorial hizo que la sensación de inquietud se le agarrase de nuevo al estómago.

En la acera de enfrente, un sesentón muy bien vestido salió de la galería de arte del pueblo. Sobre el pelo cano y rapado llevaba un sombrero blando de ala ancha con una banda color plata y turquesa. La enorme hebilla de plata de su cinturón habría podido servir cómodamente de mesa para dos, y las botas de vaquero tenían unas puntadas de colores tan afiligranadas que Alex no pudo evitar mirarlas con fascinación. Al verla, el hombre frunció el ceño y su pálido rostro se contrajo y enrojeció. Dirigiéndose hacia Alex con la mandíbula tensa como si tuviese alguna cuenta que saldar con ella, empezó a cruzar la calle. Alex terminó a toda prisa y se subió a la camioneta. El hombre seguía caminando hacia ella cuando arrancó. Echó un vistazo al espejo retrovisor y lo sorprendió mirándola con expresión furiosa.

Volvió a sentir el pavor de la víspera. Había ido a parar a un lugar raro e inhóspito, eso sin duda.

SEIS

Al día siguiente, en el hotel, descargó todo lo que iba a necesitar para construir la primera cámara trampa. Había estudiado a fondo el sistema ideado por investigadores como Audrey J. Magoun y otros.

Vació el contenido de la mochila sobre la cama, después la llevó fuera y volvió a llenarla: pinzas de cocodrilo, cordón, broches de resorte, cables, tirafondos, las maderitas para hacer los postes del cepo de pelo y otros cortes de madera más pequeños para los soportes. Por último, añadió una pata de ciervo envuelta en la que ya había abierto un agujero para pasar el cable.

No quería caminar cargando tablones de metro y medio, por eso decidió que ya buscaría leños que sirvieran de postes más largos cuando llegase a los lugares donde pensaba construir las trampas.

La mochila pesaba bastante, pero no exageradamente. En otras ocasiones había llevado bultos tan pesados que había tenido que sentarse en el suelo, pasarse las asas por los hombros y levantarse como una tortuga torpona que se empeña en andar sobre las patas traseras. La mochila más pesada que había llevado a un trabajo de campo fue una de veintisiete kilos que preparó para hacer un informe bioacústico de murciélagos, en las profundidades de Yosemite.

En cambio, esta era llevadera. No tenía el peso añadido de la tienda de campaña y el saco de dormir. No pensaba pasar la noche fuera; había elegido un lugar cercano al que se accedía en solo unas horas, subiendo por una pista de avalanchas. Dio un largo sorbo de la botella de agua y, con el espray antiosos ceñido a una pierna, alegre e ilusionada, emprendió la marcha.

77

Como no había un sendero establecido, el avance era lento. Cruzó por una pradera de lupino morado y se metió por un denso bosque de pinos contortos, árboles rectos y finos, cuyas copas formaban un dosel en lo alto. La tupida cobertura arbórea impedía que creciera gran cosa en el suelo del bosque, de manera que le resultó fácil abrirse camino entre los troncos.

Después empezó la subida. Notaba pinchazos en las piernas debido al peso de la mochila, y cuando hizo un alto para comerse un sándwich y se la quitó, se sintió como si fuese a salir volando directamente hasta el cielo.

Quería subir y volver a bajar antes de que oscureciera, así que comió deprisa. Llegó a la pista de avalanchas y ascendió zigzagueando para suavizar la pendiente. Había escogido un punto que sobre el mapa aéreo parecía muy grande, un lugar en lo alto de las montañas que tenía los árboles necesarios para construir la cámara trampa.

Mientras subía, echó un vistazo al mapa y a su nuevo GPS, un aparato al que todavía estaba acostumbrándose. El antiguo había desaparecido mientras hacía un estudio en Nuevo México; seguramente se le había caído en el bosque y no lo había oído aterrizar sobre las suaves pinochas.

Al cabo de varias horas de trabajoso ascenso, por fin llegó al lugar, un grupito de árboles que estaba casi en el límite forestal. Agradecida, se quitó la mochila y se puso a dar vueltas por el pequeño pinar en busca de dos árboles que estuvieran separados entre sí tres metros como mínimo.

Después de seleccionar un par de candidatos inmejorables, encontró varias piezas perfectas de leña caída, unos troncos largos y delgados de pino contorto que le venían como anillo al dedo. Sacó la sierra plegable y se puso manos a la obra.

Sujetó una pequeña pieza de madera a un árbol, a casi un metro del suelo, para que sirviera de apoyo. Luego, a pasos, calculó un metro desde el tronco del árbol, cavó un agujero y encajó un leño de un metro que había cortado. A continuación, colocó uno de los leños que había serrado desde el pequeño apoyo de madera del árbol hasta la punta del tronco vertical. La estructura horizontal era el tablón carril, por donde tendría que ir el carcayú para alcanzar el cebo. El poste de apoyo era para ella, pues debía subirse al tablón carril para colgar el cebo.

Después construyó la trampa de pelo, las dos tablas que había hecho cortar en la ferretería para hacer una puertecita al final del tablón carril. Revistió el interior de la estructura con pinzas de cocodrilo preparadas para saltar con el roce de cualquier animal, arrancándole pelo. Sujetó la trampa al tablón carril.

Sacó un trozo de cable de la mochila y se subió al tablón carril, apoyándose en el tronco para mantener el equilibrio. Después de enrollar el cable alrededor de una sección alta del tronco, lo amarró y repitió la operación con el árbol de enfrente, que estaba a tres metros de distancia. Sacó la pata de ciervo de la mochila y la colgó del cable vertical.

En el árbol de enfrente fijó una cámara de control remoto diseñada para fotografiar a cualquier animal que, para llegar a la carne, cruzara los rayos infrarrojos que había junto a la trampa de pelo. Entonces, cuando el animal se estirase para coger el cebo, la cámara le sacaría una foto del vientre. Cada carcayú tenía su propia distribución de pelaje de color claro en la superficie ventral. El aparato también grabaría cuál de las pinzas de cocodrilo se había activado, de manera que cuando Alex cogiera la cámara y el pelaje, podría determinar qué mechones de pelo correspondían a cada carcayú. Así podría analizar el ADN del pelaje, y entre esto y los patrones ventrales sabría cuántos ejemplares había en la zona y si estaban emparentados entre sí.

«Si es que hay», pensó.

Había muchas probabilidades de que el cebo atrajese a otros animales: martas, martas pescadoras, incluso osos. Pero al menos los osos empezarían a hibernar en poco tiempo y no tendría que preocuparse por si estropeaban las cámaras.

Volvió a comprobar las pilas, también la tarjeta de memoria de la cámara, y revisó una vez más la programación horaria que había introducido. La encendió y dio un paso atrás a la vez que movía las manos para activarla. El *flash* era negro, así que al dispararse no afectaría a los carcayús.

Abrió la cámara de nuevo para asegurarse de que había sacado un par de fotos. En efecto.

La cerró, se alejó unos pasos y contempló su obra. Para ser su primera cámara trampa para carcayús, no estaba nada mal. Cogió el GPS y marcó un *waypoint*, esperando a que el aparato calculase el promedio para que la localización fuera lo más precisa posible.

El sol se había puesto por detrás de las montañas, aunque todavía había luz suficiente para ver. Pero enseguida iba a tener que hacer el resto de la caminata con la linterna frontal. Se colgó la mochila y miró por última vez su creación.

Acababa de darse la vuelta para iniciar el descenso cuando el crujido de una rama le anunció que no estaba sola.

SIETE

Detrás de Alex se rompió una ramita, después otra, y otra. Se giró y solo vio los árboles y la cámara trampa. Hizo una pausa, ¿serían piñas cayendo de los árboles? Se quedó quieta y esperó. En vista de que no había más ruidos, inició el descenso.

Cuando llevaba recorrido un kilómetro, había oscurecido tanto que sacó la frontal. Paró para ceñirse las correas a la cabeza y oyó otra ramita crujir a su derecha. Se giró encendiendo la linterna. La zona era más boscosa que la de antes, una densa espesura arbolada. Esperó atenta: otro chasquido, esta vez más a su derecha y más fuerte, luego otro más. Sin lugar a dudas, algo se estaba desplazando entre los árboles más cercanos. Giró sobre sus talones alumbrando a su alrededor.

«Será un ciervo, seguro. O un oso atraído por el olor de la trampa», se dijo.

Se quedó inmóvil, aspirando despacio mientras intentaba ver entre los troncos apiñados. Entonces oyó otra pisada más cerca, apenas un poco más a su derecha. Conteniendo la respiración, movió el haz de luz. Sentía que unos ojos la miraban. Se llevó la mano al espray antiosos. Sabía que los ataques de osos eran muy infrecuentes. La mayoría ocurrían cuando una persona asustaba a uno, que lo único que quería era asegurarse de que el humano no era una amenaza.

Fuera lo que fuera, sabía que ella estaba allí, de manera que ya no podía estar sorprendido. Aun así, sacó el espray del arnés. Otro crujido de rama la hizo girarse más hacia la derecha. La cosa estaba dando vueltas a su alrededor.

De repente se le ocurrió que lo mismo no era un animal salvaje, sino un cazador furtivo que quería impedir que Alex se topase con una matanza ilegal. Y si se trataba de un animal valioso —por ejemplo, un muflón por el que podría cobrar miles de dólares—, quizá no vacilara en matarla también a ella.

A su derecha se rompió una rama. Una grande. Se giró y no vio nada, pero sentía intensamente que alguien la observaba. Se quedó quieta, a la escucha, y detectó movimiento a su derecha.

Entre los troncos de los árboles, al final del haz de luz de la linterna, se movió una criatura voluminosa. Alex echó a andar hacia atrás. Un poco más allá del alcance del frontal, oyó un crujido de pinochas. Fuera lo que fuera, era grande. No era una mofeta ni un tejón. Miró al suelo para evitar tropezarse con un tronco en la oscuridad. El camino estaba despejado y retrocedió cada vez más deprisa. Cuando volvió a enfocar el haz de luz sobre los árboles, la cosa se había acercado más. Durante un segundo vio algo que se movía de un árbol a otro, escabulléndose en el mismo instante en que la luz iba a alumbrarlo. Le pareció que era una criatura alta, que tal vez estaba de pie. ¿Un oso curioso? Un sudor frío le recorrió la espalda.

Sabía que si era un oso no convenía salir corriendo, así que siguió retrocediendo poco a poco con la sensación cada vez más intensa de que unos ojos la miraban.

Reacia a quitarse la frontal en aquella parte del bosque, como si el haz de luz pudiera por sí solo mantener a la cosa controlada, siguió caminando de espaldas. Tropezó con un arbusto, pero consiguió enderezarse agarrándose a un árbol. La luz se descontroló mientras recuperaba el equilibrio, entonces oyó que la cosa se acercaba furtivamente.

De repente cayó en la cuenta de que la luz delataba su posición, así que la apagó y se alejó rápido en sentido contrario, haciendo el menor ruido posible. La cosa se escabulló de manera estrepitosa entre la maleza, y Alex se volvió y encendió la linterna justo a tiempo para ver una criatura de gran tamaño que desaparecía entre las sombras. No le había dado tiempo a verla con claridad, solo sabía que era grande. Podría ser una persona, también un ciervo o un oso.

Presa del pánico, salió disparada sin mirar atrás. No le hacía ninguna gracia darle la espalda, pero quería salir de allí inmediatamente.

«*Sasquatch*», se dijo, acordándose de Jolene.

Aterrada incluso ahora que la cosa se había alejado, bajó la montaña a la carrera. Se abrió camino entre los pinos, cruzó la pradera y llegó al hotel. El miedo no remitió hasta que entró en el viejo edificio y cerró con llave.

Respiró hondo y dejó la mochila sobre una mesa. Ahora que estaba a salvo en el interior del hotel, empezó a sentirse un poco tonta por haber reaccionado de aquella manera. Mientras se quitaba la frontal, decidió hacerse una taza de té. En la cocina, encontró un poco de té negro en el armario, y tras hervir el agua se preparó una taza. Al volver al mostrador de recepción, acercó un taburete alto al teléfono. Aún no le había contado a Zoe que había aceptado este encargo.

Como no había cobertura móvil, tenía que usar la línea fija y sabía que Zoe no respondería si veía un número desconocido. Había tenido malas experiencias en el pasado con admiradores siniestros, de modo que incluso el nombre que daba en su buzón de voz era falso, por si alguien conseguía su teléfono privado.

Tal y como se temía Alex, su amiga no respondió. Saltó el buzón de voz: «Este es el teléfono de Beatrice McStumplepott. Por favor, deje su mensaje». Al oír el nombre, Alex soltó una carcajada. Zoe siempre escogía nombres que sonaban a la típica metomentodo remilgada que hace la vida imposible a los vecinos con sus constantes quejas sobre sus jardines, sus perros o los sombreros que deciden ponerse.

—Oye, Zoe, soy Alex. No soy un acosador demente. Estoy en un lugar sin cobertura, así que puedes llamarme a este número fijo. Espero que todo vaya bien en el rodaje. Adiós.

Instantes después, sonó el teléfono.

—Ni siquiera sabía que hubiera lugares sin cobertura móvil —dijo Zoe, sin saludar siquiera.

—Pues sí. Lo que pasa es que tienes que alejarte muchísimo de una ciudad para experimentar este extraño fenómeno.

—¿Y tú estás muy lejos de una ciudad?

—Sí. En la Montana rural.

—Y eso ¿por qué? O sea, ¿en plan diversión?

Zoe sonaba incrédula.

—En plan trabajo.

—Vale, ¿qué está pasando? ¿Os habéis vuelto a pelear Brad y tú?

Alex cambió de postura sobre el taburete.

—Esto no tiene nada que ver con Brad. Bueno, aparte del hecho de que ya no seguimos juntos y lo único que hacía en Boston era perder el tiempo. Después de hablar contigo, tuve una conversación con el profesor Brightwell. Me consiguió un trabajito en Montana, un estudio del carcayú.

—¿Y ya estás allí?

—Era parte del trato.

—¿Se lo has dicho a Brad, al menos? ¿De verdad que habéis cortado? Pensaba que solo os estabais dando un descanso.

Alex frunció el ceño.

—El descanso empieza a convertirse en una ruptura, creo. Le he llamado varias veces, pero no responde.

—Lo siento…

Alex no estaba segura de lamentarlo demasiado. El silencio de Brad la molestaba, pero las peleas todavía la molestaban más.

—¿Qué tal vas, después del tiroteo?

—Sigo un poco alterada. Pero la periodista va a salir adelante.

—Al menos eso es una buena noticia. ¿Pillaron al segundo pistolero?

—No. No tienen ni idea de quién puede ser, de si conocía al otro o no. —Alex suspiró. Todavía la agobiaba recordarlo. Y se le hacía raro haberse subido a un avión de un día para otro sin saber qué había sucedido.

—Si te enteras de algo, llámame, ¿vale? Aquí no tengo acceso a internet.

—Sí, por supuesto. Estoy en el país de las comodidades modernas. —Hizo una pausa—. ¿Estás bien?

Alex respiró hondo.

—Qué remedio.

Zoe cambió de tema.

—Bueno, háblame de tu nuevo alojamiento.

Alex miró a su alrededor.

—Bastante singular. Estoy en la estación de esquí Snowline, en lo alto de una montaña.

—¡Qué me dices!

—Sí.

—Y seguro que te encanta.

—Sí, menos lo de que esté abandonada. De noche da un poco de miedo.

—¿Has visto fantasmitas de niñas al final del pasillo, pidiéndote que vayas a jugar con ellas para toda la eternidad?

—No, pero gracias por la imagen.

—No hay de qué —dijo su amiga—. ¿Hasta cuándo estás?

—Por lo menos un par de meses, seguramente hasta la primavera.

Zoe tosió.

—¡Hasta la primavera! ¡Casi me atraganto con el vino! ¿Vas a quedarte todo ese tiempo en el culo del mundo? Dime que hay más gente ahí. Gente guapa. Interesante.

—En el pueblo más cercano hay unas cuantas personas interesantes que no dudaría en clasificar como «pintorescas», aunque no sean precisamente simpáticas. Aquí arriba solo estoy yo. Eso sí, un coordinador regional monísimo se pasó por aquí para ayudarme a instalarme. Pero ya se ha ido.

—¿Cómo de mono?

—Muy pero que muy mono.

—Bueno, por mucho que me ayudase a instalarme un tipo mono, yo no podría. Ni loca.

Alex sonrió.

—Bueno, no sé si recuerdas que a mí este tipo de cosas me gustan.

—Sí, rarita sí que eres.

—Y tú ¿qué? ¿Novedades? —preguntó Alex.

Zoe soltó una risita.

—He conocido a un tipo.

—¿Qué pasó con John? ¿O era Phil? ¿Steve?

—Steve. Ese ya es agua pasada. El nuevo se llama Rob. Es pura energía. Este fin de semana estamos recorriendo la costa en bici.

—Pero si detestas la bicicleta… —señaló Alex.

—Sí, pero él no lo sabe. Es un loco del *fitness* y de comer quinoa y col rizada y ese tipo de cosas.

—Y tampoco te gustan la quinoa ni la col rizada…

—Detallitos sin importancia… Ya se lo confesaré más adelante. En estos momentos quiero causarle buena impresión.

Alex se rio.

—Querrás decir una impresión falsa.

—Exactamente.

Zoe cambiaba de ligue con la misma frecuencia con que modernizaba su guardarropa, más o menos cada dos meses, a veces incluso menos.

—¿Crees que este es tu media naranja? —bromeó Alex, que sabía que Zoe no creía en las almas gemelas ni en la media naranja, ni siquiera en el matrimonio.

—¡Pues claro!

—Eso pensaba. Qué suerte tienes, que te encuentras con tu media naranja al menos seis veces al año.

A Zoe le dio la risa tonta.

—Sí, tengo suerte. —Alex oyó sonar el timbre de la puerta de Zoe—. ¡Ay, ya está aquí! —dijo su amiga, excitada—. Nos vamos a una charla o no sé qué sobre las superbayas. ¿O eran supercereales…? Ahora no me acuerdo.

—Suena apasionante. Que lo disfrutes.

—Seguro que sí. Y mañana quiero saber más cosas sobre esos lobos tuyos.

—Carcayús.

—Eso. Son como lobos pequeñitos, ¿no?

Alex sonrió.

—Más bien como comadrejas enormes.

—Qué raro.

—Hasta luego.

—Adiós.

Alex colgó y se estiró. Aún no había retomado la novela que había comprado en el aeropuerto, y como todavía no tenía información para ponerse a trabajar, decidió tirarse en el sofá a leer.

Pero le pesaba el ambiente lúgubre y silencioso del lugar. Había agua goteando por algún lado, y en el segundo piso se oía un extraño silbido, algo que esperaba que solo fuera el viento colándose por una persiana y no el aullido atormentado de unas almas perdidas.

* * *

Alex se despertó sobresaltada y vio que seguía en el sofá del vestíbulo, la novela en el suelo. Por las ventanas entraba luz a raudales. Se incorporó medio grogui, frotándose una contractura que notaba en el cuello. Miró el reloj: las 08:30 de la mañana.

Había dormido como un lirón, algo que hacía años que no le pasaba. Solía despertarse a las cuatro horas de haberse dormido, a veces demasiado espabilada para coger otra vez el sueño. Después tenía que leer una hora antes de que los párpados empezasen a pesarle de nuevo.

Se levantó, se desperezó y se fue a la cocina a hacerse un té. Hoy tocaba buscar otro lugar donde colocar una segunda cámara con trampa de pelo. Tras ducharse y desayunar huevos revueltos con un poco de pan, volvió a llenar la mochila y salió a localizar el segundo puesto.

Durante la siguiente semana y media mantuvo esta rutina: trasladaba suministros a distintas zonas de la reserva y construía cámaras trampa. Las dos últimas trampas estaban tan alejadas que durmió en medio del campo.

En su séptima y última excursión, construyó la última trampa, después echó a andar antes de acampar a varios kilómetros del hotel. Eligió una espléndida pradera alpina que estaba a unos doscientos metros de un burbujeante arroyo de deshielo, el lugar perfecto para coger agua. La tienda era fácil de montar, metió la colchoneta de vivac y el saco de dormir tipo momia. Se acercó al arroyo con el filtro de agua y la botella, respirando el olor dulce del abeto subalpino. Por el oeste, la luz se iba desvaneciendo, creando una deslumbrante puesta de sol dorada, rosa y roja. Cerca oyó el vibrante craaac de una pareja de cascanueces de Clark que se contaban el uno al otro cómo les había ido el día.

Se arrodilló en la orilla y sumergió la manguera del filtro en el arroyo. Después bombeó la manivela y llenó la botella.

«¡Esto sí que es vida!», dijo en voz alta. Estar ahí, en plena montaña, era un bálsamo para el alma: el aroma alpino, aquel aire tan vigorizante, los sonidos de las aves en el bosque y del viento en los árboles… Aquella noche había luna nueva y sabía que vería el impresionante espectáculo de las estrellas revelando la delicada expansión de la Vía Láctea.

Una vez llena la botella, dio un trago largo y volvió a llenarla hasta arriba. Aún no sabía nada de Brad. Llevaba más de una semana en Montana y no había recibido ni siquiera un SMS. Cierto, no había tenido muchas oportunidades de mirar el móvil, pero la víspera, sin ir más lejos, se había acercado al pueblo a por más suministros y al encenderlo no había ningún mensaje. Sin embargo, aquí, en medio de la naturaleza, la ruptura y la lenta aceptación de que no iban a solucionar las cosas no le hacían tanto daño.

De hecho, aquí nada hacía tanto daño. Aparte de las rupturas amorosas, a Alex la acompañaba un vago dolor, sordo y continuo, desde que tenía memoria, la sensación de que algo iba mal o le faltaba, o de que a su vida le había sido arrancado algo y no sabía qué era. Había tardado muchos años en comprender que lo que echaba de menos era la naturaleza. Se había criado en grandes ciudades, pero en lo más profundo de su ser estaba la llamada de la naturaleza. Simplemente, por aquel entonces no lo había sabido.

Cuando tenía siete años, sus padres la llevaron de acampada a las Montañas Rocosas. Alex se sentó en un peñasco cubierto de líquenes en lo alto de un collado a contemplar las espléndidas cumbres y las nubes que la envolvían formando volutas. Vio marmotas, ochotonas, también un oso pardo, y se rio y se sintió más viva que nunca. El dolor misterioso que llevaba sintiendo toda su infancia desapareció como por arte de magia. Sentía el corazón henchido.

Cuando volvieron a casa al final del verano, el dolor regresó, y esta vez fue peor. Cemento, coches, tubos de escape, bocinazos, gritos, edificios de acero y apenas ningún árbol. Cuanto más estaba en la ciudad, más se le rompía el alma.

Por culpa de este dolor, de niña tenía tendencia a portarse mal. Su madre le decía que era cabezota. Pero el dolor sin nombre desazonaba a Alex. No lo pagaba con sus padres, pero ¡ay de cualquier abusón que se metiese con algún chaval desafortunado! En tercero de primaria, había tenido tantas peleas con niños abusones que se habló de sacarla del colegio. Su madre decidió que no era demasiado pequeña para empezar a aprender un arte marcial, por eso sugirió el karate con la esperanza de que la ayudase a controlar la ira.

Había funcionado. El karate le había encantado; después se había pasado al taekwondo, y, a los once años, había descubierto el *jeet kune do* y ya no había habido vuelta atrás. El *jeet kune do* había sido creado por Bruce Lee y te preparaba para defenderte de distintos tipos de ataque. Era un arte marcial para aficionados y no ofrecía cinturones, aunque, para cuando Alex empezó la universidad, le había dedicado tanto tiempo que era toda una experta.

Seguía sin tolerar a los abusones, pero con el paso del tiempo su batalla había empezado a librarse en otro terreno. Había comprendido que, por terrible que fuera para un humano ser objeto de abuso, era aún peor para la vida salvaje, que carecía de voz. Alex juró que se convertiría en esa voz.

A lo largo de los años había vuelto a las Rocosas a pasar semanas, o incluso meses, cada vez que se le había presentado la oportunidad. Las Rocosas tenían un ecosistema prácticamente intacto. Aún había lobos y osos pardos, carcayús y ochotonas; allí Alex se sentía plena.

Estar en ese lugar ahora, respirando ese aire, sabiendo que el bosque que la rodeaba estaba lleno de criaturas y que ella simplemente era una más, le infundía ánimos.

Estaba en el paraíso.

Se quedó un buen rato tumbada bajo las estrellas sobre un suave lecho de pinochas, la cabeza apoyada en un tronco, el cielo tan oscuro que podía distinguir la galaxia Andrómeda a simple vista. Cuando empezó a hacer demasiado frío, se metió en la tienda y se subió hasta arriba la cremallera del saco momia. Al instante entró en calor. Había pensado leer, estaba a punto de terminar la novela, pero, con tanto frío, la idea de sacar los brazos para sujetar el libro la echó para atrás.

Así pues, cerró los ojos y se quedó dormida oyendo el correr de las aguas y el ulular de un búho entre los árboles.

No sabía cuánto tiempo llevaba durmiendo cuando algo la despertó de golpe. Se quedó escuchando, preguntándose si no habría sido solo un mal sueño. Después lo volvió a oír, un sonido como de algo arrastrándose alrededor de la tienda. Allí fuera había algo de gran tamaño moviéndose. Había guardado la comida en una lata a prueba de osos y alejada del campamento, así que no le preocupaba que fuera un oso.

Pensó en encender la linterna frontal para ver qué era, pero decidió no hacerlo. Fuera lo que fuera, dio una vuelta completa alrededor

de la tienda. Le vinieron a la cabeza imágenes del asesino de la autopista, despúes de un loco errante que se paseaba hacha en ristre a la luz
de las estrellas en busca de víctimas.

Alargó con sigilo la mano, cogió el cuchillo de campo y lo abrió.
Con los ojos de par en par, se quedó mirando el techo de la tienda, a
la escucha. Después, lentamente, la criatura se alejó. Parecía que arrastraba los pies, y era grande y pesada… desde luego, no era un grácil
ciervo ni un ágil lobo.

Mientras los sonidos se esfumaban entre los árboles, Alex permaneció despierta, con el cuerpo alerta, preguntándose qué habría estado tan cerca de ella en la oscuridad.

OCHO

Al día siguiente, de vuelta al hotel, Alex se pasó por el lugar donde había colocado la primera trampa. Entusiasmada, comprobó que siete de las trampas de pelo habían saltado, arrancando mechones oscuros.

Con unas pinzas, cogió el pelo de cada resorte y colocó las muestras en sobres separados, que etiquetó con un rotulador indeleble para que se correspondieran con su sistema de numeración de los resortes. Sacó las pilas y la tarjeta de memoria de la cámara y puso otras nuevas, luego regresó al hotel a ver qué había obtenido.

Una vez allí, encendió el portátil, eufórica por disponer de material en el que zambullirse. Había programado la cámara para que se disparase cada vez que algo se moviera por delante.

Como la cámara tenía un alcance de treinta metros, se encontró con que también había disparado a cosas que estaban más allá de la zona objetivo. Examinando las fotos, vio ciervos, numerosas ardillas, también un oso negro que se había acercado a investigar la trampa. En lugar de utilizar el tablón carril, el oso se había limitado a trepar por el árbol, pero la comida estaba tan alta que, tras dar unos manotazos al cebo, había desistido para ir en busca de comida más fácil de obtener. Los osos negros eran prácticamente vegetarianos, así que tampoco debía de haberse desilusionado mucho.

Centenares de imágenes más tarde, aún no había visto qué había activado los resortes de las trampas de pelo. En las fotos que llevaba vistas, todos los resortes continuaban abiertos y preparados para arrancar pelo. Se frotó los ojos y se fue a la cocina a prepararse un té. Al volver, se sentó, se estiró y siguió con el resto.

Uno de los días se había levantado un vendaval y las ramas del árbol, al mecerse, habían activado la cámara unas cuarenta veces, ocupando un espacio de memoria muy valioso. Empezaba a pensar que quizá la tarjeta de la cámara se había llenado antes de que llegase el animal de pelaje oscuro, fuera cual fuera.

Sin embargo, entonces apareció una marta pescadora en el tablón. La marta pescadora era otro miembro de la familia de las comadrejas, uno que había sufrido un importante descenso poblacional debido a la explotación forestal y al exceso de capturas con trampa. Vio cómo activaba tres de los resortes y se levantaba para llegar al cebo, mostrando completamente el vientre. Sonrió. No solo le encantaba ver una marta pescadora, sino que además quedaba demostrado que, si aparecía un carcayú, la trampa funcionaría y sacaría una foto de esa zona ventral tan necesaria para la identificación individual. Etiquetó el sobre correspondiente con *Pekania pennanti,* el nombre científico de la pescadora.

Continuó revisando las fotos, emocionada por ver qué había activado las otras cuatro trampas de pelo. Las imágenes de la siguiente jornada revelaban una delgada marta americana que se había arrastrado por el tablón carril y hacía todo lo posible por alcanzar al cebo. No cabía duda de que la trampa gozaba de un gran éxito entre las comadrejas. Vio el típico pecho naranja de la marta. Aunque era lo bastante delgada para pasar entre las trampas de pelo sin hacerlas saltar, al salir activó dos del lado derecho. Lo anotó, después cogió el rotulador y escribió «Martes americana» en el sobre correspondiente.

Estaba llegando al final de las imágenes. Más ardillas, más viento y el oso negro pasando otra vez. Entonces vio un destello blanco en una de las imágenes y la puso en pausa, sorprendida.

Era una persona con una camiseta blanca. La figura estaba moviéndose y se veía borrosa, pero parecía un hombre que pasaba corriendo por delante del árbol. Pinchó en la siguiente imagen. En esta se encontraba al otro lado del árbol, mirando por encima del hombro. Parecía que tenía el pantalón rasgado y que tenía una mancha negra en el rasgón, tal vez sangre. No llevaba mochila ni instrumental, solamente la camiseta y el pantalón rasgado. Cosa rara, daba la impresión de que no llevaba zapatos. Le pareció distinguirle los pies descalzos entre la hierba.

En la siguiente imagen se hallaba encorvado, con las manos en las rodillas, como se intentara recuperar el aliento. Alex amplió la imagen y vio que no, que estaba vomitando. Pinchó en la siguiente foto. En esta, el hombre estaba mirando otra vez por encima del hombro, la boca abierta, las cejas arqueadas con expresión de sorpresa o de miedo. Todo su cuerpo estaba rígido, como si estuviera tenso y a la escucha.

Avanzó a la siguiente imagen de la serie: una foto borrosa del hombre echando a correr y saliéndose de cuadro.

Intrigada por saber si reaparecería más tarde, pinchó en el resto de las imágenes de la tarjeta de memoria, así descubrió que el último visitante, el que había activado la trampa de pelo, era una marta pescadora, seguramente la misma de antes.

Pero ¿quién era el hombre? Repasó más despacio todas las imágenes, pero la persona misteriosa solo aparecía en aquellas cinco fotos. Las examinó minuciosamente. Se suponía que no podía haber nadie más allí. La reserva estaba cerrada al público. El hombre no parecía un excursionista intentando atajar, teniendo en cuenta que no llevaba ni mochila ni zapatos. Además, en la última imagen parecía alarmado, y ¿por qué estaba vomitando?

Quizá estuviese acampando de manera ilegal por allí cerca, razonó, o puede que solo estuviera de paso y no supiera que ahora la reserva era terreno privado y protegido. Quizá la noche anterior había bebido demasiado y se había alejado de su campamento para vomitar. Pero era evidente que en la primera y en la última imagen estaba corriendo. ¿Por qué iba nadie a correr descalzo? Los suelos forestales de montaña no eran precisamente suaves y mullidos. Había rocas dentadas, pinochas puntiagudas, piñas picudas. Se detuvo en la penúltima imagen, aquella en la que el hombre miraba hacia atrás con la boca entreabierta y expresión de sorpresa o de alarma. Había algo en él que le resultaba familiar.

Amplió la cara, agradeciendo que la cámara de control remoto tuviese una capacidad de diez megapíxeles. La imagen no tenía demasiada definición, pero era lo suficiente detallada como para que no le cupiera ninguna duda.

Era el mismo hombre que le había dejado la nota en la camioneta el primer día que estuvo en el hotel.

Recordó la noche en la que había colocado esta cámara trampa. Había algo rondando por el bosque que la había asustado. ¿Y si no era más que un oso curioso? ¿Y si el tipo se había pegado un susto de muerte al ver a este mismo oso y había salido huyendo de su campamento? O puede que este fuese el hombre que la había estado observando aquella noche, un cazador furtivo que quería asegurarse de que Alex no descubría su caza. Desde luego, la nota que había dejado no era nada cordial.

Aun así, no eran más que especulaciones. Alex no había visto indicios de ninguna acampada cerca de la trampa, ni tampoco de ninguna matanza ilegal. Y ¿cómo se habría herido la pierna? Volvió a observar la imagen del hombre vomitando y la amplió. A tanta distancia no había suficientes píxeles para verlo con seguridad, no obstante, le pareció ver algo raro en sus manos. Al encorvarse para vomitar, la mayoría de la gente apoyaba las palmas en las rodillas o los antebrazos en los muslos. Él estaba torpemente apoyado sobre las muñecas dobladas, sus dedos cerrados sobre sí mismos de una manera rara. Era extraño.

Y en su cabeza vio unos píxeles con algo que parecía sangre. ¿Estaría vomitando a causa de una conmoción cerebral?

Tras examinar las imágenes varias veces más, decidió que lo mejor que podía hacer era llamar al *sheriff* para pedirle que alguien subiera con ella hasta allí. Si el hombre estaba herido, quizá necesitase ayuda. Y si era un intruso o, peor aún, un cazador furtivo, razón de más para que Alex quisiera que lo echasen de aquel lugar. Miró el día y la hora de la serie de imágenes. Solo eran de ayer, a última hora de la tarde.

A pesar de que no tenía ganas de charlar con su amabilísimo *sheriff* Makepeace, se acercó al teléfono fijo y marcó el número que le había dejado Ben.

—Oficina del *sheriff*—respondió una mujer que por su voz sonaba mayor.

Alex supuso que sería la misma mujer saturada de trabajo que había visto en la comisaría.

—Hola. Soy Alex Carter, la investigadora que está alojada en la estación de esquí Snowline. ¿Se acuerda de mí?

Lejos de contestar fríamente, la mujer contestó:

—¡Ah, hola! Quería conocerte. No caí en la cuenta de quién eras cuando viniste la semana pasada. Yo soy Kathleen, la encargada de la oficina. Y operadora a tiempo parcial. Y preparadora de un café malísimo. —Hizo una breve pausa, y a continuación bajó mucho la voz—: Lo que estás haciendo ahí arriba es maravilloso. En mi opinión, la reserva es una idea fantástica. La fauna salvaje necesita moverse por un lugar seguro.

Alex esbozó una sonrisa.

—¡Gracias! Eres la primera persona que lo dice.

—Lo sé. Y seguramente seré la única persona de por aquí que te lo diga. Oye, no habrás conocido a Flint Cooper, ¿no?

—No, creo que no.

—Bueno, pues mejor. Se cree que está al mando de todo esto. Tiene metido entre ceja y ceja que no se hizo lo que él quería hacer con el terreno en el que está la estación.

—Y ¿qué quería?

—Quería comprarlo, claro. Es el mayor ganadero de la zona. ¡Ni que necesitásemos más tierra para pastos! ¡Lo que faltaba! ¿Qué pasa, que la fauna salvaje ya no puede tener sitio para campear?

La sonrisa de Alex se ensanchó. Había encontrado una aliada.

—Estoy de acuerdo.

—Quiere conocerte, pero no quiere tomarse la molestia de ir hasta la reserva.

—¿Y por casualidad no llevará un gran sombrero blanco con una banda turquesa? —preguntó Alex, acordándose del hombre furioso que había visto la semana anterior en la calle.

—¿Así que le conoces?

—Casi, pero conseguí evitarlo.

—Bien. —Kathleen carraspeó y subió la voz—: Dígame, ¿en qué podemos ayudarle?

Alex supuso que alguien, seguramente el propio *sheriff*, acababa de pasar por delante de su mesa. También ella se puso en modo negocios.

—Tal vez ya sepas que he venido a hacer un estudio de los carcayús y que he instalado un montón de cámaras de control remoto por la zona. Hoy he cogido la tarjeta de memoria de una de ellas y he visto que ha sacado varias fotos de un hombre. Es el mismo tipo que me dejó una nota amenazante en la camioneta. Pero en estas imágenes parece que está herido o enfermo. Y hay más cosas extrañas, como que no lleva zapatos.

—Eso sí que suena raro. ¿Quieres que vaya alguien a echar un vistazo?

—Sí, por favor.

—Voy a ver quién está disponible y te vuelvo a llamar. ¿A este mismo número?

—No tengo otro. Aquí no hay cobertura móvil.

—De acuerdo. Enseguida te llamo.

Kathleen colgó.

Alex volvió al ordenador e hizo una copia de seguridad de todas las fotos antes de borrar la memoria para meterla en otra cámara. El teléfono sonó varios minutos más tarde y Alex se abalanzó sobre él.

—¿Diga?

Era Kathleen, quien otra vez le habló en voz baja:

—Lo siento, pero va a ir el *sheriff* en persona. Intenté que fuera Joe.

Era muy revelador que su propia encargada no le tuviera simpatía. La sensación de afinidad con Kathleen aumentó.

—Gracias por intentarlo. ¿Cuándo llegará?

—En unos veinticinco minutos. Ya ha salido.

—Gracias, Kahleen.

—Buena suerte.

Colgaron, y Alex se preparó para otro encuentro desagradable.

Tres cuartos de hora más tarde, el *sheriff* se hallaba sentado en la silla de Alex, delante del ordenador. Frunció el ceño mientras repasaba por enésima vez las imágenes. Alex le había dicho que era el mismo hombre que le había dejado la nota en la camioneta.

—Pues no me suena de nada. No es de por aquí —dijo el *sheriff*, echando otra ojeada.

—¿Está seguro? Entonces, ¿qué estaba haciendo aquí en el hotel?

—A mí que me registren. Será un okupa, o un cazador. —La miró, su boca era un tajo fino y condenatorio—. Aquí venía a cazar mucha gente, ¿sabe? Puede que este hombre sea alguien de fuera que no se ha enterado de que ahora esto es una reserva natural.

—Si fuera el caso, *sheriff*, querría que lo sacasen de aquí.

—Por otro lado —continuó él, recostándose en la silla—, lo mismo es un *hippie* abrazaárboles y le ha dado el ataque de la naturaleza salvaje. Eso explicaría lo de los pies descalzos. Ya sabe, el regreso a lo natural y todo ese rollo…

—Y entonces, ¿cómo se explicaría la nota amenazadora? ¿Y los vómitos? ¿Y los cortes en la pierna y en la cabeza?

—Puede que haya leído mal la nota. A lo mejor es uno de esos tipos alternativos, como usted, y le estaba previniendo contra estos lugareños tan poco cordiales. Lo mismo se ha cortado buscando setas o se ha comido alguna que no debía y le ha sentado mal. —Se dio la vuelta hacia las fotos—. No creo que haya nada de lo que preocuparse.

Alex se levantó, sorprendida.

—¿Sugiere que ni siquiera vayamos a echar un vistazo?

El *sheriff* se giró para mirarla.

—¿De veras quiere darse la caminata hasta allá arriba por un puñado de fotos de un *hippie* que ha tomado demasiado peyote? He preguntado por radio si hay algún excursionista desaparecido en la zona, y en estos momentos no hay ninguno.

Alex se quedó pensando en la sugerencia del *sheriff* y en su propia interpretación de la nota. Decía: «No eres bienvenida. Lárgate mientras todavía puedas». Puede que el *sheriff* estuviera en lo cierto. Lo mismo el hombre estaba avisándola sobre la persona que la había echado de la carretera. Desde luego, si había dejado la nota con buena intención, Alex no quería dejarle allí solo y herido.

—Eso no significa que allá arriba no haya una persona herida. Puede que nadie espere que vuelva hasta dentro de varios días.

—En eso tiene razón. —Para sorpresa de Alex, el *sheriff* se levantó y dijo—: De acuerdo. Venga, vamos.

Alex descruzó los brazos. Sintió que el creciente malestar amainaba ligeramente, y a continuación cogió la mochila pequeña.

—¿Lleva agua? —preguntó.

—En el coche —contestó el *sheriff*.

Tardaron casi dos horas y media en subir la montaña. A pesar de su barriga, el *sheriff* era sorprendentemente veloz y no le costaba seguirle el ritmo. Al principio apenas hablaron. Cuando faltaba kilómetro y medio para llegar a la cámara trampa, dijo:

—Solía cazar en estos bosques después de que cerrara la estación. Anda que no he pasado tardes buenas aquí buscando ciervos... Pero no creo que le apetezca oír hablar de ello, ¿no?

Con franqueza, no le apetecía.

—No sé si sabe que los cazadores le hacemos un favor al bosque. De no ser por nosotros, habría sobrepoblación de ciervos y enfermarían.

Alex sopesó los pros y los contras de responder. Por fin, dijo:

—Lo que realmente devolvería la salud al bosque sería restaurar su equilibrio natural entre depredadores y presas. Los lobos y los pumas mantienen bajo control a las poblaciones de ciervos y alces llevándose a los individuos débiles y enfermos.

El *sheriff* parpadeó y, para gran alivio y asombro de Alex, se quedó callado.

La última media hora caminaron en silencio, pero Alex sentía en la espalda la mirada hosca del *sheriff*.

Al fin llegaron al lugar en el que había estado el hombre de las fotos. El *sheriff* se puso manos a la obra, comenzó por el sitio en el que había vomitado. El vómito aún se veía; había formado una costra naranja y amarilla sobre las pinochas. Se agachó a olerlo y a Alex se le revolvió el estómago.

—La causa del vómito no ha sido el alcohol —observó el *sheriff*—. Huele a guiso de patata.

A continuación, siguió los pasos del hombre hasta el punto en el que había aparecido en la primera foto. También Alex se puso a buscar, moviéndose en paralelo al *sheriff*. No encontraron ni un campamento ni los restos de uno. Después invirtieron el sentido de la marcha, en dirección al lugar en el que el hombre había salido corriendo.

Al ver que tampoco así conseguían nada, el *sheriff* se levantó y, con las manos en las caderas, gritó:

—¡Hola!

Entre los árboles, unos carboneros montañeses reprocharon con su canto el súbito ruido. Una ardilla roja chilló y emitió un gorjeo.

—¡Hola!

La voz del *sheriff* atravesó el bosque para resonar en un risco cercano.

Esperaron, aunque no oyeron nada. Continuaron por la dirección que había tomado el hombre y el *sheriff* volvió a gritar. Esta vez, tan solo respondió el viento que suspiraba entre los pinos. Estuvieron otra hora peinando el terreno en busca de señales, moviéndose en círculos cada vez más amplios. No había nada fuera de lugar, no había restos ni de campamentos ni de hogueras, ni tampoco huellas de pisadas.

Cuando el sol empezaba a ponerse, el *sheriff* le hizo señas para que se acercase.

—Mire, el tipo no llevaba mochila, ¿no? Ni tampoco zapatos, ¿verdad? Ha debido de acampar muy cerca de aquí. No se llega tan lejos sin mochila ni zapatos.

—Pero no hemos visto ni rastro de un campamento.

—Puede que hayamos pasado por delante sin verlo si era uno de esos *hippies* que pretenden pasar por la vida sin dejar rastro… Ni colillas, ni hoguera…, cada uno que entierre su mierda. Seguro que cogió sus bártulos y continuó su camino.

—No sé, *sheriff*. ¿Qué me dice de la herida?

—Estaría colocado y se caería. Seguro que por eso echó la pota. Después, con mal cuerpo, cogió sus trastos y se fue.

Alex no parecía convencida.

—Mire —volvió a decir el *sheriff*, mirándola a los ojos—. No quería preocuparla, pero hay mucha gente que sigue viniendo aquí de acampada. Hemos expulsado a montones de personas por petición de la fundación territorial. Es un lugar precioso y no hay que pagar entrada para utilizarlo.

—Pero entran sin autorización en propiedad ajena.

—Ya, bueno, eso a la gente le da lo mismo. El año pasado, a unos universitarios de Missoula se les metió entre ceja y ceja organizar aquí un festival de música. ¿Qué le parece? Expulsamos a unos cincuenta chavales. Se piensan que, como aquí no hay nadie a tiempo completo, pueden hacer uso del lugar cuando les venga en gana sin que nadie les pille. —El *sheriff* movió la cabeza—. Fuera quien fuera el hombre, ya no está. Y no me sorprendería si pilla a más gente con el resto de las cámaras.

«Genial».

—Vale —cedió Alex.

Se volvieron para iniciar el camino de regreso, pero el *sheriff* se detuvo delante de la cámara trampa.

—Menudo artilugio más complicado. ¿Por qué no pone trampas de cazar sin muerte y ya está? Mi padre los atrapaba, aunque, claro, no precisamente con trampas sin muerte. Los carcayús entran en las cabañas de los tramperos y lo destrozan todo, después dejan un olor a almizcle que echa para atrás, ¿sabe?

—Suena a que están vengándose.

Emprendieron la bajada en silencio. Al llegar al hotel, el *sheriff* se fue derecho a su ranchera.

—Que pase una buena noche.

—Usted también —dijo Alex, agradecida porque el *sheriff*, al menos, hubiese ido a echar un vistazo—. Muchas gracias por venir.

—No hay problema.

Alex esperó hasta que el *sheriff* arrancó, después entró en el hotel y, suspirando, se apoyó contra la puerta. No podía quitarse de encima la sensación de que el hombre no era un excursionista desnortado que había tropezado y se había caído y después había decidido echar a andar. Allá arriba pasaba algo.

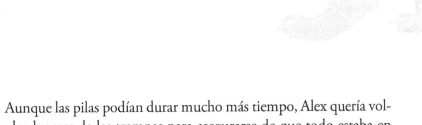

NUEVE

Aunque las pilas podían durar mucho más tiempo, Alex quería volver a los lugares de las trampas para asegurarse de que todo estaba en orden. A la mañana siguiente se levantó temprano y, caminando en un círculo amplio, fue a ver dos de las cámaras. Las dos estaban perfectas, aunque aprovechó para cambiar las pilas y las tarjetas de memoria.

En la primera trampa habían saltado cinco de los resortes, arrancando matas de pelaje de varios tonos de marrón rojizo. En la segunda, se habían activado seis. En todas ellas había pelo marrón oscuro que parecía de un mismo animal. Lo distribuyó en sobres distintos, como había hecho antes.

Fue un día largo de caminata; por la noche volvió al hotel cansada y dolorida. Lo que menos le apetecía era hacerse la cena. Justo cuando se dirigía a la cocina, llamaron a la puerta.

Preguntándose quién podría ser, dijo con cautela a través de la puerta cerrada:

—¿Sí?

—Alex, soy Jolene. Traigo *pizza*.

Sonriendo, Alex abrió. Jolene estaba al otro lado de la puerta con una sonrisa de oreja a oreja y el cabello revuelto salpicado de cuentas metálicas y mechones morados, justo igual a como lo recordaba Alex. A su lado había un hombre de cincuenta y pico años de aspecto tímido. El largo cabello castaño le caía muy por debajo de los hombros, enmarcando un rostro amable y curtido y unos ojos azules. Debía de medir más de un metro noventa y estaba encorvado, como si estuviese acostumbrado a toda una vida de tener que inclinarse ante gente más baja.

Jolene lo señaló con un gesto.

—Mi marido, Jerry.

Él le tendió la mano y Alex se la estrechó.

—Encantada.

—Perdona que hayamos sido tan descuidados —dijo Jolene—. Deberíamos habernos pasado antes a ver qué tal estabas.

Les invitó a entrar.

—¡No os preocupéis! Me alegro mucho de veros.

Alex se fue a la cocina a por bebidas y platos para todos. Al volver, se los encontró sentados a una mesa que había frente a la ventana. El olor a *pizza* hizo que le sonasen las tripas.

Mientras cogían porciones cubiertas de queso fundido, Jolene preguntó:

—Bueno, ¿qué tal aquí? ¿Te parece suficientemente horripilante?

Alex miró a su alrededor.

—No es para tanto…

—¿Así que no has visto nada? Quiero decir, en el bosque… —insistió Jolene.

—¿Te refieres a un *sasquatch?*

—Exacto.

—Bueno, hubo una noche que me pareció que había algo que me perseguía.

—¡Lo sabía!

—Pero puede que fuera un oso. Aunque, por otro lado…

Jerry se interesó.

—¿Sí?

—Una de mis cámaras de control remoto sacó unas imágenes de un tipo en la reserva.

—¿Haciendo qué? —preguntó él.

—Corriendo. Y vomitando.

—Qué raro —intervino Jolene—. ¿Estás segura de que era una persona… y no otra cosa?

Alex asintió con la cabeza.

—Llevaba vaqueros y camiseta. Subí con el *sheriff*, pero no encontramos nada.

Jolene cogió otra porción de *pizza*.

—Ya. Seguro que solo era un excursionista. —Su mirada se cruzó con la de Alex—. Entonces, ¿nada más?

—Por ahora, no —dijo Alex, y dirigiéndose a Jerry, que estaba recorriendo el vestíbulo con la mirada, preguntó—: Y tú ¿a qué te dedicas?

Jerry se atragantó con un poco de *pizza* y soltó una tosecita. Jolene le dio unas palmaditas en la espalda.

—Esto…, soy botánico.

Jolene le golpeó en el brazo con aire juguetón.

—Venga ya, Jerry. Se lo puedes decir. ¿Te crees que va a mirarte por encima del hombro?

Alex arqueó las cejas.

—¿Perdona?

—Cultiva maría —dijo con sencillez Jolene—. Y setas. No es mal modo de ganarse la vida.

—Ah, vale.

Jolene continuó:

—Jerry, la maría se ha legalizado en tantos sitios que ya no está tan estigmatizada como antiguamente.

—Supongo que tienes razón —aceptó él; después, con una sonrisa tímida, le explicó a Alex—: Tengo que mantener el suministro de abalorios para las joyas de Jolene.

Alex dio otro mordisco a la *pizza* y los observó. Se veía que estaban cómodos el uno con el otro, y, por su manera de hablar, notaba que estaban unidos por un profundo amor. Tenían suerte.

—¿Cuánto tiempo lleváis viviendo aquí?

—Unos quince años. Vinimos de Portland —contestó Jerry, tragando un bocado.

—Fue un cambio muy grande —confesó Jolene—. Yo echo de menos la librería Powell.

—Pero queríamos tener tierras —prosiguió Jerry—. Queríamos cultivar nuestra propia comida, ser completamente autosuficientes. —Jolene sonrió—. Y lo conseguimos. Nuestra casa es de consumo energético casi nulo. Tenemos energía aerotérmica y paneles solares. Lo más complicado son los veranos de esta zona, que son muy cortos —continuó Jerry—. No hay demasiado tiempo para cultivar. Así que construimos un invernadero, y eso ayuda.

—Suena increíble. Me gustaría ver vuestra casa.

Jolene le dio unas palmaditas en la mano.

—Ven cuando quieras.

—Gracias.

Después de cenar, Jolene se acercó a un armario que había en el vestíbulo.

—¿Has visto esto, Alex? —preguntó, abriéndolo. En el interior había montones de juegos de mesa.

Alex se levantó.

—¡Hala, qué chulo! Todavía no he explorado todo esto.

Jolene echó un vistazo a los juegos.

—¿Os apetece jugar al Cluedo?

—Vale.

Alex no había vuelto a jugar desde que tenía diez años.

Despejaron la mesa y pasaron la velada intentando descubrir si el culpable era el coronel Rubio o la señora Celeste. Al ver el juego, que era la misma versión que había conocido de niña, se acordó de las maravillosas tardes en compañía de sus padres. Les encantaban los juegos de mesa y los fines de semana se quedaban a menudo hasta las tantas para terminar la partida. La asaltó un recuerdo muy intenso de su madre concentrada sobre el tablero y se le formó un doloroso nudo en la garganta.

Pero los juegos de mesa no eran el pasatiempo favorito de su madre. Lo que más le gustaba era inventar «juegos de supervivencia» para Alex. Describía una situación, potencialmente letal en la mayoría de los casos, y Alex tenía que apañarse para salir de ella utilizando solo lo que tuviera más a mano. Su madre incluso la cronometraba. Los juegos se fueron complicando cada vez más a medida que Alex cumplía años, y su madre empezó a crear salas de escape y a inventar misterios más complicados para que Alex los resolviera. El día de su décimo cumpleaños, su madre la había llevado al bosque, le había dado una mochila con unos pocos víveres y la había dejado sola para que encontrase el camino de vuelta a casa. Alex había tardado cuatro horas en hacerlo, a la vez eufórica y un poco cabreada.

A su padre, estos desafíos nunca le habían hecho gracia. Le parecía que eran demasiado siniestros, que Alex era una cría y que había que dejarla jugar y ser inocente. Sin embargo, su madre había insistido en que tenía que estar preparada para cualquier situación. La única situación para la cual no preparó a Alex fue para su muerte repentina, que los dejó desconsolados.

En muchos sentidos, a estas alturas todavía no parecía verdad que su madre hubiera fallecido. Seguro que solo se había ido de viaje, uno largo que la había llevado a una isla remota sin teléfonos. Alex se la imaginaba volviendo a casa algún día, sentada como siempre con su padre delante del fuego, los dos leyendo.

—¿Alex? —llamó Jolene.

Alex volvió de golpe al presente.

—¿Sí?

—Te toca. ¿Estás bien?

—Sí, sí. Perfectamente.

Jugaron media hora más hasta que el misterio se resolvió, entonces Jolene dijo que tenían que irse. El viaje de vuelta, bordeando el límite oriental de la reserva, era largo; primero por la carretera principal y después por un sinuoso camino sin asfaltar que subía hasta su casa. Alex les dio las gracias por la visita y por la *pizza*, luego los acompañó hasta el coche.

Cuando se marcharon, volvió y guardó el juego. Miró la hora. Aún era temprano. Podía revisar las imágenes de las tarjetas de memoria.

En la primera tarjeta había varios visitantes, aunque ningún carcayú. Dos martas americanas habían brincado por el tablón carril, además de varias ardillas rojas curiosas. Tanto las martas como las ardillas habían activado los cepos de pelo, y Alex etiquetó los sobres como correspondía. Al volver a las imágenes, encontró fotos de árboles mecidos por el viento y varios cascanueces de Clark que aterrizaron delante de la cámara. A lo lejos había unos ciervos deambulando.

Hacia la mitad de las fotos de la segunda tarjeta de memoria, soltó un grito de sorpresa.

Un carcayú.

Había activado cuatro de los resortes. Después se había estirado para llegar al cebo, mostrando por completo el vientre. A la vista quedó un dibujo más claro, de un marrón amarillento, y aplaudió emocionada. Al irse, el carcayú activó otros dos resortes. Alex buscó ansiosamente los sobres correspondientes, metió las muestras de pelo y escribió en las etiquetas: *Gulo gulo.*

—¡Ya tengo uno! —gritó y dio un puñetazo victorioso al aire.

Echó un vistazo al resto de las fotos y encontró más imágenes de ramas mecidas por la brisa, más ciervos y hasta un rebaño de cabras montesas paseándose tranquilas.

Volvió a las fotos del carcayú, fue pinchando en ellas con regocijo una por una. Otro beneficio de captar la superficie ventral era que incluso podía distinguir el sexo del animal…, en este caso, una hembra.

Exultante por haber obtenido su primera imagen de un carcayú, se le ocurrió llamar a Zoe. Miró el reloj. En California eran las 20:30. Puede que estuviera cenando o en el plató. Decidió arriesgarse.

Tomó asiento detrás del mostrador de recepción y marcó el número de su amiga.

—¿Qué tal va la vida por el Gran Norte Blanco? —dijo Zoe nada más responder.

—No sé si esto se puede considerar el Gran Norte Blanco. Creo que eso está mucho más…, bueno, al norte.

—Por mí como si es la Cochinchina. Bueno, ¿qué tal todo?

Alex sonrió.

—¡Hoy he conseguido una foto de un carcayú! ¡Están utilizando la reserva!

Zoe se rio.

—Solo tú podías entusiasmarte así por una comadreja gigante.

—Son mucho más que comadrejas gigantes. Los carcayús son fascinantes. ¿Sabías que hubo un carcayú cautivo que era un artista? Partía palos y los encajaba en una valla de tela metálica, los cambiaba de sitio para formar distintos dibujos, luego los sacaba todos y empezaba otra vez.

Zoe suspiró.

—¿Por qué no habré elegido una amiga normal? ¿Una a la que le guste ir de compras? ¿O que sepa distinguir entre Dior y Prada?

—Son marcas de coches de lujo, ¿no? —bromeó Alex.

Zoe suspiró, fingiendo indignación.

—Bueno, me alegro por ti, Alex. Lo importante es que estés contenta.

—Y lo estoy, Zoe. Esto es una maravilla. Eso sí, me ha pasado una cosa muy rara.

—¿Qué?

—La cámara de control remoto sacó una foto de un tío raro que pasaba por allí.

—¿Un intruso, quieres decir?

—No sé. Conseguí que fuera el *sheriff* al lugar, pero no encontramos nada.

—Qué yuyu.

—Pues la verdad es que sí, un poco.

—Estarás teniendo cuidado, espero —dijo Zoe—. O sea, si hay cazadores furtivos por la zona, supongo que estarás ojo avizor…

—Sí. —Alex cruzó las piernas—. Bueno, y tú ¿qué novedades tienes?

—Esta noche salgo de fiesta. Hoy hemos terminado el rodaje principal. Menudo alivio. El director está empanado, nunca había trabajado con alguien tan desastroso. A veces se quedaba en babia tras una toma y se olvidaba de decir «corten». Me da miedo que esto sea un absoluto fracaso.

—No puede ser un absoluto fracaso si sales tú —la tranquilizó Alex.

Zoe se rio.

—Por cosas como esta eres mi mejor amiga.

Alex oyó a su amiga correteando de acá para allá, unas perchas que entrechocaban y una cremallera que subía.

—¿Has quedado con Rob?

—Sí. Me lleva a un restaurante vegano.

—Te va a encantar.

—Puede que sí. Es posible. ¿Sabes algo de Brad?

Alex suspiró.

—No. Estoy casi segura de que lo nuestro ha terminado.

—Vaya. Llevabais juntos toda la vida.

Aunque Zoe no podía verla, Alex asintió con la cabeza.

—Casi ocho años.

—Se me hace rarísimo pensar que habéis roto.

Alex quería cambiar de tema.

—¿Sabe algo nuevo la policía del segundo pistolero?

—Nada de nada. Se escapó.

Le vino a la cabeza una imagen vívida del cráneo del primer pistolero estallando al recibir el impacto de la lejana bala, y apretó los ojos con fuerza. Se preguntó si conseguiría borrar algún día aquel recuerdo: primero, el pistolero desplomándose en el barro; después, la sensación de alivio más intensa que había sentido en toda su vida. Fuera quien fuera el segundo pistolero, le había salvado la vida, y también a Christine. Alex oyó a Zoe rociándose con perfume.

—Venga, cuelgo y así te arreglas tranquila para tu cita.

—Vale, y tú ten cuidado por esos pagos. A ver si te vas a convertir en Grizzly Adams o algo parecido.

—Me da que la barba no iba a favorecerme mucho. Aunque me encantaría tener un oso de mejor amigo.

—¿Cómo? —exclamó Zoe—. ¿Prefieres un oso viejo y apestoso antes que a una glamurosa actriz de Hollywood?

—Depende. Si el oso sabe escuchar bien…

—Los osos escuchan de pena. Todo el mundo lo sabe. —Sonó el timbre y Zoe exclamó excitada—: ¡Aquí está!

Daba gusto oír a su amiga tan feliz.

—Que pases una buena noche.

—Tú también. Que no te coman ni nada.

—Lo intentaré.

Colgaron, entonces Alex regresó a las fotos. Hizo una copia de seguridad y después formateó las tarjetas de memoria para cambiarlas al día siguiente. Ahora que por fin había grabado a un carcayú, se moría de ganas de ir a echar un vistazo a las cámaras de los otros puestos.

Bostezó, notaba que los ojos se le cerraban mientras miraba la pantalla del ordenador. Pensó en lo que había dicho Zoe. «Llevabais toda la vida juntos». Sí, esa sensación tenía.

Había conocido a Brad en la universidad. Alex estaba manifestándose en el campus de Berkeley contra un oleoducto de arenas bituminosas que una petrolera quería tender a través de los Estados Unidos. Las arenas bituminosas eran un depósito geológico denso y viscoso que contenía betún, un tipo fangoso de petróleo del que era difícil extraer crudo. Para acceder a él había que arrasar bosques enteros, destruir el hábitat. Era habitual que se produjeran fugas en los oleoductos de arenas bituminosas debido a la naturaleza corrosiva y ácida de la sustancia. Eran pesadas y densas, de modo que cuando entraban en una vía fluvial se hundían inmediatamente hasta el fondo, lo que complicaba muchísimo las tareas de limpieza. Los vertidos podían ser devastadores para las fuentes de agua potable, así que aquel día Alex se había unido al grupo de activistas para protestar contra el oleoducto.

Bajo el sol, sujetando su pancarta con el lema «¡Déjalo en el suelo!» y gritando, Alex destacaba entre los manifestantes. Al ver a Brad por primera vez, se había estremecido hasta lo más profundo de su ser. Brad venía caminando por el sendero principal con una sonrisa encantadora en el rostro. Sus miradas se cruzaron y Alex sintió que una descarga eléctrica le recorría el cuerpo. Brad tenía un atractivo aire de misterio. Le había sonreído y ella, fascinada, le había respondido con otra sonrisa.

Una de las manifestantes se acercó a él y le presentó un papel de recogida de firmas. Le habló de la causa que defendían, de la lucha por impedir vertidos petroleros de consecuencias desastrosas, y le preguntó si quería sumarse a ellos. Alex esperó, preguntándose si firmaría, deseando que lo hiciera y no se alejase con indiferencia. El corazón le dio un vuelco al ver que cogía el bolígrafo y añadía su nombre. Con tanto grito, Alex no pudo oír qué decían, pero Brad escuchó atentamente y a continuación se sumó a ellos. De nuevo sus miradas se cruzaron, y fue derecho hacia ella.

De repente, Alex se sintió cohibida. ¿Iba bien peinada? El viento llevaba revolviéndole el pelo toda la tarde. ¿Le olía bien el aliento? Sacó un chicle de menta del bolsillo y se lo metió subrepticiamente en la boca mientras Brad se acercaba.

—Habéis reunido un grupo bien grande, ¿eh?

Alex casi se traga el chicle en su esfuerzo por responder.

—Sí —dijo, devanándose los sesos para poder decirle algo interesante—. Estamos intentando que la gente tome conciencia de los peligros del cambio climático de origen humano. Pedimos que se invierta más en energías renovables y que se reduzcan los combustibles fósiles promovidos por las empresas de energía.

—Creo que no os vendría mal un buen abogado. —Le tendió la mano—. Brad Tilford. Estudio Derecho.

Alex le estrechó la mano, y él respondió con un firme y cálido apretón.

—Alex Carter. Estudio Biología de Vida Salvaje.

Tuvo que desviar la mirada porque la sonrisa y la intensidad de sus ojos la estaban aturdiendo. Era absurdo. ¿Sería amor a primera vista? ¿Existía semejante cosa? Tenía la sensación de que ya le conocía. Se sumó a los gritos y después, más serena, se volvió hacia él.

—Bueno, y ¿vas a ser un abogado malvado o de esos que hacen el bien?

—Sin duda, me aliaré con las fuerzas del bien. Estoy especializándome en derechos civiles. Soy voluntario en el centro comunitario que hay en esta misma calle.

Alex se alegró aún más. Sentía que tenía un extraño vínculo con él, y que estuviese haciendo algo bueno por el mundo significaba mucho para ella.

—Estupendo.

Habían hecho buenas migas. Aquella tarde, tras la manifestación, se tomaron un café, y esa misma semana quedaron para cenar. Enseguida empezaron a estudiar el uno en el apartamento del otro y a pasar las tardes leyendo y paseando por Tilden Park. Durante toda la licenciatura, Brad continuó con su voluntariado para diferentes causas comunitarias. Al empezar los estudios de posgrado, iba completamente encaminado a ejercer un tipo de abogacía orientada al cambio social positivo.

Alex se licenció en Biología de la Vida Salvaje, después se decidió por un doctorado de vía rápida en el mismo campo y consiguió una codiciada beca de investigación con el profesor Brightwell.

Brad había continuado sus estudios de Derecho en Berkeley. A Alex le parecía que tenían por delante un futuro muy prometedor. Había encontrado a una persona que compartía su pasión por hacer del mundo un lugar mejor. Se reían mucho y salían a festivales de arte y de cine. La bahía de San Francisco resultó ser un lugar genial para enamorarse: paseos por la playa o por el parque del Golden Gate, montones de festivales culturales y la naturaleza muy próxima: el litoral nacional de Punta Reyes, Muir Woods, el parque estatal de los Big Basin Redwoods…

Aunque cuanto más tiempo pasaban al aire libre y haciendo excursiones, más comprendía Alex que a él no le entusiasmaba todo aquello tanto como a ella. Al principio, Brad se había apuntado tan alegremente que Alex pensaba que amaba de veras la naturaleza.

Pero Brad empezó a cancelar acampadas y excursiones que habían planeado, y Alex se iba sola cada vez más a menudo. Acampaba en los parques nacionales de Yosemite y Joshua Tree, contemplaba las gaviotas de California en el lago Mono y las ochotonas en los montes Bodie, siempre sola.

Terminaron el máster en el mismo cuatrimestre, y Alex estaba impaciente por conseguir alguna beca interesante de investigación posdoctoral. Le había preguntado a Brad dónde se veía en el futuro: ¿tal vez con su propio bufete de abogados especializado en derechos civiles? ¿Como abogado en un gran bufete, ejerciendo de experto en igualdad de derechos? Brad había respondido con evasivas.

Así que Alex se quedó de piedra cuando aceptó un trabajo en un despacho de abogados especializado en derecho empresarial. Hasta ese momento nunca había manifestado ningún interés por aquel tipo de práctica, además, era la antítesis de lo que había soñado: ayudar a la gente.

Con el fin de quedarse con él en la zona de la bahía de San Francisco, Alex había aceptado un trabajo en una consultoría que hacía informes de impacto ambiental, y al principio todo había ido bien. Ganaban lo suficiente para poder alquilar una preciosa casa victoriana en Berkeley. Brad trabajaba muchas horas y Alex estaba ilusionada con la posibilidad de hacer algo para ayudar a la fauna salvaje. Si evaluaba el emplazamiento de un proyecto urbanístico y encontraba una especie amenazada o cualquier otro impacto ambiental inaceptable, su empresa podía recomendar que se interrumpiera el proyecto. Por primera vez en su vida, sentía que su trabajo realmente tenía importancia, que servía para algo.

Brad se volvió más distante. Trabajaba hasta las tantas, se quedaba charlando con los socios del bufete. Cuando la invitaba a fiestas de empresa, era todo muy incómodo. Incluso conoció a varios clientes de Brad a los que su empresa les había impedido sacar adelante sus proyectos urbanísticos. No les hizo ninguna gracia conocerla.

Entonces llegó el Gran Descalabro.

Su jefe la había enviado a la costa a hacer un informe de impacto ambiental para un proyecto de complejo turístico y campo de golf. Alex había encontrado chorlitejos blancos, una especie amenazada, y había recomendado que lo parasen. Sin embargo, sus jefes sugirieron que ocultase el hecho de que había encontrado las aves. Estupefacta, se negó. Después le ofrecieron una cuantiosa suma de dinero para que cambiase el informe. Siguió negándose, incapaz de creerse que aquello pudiera estar pasando. Cuando volvió al trabajo después del fin de semana, se encontró con que su informe había sido modificado y enviado a los promotores; se omitía cualquier mención a los chorlitejos y daba el visto bueno al proyecto. Iba a ponerse en marcha.

Se lo contó a Brad, pero los promotores eran clientes de su firma y su jefe había invertido en el proyecto. Este le había insinuado a Brad que le convenía conseguir que Alex accediese al plan. Brad había intentado convencerla de que no se inmiscuyera, sin embargo, ella era incapaz de aceptar la idea de que un hábitat necesario para una especie amenazada se fuese a destruir solo para que la gente pudiera jugar al golf.

Días más tarde, en la ceremonia de inicio de la cimentación, en presencia de los inversores y de la prensa, Alex había cogido el micrófono y había desenmascarado la canallada. Uno de los principales inversores, acérrimo ecologista, retiró inmediatamente su dinero y el proyecto urbanístico se fue a pique.

Al día siguiente, la consultoría medioambiental había despedido a Alex.

La prensa crucificó a los promotores inmobiliarios. Como Brad tenía relación con Alex, su jefe lo despidió, excusándose con la sandez de que hacía falta reducir la plantilla.

Después, Alex había intentado convencer a Brad de que en cualquier caso no era ese el tipo de abogacía al que había querido dedicarse al principio. Pero él estaba demasiado enfadado para escucharla. La acusó de su despido y rompieron. Al irse, Brad le había gritado:

—No veo un futuro para mí mientras tú estés a mi lado.

Habían estado seis meses separados, luego Brad la había llamado desde Boston. Había conseguido otro trabajo como abogado empresarial. Dijo que la echaba de menos, que no concebía un futuro sin ella. Quería dejar atrás lo sucedido. Le pidió que se mudara a Boston. Como Alex no había encontrado aún un nuevo empleo fijo y acababa de terminar un proyecto de investigación en la Universidad de Berkeley, se fue con él, con la esperanza de que pudieran resolver sus diferencias. Había conseguido una beca posdoctoral para estudiar la parula norteña, sin embargo, vivir en la ciudad era difícil. Después del desastre de California, Brad jamás la invitaba a las fiestas de la oficina, ni siquiera le presentaba a los colegas de trabajo.

El sueldo de Brad superaba con creces el dinero que habría ganado trabajando para una organización sin ánimo de lucro que ayudase a las minorías y a las mujeres. Se acostumbró a los coches de lujo y a vivir en edificios de apartamentos caros, a comer en restaurantes donde servían aperitivos de cuarenta y cinco dólares y a utilizar el servicio de aparcamiento.

Mientras tanto, Alex se movía en sentido contrario. Cada vez quería menos cosas. No necesitaba un coche caro ni un gran guardarropa. Estaba satisfecha con su Toyota Corolla, que a sus veinte años mantenía un consumo de combustible increíble. En cuanto a la ropa, solo necesitaba botas resistentes y pantalones de senderismo, camisas abrigadas y chaquetas de forro polar. Brad empezó a sentirse avergonzado cuando salían, incluso cuando Alex llevaba vestidos elegantes.

Brad empezó a trabajar cada vez hasta más tarde, y el tiempo compartido se redujo a lo mínimo. Por fin, Alex le dijo que no le veía sentido a vivir en la ciudad para estar con él cuando pasaban tan poco juntos. Habían tenido una bronca tremenda, luego Brad había hecho las maletas y se había marchado de casa aquella misma noche mientras decía que necesitaban un respiro.

Desde entonces apenas se habían comunicado. Estar allí, en Montana, sin que Brad supiera siquiera que había hecho un cambio tan grande en su vida, la hizo comprender que la relación verdaderamente había terminado.

Se recostó en la silla. Estaba triste, pero a la vez algo en su interior le decía que estaba avanzando en la buena dirección. Ayudar a la fauna salvaje era lo correcto y debía ir adonde hubiera trabajo que hacer.

Apagó el ordenador mientras sus pensamientos regresaban al hombre que había aparecido en las imágenes. ¿Volverían a sacarle otras cámaras, a él o a otras personas?

Cerró con llave la puerta del hotel y fue a acostarse, algo inquieta por si fuera hubiera más gente deseando que se marchase tanto como el hombre que la había sacado de la carretera.

DIEZ

Al día siguiente, Alex se puso en marcha hasta la cuarta cámara. Era un día caluroso, el sol le caía a plomo en la espalda mientras ascendía. Daba gracias cada vez que entraba en una zona boscosa, entonces aprovechaba la oportunidad para beber agua a la sombra. Se quitaba a menudo el sombrero de ala ancha para abanicarse la cara. Solo hacía veintitrés grados, pero el sol de la montaña daba una sensación térmica de seis grados más. El cambio climático estaba causando estragos en las montañas, que se calentaban a un ritmo tres veces superior al de otras altitudes más bajas y sufrían veranos cada vez más largos.

Como era finales de septiembre, el frío no tardaría en llegar. Por ahora, la nieve solo espolvoreaba las cumbres de los picos circundantes, sin embargo, el suelo no tardaría en enfriarse y llegarían las grandes nevadas del invierno. Pero en aquellos momentos, caminar sin el obstáculo de la nieve era una bendición. Cuando llegase el invierno y la travesía se complicase, se pondría los esquís o las raquetas.

Al llegar a las inmediaciones de la trampa, vio una tabla tirada enfrente del tramo arbolado en el que había colocado la cámara. Formaba parte del armazón de la trampa de pelo. El extremo de la tabla estaba astillado. Con el ceño fruncido, llegó al arbolado y, estupefacta, contempló la escena que tenía delante. La trampa entera estaba destruida, violentamente arrancada del árbol.

En el suelo, roto, descansaba el tablón carril, a su lado la viga de apoyo con todos los clavos arrancados. El armazón que formaba la trampa de pelo se hallaba despedazado; los puntiagudos clavos, expuestos, y las secciones de madera fracturadas y sueltas. Al mirar la rama en la que había dejado el cebo, vio que la pata de ciervo había desaparecido. El hueso había sido descuajado directamente del cable.

Se quedó inmóvil, asimilaba los daños. No era solo que un vendaval hubiese tirado el tinglado al suelo. Parecía como si algo lo hubiera desagarrado con furia. Impaciente por descubrir qué era, se volvió hacia la cámara para descubrir que también había desaparecido. Ni siquiera estaban las correas de sujeción. Durante unos segundos se quedó inmóvil en el sitio, parpadeando y contemplando con incredulidad el destrozo. A continuación, recorrió el emplazamiento en busca de la cámara y del hueso de ciervo. Inspeccionó toda la zona, suponiendo que se encontraría la cámara despedazada, mordisqueada o triturada por un oso pardo, incluso que habría pilas tiradas por el suelo o restos de pelo de la pata de ciervo. Sin embargo, no encontró nada.

Regresó al cepo de pelo y examinó los resortes. La mayoría se habían activado, quizá al caer, pues no contenían nada de pelo. Varios seguían abiertos. Tres tenían pelo de un marrón oscurísimo, y en dos había pelo blanco. Extrajo los pelos con unas pinzas y los metió en distintos sobres, aunque, sin registro fotográfico de lo que los había activado, no iban a servirle de gran cosa. Era posible que los pelos blancos fueran del incipiente abrigo invernal de un armiño.

Movió la cabeza, desconcertada. Imposible salvar la trampa. Fuera cual fuera el causante de aquel destrozo, ¿se habría llevado también la cámara? Con su cámara digital, sacó fotos de la trampa, luego se sentó sobre una piedra para decidir qué hacer.

Podía volver al día siguiente, reconstruirla en la misma zona, aunque si un oso pardo había arrancado esta, tal vez conviniera buscar otro lugar o esperar a noviembre para instalarla, cuando los osos estuvieran hibernando. Pero si había sido un oso, ¿por qué se había llevado también la cámara?

Y si había sido un ser humano el autor del desperfecto y había robado la cámara, ¿por qué iba nadie a hacer semejante cosa? Recordó al hombre que había grabado con la otra cámara. Puede que, en efecto, fuera un cazador furtivo y no se hubiera fijado en la primera cámara, pero al ver esta, sabiendo que saldría en las imágenes, se la había llevado. Pero ¿para qué destruir la propia trampa? ¿Para que pareciera que el culpable había sido un oso?

Descorazonada, acabó el agua que le quedaba. La larga caminata le había abierto el apetito. Iba a tener que encontrar un riachuelo para reponer su reserva de agua, un lugar donde pudiera pensar y comer.

Metió cuanto pudo de la trampa destrozada en la mochila y emprendió la bajada. Con el mapa topográfico en la mano, se dirigió hacia un arroyo que estaba a kilómetro y medio de distancia. En la orilla, se arrodilló y filtró agua fresca con la que llenó la botella.

Después se quitó la mochila y se sentó en un peñasco cubierto de liquen. El arroyo fluía a sus pies con un tintineo casi mágico. Por encima, los carboneros montañeses trinaban en los árboles, riñéndose unos a otros y cantando su característico chi-di-dí. A lo lejos se oía la llamada de un zorzal pinto, que siempre le recordaba el silbato de un policía.

Se llenó los pulmones del dulce aroma del bosque y sacó el sándwich. Antes de este desastre, había conseguido coger un buen ritmo: caminaba hasta una de las trampas, cambiaba las tarjetas de memoria y hacía un alto para comer al lado de un riachuelo. Estar allí, mover las piernas, percibir intensamente el bosque que la rodeaba…, era una maravilla. Hacía años que su alma no se sentía tan ligera. La trampa destruida era un contratiempo.

Intentó detener aquellos pensamientos y limitarse a observar las cosas que la rodeaban. Cuanto más tiempo pasaba sentada en un sitio, más detalles minúsculos le saltaban a la vista. Se fijó en una vara de oro que crecía a su lado, sus delicadas flores amarillas abriéndose bajo el sol. Después, reparó en una arañita saltarina que estaba sentada en una de las flores. Sonrió y dio un mordisco al sándwich de queso mientras la araña iba y venía. Le encantaba la agilidad de estos animales, su manera de girar la cabeza y observar todo lo que les rodeaba, sus grandes ojos siempre alerta.

Mientras comía, el tono del riachuelo cambió. Parecía como si hablase en un suave murmullo, y Alex casi podía discernir palabras. Cada vez sonaba más fuerte. Dejó el sándwich a un lado, tensa. Sí, en efecto, eran palabras, no el arroyo. Venían de algún punto de la otra orilla…, palabras suaves, apenas audibles.

117

Guardó el resto del sándwich en la bolsita y lo metió en la mochila antes de levantarse. Las palabras cada vez eran más claras, más fuertes, pero aún no las entendía.

Vacilante, cogió la mochila, se la echó al hombro y se dirigió hacia el sonido. Sin duda, era una voz humana, pero la persona estaba lejos o bien hablaba muy bajito. Se acercó sigilosamente al borde del arroyo y cruzó pisando en varios puntos poco profundos, confiando en que las botas impermeables le mantendrían los pies secos.

Siguió el sonido de la voz, y cuanto más se alejaba del arroyo, más entendía. Era un hombre murmurando. Avanzó con cautela, atravesando un denso tramo de pinos. Pasó por encima de troncos caídos y sorteó maleza y rocas, procurando hacer el menor ruido posible.

—No sé… —farfullaba el hombre, y a continuación dijo una serie de palabras que Alex no consiguió entender.

Al oír un frufrú de hojas, aminoró la marcha debía de estar a unos tres metros del hombre, aunque no lo veía por ningún lado. Más adelante había un denso macizo de arbustos de arándanos. Se acercó sigilosamente y se asomó por el borde.

Tumbado bocabajo estaba el hombre de la camiseta blanca y los vaqueros rasgados que había captado la cámara. Tenía la cara pegada contra el suelo y los dedos hundidos en la tierra, los labios apenas se le movían.

—Tengo que…

Alex rodeó el arbusto y se arrodilló a su lado. El hombre se sobresaltó y se apartó, levantando la cabeza lo justo para mirarla con asustados ojos de loco. Alex respiró hondo. Era, sin lugar a dudas, el mismo hombre que le había dejado el aviso en la camioneta. La miró como asimilando su presencia y dejó caer la cabeza de nuevo sobre la tierra.

—Ayúdame —murmuró.

Alex le puso la mano en la espalda con delicadeza.

—Tranquilo. Voy a ayudarte.

Al notar su mano, el hombre volvió a sobresaltarse y quiso ponerse bocarriba.

—No, no te muevas. A ver si van a empeorar la heridas.

Pero el hombre se dio la vuelta sin dejar de observarla; entre la mugre que le cubría el rostro había surcos de lágrimas secas. Alex se dio cuenta de su estado y soltó un grito ahogado. Estaba mucho peor que en las imágenes de la cámara. Horrorizada, vio que si antes tenía un corte en la pierna y otro en la cabeza, ahora tenía fracturadas las dos rótulas, quizá incluso destrozadas. De tanto arrastrarse, los vaqueros se le habían hecho jirones y estaban manchados de sangre desde los muslos hasta el bajo. El hombre levantó las manos, a modo de súplica, entonces Alex se percató que tenía todos los dedos rotos, cada uno torcido en una dirección. Se estremeció.

Tenía la cara hinchada y llena de moretones, un ojo cerrado y el otro a medio cerrar; tenía los dos pómulos hundidos, seguro que rotos, lo mismo que la nariz, y le caía sangre por la boca. Alex echó un vistazo a sus pies, que estaban, en efecto, descalzos. Al igual que los dedos de la mano, muchos de los de los pies estaban fracturados, también ambos tobillos. Alex apartó la vista cuando vio que le faltaban tres dedos del pie izquierdo. No podía ni imaginarse lo que debía de estar sufriendo.

—¿Qué ha pasado?

El hombre se esforzó por hablar. Alex se acercó más y comprobó que tenía un lado de la mandíbula terriblemente hinchado.

Era evidente por el estado de los vaqueros y de la camiseta que llevaba mucho tiempo arrastrándose. Hacía tres días que la cámara había captado su imagen. ¿Qué había sucedido? Parecía como si hubiera tenido una caída tremenda y Alex sabía que la zona estaba llena de riscos que podían ser peligrosos.

El hombre se sujetó el torso, y al mirar con cuidado debajo de la camiseta, Alex vio que tenía la caja torácica amoratada, aunque no parecía que hubiera ninguna costilla rota.

—¿Te has caído?

—No pueden encontrarme.

—Yo te he encontrado.

—No, me refiero a ellos. No pueden encontrarme.

—¿Quiénes son ellos? ¿El equipo de búsqueda y rescate? ¿Cuánto tiempo llevas aquí?

De nuevo, el hombre la miró con ojos de loco, murmuraba incoherencias y mostraba los dientes. Alex sacó la botella de agua y le dejó caer unas gotas en la boca. Él se atragantó, pero después bebió más. No sabía cuánto tiempo llevaría sin comer, no obstante era imposible que masticase nada, incluso si le diera su sándwich.

También sabía que no iba a poder moverlo. Necesitaba que conseguir que viniera el equipo de rescate con una camilla. Le dio más agua y dejó la botella a su lado.

—Voy a buscar ayuda. Dejo aquí esta botella de agua.

Sacó una chaqueta de la mochila y se la echó por encima.

Después cogió el GPS y marcó un *waypoint* con la localización exacta. Como el lugar estaba apartado del camino y el bosque era prácticamente igual en todas partes, sería fácil pasar de largo, y sabía que no había tiempo que perder.

—No te muevas de aquí, ¿vale?

El hombre susurró algo que sonó a «sí».

Alex quería asegurarse de que no iba a seguir arrastrándose. Quería oírselo decir.

—¿Puedes hacerlo por mí? ¿Puedes quedarte donde estás?

El hombre la miró a los ojos.

—No creo que puedan encontrarme —repitió.

—Ya te he encontrado yo. Vas a estar bien. —Le tocó suavemente en el hombro—. Voy a correr y volveré con ayuda. Esta noche dormirás en el hospital.

El hombre pestañeó y levantó la mirada al cielo. Las lágrimas le caían por las mejillas. Alex se levantó y se volvió a colgar la mochila.

Estudió la zona, memorizó los puntos de referencia: la ubicación del arroyo en relación con el hombre, el gran roquedal al sur de donde se hallaba. Comprobó que el GPS había grabado la localización.

Después echó a correr.

ONCE

Saltaba por encima de troncos caídos y zigzagueaba entre los árboles, así Alex bajó corriendo por la ladera. Sintió un pinchazo doloroso en el costado. Zoe siempre le había aconsejado que saliera a correr. A Alex le gustaba más el ritmo de la caminata, sin embargo, en estos momentos se dijo que ojalá hubiera seguido el consejo de su amiga. El sol brillaba con intensidad en lo alto y Alex tenía el cuerpo bañado en sudor, pero no se detuvo. Llegó a la pradera cercana al hotel y la cruzó a la carrera. Sacó las llaves apresuradamente, abrió la puerta y se abalanzó sobre el teléfono. Esta vez marcó el número de emergencias.

—911, explique la emergencia.

Alex reconoció la voz. Era Kathleen.

—Kathleen, soy Alex Carter, desde el Snowline.

Tragó saliva, intentaba recobrar el aliento.

—¿Qué pasa, cielo?

—Me he encontrado a un hombre en la montaña, está gravemente herido.

—¿Qué tipo de heridas?

—Por lo que he podido ver, posiblemente rodillas rotas, dedos de las manos y de los pies rotos, mandíbula hinchada, tobillos rotos, cara y cabeza llenas de moratones, nariz rota. Además lleva varios días ahí fuera, arrastrándose.

Kathleen cogió aire.

—¿Puedes darme la localización?

—Te puedo dar las coordenadas del GPS.

—Venga, dispara.

Alex sacó el aparato y leyó la latitud y la longitud.

—Está en muy mal estado, Kathleen. Si tienes acceso a un helicóptero, es el momento de utilizarlo.

—De acuerdo. Voy a ver cuánto tardaría en llegar.

Colgaron y Alex se fue corriendo a la cocina a por un vaso de agua. Se la bebió de un trago y lo rellenó de nuevo. Cinco minutos más tarde, sonó el teléfono.

—Soy Kathleen. El helicóptero está con otro aviso, busca a una excursionista que se ha perdido en el bosque nacional de Kootenai, así que tendremos que ir a pie a estabilizar al hombre. Pero la buena noticia es que el helicóptero llegará a tiempo para sacarlo de allí.

—¿Y no se puede hacer nada más?

—Me temo que no, chiqui. ¿Crees que puedes guiar a los paramédicos hasta allí?

Alex tragó más agua.

—Sí.

—Vale. En media hora se reunirán contigo y con el *sheriff* en el hotel.

—¿El *sheriff*?

—Es uno de los voluntarios del equipo de rescate. Ha salido millones de veces a echar una mano.

—Vale.

—Tú espera ahí.

—Eso haré.

Colgaron, entonces Alex aprovechó la oportunidad para coger la botella de agua de repuesto y llenarla en la pila. Preparó un par de sándwiches y los metió en la mochila.

Después se quedó esperando; andaba de un lado para otro mientras la adrenalina le aceleraba el corazón y hacía que le temblasen las manos.

Cuando se cansó de pasearse por el vestíbulo, salió y continuó paseando fuera.

Veinte minutos más tarde, el *sheriff* se presentó con dos paramédicos. Se bajó de la ranchera y metió una botella de agua y unas cuantas barritas energéticas en una mochila. Alex se acercó a él.

—Es el mismo tipo.

—¿Qué?

—El tipo que vi en la cámara. Sabía que tenía que seguir allí. No tenía sentido que no estuviera.

—Pues nada, tendré que admitir mi error —dijo él con tono seco.

Llegaron dos paramédicos. Una era una joven veinteañera de ojos verdes y rostro delicado que llevaba la melena rubia recogida en una cola de caballo. El otro era un hombretón de cuarenta y pocos años con pelo negro y revuelto que le caía por los hombros y una barba desaliñada que le oscurecía el rostro.

—¿Nos puedes llevar hasta allí? —preguntó la mujer.

Alex leyó la placa con su nombre: Lisa. El hombre se llamaba Bubba. Alex asintió.

—¿Estáis preparados?

Lisa le preguntó por las heridas del hombre, Alex las enumeró.

—¿Ha dicho algo? —preguntó el *sheriff*.

—Nada que tuviera sentido. Que no podían encontrarle, o algo así.

Los paramédicos volvieron a la ambulancia y cogieron el equipo. Sacaron la camilla del maletero, cada uno por un extremo.

Revisaron el equipo y volvieron con Alex.

—Venga —dijo Bubba—. Vamos.

Mientras subían, el sol fue poniéndose y empezó a hacer fresco. Alex sacó el GPS para asegurarse de que iban en buena dirección, a pesar de que recordaba el camino. No quería cometer errores que pudieran retrasarlos. Oía resoplar a Bubba y al *sheriff*, aunque los dos subían a buen ritmo. Se dijo que tal vez el *sheriff* no se había recuperado del todo de la larga caminata que habían dado.

Aflojó la marcha para caminar al lado de Lisa.

—¿Llevas una radio para que puedas pedirle al helicóptero que lo recoja?

Lisa se dio una palmadita en la cintura, donde llevaba colgando un surtido de herramientas: un cuchillo, una linterna, un radiotransmisor, un móvil y un teléfono vía satélite.

—Tengo de todo.

Alex volvió a mirar el GPS. Daba los metros que faltaban para llegar al destino, y Alex sabía que estaban acercándose por los puntos de referencia que había a su alrededor. Enseguida llegaron al arbusto de arándanos donde lo había dejado.

—Está aquí mismo.

Dio la vuelta por la maleza y salió al lugar abierto en el que se lo había encontrado.

El hombre había desaparecido.

DOCE

Alex se quedó mirando, sorprendida, y lo buscó con la mirada. Comprobó una y otra vez el GPS, a pesar de que sabía perfectamente que era allí donde lo había encontrado. No muy lejos, veía la roca en la que se había parado a comerse el sándwich. El roquedal en el que se había fijado estaba justo al sur.

—¿Dónde está? —preguntó el *sheriff*.

—Aquí mismo —dijo Alex. Le llamó la atención un brillo verde entre los arbustos. La botella de agua estaba allí—. ¿Lo ve? Aquí está mi agua. Se la dejé al lado. —La cogió y miró otra vez alrededor—. Ha debido de empezar a arrastrarse otra vez. En su estado, no puede haberse ido muy lejos.

El *sheriff* se quitó el sombrero y se abanicó la cara sudorosa.

—Venga, a dispersarse.

Los paramédicos dejaron la camilla y cada uno tomó una dirección distinta para peinar la zona. El *sheriff* se movía en un círculo cada vez más amplio con la vista clavada en el suelo.

Alex siguió por la orilla del arroyo, luego se subió a una roca alta para tener mejor perspectiva. El tupido bosque la rodeaba por los cuatro costados, así que apenas veía nada.

Durante más de dos horas estuvieron buscando, aunque en balde. Por fin, el *sheriff* gritó «¡Carter!», y Alex acudió a su llamada. Su habitual gesto de desaprobación se había transformado en uno de indignación manifiesta.

—No veo ninguna señal de que este tipo se haya arrastrado por aquí. Ahí atrás hay unas ramas rotas —dijo, señalando el lugar por el que debía de haber venido el hombre—. Pero solo es un pequeño tramo que viene de otro riachuelo. Después, el sendero desaparece. Sospecho que debió de arrastrarse por el riachuelo antes, seguramente flotando por las partes más profundas. A lo mejor pensó que el agua fría podría ayudarle con la hinchazón. Luego se arrastró hasta el sitio en el que usted lo encontró. Por cómo están dobladas las ramitas y las hierbas, fue desde el arroyo hasta el punto en el que está la botella de agua. Después, nada.

Alex frunció el ceño.

—¿Nada? Y eso ¿cómo puede ser?

El *sheriff* señaló hacia el sur, donde estaba el roquedal.

—Pudo arrastrarse hasta ese roquedal. Sería difícil seguirle la pista.

—¿Por qué iba a hacer semejante cosa una persona herida?

El *sheriff* se encogió de hombros.

—No tengo ni idea. Pero por lo que ha dicho usted, no era precisamente coherente. Cosas más raras he visto en operaciones de rescate. La gente se deshidrata, acaba con hipotermia y hace cosas demenciales.

Alex apretó los labios y miró a su alrededor.

—¿Se le ocurre otra teoría mejor? —dijo él.

A regañadientes, Alex negó con la cabeza.

Estuvieron otra hora buscando pistas en el roquedal. Se turnaban llamando y escuchando, pero la voz silenciosa y suplicante no respondía. Finalmente, el sol se escondió tras las montañas.

—¡Venga, todos! —gritó Makepeace, haciendo señas a los paramédicos para que regresaran. Alex se sumó a ellos—. Doy esto por terminado. Todavía tenemos que recorrer muchos kilómetros de vuelta en la oscuridad, y necesitamos un equipo de rescate más grande. Perros también. Por la mañana reanudaremos la búsqueda. Por ahora, volvamos, me encargaré de ponerlo todo en marcha para que venga mañana el equipo.

Alex le miró fijamente.

—¿Vamos a dejarle aquí así, sin más? *Sheriff*, no creo que este tipo pueda sobrevivir otra noche aquí. Estaba en muy mal estado.

El *sheriff* volvió a quitarse el sombrero y se puso a dar vueltas al ala mientras miraba los alrededores.

—Me hace tan poca gracia como a usted, Carter, pero si nos quedamos los cuatro dando vueltas por aquí en medio de la oscuridad y con este frío, lo mismo el equipo de rescate también tiene que venir a buscarnos a nosotros mañana.

—No me convence esta decisión —repuso Alex para que quedase claro.

El *sheriff* la fulminó con la mirada.

—Escúcheme. Si quiere pasarse aquí la noche buscando a ese tipo, está en su derecho. Pero si estaba ahí tirado sin protección y sangrando, puede que se lo haya llevado un oso o un puma. Lo mismo un oso ha escondido su cuerpo, y sin perros no podemos encontrarlo. Doctora Carter, lo mejor que puede hacer es regresar al hotel, cenar bien, acostarse temprano y venir con nosotros mañana en cuanto amanezca.

Lisa intervino:

—Por lo que a mí respecta, me alegraría que nos guiaras para salir de aquí —dijo con una voz que sonó muy suave en medio de la creciente oscuridad.

—Y a mí —añadió Bubba.

Alex lo lamentó muchísimo. El hombre andaba cerca. Le había dicho que traería ayuda, que aquella misma noche dormiría en un hospital.

—Esto no me gusta.

El *sheriff* se puso en jarras.

—Ya lo sé. Pero, vamos a ver, usted le dijo que no se moviera del sitio, ¿no?

Alex asintió con la cabeza.

—Pues entonces no tiene la culpa de que se haya marchado.

—Ya, pero usted mismo dijo que seguramente estaba confuso.

Makepeace frunció el ceño.

—La suerte está echada. ¿Quién sabe cuántas decisiones estúpidas habrá tomado para meterse en semejante lío? Iba solo, había caminado hasta aquí sin un par de zapatos siquiera.

—No sabemos por qué iba descalzo. Y qué coño, yo también he estado paseándome sola por aquí.

—Cierto, pero no tenemos ni idea de la experiencia que tenía el tipo este. Puede que confiase por completo en un GPS y no se trajera un mapa, entonces, cuando se agotaron las pilas, se desorientó. O puede que estuviera haciendo el tonto, paseándose por ahí de noche, y que se cayera por un barranco. En cualquier caso, usted no es responsable.

Alex apretó la mandíbula.

—Le dije que esta noche estaría a salvo, *sheriff*.

Makepeace se encasquetó el sombrero.

—Esa es una de las primeras cosas que se aprenden en el cuerpo policial: no se promete nada.

Alex suspiró, a continuación miró a Lisa y a Bubba, que se habían quedado callados.

—De acuerdo —se rindió Alex—. Volvamos al hotel.

Bubba soltó un suspiro de alivio y Lisa dijo:

—Gracias. Siento que no le hayamos encontrado.

—Yo también —dijo Alex, disgustada.

El grupo, desanimado, bajó en silencio, y la última hora antes de llegar al hotel tuvieron que usar las linternas de mano y las frontales. Cuando llegaron a los coches, los paramédicos se subieron a la ambulancia y se despidieron de Alex con un gesto de la mano.

El *sheriff* se quitó la mochila y la echó al asiento del copiloto del coche patrulla.

—¿Quiere venir con nosotros mañana?

Alex asintió con la cabeza.

—Vendremos a buscarla a las seis.

—Estaré preparada.

El *sheriff* arrancó sin decir adiós.

Alex se metió en el hotel, con las piernas tan cansadas que las sentía como si fueran de goma. Le estaba saliendo una ampolla en el meñique. Se dio una ducha bien caliente, después cogió un parche de molesquín y se lo puso sobre la ampolla.

Se hizo unos huevos revueltos y se sentó a cenar a una de las mesas de acero de la cocina. Se sentía mal por haber dejado al hombre a la intemperie otra noche más. Se sentía inútil. Estaba a punto de terminar de cenar cuando le sorprendió oír el teléfono. Tal vez fuera Zoe.

Cruzó corriendo el vestíbulo y lo cogió.

—¿Diga?

—Soy el *sheriff* Makepeace.

—Hola, *sheriff*.

—Pensé que igual la tranquilizaba saber que nuestro helicóptero ha vuelto. Han encontrado a la senderista perdida y se la han llevado. Así que el piloto va a barrer la zona en la que vio usted al hombre. Tienen infrarrojos de barrida frontal.

Alex había oído hablar de ellos. Detectaban el calor, de manera que cualquier cuerpo cálido destacaría en el frío nocturno del suelo forestal. Y como también se veía la firma térmica, podrían distinguir si se trataba de un humano, un ciervo o un oso.

Soltó un suspiro de alivio.

—Sí, me tranquiliza mucho.

—Eso pensé.

—¿Cuándo van a ir?

—Pronto. Seguramente oirá el helicóptero.

—¿Me avisará con lo que encuentren?

—Claro que sí. Si no encuentran nada, allí estaré a las seis de la mañana. Le comunicaré si la búsqueda continúa.

Le sorprendió su amabilidad y tuvo la impresión de que la actitud del *sheriff* hacia ella se había ablandado. Aunque, por supuesto, tal vez simplemente se debiera a que estaba exhausto. Puede que por la mañana estuviera tan frío como de costumbre.

Tras colgar, Alex, un poco más animada, regresó a la mesa para terminarse los huevos revueltos.

Solo llevaba un par de horas dormida cuando tuvo un sueño que la transportó a la ceremonia de inauguración del humedal. Había estado mirando el móvil intentando leer sobre unas cuestiones que quería mencionar en la entrevista para la televisión, sin embargo, nada tenía sentido, las letras estaban todas mezcladas de cualquier manera. Después había intentado hablar por el micrófono, pero no le salía la voz. Todo el mundo la miraba y se preguntaba qué le pasaba, de repente el pistolero se abrió paso entre la multitud. Alex se giró y trató de salir corriendo, pero su cuerpo no se movía lo bastante deprisa. Bajó del escenario y los pies se le quedaron atascados al instante en el barro. Intentó avanzar a cámara lenta mientras el pistolero corría sin esfuerzo hacia ella, apuntándola con la pistola. Alex cayó de bruces y sus dedos chapotearon entre las hierbas empapadas. Miró atrás y vio que el pistolero estaba de pie a su lado, apuntándole a la cabeza. De repente, el cráneo del pistolero estalló y él cayó al suelo. Apareció un hombre con un gorro negro y le tendió la mano a Alex.

Se despertó sobresaltada y se incorporó apoyando los codos. Estaba confusa. Durante unos instantes no supo dónde estaba y le costó salir del sueño. ¿Acababa de oír algo? Miró el reloj de pulsera, 04:15 de la madrugada. Escuchó, pero lo único que oyó fue el viento que soplaba a través de una persiana rota al fondo del pasillo. ¿Qué tenía este lugar para que se despertase tan sobresaltada?

Se recostó en la almohada, concluyendo que lo que la había despertado, fuera lo que fuese, seguramente había sido un sueño. Cerró los ojos y una sensación reconfortante de relax fue extendiéndose por los brazos y las piernas.

Entonces, sin ninguna duda, oyó algo. Un ruido sordo en el piso de abajo. Se incorporó por completo, despierta del todo esta vez. Muebles moviéndose: al menos, a eso sonaba, aunque era un ruido furtivo, débil. Rauda, se sentó al borde de la cama y se calzó las botas. Se levantó con cautela, procuró que no crujieran las tablas del suelo.

El ruido cesó y Alex contuvo la respiración. ¿La habría oído el intruso? Jolene le había dicho que, a veces, la gente forzaba la entrada.

Quizá esta persona no supiera que había alguien allí. Había vuelto a meter la Willys Wagon en el cobertizo de mantenimiento, así que a lo mejor parecía que el hotel estaba desierto. No había luces encendidas. En las ventanas de la planta baja no había postigos, pero muchas de las de arriba que habían sufrido el azote de las tormentas aún los conservaban.

Se quedó inmóvil, esperando, y oyó otro ruido sordo. Se acercó sigilosamente a la cómoda y cogió el espray antiosos. Apretándolo con la mano derecha, escuchó. Había alguien dentro, en el primer escalón. El crujido era inconfundible.

Se preguntó si sería alguien con intención de cometer algún acto de vandalismo, de robo o de algo peor. Pensó en la gente del pueblo, que no quería que ni ella ni la fundación territorial estuvieran aquí.

Oyó otra pisada, después otra y otra más. Si entraba en su dormitorio, le echaría espray antiosos en la cara. No quería salir a enfrentarse con el intruso. Lo mismo llevaba una pistola.

La persona acababa de doblar por el descansillo y ya iba por el segundo tramo de escalones; subía lentamente. Alex no veía luz por debajo de la puerta, así que supuso que estaría subiendo a oscuras; la posibilidad de que fuera Jolene trayéndole comida o cualquier cosa quedaba descartada. Aunque, por otra parte, era improbable que Jolene fuese a hacer algo así en mitad de la noche.

A medida que se aproximaban los pasos, el corazón de Alex empezó a martillear. El único teléfono operativo se hallaba abajo, en el vestíbulo. Y ¿si esperaba a que la persona pasara por delante de su puerta y luego bajaba con cuidado y llamaba a la policía?

Fuera, la persona tropezó y cayó rodando por un tramo de escalera, maldiciendo su suerte en voz alta. Alex reconoció la voz.

Abrió la puerta del dormitorio, encendió la luz del pasillo y vio a Brad tirado en el descansillo tratando de levantarse.

—Maldito sitio —dijo y se sacudía el polvo mientras se ponía en pie—. ¿Dónde están los malditos interruptores?

—Suelen estar en las malditas paredes —respondió Alex con los brazos cruzados.

Brad se quedó quieto en el descansillo, mirándola.

—Me había olvidado de lo guapa que eres. Me dejas sin respiración.

Alex sonrió, y Brad subió y la abrazó.

—¿Qué haces aquí, Brad?

Recorrió con la mirada el rostro de Brad, tan familiar: la piel clara, los ojos castaños, la barbilla partida y el pelo casi negro y pulcramente recortado. «Sí que es guapo, sí», pensó.

—He venido a verte, claro.

Le dio un abrazo fugaz y Alex respiró su aroma cálido y familiar. Aunque intentó mantener a raya la esperanza, no pudo evitar un pensamiento: ¿y si había venido a pasar el invierno juntos? Tal vez había entendido lo importante que era para ella trabajar con la fauna salvaje.

Brad se apartó y Alex vio al instante que la comprensión y la ternura que había esperado brillaban por su ausencia.

—¿Qué haces aquí? —preguntó Brad, frunciendo el ceño con irritación—. Cuando Zoe me lo dijo, no daba crédito. Luego va y me cuenta que un demente con pistola casi te mata. ¿Y tengo que enterarme por ella? Llevo semanas intentando dar contigo.

Alex dio un paso atrás, decepcionada al reconocer la ira de siempre.

—Semanas, no —respondió—. Hace unos días estuve en el pueblo, con cobertura, y aún no habías llamado.

Brad levantó las manos con gesto de exasperación.

—Ni siquiera me dijiste que te habías marchado. En tu mensaje solo decías que te llamase.

—No quería que te enterases por un mensaje. Quería contártelo. No pensé que tardarías tanto en comunicarte conmigo.

Brad dejó caer los brazos y suspiró.

—No me lo puedo creer. Pensaba que teníamos el objetivo de volver a estar juntos, en cambio tú vas y te largas, así, por las buenas.

—Hacía un mes que no sabía nada de ti antes de irme. Llevo tiempo esperando una oportunidad como esta para hacer trabajo de campo, lo sabes perfectamente. Y solo es para este invierno —añadió ella, aunque nada más decirlo se le cayó el alma a los pies.

No quería que este encargo durase tan solo unos meses. Solo con pensar en volver a Boston ahora, o incluso al final del proyecto, se le encogía el corazón.

—No es que no te llamara porque no quisiera hablar contigo. He estado liadísimo en el bufete.

—Lo sé. Pero se me acabó la beca de investigación y necesitaba trabajar. Este proyecto superaba con creces todas mis expectativas.

—¿Pagan bien?

—No, me refiero a lo que hago, estudiar a los carcayús en un lugar tan maravilloso como este. No esperaba tanto.

Aún no se había espabilado del todo y no quería discutir.

—Claro —se limitó a decir él—, por supuesto que no pagan bien.

Alex se cruzó de brazos.

—No decidí ser bióloga de vida salvaje para ganar pasta.

—Ya, no hace falta que me lo digas —contestó Brad con desprecio.

Ahora fue ella quien se indignó.

—Y tú tampoco te hiciste abogado para ganar un pastizal. Al menos, al principio. Tenías ambiciones, ¿te acuerdas? Querías cambiar las cosas.

Brad movió la cabeza.

—Sí, claro, los primeros años de universidad, cuando todos pensamos que podemos cambiar el mundo. Sin embargo, al final, tenemos que enfrentarnos a la realidad. No puedes sacrificarte el resto de tu vida, sacrificar tus ingresos, en un intento por hacer del mundo un lugar mejor. Sencillamente, una persona sola no tiene el poder necesario para salvar el mundo.

—Quizá no. Pero si todos hacemos algo, entonces, juntos…

Él la interrumpió:

—«Juntos podemos». ¿Cuántas veces te he oído esa frase?

—Por lo visto, no las suficientes.

—Más bien demasiadas. ¿A cuántas personas conoces que estén por ahí ayudando a la fauna salvaje?

Alex no podía creerse que estuvieran en mitad de la escalera a punto de pelearse.

—Algunos de mis compañeros de doctorado acabaron trabajando en agencias de protección del medio ambiente.

—¿Cuántos?

Alex se quedó pensando.

—Dos.

Brad esbozó una sonrisa triste.

—Dos. ¿Ves a lo que me refiero? Supongo que entre los tres vais a salvar el mundo, ¿no?

Alex guardó silencio. Pensó en mencionar las organizaciones sin ánimo de lucro, los voluntarios que dedicaban su tiempo a la naturaleza, pero sabía que lo único que quería Brad era discutir, y que por tanto no serviría de nada. A lo largo de los años había aprendido a quedarse callada y dejar que se desahogara para evitar que la situación se agravase.

—Mientras tanto, estás viviendo en… —Se refirió al hotel con un gesto de la mano, señalando una grieta de la pared por la que se había filtrado el agua—. ¿En un edificio abandonado en medio de Montana? ¿Qué tipo de ayuda es esta?

—Mi estudio de los carcayús podría demostrar que una especie en declive está utilizando esta reserva.

—Conque te fuiste de Boston y me dejaste para estudiar a unas comadrejas gigantes… —dijo; era obvio que había hablado con Zoe.

Era injusto.

—Tú ya te habías ido, Brad. —El corazón le latía con fuerza, bombeado por la rabia y la adrenalina. Estaba completamente despierta. Era absurdo estar allí discutiendo en pijama—. Te habías ido de casa.

Qué típico de Brad eso de hacerle sentir que no se había esforzado lo suficiente. Últimamente jamás se refería a su deseo de ayudar a la fauna salvaje como una pasión genuina y un objetivo vital. Se lo tomaba como una ofensa personal. Si Alex necesitaba pasar tiempo sobre el terreno, él lo consideraba un rechazo a la relación.

Cuando Alex estaba estudiando al conejo pigmeo en Nevada, Brad la había atacado porque «le importaba más la comida de los halcones» que él. Y el mes que había pasado Alex grabando murciélagos en Yosemite, había discutido con ella porque quería más a las «ratas voladoras» que a él. Alex sabía que era inútil discutir con él cuando estaba tan exaltado. Además, ¿qué hacía aquí? ¿Había venido solo para meterse con ella? ¿Y cómo había entrado en el hotel?

Respiró hondo, expulsando la ira de su cuerpo. Qué cosa más ridícula. Brad acababa de recorrer cuatro mil kilómetros en avión solo para verla y ya estaban discutiendo. Asumiendo el papel de pacificadora, Alex dijo:

—Venga, vamos abajo y te preparo un té. No quiero discutir contigo.

Los hombros de Brad se relajaron un poco.

—Yo tampoco quiero discutir contigo.

Alex lo llevó hasta la cocina.

—¿Cómo has entrado?

—Primero estuve llamando. —¿Habrían sido esos los golpecitos que la habían sobresaltado?—. Al ver que no respondías, me dije que no estaba dispuesto a pasar la noche en el coche o en algún motel de mala muerte de alguno de estos puebluchos.

Alex pensó que tanto para los dueños de los moteles como para Brad lo mejor era que no se alojase en uno. Sería un huésped de lo más tiquismiquis, con exigencias como una variedad de almohadas entre las que elegir y un café de mejor calidad.

—Así que me colé por la ventana de la cocina. Estaba algo abierta. El pestillo está roto.

Alex no recordaba haberla dejado abierta, ni tampoco que el pestillo estuviera roto. De hecho, como estaba en el hábitat de los osos pardos, se había cuidado de dejar la ventana bien cerrada. Si un oso olía su comida y conseguía entrar y comer un poco, empezaría a asociar las construcciones humanas con la comida, por lo que sería más fácil que alguien lo matara.

Puso agua a hervir y Brad la miró.

—Prefiero una cerveza, la verdad.

—Lo siento, no creo que tenga, a no ser que quede alguna en la nevera.

Brad fue a mirar y rebuscó en los estantes.

—Maldita sea. Pues nada, un té, qué le vamos a hacer. Supongo que tampoco tendrás café, ¿no?

—Eso sí —dijo Alex, levantando el brazo para cogerlo de la estantería en la que Ben le había dicho que tenía su reserva.

Una vez preparadas las bebidas, se fueron con ellas al vestíbulo.

—¿Cómo has sabido dónde estaba?

—Al ver que no me devolvías la llamada, telefoneé a Zoe. Pensé que sabría si estabas pasando de mí. Cuando me dijo que estabas en la otra punta del país en una estación de esquí abandonada, no me lo podía creer. Me dio el fijo y llamé varias veces.

Alex miró el teléfono.

—No tiene buzón de voz ni contestador.

—¡A mí me lo vas a contar! Sonaba y sonaba, pero nada.

—Seguramente estaría por la montaña.

—Busqué la dirección correspondiente al teléfono, y aquí estoy. Estaba preocupado por ti tras ver lo del tiroteo en las noticias. Zoe me dijo que te encontrabas allí justo cuando ocurrió.

Esta vez la miró con ternura y le tocó cariñosamente la mano.

Nerviosa, con el recuerdo de aquella tarde fresco aún en su memoria, Alex tragó saliva.

—Sí, me encontraba allí. Fue terrorífico.

—Y alguien mató al tipo, ¿no?

Alex asintió con la cabeza.

—Creo que no han cogido al otro pistolero. A decir verdad, de no ser por aquella persona yo estaría muerta.

Brad se inclinó hacia delante, le cogió las dos manos y se las acarició.

Alex bajó la vista y se quedó mirando las manos bronceadas de Brad. El corazón todavía se le aceleraba cada vez que se acordaba de aquella tarde, de lo desprotegida que se había sentido tirada en el barro esperando que una bala la atravesara. Se obligó a respirar hondo y se inclinó hacia delante.

—¿Por qué has venido, Brad?

Brad se animó y le soltó las manos, gesticulando con entusiasmo.

—Te he conseguido una oportunidad increíble. La solución a todos nuestros problemas. Tú podrás hacer lo que quieres hacer y yo también podré seguir dedicándome a lo que me apasiona.

Se inclinó y la besó. Al sentir el roce familiar de sus labios, la invadió una nostalgia arrolladora. Cuando Brad se apartó, Alex se quedó esperando, curiosa.

—¿Te acuerdas de Bill Crofton?

Alex movió afirmativamente la cabeza.

—Sí.

Era un zoólogo al que había conocido en un congreso celebrado ese mismo año en Boston.

—Acaban de contratarle como director del zoo municipal de Boston. Una socia de mi bufete es su cuñada. Me comentó que necesitan a alguien para supervisar los hábitats de los osos y de los lobos, así que me reuní con Bill y le hablé de ti. Le di tu currículum y le hablé de tu pasión por la fauna salvaje. Recordaba haberte conocido, y le faltó tiempo para decir que el trabajo era tuyo si lo querías.

Alex se recostó en la silla, estupefacta. «¿Un zoo?». Ella quería estar en medio de la naturaleza, trabajando para recuperar ecosistemas vivos, no en un lugar donde se encarcelaba a animales desdichados para entretenimiento de los humanos.

—Es perfecto, ¿no te parece? —preguntó Brad, inclinándose para cogerle de nuevo las manos—. Así podremos estar juntos.

Alex no sabía qué decir. A juzgar por su entusiasmo, se veía que de veras pensaba que le atraería la idea. En ese momento se dio cuenta de que en realidad jamás la había escuchado de verdad, y se le cayó el alma a los pies.

—No pareces muy contenta. ¡Venga! ¡Es una oportunidad increíble! Piensa en todas las especies con las que podrías trabajar. Podrías mejorar mucho las cosas en el zoo.

—¿Cómo?

A Brad se le fue el brillo de los ojos.

—Educando a la gente sobre la protección de la vida salvaje.

—Cuando digo que quiero cambiar las cosas, no me refiero exactamente a eso. Quiero estar aquí, sobre el terreno, asegurando un entorno seguro para los animales en sus hábitats nativos.

Brad vio claro que la idea no le entusiasmaba y le soltó las manos. Con una expresión de mártir que decía que tenía que hacer acopio de una paciencia infinita para tratar con ella, se recostó en la silla.

—Me cuesta entenderte. Es una gran oportunidad.

—Tienes razón. Sería una oportunidad increíble para alguien que quisiera trabajar en el ámbito de la educación. Hay gente muy valiosa trabajando en lugares como el zoo safari de San Diego, creando un hábitat seguro para animales que están prácticamente extintos en el medio natural.

—Allí también ponen cóndores en libertad.

Alex asintió con la cabeza.

—Lo sé. Y es un trabajo importante. Pero no es el caso del zoo de Boston, que es un sitio al que la gente va a divertirse. Puede que un puñado de gente salga de allí con el deseo de ayudar a la protección de las especies salvajes, pero la mayoría solo quiere ver a los elefantes.

—Eres una misántropa. Lo sabes, ¿no?

Alex bajó los ojos.

—Sí, lo sé. —Intentó cogerle las manos, pero Brad las retiró—. El trabajo de los zoos puede ser útil cuando lleva a reintroducir animales en su medio, pero no es el caso del zoo de Boston. Sencillamente, trabajar ahí no me gustaría.

Brad apartó el café con furia.

—Claro. Porque prefieres estar en el culo del mundo, donde no tienes que tratar con nadie. Pues mira, Alex, ¿sabes qué? Yo no tengo más remedio que tratar con gente en mi profesión. ¿Y sabes otra cosa? Me gusta tratar con la gente. En eso soy normal.

Sus palabras la hirieron y sabía que para eso las había pronunciado.

—No es que no me guste estar con gente —se defendió, aunque a veces era exactamente eso lo que le pasaba—. Es que para hacer lo que me apasiona, tengo que viajar a lugares remotos como este. Las especies amenazadas no viven en pleno centro del Distrito de los Teatros de Nueva York.

—Viven en zoos que están en medio de las ciudades.

Brad estaba enfadado y no escuchaba, pero Alex insistió.

—Sabes que no es donde tienen que estar. Se ven obligados a estar allí porque la humanidad los ha expulsado de su medio natural.

—Claro, claro. —Brad se levantó de repente y su silla chirrió contra el suelo—. La malvada humanidad.

La conversación no iba a ningún lado. Para Brad, el arte, la música, la ley y la arquitectura eran lo más importante del mundo. Estaba convencido de que estas invenciones justificaban el trato que daba la humanidad al planeta. No era que se alegrase de que se extinguieran las especies, pero, simplemente, tampoco le molestaba demasiado. ¿Cómo iba a molestarle, cuando la humanidad construía ciudades tan asombrosas, tan llenas de actividades, de intereses diversos, de cultura? Problemas como el cambio climático antropogénico y la extinción de las especies no entraban en la pequeña burbuja personal de Brad, y por tanto no pensaba demasiado en ellas. Por supuesto, cuando ciudades costeras como Boston empezaran a inundarse por culpa de la subida del nivel del mar, su burbuja personal iba a verse afectada. Pero, por ahora, en el mundo de su bufete de abogados no había cabida para los carcayús ni para especies emblemáticas en vías de extinción, como el oso pardo o el lobo.

En cierta ocasión, Zoe le había preguntado a Alex por qué seguía saliendo con Brad, con lo que había cambiado. La triste verdad era que la mayoría de la gente era como Brad, y, saliera con quien saliera, lo más probable era que aquella cuestión también provocara roces. Además —le había dicho a Zoe—, al margen de sus diferencias, se había enamorado de Brad nada más conocerlo en la universidad.

Brad se alejó airadamente y puso un pie sobre el banco de piedra que había enfrente de la inmensa chimenea.

—No me puedo creer que haya venido hasta aquí y tú ni siquiera te lo pienses.

Alex se frotó la cara. Estaba agotada y faltaba solo una hora para que tuviera que incorporarse al equipo de rescate.

Sonó el teléfono y se acercó a cogerlo. A esas horas, solo podía ser el *sheriff* con noticias de la búsqueda con infrarrojos.

—¿Quién es? —preguntó Brad con tono seco—. ¿Ya estás saliendo con otro?

Alex le indicó con un gesto que enseguida colgaba.

—¿Diga?

—Soy Makepeace. No han encontrado nada con los infrarrojos.

Fue un jarro de agua fría.

—Entonces, ¿la búsqueda terrestre sigue en pie?

—Sí. Contamos con dos perros, cinco profesionales y quince voluntarios.

—Y conmigo.

—Dieciséis voluntarios, entonces. Nos vemos dentro de una hora.

Sí, decididamente volvía a ser el hombre seco de siempre, pensó al oír que colgaba sin despedirse. Para volver a ser uno mismo no había nada como un buen descanso.

Cuando colgó, Brad dijo:

—¿Qué pasa? ¿Qué búsqueda terrestre?

Le habló del hombre que había encontrado en la montaña.

—Voy a subir hoy con el equipo de rescate.

Brad se quedó mirándola.

—Alucino. ¡Pero si acabo de llegar!

—No sabía que venías. Lo siento. Tengo que prepararme.

Resopló, furioso.

—Perfecto. Pues yo me voy a duchar. —Miró a su alrededor—. Porque tendrás agua corriente, ¿no?

—Hay sendos cuartos de baño en las dos primeras habitaciones a la izquierda nada más subir.

Brad se dio media vuelta, cogió una maleta pequeña y subió entre protestas.

Alex se vistió a toda prisa, se hizo una tortilla y más té y decidió salir a comer al amplio porche. El frío aire del amanecer absorbió el calor de la tortilla casi al instante; aun así, Alex se quedó fuera, bebiendo té a sorbos mientras el sol asomaba por detrás de un pico. Unas nubes dispersas se volvían doradas y después blancas mientras el sol subía lentamente hasta la cima.

Se fijó en unos bloques de hormigón que estaban apoyados contra un muro y arrastró uno al interior del hotel. Lo puso frente a la ventana que tenía el pestillo roto; como se abría hacia dentro, el bloque serviría para obstaculizar el paso hasta que pudiera ir al pueblo a por una cerradura nueva.

Cerca de las seis, metió en la mochila pequeña dos sándwiches, el filtro de agua y una botella, una brújula, un mapa, el GPS, su navaja y el paquetito de parches de molesquín. Por último, añadió ropa para la lluvia y un gorro calentito.

Oyó movimiento en la escalera y vio bajar a Brad, que se había puesto un pantalón negro y una camisa azul.

—No veo por qué tienes que apuntarte a esta misión de rescate —dijo cuando llegó al pie de la escalera.

Alex se acercó a él y le cogió las manos, deseosa de mitigar la tensión de la discusión.

—Lo sé. Pero yo fui quien lo encontró. Quiero llevarlos al lugar donde lo vi por última vez.

—Son profesionales, Alex. No te necesitan.

—Entonces digamos, simplemente, que es por mi propia tranquilidad. Tengo que saber que han buscado en el sitio exacto. Quiero asegurarme de que los perros parten del lugar adecuado para seguirle el rastro.

—Marcaste el punto con el GPS, ¿no?

—Sí, pero ya sabes que tiene un margen de error de casi tres metros, como poco.

Brad suspiró.

—Creo que deberías dejarlo en manos de los profesionales.

—Eso voy a hacer. Solo quiero ayudar. De hecho, cuantas más manos les ayuden, mejor.

Brad dio un paso atrás.

—Pues a mí no me mires. No sé nada de nada de búsquedas y rescates. Solo estorbaría. Además, tampoco es que me hayan dado días libres para venir aquí. Tengo que teletrabajar.

Alex hizo una mueca.

—Espero que no necesites internet.

Brad arqueó las cejas.

—¿Me estás diciendo que ni siquiera hay wifi en este sitio?

—Lo siento. Hay un *pub* con wifi en el pueblo más cercano, aunque aún no habrán abierto. Es el primer pueblo que hay en dirección este, Bitterroot.

—Genial. —Se acercó con paso resuelto al sitio en el que había dejado su ordenador portátil la noche anterior y se lo echó al hombro—. Pues nada, a pasar el día en Bitterroot, supongo. Suena de lo más apetecible.

—Toma —dijo Alex, sacándose del bolsillo la copia de la llave del hotel—. Por si vuelves antes que yo.

Brad la cogió y, después de una breve pausa, miró a Alex.

—¿Al menos te vas a pensar la oferta del zoo?

Alex dijo que sí con la cabeza.

Brad miró el reloj.

—Maldita sea. En Boston son casi las ocho. ¿A qué distancia está este pueblo?

—A unos cuarenta kilómetros.

La miró con incredulidad y salió disparado por la puerta. Alex oyó arrancar el coche de alquiler, que después se alejó ruidosamente por el camino.

Unos minutos más tarde escuchó que llegaban coches. Era el equipo de rescate. Dejó a un lado el estrés de haber visto a Brad y se preparó para zambullirse en la búsqueda.

Mientras se ponía el sol, Alex vio cómo el helicóptero barría por última vez la zona mientras daban por concluida la jornada. No habían encontrado ningún indicio del hombre herido. Los perros le habían olido en el sitio donde le había dejado Alex, pero no habían podido seguirle la pista. No tenía ni pies ni cabeza.

Como no le apetecía tratar con Makepeace, le sugirió que volviera sin ella al hotel a por su coche. Además, quería echar un vistazo a una cámara cercana. El *sheriff* soltó un gruñido a modo de respuesta y se marchó sin volver siquiera la cabeza para despedirse. Alex vio que empezaba a bajar y se dio media vuelta en dirección contraria.

Todavía quedaba un poco de luz y pensó que lo mejor que podía hacer era aprovechar la altura que había ganado con la caminata.

Comprobó con alivio que la trampa seguía intacta. Habían saltado diez resortes de pelo con mechones de un pelaje marrón oscuro y claro. Los metió en sobres etiquetados y cambió la tarjeta de memoria y la batería de la cámara.

Pensó en la trampa destruida y en la cámara desaparecida. Se lo había contado al *sheriff*, pero él había mostrado más interés por leer y releer las instrucciones de lavado de la banda interior de su sombrero.

Una vez recolocados los resortes de pelo, dio un paso atrás y contempló el montaje. Aún quedaba suficiente cebo, así que dejó la trampa. Tenía el tiempo justo para caminar con un poco de luz. Mientras se alejaba de la cámara trampa, la brisa le trajo un vago sonido. Una voz, quizá. Se detuvo a escuchar. El viento cambió de dirección entre las copas de los árboles. Una piña cayó a su izquierda y oyó el crujido de unas ramas. Después lo volvió a oír, una extraña mezcla entre maullido y gruñido. No era el hombre herido, tampoco un gato, un oso o un lobo. Era otra cosa distinta. El extraño gruñido sonaba casi ahogado, un rumor grave en una garganta. No era un gruñido agresivo, más bien, uno de frustración.

Sabía reconocer el sonido de un animal en peligro.

Avanzó con precaución hacia el sonido, cruzando un denso bosquecillo de pinos contortos. Subió por una pequeña pendiente, entonces al otro lado, en otro grupo de pinos, vio una cajita de madera con una tapa. Una trampa de captura en vivo, hecha con leños sin tratar, y medía más o menos un metro de largo por medio de alto.

Un grueso cable metálico, enrollado varias veces en torno al tronco del árbol de detrás, bajaba hasta una anilla de anclaje que había en la tapa.

En el interior de la caja oyó algo que gruñía, caminaba de un lado a otro y arañaba las paredes. Por los extraños sonidos, estaba bastante segura de que era un carcayú.

Se acercó a la trampa y examinó la construcción. Se había caído un pestillo y, al cerrarse la tapa, había tapado la caja. Desde tan cerca, le llegaba el olor a almizcle del carcayú y algo más..., sangre y carne putrefacta, seguramente el cebo que había utilizado el trampero.

Sintió rabia. Sin duda, allí arriba había alguien cazando de manera furtiva. El carcayú arañaba las paredes con desesperación y Alex veía las afiladas garras saliendo por las rendijitas entre los leños. Pero la trampa estaba bien construida y el carcayú no iba a salir por sí solo, al menos a corto plazo. Estalló en una exasperada y furiosa serie de aullidos, bufidos y gruñidos guturales.

Alex recorrió el cable con la mirada y vio que una recia rama sobresalía en el punto en el que lo había enrollado el cazador. Podía subirse a ella y quitar la tapa desde el árbol.

Durante un buen rato estuvo atenta a cualquier señal de movimiento humano, preguntándose si el cazador se habría quedado en la zona o si habría construido más trampas como aquella y estaría echándoles un vistazo. Por mucho que se esforzó por oír algo entre los ruidos del viento y del infeliz carcayú, no distinguió más sonidos fuera de lo normal.

Alargó el brazo y abrió el mecanismo de cierre. Al verla acercarse, el carcayú se detuvo un instante. Lo oyó olisquear, después empezó otra vez a pasearse furioso. Alex se apartó. Agarrándose a la rama más baja del árbol, se aupó y la enganchó con la bota. La áspera corteza se le hincaba en las palmas de las manos mientras subía, y la resina se le pegaba a la piel.

Llegó a la rama gruesa y se puso de pie sobre ella. De repente oyó arañazos en el árbol de al lado y el corazón le dio un vuelco. Giró bruscamente la cabeza y vio que unas ramas se mecían. Conteniendo el aliento, esperó y vio que unos trozos de corteza caían al suelo. Un movimiento entre las pinochas la hizo alzar la vista un poco más, así localizó el origen del ruido.

Agarrados a las ramas, acurrucados el uno junto al otro, había dos carcayús más pequeños. Alex supuso que habrían nacido esa primavera. Las crías nacían blancas, en guaridas nevadas excavadas por sus madres, pero estos dos ya tenían el color tostado, dorado y marrón oscuro de los carcayús adultos, si bien eran indudablemente más pequeños.

A pesar del apuro en que se hallaba, no pudo evitar sonreír al verlos. En sus peludas caras marrones, los brillantes ojos negros rodeados de pelaje dorado la miraban de hito en hito. Alex no tenía ninguna duda de que el carcayú de la trampa era uno de sus padres. Además, había leído que los carcayús se quedaban esperando en las inmediaciones cuando uno de ellos caía en una trampa.

Cogió el cable y tiró de él. El ángulo era incómodo y la tapa estaba demasiado encajada. Al principio le pareció que no sería capaz de levantarla desde donde estaba, que tendría que forzar la tapa desde el suelo. Tirando con una mano y golpeando el cable con el otro puño, por fin consiguió mover la tapa. Los gruñidos del carcayú se volvieron más frenéticos. Un último tirón casi le hizo caer del árbol, pero consiguió su objetivo. El carcayú no saltó fuera de inmediato. Asomó la cabeza, se hizo una composición de lugar, después, por fin, salió.

Alex soltó el cable lentamente para que la trampa no se cerrase de golpe. El carcayú salió disparado y de repente se paró y se giró a mirarla. Alex se quedó maravillada al ver el pelaje tostado y marrón, el collarín dorado del pecho, el cuerpo musculoso y el cráneo aplanado con dos ojos oscuros y brillantes que la miraban fijamente.

Se sentó en la rama para pasar más desapercibida y resultar menos amenazante, y se quedó mirando el árbol de al lado. Minutos más tarde bajaron los dos carcayús jóvenes, arrancando con las garras trozos de corteza que iban cayendo al suelo forestal.

Alex sabía que podían permanecer con su madre hasta dos años. El padre se pasaba a verlos mientras crecían y les enseñaba a cazar, a utilizar el bosque para sobrevivir. En un caso de los años noventa que había leído, una carcayú joven de Idaho luchaba para sobrevivir después de perder a su madre y a su hermano. Se alimentaba del cebo que saqueaba de las trampas de captura viva que ponían los investigadores.

Entonces, de repente, empezaron a verla con un carcayú macho más mayor, que se pasaba días enteros con ella, enseñándole dónde encontrar comida. Los investigadores pensaban que era su padre. Una cariñosa relación padre-hijo era prácticamente inaudita en especies carnívoras. Pero los carcayús eran una excepción, y posteriores estudios de ADN demostraron que, en efecto, los machos cuidaban de sus crías.

Dado el tamaño de los carcayús jóvenes, Alex no sabía si el carcayú que había caído en la trampa era el padre o la madre. Ambas cosas eran posibles, y no podía determinar el sexo del carcayú atrapado sin verle la barriga.

Cuando la familia estaba ya a unos cincuenta metros, bajó del árbol y agarró su mochila. Los siguió a cierta distancia, preguntándose en qué madriguera habrían vivido esa primavera. Los carcayús hembra preferían madrigueras situadas a gran altura, debajo de pinos de corteza blanca caídos. Cavaban tres metros por debajo del tronco, y después hasta trece metros en sentido lateral. Masticaban la madera y utilizaban las astillas para forrar la madriguera nevada. La mayoría de las madrigueras tenían habitaciones distintas para dormir, amamantar, descansar y eliminar los desechos. La madre solía desplazarse a madrigueras recién excavadas cuando las crías se hacían un poco mayores. La nieve las aislaba del frío, manteniendo el calor mientras la madre salía a cazar y llegaba a recorrer hasta quince kilómetros. Pero el empeoramiento del clima estaba reduciendo las posibilidades de encontrar lugares adecuados para construir madrigueras.

Alex no quería seguir asustando a la familia, así que se quedó rezagada, entreviendo aquí y allá al trío que correteaba entre los árboles. De vez en cuando se veían pisadas de carcayús en lugares húmedos y embarrados. El carcayú adulto avanzaba en línea totalmente recta, y Alex, las pocas veces que los perdía de vista, se limitaba a seguirlo con la certeza de que enseguida volvería a verlos.

Mientras el adulto avanzaba resueltamente, las dos crías retozaban, saltando la una sobre la otra y mordisqueándose. A veces una se abalanzaba sobre su hermana y, agarrándola del cuello, se ponía a rodar como en el giro de la muerte de los caimanes. Pero solo era un juego. Alex sonreía cada vez que las veía triscando. Mientras, el sensato carcayú adulto seguía avanzando como una máquina.

La familia no tardó en dejarla muy atrás. El sol se escondió tras una montaña, y al instante cayó la temperatura. Alex siguió avanzando mientras la luz se atenuaba, divisándolos de vez en cuando a lo lejos. El crepúsculo dio paso al anochecer, y no tardó en dejar de verlos. Aun así, siguió andando un poco más, entusiasmada por haber encontrado aquella familia de carcayús en la reserva. Era exactamente lo que había deseado.

Por fin, tuvo que reconocer que estaba demasiado oscuro. Marcó un *waypoint* con el GPS y trazó una ruta, decidida a volver en otra ocasión y continuar donde lo había dejado por si encontraba más señales de los carcayús.

Se dio media vuelta y emprendió el regreso por la misma dirección por la que había venido. Antes de volver al hotel, quería desmantelar la trampa: cortar el cable del árbol, derribar los leños de una patada y dejarlos desperdigados por el suelo. Oyó la llamada de un cárabo en una arboleda cercana, su insistente uuuuh. Entró en la espesura y sacó la linterna frontal.

El viento suspiraba entre los pinos, sonando casi como el estruendo de una lejana cascada. La temperatura bajó más y se subió la cremallera del forro polar. Por un lado temía volver a ver a Brad; por otro, le hacía ilusión. En los últimos tiempos nunca sabía si estaría cariñoso o si querría pelea.

Pero ni siquiera este temor podía sofocar la sensación de euforia. El espectáculo de las crías de carcayú retozando le había permitido vislumbrar lo que le apasionaba de estar en plena naturaleza: ver animales en sus hábitats naturales, disfrutando de su libertad. Ahí se sentía llena, viva, equilibrada. Respirando el limpio olor a pino del aire, emprendió el camino de vuelta a la trampa; su rabia de antes resurgía a medida que se iba acercando.

Subió por una pequeña cuesta que daba al lugar donde había encontrado la trampa y se detuvo. No estaba. Movió la cabeza, confusa, y rodeó la pequeña arboleda. ¿Se habría desviado? Era perfectamente posible. Pero entonces vio el árbol al que se había subido, el montoncito de corteza a los pies del tronco por donde habían bajado las crías.

Examinó el suelo con la linterna frontal. No vio nada raro. No estaban los leños, ni el cable. Tampoco el cebo, aunque todavía flotaba en el ambiente el olor a carne podrida. Entonces vio la huella de su bota en un cachito de tierra polvoriento al pie del árbol. Ya no había duda: la trampa había estado allí.

Alex se enderezó. Alguien había ido allí y había desmantelado la trampa antes de que le diese tiempo a regresar. Alguien estaba borrando sus huellas. Los nervios se le agarraron al estómago y un escalofrío le recorrió la espalda. El furtivo estaba cerca. Incluso puede que estuviera observándola en ese mismo instante.

En un abrir y cerrar de ojos, Alex estaba bajando la montaña a mil por hora.

Pasó por encima de un tronco y oyó que se rompía una rama a sus espaldas. Se giró bruscamente. Aunque le preocupaba que pudiera ser el furtivo, se le pasó por la cabeza que quizá el hombre herido se había arrastrado hasta allí, cosa que parecía imposible, o que quizá fuera un ciervo. A su izquierda, fuera del alcance de la frontal, se rompió otra rama. Volvió a girarse y distinguió algo voluminoso que se alejaba entre los árboles, tan veloz que no pudo verlo bien. Pero, sin duda, no era el hombre herido.

Retrocedió con cautela, se dio la vuelta y apretó el paso, sorteando troncos caídos y zigzagueando entre los matorrales.

La criatura, fuera lo que fuera, también apretó el paso. Las pinochas crujían bajo unas pisadas rítmicas. Alex hizo un alto y recorrió los árboles con la mirada. Algo se salió del haz de luz de la linterna. Algo grande y alto. El furtivo. O un oso, tal vez, o a saber qué: ¿un ciervo, un alce? Un temor primigenio le erizó el cuero cabelludo y le bajó por la espalda. Sentía que algo la estaba observando desde la oscuridad.

Esta vez, las pinochas crujieron por delante. Se detuvo a escuchar y las siguió oyendo también por detrás. El corazón le latía cada vez con más fuerza. ¿Y no se habría topado simplemente con una manada de ciervos que había salido a ramonear? Apagó la luz y esperó a que los ojos se le acostumbrasen a la oscuridad. Salvo la silueta de los pinos recortada sobre el cielo nocturno, apenas veía nada; desde luego, en el corazón del bosque no distinguía ningún detalle. La criatura que tenía detrás se acercó. Eran pisadas fuertes. Si era un oso, Alex tenía que hacerse ver, hacerle saber que era una persona. Y si era el furtivo, lo sabía de sobra.

—Eh, oso —dijo, pronunciando en voz más baja de lo que pretendía las dos palabras que recomendaban los guardabosques.

Las pisadas se detuvieron al instante. También las que se oían por delante. ¿Sería una hembra de oso pardo con sus oseznos?

—Eh, oso —repitió, en voz más alta esta vez.

Entonces oyó movimiento en un tercer punto, esta vez a su izquierda. Una descarga de adrenalina le recorrió el cuerpo y giró bruscamente la cabeza, pero tampoco en esta ocasión pudo distinguir nada en la penumbra.

Encendió la frontal. Algo se escabulló en la oscuridad y se colocó detrás de una mata de arbustos, apartándose de la luz. ¿Sería que recelaba de los humanos y quería ponerse a salvo, o sería una persona que la estaba acechando? Pero si era el furtivo y había intentado borrar sus huellas, ¿para qué iba a seguirla ahora? Se exponía a que Alex lo viera y se lo describiese más tarde a la policía. ¿No era más lógico que quisiera salir de allí?

Fuera lo que fuera, la criatura no quería ser vista. El temor se hizo más intenso.

Sin apagar la frontal, Alex se desplazó hacia la derecha, donde no había oído movimiento. No quería correr por si acaso era un oso, de manera que caminó deprisa, mirando por encima del hombro. Esta vez no vio nada, y sus propios pasos apresurados le impedían oír gran cosa.

Cuando hubo recorrido más o menos un kilómetro, vio una tupida mata de uva de oso. Apagó la luz, se acercó sigilosamente y se refugió detrás de los arbustos.

Esperó y escuchó.

Crunch, crunch, crunch. La criatura seguía ahí, aunque esta vez estaba un poco más lejos. Oyó más sonidos a su derecha.

A punto estaba de reanudar el descenso cuando le pareció reconocer un murmullo de voces humanas. Pero no se repitió. ¿Podría ser el hombre herido? Había leído acerca de un esquiador de fondo que se había roto los dos tobillos después de desviarse tanto de su ruta que nadie sabía dónde buscarle. Esperó a que se le hinchasen y después echó a andar. ¿Podría ser que el hombre herido hubiese hecho lo mismo?

Lo dudaba mucho, teniendo en cuenta su estado. Pero las ganas de sobrevivir de un ser humano podían ser increíblemente poderosas.

Escuchó con atención, pero solo oyó las pisadas, cada vez más cercanas. ¿Se habría imaginado las voces?

Se alejó de los arbustos, y de repente el movimiento se hizo más intenso: ahora era algo que corría directamente hacia ella. Seguía sin poder ver nada entre las sombras. Se dio la vuelta para correr y tropezó con una roca. Recobró el equilibrio, aunque acto seguido tropezó con un tronco caído. Tenía que esconderse o bien encender de nuevo la linterna. Su pie chocó con otra roca y Alex se tambaleó, pero reaccionó a tiempo y evitó caer de bruces. Otra vez le pareció que oía voces humanas hablando bajito, concretamente dos, pero el ruido de sus propias pisadas le impedía oírlas bien. Se agachó. ¿Serían del equipo de rescate? Pero ¿por qué iban a estar ahí?

Se movió lentamente hacia un apretujado grupo de pinos contortos y se puso a escuchar. Pero a pesar de que Alex había cambiado de dirección, la criatura que la seguía calcaba sus movimientos. Tuvo la sensación, nítida y escalofriante, de que, aunque ella no podía verla, a la criatura no le costaba nada verla a ella en la oscuridad.

La criatura empezó a ir más despacio hasta que se detuvo. A su derecha, también dejó de oír un sonido como de algo que arrastraba los pies.

Estuvo atenta por si oía más voces, pero en vano; ni siquiera estaba segura de haberlas oído.

Una vaga sensación primigenia de estar siendo observada la apremiaba para que se largase cuanto antes. Había cambiado ya tantas veces de dirección que dudaba de cuál era el camino de vuelta al hotel. Iba a tener que sacar la brújula o el GPS. Se decidió por la brújula porque no tenía una esfera luminosa. Pero no consiguió leerla en la oscuridad. Si quería salir de allí, iba a tener que utilizar la linterna.

Se la quitó de la frente y después montó una pequeña tienda de campaña colocándose la chaqueta sobre las rodillas. Encendió la luz por debajo del grueso forro polar, cubriendo el haz con la mano, y la enfocó sobre la brújula. Una vez orientada, apagó y se puso la chaqueta.

Sopesó las alternativas. Si era un oso, no le convenía correr. Pero si eran unos furtivos, estaba convencida de que querrían alejarse de ella para evitar ser descubiertos.

Instantes más tarde, la decisión le vino dada. La criatura echó a correr estrepitosamente entre la maleza en dirección a ella. Alex encendió la linterna y, adentrándose en el bosque, se atrevió a mirar atrás. Pero, de nuevo, no vio nada en el haz de luz, que rebotaba descontroladamente. Tan solo árboles y arbustos.

Si era un oso que venía a la carga, lo vería. Y si era un oso curioso, seguramente estaría erguido sobre las patas traseras para verla mejor, de modo que era imposible que le pasara desapercibido.

Siguió corriendo, saltando por encima de troncos caídos y zigzagueando entre afloramientos rocosos.

Se giró para continuar por la ruta correcta y siguió descendiendo, incapaz de oír nada con el ruido de sus pasos acelerados y de su respiración jadeante.

A su derecha vio un gran afloramiento rocoso y apagó la frontal. Intentando acallar el sonido de su resuello, se acercó a las rocas con las manos extendidas; estaba todo tan oscuro que no las veía. Enseguida sintió el áspero frío de la roca y avanzó palpándola hasta que llegó al otro lado.

Por fin, se detuvo a recobrar el aliento. Se obligó a respirar más suavemente para poder oír. La sangre le pulsaba en los oídos.

Se quedó escuchando con los ojos abiertos de par en par, aunque todavía no veía nada aparte de las estrellas en lo alto.

A su derecha, mucho más cerca de lo que esperaba, algo partió una ramita, y a su izquierda oyó un frufrú entre los arbustos. Se le puso el corazón en la garganta.

El instinto le dio un toque, susurrándole que no se trataba de una osa con sus oseznos ni de una manada de ciervos. Era como si algo la estuviera persiguiendo en la oscuridad.

Dio la vuelta a la roca. A unos treinta metros sobresalía otro borde rocoso, en dirección contraria al movimiento que percibía a su alrededor. Se agachó y corrió sigilosamente hacia esa roca con la luz apagada. Se había fijado antes en que entre las dos rocas no había grandes leños ni piedras, así que avanzó deprisa con las manos extendidas hasta que entró en contacto con el otro afloramiento. Lo rodeó y, mirando de reojo por si acaso la criatura podía verla, se refugió al otro lado. Después palpó la áspera piedra en busca de asideros y puntos de apoyo. La suave pendiente del afloramiento hizo que le fuera más fácil encontrar pequeños salientes y huecos de lo que pensaba, y empezó a escalar.

Dos de los animales, ya fueran humanos o de otro tipo, se movían a la vez.

Trepó hasta lo alto y se tumbó bocabajo; al instante, la fría piedra le quitó todo el calor del cuerpo y empezó a tiritar. El crujido de ramas y pinochas se iba acercando. Cruzó los dedos para que pensaran que había seguido bajando por la montaña. Los dos animales pasaron por delante del primer afloramiento y después cubrieron la distancia hasta el segundo y lo rodearon. Alex apretó la cara contra la roca, deseando que se marchasen.

En la otra punta de la roca crujieron unas pinochas. Siguió tumbada donde estaba, agarrándose a la roca mientras el crujido se desvanecía en la distancia, hasta que dejó de oírse.

Entonces Alex soltó un inmenso y silencioso suspiro de alivio, pero permaneció en su sitio atenta al más mínimo movimiento. Pasaron cinco largos minutos, después diez. El viento susurraba entre los árboles. Un búho real ululó.

Treinta minutos más tarde, bajó, palpando con dedos gélidos la aspereza de la roca.

Se quitó la linterna, la encendió y, tapando el haz de luz con los dedos, creó una lucecita difusa que dirigió hacia el suelo. Una vez que se hubo hecho una idea de lo que la rodeaba y que hubo comprobado la dirección con la brújula, la apagó. Avanzó sigilosamente por el bosque, deteniéndose de vez en cuando para ver con la linterna lo que tenía por delante y grabárselo en la memoria antes de continuar. Siguió haciéndolo durante toda la bajada.

Cuando apareció el hotel ante sus ojos, la invadió una sensación de alivio. Se preguntó si debería llamar a Makepeace, pero decidió que no. ¿Qué podía decirle? ¿Que quizá unas personas la habían perseguido por el bosque? ¿O que quizá fueran unos ciervos intrépidos que, casualmente, se dirigían al mismo sitio que ella? Ni siquiera estaba segura de que fueran personas, sin embargo, no conseguía quitarse de encima la sensación de que lo eran. Casi podía oír el soniquete desdeñoso de la respuesta de Makepeace si le decía que tenía «la sensación» de que eran personas, así que decidió callar. Si eran cazadores que continuaban usando el terreno, quién sabe si Makepeace no sería amigo suyo.

TRECE

Al llegar al hotel, vio el coche de Brad aparcado en la entrada. Los coches del equipo de rescate ya se habían marchado. Inspiró hondo, preparándose para otra discusión, se acercó a la puerta principal y abrió. Fue recibida por un delicioso aroma a comida italiana.

La mesita de trabajo estaba ahora cubierta con un mantel de lino blanco. Dos velas parpadeaban a cada lado de un jarroncito de flores. Junto a un bol de cristal con una ensalada recién preparada había dos copas y una botella de vino. Alex seguía temblando por el encuentro de hacía un rato, pero decidió no mencionárselo a Brad. Parecía que estaba intentando reconciliarse y que Alex le dijera que acababa de pasar un mal rato solo serviría para darle argumentos en contra de que estuviese allí.

Al oír que se cerraba la puerta, Brad salió de la cocina. Sobre la camisa azul y el pantalón negro llevaba un delantal de chef. Al verla sonrió y se acercó a darle un beso en la mejilla.

—Retiro todo lo que he dicho sobre este lugar —dijo, ayudándola a quitarse la chaqueta—. ¡La cocina es una pasada!

Alex sonrió mientras Brad dejaba la chaqueta sobre el respaldo de una silla cercana. Llevaba siendo un *gourmet* desde antes de que la afición a la buena comida se pusiera de moda. Se había criado en una familia pobre y las pocas oportunidades que habían tenido de salir a comer fuera las había disfrutado enormemente. Cuando se fue a vivir solo, empezó a cocinar platos cada vez más sofisticados, con ingredientes que no había podido permitirse de niño: setas caras, piñones tostados, especias exóticas.

—Huele de maravilla —dijo Alex.

—Raviolis de calabaza con piñones, setas *shiitake* y una salsa de ajo.

A Alex le sonaron las tripas. Hacía dos semanas que prácticamente no había probado nada aparte de huevos, ensaladas, frutos secos y sándwiches de queso. A Alex la comida no la atraía de manera especial, y menos cocinar. Pero jamás se le ocurriría renunciar a una comida casera como aquella.

—Espero que tengas hambre.

—Sí que tengo, sí.

Brad la cogió del codo.

—Permíteme que te lleve a tu asiento.

La acompañó hasta la mesa y apartó la silla para que se sentara. A continuación, Brad descorchó el vino y sirvió dos copas; después, se sentó enfrente y la miró a los ojos por encima de las velas.

—Por nosotros —dijo con la copa levantada—. Por que encontremos el camino para volver a estar juntos.

Brindaron y bebieron. En la cocina sonó un temporizador y se levantó, dejando la copa en la mesa.

—Eso es la salsa. Vuelvo enseguida.

Desapareció por la puerta batiente y Alex se quedó a solas con sus pensamientos.

Bebió otro sorbo de vino, decepcionada porque no hubieran encontrado al hombre. Brad no le había preguntado cómo había ido la búsqueda, y, en vista de su reacción de aquella mañana, Alex recelaba de sacar el tema.

El teléfono sonó y fue a cogerlo.

—¿Diga?

—Alex, soy Ben Hathaway.

—¡Ben! ¿Qué tal por Washington?

—Genial, gracias por preguntar. El equipo ya tiene toda la información y se ha ido a África a trabajar en el proyecto de los rinocerontes. Van a traer rinocerontes negros de una zona llena de cazadores furtivos a una de nuestras reservas.

—Estupendo —dijo ella, sentándose en el taburete de detrás del mostrador.

—El proceso es una locura. ¡Les ponen un tranquilizante y luego los cuelgan bocabajo de un helicóptero! Es el método de transporte menos estresante para ellos.

—Es increíble.

—Estuve allí hace un par de años y vi cómo lo hacían. Nuestro equipo se ha preparado especialmente para esto. Escucha, llevo unos días intentando localizarte. Jolene me dijo que te encontraste a un hombre herido en lo alto de la montaña, ¿no?

Alex tragó saliva.

—Sí, mientras echaba un vistazo a una de las cámaras de foto-trampeo. Bajé corriendo al hotel y llamé a los paramédicos, pero cuando volvimos ya no estaba.

—Eso me ha dicho. ¿Y el equipo de rescate ha encontrado algo hoy?

—Nada. Un buen chasco, la verdad. No se me ocurre adónde pudo ir. El *sheriff* piensa que se lo llevó un oso.

Ben guardó silencio unos instantes.

—Sí, típico de él. —Por su tono, Alex adivinó que no era la única que había tenido una experiencia desagradable con Makepeace—. ¿Van a volver a subir?

—Sí, mañana. Creo que hoy no les he ayudado nada.

—Seguro que sí. Con suerte, mañana encontrarán algo. Y tú ¿cómo estás? Tuviste que pasar mucho miedo.

Alex se enroscó el cable del teléfono alrededor del dedo con aire distraído.

—El tipo estaba en muy mal estado. Me da que debió de caerse. Tenía muchísimas contusiones.

—Qué horror. ¿Hay algo que pueda hacer yo?

Su interés fue como un bálsamo para Alex.

—No creo. Pero hay más noticias, buenas y malas.

—Cuéntame.

—Sin duda, aquí hay carcayús. Por desgracia, alguien colocó una trampa de captura viva y pilló uno. Había dos subadultos cerca. Lo dejé salir y los seguí durante un rato, pero cuando volví me encontré con que alguien ya había desmontado la trampa.

—Malditos furtivos. Sospechábamos que seguían utilizando la reserva. Pero, al menos, que haya carcayús es una magnífica noticia.

155

—Sí, es verdad.

—Bueno, y ¿qué tal te vas haciendo al lugar?

Alex pensó en el recibimiento tan poco amistoso de la gente del pueblo, en las escasas palabras amables que había oído desde su llegada. Se preguntó si Ben habría sufrido algo similar a su mala experiencia con la ranchera.

—¿Te importa que te pregunte…? En fin, ¿hasta qué punto le tienen manía aquí a la fundación territorial?

—¿A qué te refieres?

—Al día siguiente de marcharte, alguien me echó de la carretera. El *sheriff* no mostró el más mínimo interés por investigarlo.

—¡Qué horror! ¿Estás bien?

—En su momento me puse muy nerviosa. No sé, tengo la sensación de que no soy bien recibida en este lugar.

Ben suspiró.

—Cuánto lo siento. Dalton, el biólogo que estuvo ahí antes que tú, dijo algo parecido. Los lugareños se las hicieron pasar canutas.

—¿Fue esa la verdadera razón de que se marchara?

—No creo. Lo estaba pasando bien…, al menos, cuando estaba sobre el terreno. Me envió un correo para decirme que una emergencia familiar le obligaba a ir a Londres a ver a su madre. Le dio mucha pena marcharse. —Titubeó—: No estarás pensando en marcharte, ¿no?

Alex sonrió.

—No. Haría falta algo mucho más gordo que esto para sacarme de aquí. Para mí, es un destino de ensueño.

Ben se rio.

—Me alegro. Y siento que te lo estén haciendo pasar mal.

—Gracias, Ben. Eres muy amable interesándote por mí. Por cierto, ¿vas a ir a más reservas, o te toca quedarte una temporada en Washington?

Ben suspiró.

—No puedo moverme de aquí, me temo. Eso sí, estamos comprando más terrenos. Ni más ni menos que mil seiscientas hectáreas.

—¡Fantástico! ¿Dónde?

—En Arkansas. Creemos que hay una especie de murciélagos amenazada viviendo en la zona.

—¡Buena suerte!

—Gracias —dijo él, y a continuación se quedó callado. Alex tuvo la sensación de que quería decir algo más, pero se limitó a carraspear y añadió—: Cuídate, Alex. Espero que ese viejo caserón no te parezca demasiado espeluznante.

—La verdad es que hay unos fantasmas muy simpáticos.

—¡Me alegro!

—Buenas noches, Ben.

—Buenas noches, Alex.

Alex colgó sintiéndose un poco mejor.

Entonces se dio cuenta de que Brad había salido de la cocina y se había quedado en el pasillo.

—¿Quién era? —preguntó, acercándose al mostrador de recepción.

—Ben Hathaway. Es el coordinador regional de la fundación. Ha llamado para preguntar qué tal estaba porque se ha enterado de lo del tipo desaparecido.

—Pues le has contado mucho más de lo que me has contado a mí.

Temiendo que se avecinase otra pelea, Alex sintió que se ponía tensa.

—El territorio pertenece a la fundación. Pensé que querría saberlo.

—Se supone que yo soy la persona a la que le cuentas todo —respondió Brad con frialdad.

—No me has preguntado. Y en vista de lo que te enfadaste esta mañana porque me iba, no quería sacar el tema.

—Desde luego, se ve que con él no tienes ese problema. Conque coordinador regional, ¿eh? Y seguro que todo este rollo le encanta.

—¿Este rollo?

—Vivir en el quinto pino, ayudar a animales salvajes de los que nadie ha oído hablar jamás, como el pájaro aquel de Massachusetts…

Alex no quería discutir, y notaba que Brad se estaba poniendo cada vez de peor humor. Dijo con tono despreocupado:

—Sí, la verdad es que eso parece, aunque dice que a menudo le toca quedarse en Washington D.C. Oye, qué bien huele eso.

Brad se quedó clavado en el sitio unos instantes, callado y con la mandíbula apretada; después, poco a poco, la aflojó.

—Creo que la cena está quedando de maravilla. Ya casi está.

Alex regresó a la mesa y él desapareció por la puerta batiente. Minutos más tarde, salió con una humeante fuente de pasta y pan de ajo recién hecho. Le sirvió a ella primero, echándole ensalada en el bol y añadiendo una rebanada de pan caliente.

Empezaron a comer en silencio. El pan estaba exquisito, suave y con un delicioso sabor a mantequilla. Brad sirvió la pasta y Alex la atacó con ganas. Estaba muerta de hambre tras la caminata.

—Todo este asunto del hombre herido ha sido de lo más raro —le comentó Alex, deseosa de entablar conversación.

—¿Y eso?

—Ya le había visto antes, en una imagen de mis cámaras de control remoto. Pero no estaba ni mucho menos tan herido como ayer. No llevaba zapatos, así que debió de caminar kilómetros y kilómetros con los pies descalzos. Y, todavía más raro, nada más llegar yo aquí me dejó una nota en la furgo, advirtiéndome que me fuera.

—Qué cosa más rara —dijo Brad con la boca llena de pasta—. Pero no me sorprende que te avisara.

—¿A qué te refieres?

Brad tragó e hizo un gesto con el tenedor.

—¡A la gente de por aquí! Esta mañana, al llegar al pueblo, se me han quedado todos mirando. Tuve que esperar un cuarto de hora en el mostrador de la cafetería antes de que viniese alguien a atenderme. Me preguntaron qué estaba haciendo aquí y si estaba contigo. No me he sentido tan mal recibido en toda mi vida.

—Vaya. Está claro que algunos no quieren que esté aquí la fundación territorial. Y una de las cámaras trampa que construí estaba completamente destruida.

—¿Habrán sido unos gamberros?

Alex movió la cabeza.

—Tal vez. La cámara no estaba. Pero lo raro es que la madera estaba astillada, no cortada ni simplemente desarmada. —Tomó otro bocado, intentando no pensar en el destrozo y concentrándose en la belleza de aquella zona—. A pesar de este ambiente tan poco hospitalario, me siento muy bien aquí, Brad. Me gusta estar colaborando con este proyecto de los carcayús.

Se hizo un incómodo silencio que Alex reconoció. En los últimos años, Brad cada vez había querido saber menos de su trabajo, incluso cuando estaba cerca, como había sucedido en Boston. Ella quería compartir sus estudios con él, al menos su pasión por la conservación de la fauna salvaje. Pero las conversaciones solían terminar en silencio o en pelea. Dejó pasar otro minuto mientras Brad seguía masticando la pasta y mirando en derredor, y después decidió darle una oportunidad. A lo mejor ahora sí estaba dispuesto a hablar con ella.

—No sabemos con seguridad cuántos carcayús hay, ni siquiera en Estados Unidos —le dijo—. Son tan escurridizos que es difícil estudiarlos.

Brad bajó la vista al plato y murmuró «hmmm» como respuesta.

—Pero sí que sabemos que hacen las madrigueras en lugares con mucha nieve y que, con el calentamiento de la tierra, el manto de nieve cada vez es menor. Pasa igual que con el oso polar… Su hábitat se va reduciendo por culpa del cambio climático, y tenemos que adoptar medidas preventivas si queremos que la población de carcayús sobreviva.

—Y cuando acabes, ¿qué?

Alex suspiró y se le quitó el apetito. Había esperado que Brad hablase con ella de todo aquello, que intentase comprender. En cambio, lo único que le interesaba era cómo iba a afectar a su relación. Echaba de menos el tipo de conversaciones que tenían antes, y no sabía cómo hacérselo entender. Se tomaba el interés de Alex por la naturaleza como algo personal, como si la prefiriese antes que a él. No sabía cómo hacerle ver que le quería, pero que no podía renunciar a una causa tan importante. Además, no le parecía que fueran mutuamente excluyentes. Sin embargo, con el paso del tiempo, Brad había ido adoptando cada vez más una actitud de todo o nada.

Durante el último estudio de Alex sobre la parula norteña, le había parecido que Brad tan solo toleraba su profesión, que intentaba resistir con la esperanza de que la vida de Alex tomase otro rumbo. Ahora, con esta oferta del zoo, la impresión de Alex quedaba confirmada.

—Cuando acabe, tendré que irme adonde esté el trabajo —le dijo.

—Hay un trabajo esperándote en Boston.

—Te agradezco muchísimo que lo hayas puesto en marcha, Brad, pero no es lo que quiero hacer. Quiero conservar especies en su hábitat natural.

Brad soltó el tenedor, que repiqueteó al chocar contra la loza, y apartó bruscamente el plato.

—Sí, eso ya lo he oído otras veces… —La miró a los ojos con expresión furiosa y acusatoria. Alex se preparó para lo que venía—. Si de verdad me quisieras, volverías. Harías que funcionaran las cosas en Boston.

Alex sintió un arrebato de ira, pero lo controló.

—¿Por qué tengo que ser yo la que renuncie a mi sueño? ¿A mi causa? Hubo un tiempo en el que también tú querías mejorar el mundo. Antes me entendías.

—Pero después me hice mayor, Alex. ¿De veras piensas que puedes cambiar las cosas ahí fuera? —preguntó, sarcástico.

—Tengo que intentarlo. Si no te gusta que salga a hacer trabajo de campo sin ti, podrías abrir tu propio bufete, como planeabas al principio. Podrías acompañarme parte del tiempo y prepararte los casos mientras viajamos.

Brad se cruzó de brazos.

—Tengo un puestazo en este despacho de Boston, Alex. Lo sabes perfectamente.

—Sí, no hay duda de que te pagan bien, pero ¿de veras es lo que quieres hacer?

Brad se inclinó hacia delante, los ojos entornados.

—Sí.

Alex le tocó la mano.

—No puedo aceptar ese empleo en Boston, Brad. Lo siento muchísimo.

Brad quitó la mano y se levantó.

—No me puedo creer que haya venido hasta aquí para hablar contigo y que tú… Se te ha metido en la cabeza la disparatada idea de que puedes cambiar el mundo, y que para hacerlo tienes que estar en medio de ninguna parte. No puedes cambiar las cosas sin ayuda. Salvar esas especies no depende solo de ti.

También Alex se puso de pie.

—Tengo que intentarlo.

Brad la miró furioso.

—Estás sacrificándonos por una causa imposible.

Alex intentó no perder el norte.

—Mira, Brad, no siempre estoy en lugares remotos. Podríamos tener un hogar común al que volver.

Brad negó con la cabeza.

—No me basta con eso. Yo quiero que estés en casa siempre. Quiero que me ayudes con mi carrera profesional. Te quiero a mi lado, ayudándome a subir cada vez más alto.

Alex estaba desconcertada.

—Y yo quiero estar ahí para ayudarte, pero ¿dónde encaja mi carrera en todo esto?

La miró con furia.

—Dímelo tú. Si aceptases ese trabajo del zoo, estarías siempre en casa.

Solo de pensarlo, Alex se sintió como si su mundo se le viniera encima, un saco asfixiante que se iba cerrando sobre su cabeza. Miró la cena que había cocinado Brad, pensó en el esfuerzo que había hecho por ser conciliador al comienzo de la velada. Era una rutina que habían repetido demasiado a menudo en los últimos tiempos: Brad se mostraba atento y generoso, y después le lanzaba una propuesta contraria a los sueños de Alex. Si ella cedía, todo iba bien. Pero si decía lo que pensaba, si defendía sus convicciones, él se lo tomaba mal y todo acababa en una terrible pelea.

Brad se alejó de la mesa y se volvió a mirarla.

—Supongo que soy el único que está comprometido con hacer que esto funcione.

Alex procuró que no le temblara la voz.

—Eso no es verdad.

—He cogido un avión para venir hasta aquí. Ni siquiera me comentaste esta oferta antes de irte. Simplemente, aceptaste.

—¡Pero si ni siquiera seguíamos juntos!

—Nos estábamos dando un respiro, nada más.

—Intenté llamarte —le volvió a decir.

Estaban repitiendo la misma discusión que habían tenido a primera hora de la mañana. Este era, en los últimos tiempos, otro aspecto de su relación: las cosas no se resolvían. Ninguno transigía. O bien ella accedía a lo que él quería o bien daban vueltas y vueltas sin llegar a ningún sitio.

—Si tú lo dices… —Empezó a subir las escaleras—. Estás dejando escapar una oportunidad de oro, Alex. El trabajo de campo que estás haciendo aquí ni siquiera es fijo. ¿Qué piensas hacer cuando termines?

—No estoy segura. Pero este estudio es importante.

—Por lo que se ve, más importante que yo —dijo él, subiendo al descansillo.

—No es eso.

—Es exactamente eso.

Se metió en el dormitorio, y Alex le oyó tirar cosas a la maleta y moverse furioso por el cuarto de baño mientras recogía sus artículos de aseo. Minutos más tarde, salió dando un portazo y bajó con la maleta.

—Última oportunidad —dijo.

—Lo siento muchísimo, Brad.

—No lo parece.

La apartó de un empujón y tiró de la puerta, que chocó contra la pared. Después se internó en la noche mientras la puerta se cerraba lentamente a sus espaldas. Alex oyó que arrancaba el coche, a continuación el chirrido de las ruedas alejándose por el camino.

Se quedó clavada en el sitio, sin poder reaccionar. Luego, poco a poco, empezó a invadirla una sensación de alivio. En lo más profundo de su ser sabía que hacía bien quedándose allí. No quería elegir entre estar con Brad y trabajar en proyectos relacionados con la fauna salvaje. No veía por qué tenía que hacerlo. Pero, aunque no supiera qué trabajo encontraría después, no podía renunciar a este.

Por fin, triste y un poco descorazonada, se preparó para irse a la cama. Se acostó, le dolía todo el cuerpo. La época que había vivido en Boston le había pasado factura. No había hecho suficientes caminatas. La última semana había subido y bajado tantas montañas que tenía todos los músculos agarrotados. La cabeza le daba vueltas: Brad, el hombre de la montaña, la trampa destruida. Para serenarse, cogió la novela de misterio que tenía a medias. Apenas había leído unas cuantas páginas cuando un golpe sordo en el piso de abajo le hizo apartar el libro. Se quedó escuchando, y oyó otro golpe.

Entonces se acordó de que Brad no le había devuelto la copia de la llave. Le oía moverse nerviosamente por el vestíbulo.

Se incorporó y se calzó las botas. Al abrir la puerta del dormitorio, vio que la planta baja seguía sumida en la oscuridad. Dio al interruptor y oyó a Brad cruzando el vestíbulo en dirección a la cocina. Bajó las escaleras, dobló por el descansillo y se encontró con que el vestíbulo estaba vacío.

Bajó el último tramo y encendió una lámpara que estaba junto a uno de los sofás. La puerta batiente de la cocina seguía moviéndose.

Se cayó una sartén y algo volvió corriendo por la puerta, abriéndola de par en par con estrépito. La elegante silueta, asustada por la sartén, salió disparada por el vestíbulo, y, alarmándose al ver a Alex, casi se choca con ella. No era Brad.

Era un puma.

CATORCE

Alex se mantuvo firme, intentando parecer más grande de lo que era. El puma la miró a los ojos y gruñó, estirando una zarpa. Tenía un aspecto enfermizo; se veía que estaba hambriento, con la piel tirante sobre los huesos afilados, los ojos acuosos y una costra mocosa alrededor de la nariz. Alex dio un paso atrás y el animal se acercó lentamente a ella. Gritó a la vez que subía los brazos, probando a hacer todo lo que se suponía que había que hacer para contener el ataque de un puma. Pero este estaba claramente enfermo y famélico… y por tanto era peligrosamente impredecible.

Sin apartar los ojos de Alex, empezó a volcar el peso sobre las patas traseras, preparándose para saltar. Alex se desplazó de lado, intentando poner el sofá entre ambos. El puma giró, mirándola, y se fue al otro lado del sofá. Con las orejas pegadas al cráneo, bufó.

Pero ¿cómo había entrado? Recordó que Brad había dicho que se había encontrado abierta la ventana de la cocina. Alex había puesto un pesado bloque de hormigón delante, con la idea de comprar un cerrojo nuevo cuando fuese a Bitterroot.

Consideró las alternativas. No podía esconderse en el hotel. El móvil no tenía cobertura, y no contaba con que nadie fuese a ver qué tal estaba. La línea fija estaba demasiado expuesta. No le daría tiempo a hacer una llamada de socorro.

Uno de los dos tenía que salir del hotel. Pensó en coger sus llaves, pero recordó con desazón que estaban en su dormitorio, en el bolsillo de sus vaqueros.

La cabeza le iba a mil por hora. ¿Y si cogía un arma? Para eso tendría que llegar hasta la cocina. Repasó mentalmente el contenido de los armarios y los petardos viejos que había visto allí. Si pudiera llevar al puma hacia la puerta principal valiéndose de ellos, asustarlo para que saliera corriendo…

El puma rodeó el sofá, y Alex echó a andar de espaldas en dirección a la cocina. Cogió una lámpara de una mesa, arrancando el cable de la pared. Alzándola por encima de su cabeza, intentó parecer enorme y amenazadora, pero sabía que solo parecía una persona en pijama con una lámpara en la mano.

El puma siguió acercándose sigilosamente, y Alex tocó a su espalda la puerta batiente de la cocina. La empujó y pasó, a continuación, aprovechando que desaparecía por un instante de la vista del puma, se dio media vuelta y salió corriendo hacia los armarios. Tiró con fuerza de la puerta del primero, sin recordar detrás de qué puerta de la larga hilera estaban los petardos. Al abrir la puerta del tercer armario, las hojas de la puerta batiente se abrieron de golpe y el puma entró con paso sigiloso, localizándola al instante. Los petardos estaban en el cuarto armario. Bajó el paquete y cayó en que no tenía cerillas. Tenía que llegar hasta el fogón.

Miró de refilón la ventana del cerrojo roto y vio que el bloque de hormigón que había dejado sobre la encimera estaba desplazado. El puma debía de haber estado desesperado, demasiado enfermo para cazar, y le habría atraído el olor a guiso.

Dando un paso atrás, Alex dobló la esquina de la larga isla central en la que se preparaba la comida, intentando mantenerla entre el puma y ella. Entonces vio que el animal cojeaba. La pata delantera derecha tenía una herida muy fea; parecía que estaba en carne viva e infectada.

Llegó hasta el fogón y buscó a tientas el tirador del cajón que había al lado. Sus manos se cerraron sobre el frío metal y tiró sin apartar la vista del felino, que estaba casi en la otra punta de la isla central. Buscó las cerillas; por fin, sus dedos reconocieron la cajita de cartón.

El paquete retractilado contenía un surtido de diferentes fuegos artificiales: culebras, petardos, un par de bengalas, fuentes multicolor y un paquete de bombetas. Arrancó el retractilado y se metió todos los que pudo en los bolsillos del pijama de franela.

Si conseguía encender la ristra de petardos, podría tirarlos al suelo y salir disparada hacia la entrada. Podría refugiarse en uno de los cobertizos y dejar abierta la puerta principal del hotel, con la esperanza de que el puma se marchara.

Encendió una cerilla y bajó la vista para localizar la mecha de los petardos. El puma saltó. A pesar de estar tan flaco, la sacudió como un saco de cemento mojado. Alex cayó y se golpeó la cabeza contra el suelo de la cocina. Vio las fauces abiertas a pocos centímetros de su cara y le llegó el nauseabundo olor a infección. Mientras rodaban por el suelo, la mano de Alex se cerró sobre el asa de la sartén caída. La agarró y le dio con fuerza en la nariz. El puma se echó atrás, sorprendido, y cuando Alex volvió a estampársela contra la nariz, se quitó de encima.

Se le habían caído las cerillas, y alargó el brazo para cogerlas a la vez que se ponía en pie de un salto.

El puma se quedó desconcertado, pero movió la cabeza y avanzó hacia ella con aire amenazante. Alex dio marcha atrás hacia la puerta batiente, mientras encendía otra cerilla. La acercó a la mecha, que prendió al instante, y tiró los petardos delante del puma, preparándose para lanzarse hacia la puerta. Pero en ese mismo instante el puma volvió a saltar.

Golpeó a Alex en la espalda con tanta fuerza que se estampó de cara contra la puerta batiente, y después cayó con fuerza al suelo.

Los petardos se dispararon, retumbando con un ruido ensordecedor entre las cuatro paredes, y el puma, muerto de pánico, salió disparado y se puso a correr como un loco por el vestíbulo, buscando una salida, volcando sillas y saltando sobre las mesas, chocándose con la estantería y tirándola al suelo. Con ella cayó un montón de libros, lo cual le asustó todavía más.

El puma corría de un lado a otro soltando alaridos sobrecogedores, y volcó una de las dos mesas que había a cada lado de la puerta principal.

La alta escultura de bronce del oso erguido se tambaleó y cayó estrepitosamente justo delante de la puerta.

Era imposible que Alex apartase rápidamente aquel objeto tan pesado, menos aún con un puma corriendo aterrorizado por la habitación. El puma se puso detrás del mueble bar y se quedó allí jadeando.

Alex pensó en las otras salidas de la planta baja: la puerta trasera de la cocina en la que antaño se dejaban los pedidos, la ventana con el cerrojo roto y un sótano que daba al exterior a través de varias puertas. Para acceder a todas ellas había que pasar a la cocina, pero en estos momentos el animal se interponía entre ella y la puerta batiente.

El puma salió muy despacio de detrás del mueble bar. Alex se metió la mano en el bolsillo y buscó las bombetas. No las había usado desde que era niña, pero recordaba el sonoro estallido que emitían cuando las tirabas al suelo.

Sacó una y la tiró delante del puma, que, sobresaltado, reculó. Tiró otra, y el animal retrocedió hacia la cocina. Visualizó la distribución del espacio. La puerta que daba al sótano estaba abierta, estaba segura. Si conseguía hacer llegar al puma hasta allí, podía dejarlo encerrado. La puerta era maciza, de madera de roble, y tenía pestillo.

Con la siguiente bombeta, el puma se apartó y siguió deprisa su camino hacia la cocina. Alex lo siguió y tiró otra. ¡Pum! El animal pasó por la puerta batiente y Alex, tras él, tiró otra más.

Entonces el puma se giró y, gruñendo, estiró los labios y le enseñó unos dientes como dagas. Alex avanzó, tirando otra bombeta. Le zumbaban los oídos a causa de las explosiones, y el olor a fulminato de plata flotaba en el ambiente.

El puma dio marcha atrás, y Alex viró hacia la puerta abierta del sótano. El animal empezó a mirar la isla y, por un segundo, Alex temió que fuese a subirse de un salto al otro extremo, así que tiró tres bombetas a la vez. Al oír los atronadores estallidos, el puma entró en pánico, reculando tan deprisa que se chocó con la puerta abierta del sótano. Alex se abalanzó y tiró otras cuatro. El puma tropezó en el primer escalón del sótano, y después, los ojos abiertos como platos, se escurrió hacia atrás y cayó rodando escaleras abajo. Alex cerró de un portazo y echó el pestillo.

Oyó que volvía a subir de un salto, soltando un rugido enfurecido. Después embistió contra la puerta, pero la madera era muy sólida.

Alex cerró los ojos y suspiró aliviada. Era evidente que el puma estaba enfermo y hambriento, desesperado por el trastorno de su rutina habitual.

Se puso en pie, sin saber bien qué hacer a continuación. Entonces recordó que Jolene había mencionado que trabajaba como voluntaria en un centro de rehabilitación de fauna salvaje. ¿No había dicho que también había una veterinaria que hacía voluntariado?

Subió al dormitorio, sacó del monedero el número de Jolene y se acercó al teléfono. Le daba reparo porque eran las tantas de la noche, pero no quería dejar allí al puma durante horas.

Jolene contestó al quinto toque, la voz grogui.

—Perdona que te despierte.

—¿Pasa algo?

Le contó lo del puma, y Jolene se espabiló al instante.

—Voy a llamar al equipo de recogida —dijo—. Calculo que estarán ahí en menos de una hora. ¿Estás bien?

—Bastante bien, dadas las circunstancias. Cuando me hablaste de los fantasmas y los asesinos, olvidaste mencionar los pumas hambrientos.

Jolene soltó una risita.

—Menuda bienvenida, ¿eh?

Haciendo fuerza con todo su cuerpo, Alex consiguió deslizar la escultura de bronce lo justo para permitir que una persona pasara por la puerta. Después se sentó a esperar en uno de los sofás de enfrente de la chimenea. El hotel se quedaba muy frío por la noche. Vino el equipo de recogida, cuatro personas con una pistola tranquilizante y una inmensa jaula de acero en la plataforma de la camioneta. La ayudaron a levantar la escultura del oso y a devolverla a la mesa, y después metieron la jaula. Los acompañó a la puerta del sótano; uno se preparó para abrirla mientras otra, rifle anestésico en ristre, se arrodillaba. Alex retrocedió hacia la puerta batiente, lista para quitarse de en medio en caso necesario.

Abrieron la puerta, y, durante un rato largo no pasó nada. A Alex se le pasó por la cabeza que quizá el animal había encontrado otra salida o que, exhausto, se había desmayado. Pero entonces, con cautela, sin quitar ojo al equipo, salió. La mujer que llevaba el rifle anestésico disparó, y el felino soltó un aullido. Se precipitó hacia la puerta batiente y Alex se apartó, refugiándose detrás de la barra. El puma, presa del pánico, salió como una flecha al vestíbulo, volcando más sillas, y de repente empezó a moverse más despacio. Giró sobre sí mismo, desorientado, y se quedó quieto unos instantes. Después, el inmenso felino se desplomó sobre el costado. Estaba dormido.

Mientras rodeaban al animal dormido, Alex lo miró más detenidamente. Las costillas y la espina dorsal sobresalían. Daba pena ver lo demacrado que estaba.

—Ha pasado mucha hambre —dijo la mujer del rifle. Señaló la herida de la pata que Alex había visto antes—. ¿Ves esto?

Alex vio que la herida daba la vuelta al tobillo.

—Le han puesto grilletes —dijo Alex.

La mujer asintió con la cabeza.

—La gente encuentra cachorros y se piensa que puede quedárselos como mascotas. Después crecen tanto que terminan en jaulas, o encadenados como este. Nadie es consciente de lo mucho que comen. Sale caro criar a un puma. Pueden llegar a comer nueve kilos de carne al día. La gente no quiere gastarse tanto o no se lo pueden permitir, así que simplemente lo sueltan, pensando que lo están devolviendo al medio salvaje. Pero para entonces suelen estar ya demasiado enfermos o famélicos para sobrevivir, y no han aprendido a cazar. —Movió la cabeza—. Ojalá esta fuera la primera vez que veo algo así, pero no lo es.

Alex se preguntó de dónde habría venido este.

Entre los cuatro metieron al puma en la jaula. Tuvieron que aunar fuerzas para subirlo a la camioneta. Colocaron la jaula en el elevador hidráulico de la puerta trasera y subieron al animal a la plataforma, y por último lo sujetaron con correas.

Cuando se marcharon, Alex fue a la cocina y volvió a poner el bloque de hormigón delante de la ventana. Después salió a coger otros dos más y los colocó sobre el mostrador.

Con el corazón todavía acelerado, subió y se acostó, haciéndose todo tipo de preguntas sobre el puma. ¿De dónde había salido? ¿De alguna finca cercana? En cuanto a ella, había tenido suerte. Podría haber sido mucho peor. Se imaginó al puma en el bosque, muerto de hambre, desesperado, y se dijo que ojalá fueran capaces de ayudarle.

Pero ahora, lo importante era dormir, porque al día siguiente iba a aventurarse de nuevo por los agrestes parajes de la montaña.

QUINCE

En las profundidades del monte, Alex daba vueltas dentro del saco de dormir, medio despierta. El día anterior había revisado varias cámaras trampa y, emocionada, había encontrado más pelos oscuros que podían ser de carcayú. Afectada por el encontronazo con el puma, y sintiendo que necesitaba tiempo para procesar lo sucedido con Brad, la noche anterior había decidido salir de acampada. La idea de dormir en el hotel después del incidente del puma no le hacía gracia, por mucho que supiera que las probabilidades de que se repitiera eran ínfimas.

Se acurrucó en el saco. Acababa de soñar que estaba en una granja por ahí perdida, con vacas mugiendo en la pradera. Se puso de lado y trató de volver a coger el sueño. La luz entraba a raudales por las paredes de la tienda, pero todavía parecía temprano. Se puso cómoda y de repente oyó unas pisadas fuertes. Adormilada, se hizo un ovillo en el calor del saco y no hizo caso. Oyó más pisadas y, abriendo los ojos de golpe, se incorporó. Por los alrededores de la tienda había un montón de animales.

Un sonoro mugido rompió el silencio de la mañana. Alex bajó la cremallera de la puerta y asomó la cabeza: estaba rodeada de vacas. Se paseaban tranquilamente, pastando. Cuatro de ellas se volvieron a mirarla, dejaron de rumiar y la observaron con cautela para ver si era peligrosa.

Se vistió deprisa, y al salir vio por lo menos cien vacas pululando por una franja de tierra que se perdía en la distancia. Recelosas, se alejaron nada más verla y guardaron las distancias sin apartar la mirada.

Todas llevaban crotales verdes numerados en una oreja. En la reserva no estaba permitido pastar, así que Alex sabía que debían de haberse escapado de algún rancho colindante.

Recogió a toda prisa la tienda y el saco para evitar que los pisotearan y los acopló a la mochila, que colgó de una rama baja de un pino después de coger la cámara y el GPS. Sacó varias fotos del ganado, con primeros planos de los crotales. Después echó a andar en dirección al punto del que venían, dispuesta a averiguar cómo estaban entrando.

Parte de la reserva estaba vallada y parte no, aunque sabía que el límite entre la finca adyacente y la zona protegida sí lo estaba. Lo mismo alguna tormenta reciente había echado la valla abajo.

Caminó durante una hora por un bosque en el que predominaban los abetos Douglas y por fin salió a una inmensa pradera. Vio que las vacas estaban pasando directamente por una sección caída de la alambrada divisoria.

Al acercarse, se encontró con que el alambre de espino estaba cortado y doblado con esmero, formando un paso deliberado para el ganado. Desenrolló un cachito de alambre para ver si eran cortes recientes. No estaban limpios y brillantes, sino un poco oxidados, de modo que la valla llevaba ya tiempo cortada.

Sacó fotos, y también de la zona circundante, para incluir puntos de referencia. Con el GPS, marcó un *waypoint*.

Aquella parte de la reserva estaba en un rincón lejano al que apenas iba nadie. Era perfectamente posible que el ganado pastase allí sin que nadie lo viera, sobre todo si se le impedía acceder a las partes más visitadas de la reserva. Desde el otro lado de la alambrada, dos vacas se quedaron mirando fijamente a Alex, que estaba quieta en medio del claro.

Iba a tener que averiguar quién era el dueño del ganado para que reuniera a todas las vacas y después reparase la alambrada. Buscó las fotos de los crotales y amplió una de las imágenes para ver si venía el nombre del rancho. En efecto, vio que ponía «Rancho Bar C».

Cuando se estaba dando la vuelta para coger sus bártulos, oyó pisadas de cascos de caballo. Apareció un vaquero por una mata de juníperos, y, después de obligar al caballo a aminorar el paso, se quedó mirando el ganado.

Alex le saludó con la mano.

—¡Eh! ¡Hola!

El frío aire de la mañana hizo que el aliento le saliera en forma de vaho.

El vaquero se volvió a mirarla, su sombrero blanco destellando bajo el sol de la mañana. Dio un tironcito a las riendas y se acercó al trote. Alex se paró a esperarle en el hueco de la alambrada.

Tocándose el ala del sombrero, el hombre dijo:

—Buenos días.

Era un muchacho de veintipocos años, mal afeitado, pelirrojo y pecoso.

—Buenos días —saludó Alex, y señaló hacia el ganado—. ¿Estás a cargo de estas vacas?

—Sí, señorita.

Alex indicó el boquete de la alambrada.

—No sé si lo sabes, pero al otro lado de esta alambrada hay tierras protegidas pertenecientes a la Fundación Territorial para la Conservación de la Vida Salvaje.

El vaquero entrecerró los ojos y miró hacia donde señalaba Alex.

—No creo, señorita. Esas tierras pertenecen al rancho Bar C.

Alex frunció el ceño.

—No, no son del rancho, aunque, desde luego, parece que se están usando como si lo fueran. La alambrada está cortada.

El vaquero se removió en la silla.

—Yo no la he cortado, señorita.

Haciendo visera con la mano, Alex dijo:

—Lleva ya un tiempo cortada. ¿Podrías decirle a tu jefe que la repare y que recoja al ganado?

El vaquero soltó las riendas sobre el muslo y negó con la cabeza.

—Sin ánimo de ofender, señorita, creo que anda usted un poco confundida. Ese terreno es del rancho Bar C, estoy seguro. Ha debido usted de perderse. ¿De dónde viene?

—Soy bióloga y me alojo en la estación de esquí Snowline, y tengo aquí un mapa, por si quieres verlo.

El vaquero se puso rígido.

—No necesito un mapa para saber dónde estoy.

Alex respiró hondo.

—No estoy insinuando que te hayas perdido; lo que digo es que es ilegal que estas vacas estén aquí.

El vaquero volvió a negar con la cabeza.

—Creo que le va a costar demostrarlo.

—¿A qué te refieres?

—Es un pasto de primera, propiedad de Bar C.

Alex frunció el ceño.

—No, es un hábitat protegido. Y es propiedad privada.

El caballo volcó el peso sobre la otra pata, agitando la cola.

—Pues no sé qué puedo hacer yo al respecto.

—¿Quién es tu jefe?

—El rancho Bar C.

—Ya, pero ¿quién es el dueño del rancho?

El vaquero suspiró como si Alex fuera una chiquilla desorientada.

—Déjelo, es lo mejor. Acabará descubriendo que las tierras pertenecen al rancho Bar C, y hará el ridículo.

Así no iban a conseguir nada, y, por alguna razón, el muchacho se mostraba reacio a hablar de su jefe.

—Pues entonces voy a tener que comentárselo al *sheriff*.

El vaquero soltó una risita.

—Eso, vaya a hablar con él.

Y acto seguido dio la vuelta al caballo y se alejó.

Alex notó que le ardían las mejillas, y no solo por la grosería del vaquero. La industria ganadera era una de las principales razones por las que Alex era vegetariana. Entre los pastos y los cultivos de forraje, casi un tercio de la tierra del planeta se utilizaba para criar ganado. Con este fin se talaban bosques enteros, muchos de ellos en la selva tropical brasileña.

Y no solo una gran parte de las tierras de cultivo de Estados Unidos se destinaba a la industria de la carne de vacuno, sino que además las reses destruían la vegetación y los hábitats silvestres, estropeaban el suelo y las orillas de los ríos y contaminaban acuíferos con materia fecal. Cuando las vacas eructaban y emitían flatulencias, el metano pasaba a la atmósfera, y era un gas con un efecto invernadero muy superior al del dióxido de carbono.

Por añadidura, los denominados «programas de control de depredadores» suponían la muerte de innumerables animales, y en el suroeste estaban llevando a la extinción a especies como el oso pardo y el lobo gris mexicano. La industria ganadera era la principal adversaria de los programas de reintroducción de depredadores, tan valorados por los observadores de la vida salvaje y fundamentales para restituir la salud de los ecosistemas.

Especies como el antílope americano necesitaban zonas vitales como los valles que se extendían entre cordilleras escarpadas, pero kilómetros y más kilómetros de alambrada fragmentaban estos terrenos y causaban la muerte de animales, como el urogallo de las artemisas, que a menudo colisionaba con las vallas de alambre de espino.

Por todas estas razones, hacía mucho que Alex había decidido cambiar la carne de vaca por las legumbres.

Respiró hondo mientras veía alejarse al vaquero. Ahora tendría que ir al pueblo a ver a Makepeace. No era así como tenía pensado pasar el día. Pero al menos podría hablar con él acerca de cómo le iba al equipo de rescate con el hombre desaparecido.

De vuelta en el hotel y una vez que se hubo aseado, Alex cogió la camioneta y se fue a Bitterroot, todavía nerviosa por la idea de volver a toparse con la ranchera hostil. Pero el viaje fue tranquilo, y al llegar aparcó enfrente de la comisaría y entró. Kathleen, que estaba al teléfono, la saludó amistosamente con la cabeza. Después, apretando los dientes, Alex llamó a la puerta de Makepeace.

—¿Qué pasa? —dijo la áspera voz al otro lado.

Alex se asomó. Estaba sentado a su mesa, despachando papeleo, y alzó la vista.

—Ah —dijo a modo de saludo—. Es usted.

Sonaba como si Alex acabase de fastidiarle el día.

—Sí, soy yo. ¿Qué tal está, *sheriff*?

—No me quejo.

—¿Hay noticias del equipo de rescate?

Negó con la cabeza.

—Me temo que no. Seguramente lo dejarán hoy. Nadie ha denunciado aún que haya desaparecido ningún excursionista. Puede que simplemente se haya marchado.

—*Sheriff*, si hubiera visto en qué estado…

—Aun así —interrumpió él—, poca cosa puedo hacer. Lo hemos

intentado. Si encuentran algo hoy, se lo haré saber. No era necesario que se acercase hasta aquí a preguntar. Podría haber telefoneado.

Alex le miró desde el umbral.

—Para su tranquilidad, le diré que fui a casa de los Baker a ver si habían visto al tipo. Les enseñé las fotos de su cámara, pero también ahí me volví con las manos vacías. Eso sí, menudo pastel hace Jolene —añadió, dándose palmaditas en la barriga. Por un instante, mientras pensaba en el postre, casi se le puso una cara amable. Después entornó los ojos y el esbozo de sonrisa se desvaneció—. ¿Hay algo más que pueda hacer hoy por usted, doctora Carter? —preguntó con voz solícita—. ¿Sabe de más hombres desaparecidos por arte de magia que quiere que le busque?

Alex se enderezó y pasó al despacho, cerrando la puerta a sus espaldas.

—Alguien ha dejado pasar vacas aposta por la alambrada a la reserva, y ahora están pastando ahí.

—¿A qué se refiere con «aposta»?

—Han cortado la alambrada y la han retirado para dejar que pasen.

El *sheriff* se reclinó en la silla y la miró con expresión dubitativa.

—¿Cómo sabe que la alambrada no se ha caído sola?

Alex respiró hondo, intentando controlar su irritación.

—Porque vi claramente las marcas de los cortes. Y, como ya he dicho, la habían enrollado para sujetarla por ambos lados a los postes más cercanos.

El *sheriff* carraspeó y se echó el sombrero para atrás con el dedo índice.

—¿Cuántas cabezas calcula?

—Por lo que pude ver, puede que hasta cien. Incluso más, si se han ido al otro lado de las colinas.

—¿Ha visto algún crotal?

Alex sacó la cámara digital y buscó la foto. Inclinándose sobre la mesa, se la pasó al *sheriff*, que frunció el ceño.

—Conozco a este ranchero. Seguro que solo fue una casualidad. Hablaré con él.

Le devolvió la cámara y retomó el papeleo.

—¿Nada más? —dijo Alex, pasmada porque fuera tan sencillo—. ¿No quiere que ponga una denuncia ni nada?

El *sheriff* ni siquiera levantó la mirada.

—No, ya me encargo yo.

A regañadientes, y sin creerse que el *sheriff* fuese a hacer nada, Alex se volvió hacia la puerta.

—Vale, pues ya está. Gracias por dedicarme su tiempo, *sheriff*.

«Ni más ni menos que treinta segundos», añadió para sus adentros antes de salir.

Kathleen se levantó cuando Alex estaba a punto de salir del edificio y la saludó con una cálida sonrisa.

—¿Te apetece comer algo? —preguntó Kathleen—. Me toca un descanso.

Alex sonrió.

—Sí, me encantaría.

Kathleen cogió la chaqueta del respaldo de la silla.

—Genial. Invito yo. Hay una cafetería estupenda al lado de la calle Mayor. Hacen unos burritos de muerte.

Alex se animó. Después del brusco retorno de Brad a Boston y de la desagradable actitud del *sheriff*, era una gozada estar en compañía de una persona amable.

Pasearon por las aceras de madera elevadas, pasando por delante de varios edificios históricos: dos viejos salones, un comercio, una tienda de aperos y forraje... Algunos de estos viejos edificios de madera se habían transformado en tiendecitas que exhibían todo tipo de artículos para atraer a los turistas, desde joyería a artículos tejidos a mano y a helados. Pero todavía se veían los elementos originales de muchas de las estructuras, incluida una vieja y destartalada cantina, que conservaba una puerta batiente, y la oficina de correos, con su impresionante edificio de mármol.

Kathleen notó que Alex estaba interesada.

—El pueblo empezó a construirse en 1892. Por aquel entonces solo era un campamento de mineros en el que por cinco centavos podías darte un baño o podían apuñalarte. Ahora es la próspera metrópolis que tienes ante tus ojos —proclamó con un amplio movimiento del brazo.

Se rio. Kathleen cada vez le resultaba más simpática.

—¿Hace cuánto que vives en este baluarte de la alta sociedad?

—Nací aquí. Llevo las montañas en los huesos. Soy la tercera generación de Macklays que han hecho de esto su hogar.

Doblaron la esquina y se bajaron de la pasarela de madera. Pasaron dos camionetas. Ambos conductores saludaron afectuosamente con la mano a Kathleen, que les devolvió el saludo. Después, sin sonreír, los dos miraron a Alex de arriba abajo.

—Ya sabes, la vida de pueblo… —dijo Kathleen con tono alegre—. Todos se conocen.

Alex pensó en el anonimato ajetreado e indiferente de Boston. Una parte de ella siempre había pensado que tenía que ser reconfortante vivir en un lugar en el que la cartera y el cajero del ultramarinos te saludaran por tu nombre.

Kathleen la miró mientras cruzaban la calle.

—¿Dónde vivías antes?

—Últimamente, en Boston, pero antes, en California.

—¿En Los Ángeles?

Alex negó con la cabeza.

—No, en la zona de la bahía de San Francisco. Estudié en Berkeley.

Kathleen suspiró mientras subían a la pasarela de la acera de enfrente.

—Siempre he querido ir a Hollywood. Ver un plató entre bastidores. Aunque he visto el océano Pacífico varias veces. Tengo una hermana que se mudó a Florence, en el estado de Oregón.

Alex conocía aquellas costas escabrosas y bellas.

—Suena bien.

Kathleen se rio.

—Voy de visita siempre que puedo. —Se detuvo enfrente de un pequeño café que tenía varias mesas en la acera—. Aquí estamos. Nuestro ilustre Rockies Café.

Por la puerta abierta salía un delicioso aroma. Entraron, y al ver a Kathleen, los comensales de dos mesas se volvieron y saludaron con la mano.

—¿Cómo te va? —le preguntó una mujer.

—Muy bien. ¿Y tú qué tal, Alma?

La mujer sonrió y dijo:

—No puedo quejarme. ¿Mañana vienes al jolgorio?

—No me lo pierdo por nada —dijo Kathleen—. Nos vemos allí.

El grupo de mujeres de la mesa miró a Alex con curiosidad, pero parecían un poco más amigables que los hombres de las camionetas.

Mientras se acercaban a la barra, Alex preguntó:

—¿Jolgorio?

Kathleen sonrió.

—Solemos reunirnos unos cuantos algunas noches a tocar música folk, cosas de los tiempos de Maricastaña, como decía mi madre.

—¿Tú qué tocas? —dijo Alex con tono de vivo interés.

—La mandolina.

—¡Qué bien!

Alex echaba de menos tocar en compañía. Pero incluso si la invitaban a un encuentro de este estilo, no creía que un oboe encajara demasiado bien con la música folk.

Siguiendo el consejo de Kathleen, pidió el burrito de frijoles, y después se sentaron a una mesa junto a la ventana.

—Y aparte de la música —dijo Alex mientras tomaban asiento—, ¿qué más haces para divertirte?

—Leo mucho. Devoro libros.

—¿De qué tipo?

—La verdad es que de todo. Novelas de misterio, de miedo, de ciencias de la tierra, de protección del medio ambiente…

El camarero les trajo los burritos y dos vasos de agua, y a Alex le rugió el estómago al oler la comida.

—¡Chinchín! —dijo Kathleen, levantando el vaso.

—¡Chinchín!

Chocaron los vasos y dieron un sorbo. Alex probó el burrito: Kathleen tenía razón, estaba riquísimo.

—Por cierto, hablando de la protección del medio ambiente… —dijo Alex—. Tengo la sensación de que no caigo muy bien aquí.

—La reserva en la que trabajas provoca sentimientos encontrados. Había mucha gente que cazaba y ponía trampas allí.

—Eso me dijo Makepeace.

Kathleen registró su expresión.

—Supongo que este estilo de vida te llamará la atención, sobre todo teniendo en cuenta que vienes de San Francisco. Aquí la gente tiene otros valores.

—Ya me he fijado.

—Pero algunos somos partidarios de proteger a las especies amenazadas —comentó Kathleen—. Otros querían las tierras de la reserva para pastos de ganado.

Alex dio otro sorbito.

—En realidad, no creo que la presencia de la fundación territorial les haya frenado. Hoy me he encontrado un montón de vacas dando vueltas por la reserva. Alguien había cortado la alambrada que divide las tierras.

Kathleen tragó saliva y de repente se puso seria.

—No llevarían crotales verdes, espero…

—Pues sí. ¿Te dice algo?

—Son del rancho Bar C. Son propiedad de Flint Cooper. Es un hijo de…

Dejó la frase sin terminar al ver a un hombre que pasaba por delante de la ventana y entraba en el café.

Alex siguió la mirada de Kathleen, y al volverse vio al mismo hombre que la había mirado con rabia la primera vez que fue al pueblo a por suministros. Llevaba el mismo sombrero blanco de *cowboy* con la banda plateada y turquesa, y no miró hacia su mesa.

—Hablando del ruin de Roma… —susurró Kathleen—. Ahí lo tienes. No le soporto.

A Alex le llegó un penetrante olor a colonia mientras el hombre se dirigía a la barra. Las mujeres con las que había hablado Kathleen se volvieron a saludarle. Una de ellas incluso se rio tontamente.

—¿Qué tal, señoras? —dijo el hombre, saludando con el sombrero y acercándose a la barra a pedir.

En el rostro de Kathleen había un desagrado evidente.

—Ya están haciéndole ojitos… Supongo que es guapo a su manera, pero te aseguro que es más su dinero que su personalidad lo que atrae a la gente.

Mordió el burrito con furia.

Alex se inclinó y dijo en voz baja:

—Me da la impresión de que ese hombre y tú no os lleváis a las mil maravillas…

Kathleen asintió con la cabeza y se pasó la servilleta por la boca antes de bajar la voz:

—Desde luego que no. En otra época me tiraba los tejos. No aceptaba un no por respuesta. Estaba tan acostumbrado a conseguir lo que quería que no sabía qué hacer con mis negativas. Era como si no le cupiera en la cabeza que fuera capaz de rechazarle. Se volvió antipático y vengativo, ponía a la gente en mi contra. Me cerraba las puertas profesionalmente. Tardé muchísimo tiempo en conseguir este empleo en la oficina del *sheriff*. De hecho, durante una temporada pensé que iba a tener que mudarme a otro sitio para encontrar trabajo.

—Qué horror. ¿Qué fue lo que cambió?

—Nada, en realidad; solo el paso del tiempo. Cuanto más saboteaba a la gente si no se salía con la suya, más comprendían todos lo mal tipo que era. Al *sheriff* le cabreó en demasiadas ocasiones, una de ellas cuando vio que mi currículum, casualmente, estaba sobre su escritorio. El *sheriff* me contrató justo después de aquello. Pero todavía hay gente que no me habla debido a las barbaridades que fue contando de mí.

Cooper apoyó un codo en la barra y, volviéndose, recorrió el café con la mirada como si fuera el dueño del lugar. Sus ojos se posaron sobre Alex y Kathleen, y se apartó de la barra para dirigirse hacia ellas con aire bravucón.

—Vaya, acabo de perder el apetito —dijo Kathleen, dejando el burrito.

—¿Qué tal? —le dijo Cooper a Alex, ignorando por completo a Kathleen. El tufo de su colonia era tan penetrante que a Alex casi le lloraron los ojos—. Tú debes de ser la muchachita que se aloja en el hotel. Soy Flint Cooper.

No le tendió la mano.

Alex se encrespó.

—Alex Carter.

—Parece que has tenido una agarrada con Cal.

—¿Cal?

—El vaquero de mi rancho.

—Ah. No me dijo su nombre. No es que fuera una conversación muy productiva.

181

Cooper enganchó un pulgar rollizo en el bolsillo delantero de los vaqueros.

—Tendrás que saber de ganadería si vas a vivir aquí.

—Mi fuerte es la biología y el patrimonio natural.

Cooper entornó los ojos.

—¿Y eso qué es?

—Consiste en restituir las tierras a su estado original, con sus especies autóctonas —explicó—. Y expulsar a las invasivas.

«Como las vacas».

—Es una pena desperdiciar tanta tierra para eso. ¿Y no estaría dispuesta la fundación a venderle a este viejo ranchero un cachito del pastel?

Alex tuvo que reprimir las ganas de contestarle que ese viejo ranchero ya estaba utilizando parte del pastel. En fin, que se encargase Makepeace.

—Lo siento. Imposible.

A Cooper se le bajaron un poco los humos.

—Qué respuesta más rápida.

—Y qué sencilla, también —dijo Alex.

La sonrisa de Cooper se borró, y la miró como pensando si le convenía seguir intentando atrapar moscas con miel o recurrir al tipo de tácticas que había descrito Kathleen.

—No acabo de entender por qué necesitáis tanta cantidad de tierra. Es difícil de gestionar.

—Nos estamos apañando bastante bien —dijo ella, tratando de adoptar una actitud diplomática—. La verdad es que nos hace mucha ilusión devolver la tierra a su estado original. Traer más especies de flora autóctona y mejorar el terreno para la vida salvaje.

—No creo que ganéis mucho dinero con eso —dijo él, y Alex vio que, en efecto, no entendía la necesidad de la reserva.

—Nuestro objetivo no es ganar dinero, señor Cooper. Es la protección de la naturaleza.

Cooper guardó silencio unos instantes con aire perplejo.

—Aun así, es una pena desperdiciar un buen terreno de pastos.

—Quizá sea una pena para usted.

Entrecerrando los ojos, Cooper la fulminó con la mirada. Al ver que pasaba un minuto entero y seguía mirándola, Kathleen le dio una patadita a Alex por debajo de la mesa.

—Si no le importa, estábamos en medio de una conversación. Encantada de conocerle —dijo Alex.

Y le dio la espalda.

El chico de la barra dijo:

—¡Cooper! ¡Aquí lo tiene!

Cooper se giró sobre el tacón de la bota campera y se acercó a la barra a por su pedido. Después, salió sin prisas.

—Buenas tardes, señoras —dijo a la mesa del grupo de amigas, que respondieron de la misma manera. Alex no volvió a mirarle, pero notaba los ojos de Cooper clavados en su espalda.

—¿Estás bien? —le preguntó a Kathleen una vez que se hubo marchado.

—Sí. Es que no soporto verlo por aquí. ¿Te has fijado en que ni siquiera me ha saludado? Como si yo fuera un cero a la izquierda. Cualquiera diría que he quemado la iglesia, cuando lo único que hice fue tener la osadía de no querer casarme con él.

Se estremeció.

—Creo que hiciste lo correcto.

Kathleen se rio.

—En fin, no permitamos que nos estropee la comida.

—¡Así se habla!

Siguieron disfrutando de los deliciosos burritos, y Kathleen le preguntó a Alex por su pasado... los lugares en los que había vivido, las distintas especies que había estudiado. Era fácil hablar con Kathleen.

—¿Estás casada? —le preguntó su nueva amiga.

Alex negó con la cabeza.

—He tenido pareja, Brad, pero no salió bien. Teníamos valores diferentes. De hecho, hace poco estuvo aquí, intentando que nos reconciliásemos.

Kathleen tomó un sorbo de agua.

—¿Un tipo muy guapo, con el pelo negro y corto?

—El mismo —dijo Alex, riéndose—. ¡Desde luego, es un pueblo muy pequeño!

—Lo vi en el *pub*, usando el ordenador.

—Es él, sin duda. Necesitaba acceso a internet y vino al pueblo.

—Entonces, ¿no arreglasteis las cosas?

Alex bajó la vista.

—No.

—Lo siento, cielo.

Alex la miró a los ojos.

—Creo que es lo mejor. Así podrá encontrar a alguien que encaje mejor con él, alguien que quiera el mismo estilo de vida.

Kathleen le dio unas palmaditas en la mano.

—Y tú también.

—Puede ser.

Alex se quedó mirando por la ventana, sintiéndose extrañamente desligada de su vida. Durante mucho tiempo había estado moviéndose en un espacio que no la llenaba, más atenta al hecho de que su vida no estaba resultando ser como se la había imaginado que a convertirla en la vida que anhelaba. Pero esta era su oportunidad. Ahora, la única persona en la que tenía que pensar era ella. Ya no tenía que hacer equilibrios entre la vida urbana y su trabajo con la fauna salvaje. Era libre. Respiró hondo. Era libre de verdad.

—Parece que acabas de pensar algo importante... —observó Kathleen a la vez que le daba un mordisco al burrito.

—Solo estaba pensando que ahora puedo tomar decisiones distintas.

—Supongo que eso es lo bueno de las rupturas —reflexionó Kathleen—. Bueno, ¿qué planes tienes para hoy?

—Un plan de lo más emocionante. Tengo que ir a por más madera para reponer una cámara trampa que está destrozada.

—¿Destrozada? —preguntó Kathleen, y dejó de masticar—. ¿A qué te refieres?

—No sé qué ha pasado. Pero cuando volví para sacar la tarjeta de memoria, me encontré con que habían arrancado el artilugio entero y la cámara había desaparecido.

—¿Furtivos? Seguro que no les hace ninguna gracia que tengas cámaras ahí arriba.

—Eso pensé yo también, pero la madera está muy muy dañada. Unos furtivos se habrían limitado a desmontarla, la habrían arrancado por los sitios donde yo había puesto los clavos. Pero los tableros estaban astillados, y el cebo, incluidos los huesos, había desaparecido.

—Qué cosa más rara… —dijo Kathleen, terminando de masticar.

—Lo mismo pensé yo.

—¿Y la cámara no estaba?

—No. Menos mal que tengo una de repuesto. Es un modelo más viejo que todavía no he instalado, pero servirá. Ahora solo tengo que decidir dónde quiero ponerla. Me preocupa un poco que se repita lo sucedido si la pongo en el mismo sitio.

—Y con razón.

—¿Y tú qué vas a hacer el resto del día?

Kathleen se recostó en la silla y suspiró.

—Contestar el teléfono. Seguramente, recibir broncas de Makepeace por esto o por lo otro. Después, a casa a verme los DVD nuevos de *Los asesinatos de Midsomer*.

—¿La serie inglesa?

—La misma.

Un hombre apuesto de unos setenta y pocos años pasó en ese mismo instante por delante del café. Hizo una pausa al ver a Kathleen sentada en el interior. Llevaba el largo cabello blanco remetido por detrás de las orejas, y al cruzarse sus miradas una sonrisa tímida asomó a su rostro curtido. Alex pensó que se parecía un poco al actor Sam Elliott.

—Ay, madre —dijo Kathleen, clavando de repente la mirada en la mesa. Incluso se ruborizó, tenía las orejas rojas.

Como no llevaba sombrero, el hombre se llevó el dedo índice a la frente para saludar a Alex, después siguió calle abajo.

—¿Quién es? —preguntó Alex, encantada de ver a su nueva amiga sonrojándose.

—Frank Cumberland.

De repente, Alex sintió que la doceañera que llevaba dentro salía al exterior.

—Te gusta. Te gusta mucho.

Kathleen cogió la servilleta y le dio en el brazo con aire juguetón.

—Puede que un poquito…

—¿También está enganchado a *Los asesinatos de Midsomer*?

Kathleen levantó la mirada.

—Aún no lo he descubierto.

—Lo mismo esta noche es una buena oportunidad para enterarse.

—Venga, calla —dijo Kathleen, totalmente desconcertada.

El burrito llenaba tanto que Alex no se lo pudo terminar, así que lo envolvió para comérselo más tarde. Miró a Kathleen.

—Gracias por la comida, ha estado genial.

—Gracias a ti. Da gusto hablar con alguien nuevo. Con alguien que está ahí, sobre el terreno, luchando por una buena causa.

—Gracias, Kathleen. ¿Puedo acompañarte a la oficina del *sheriff*?

—Por mí, encantada. Sobre todo si Makepeace nos ve a las dos juntas. Hoy me he levantado con ganas de incordiar un poco…

Salieron a la calle. A Kathleen se le fueron los ojos hacia el camino que había seguido Frank y sonrió suavemente para sus adentros. De vuelta en la oficina, abrazó a Alex, y se despidieron mientras quedaban en comer juntas algún otro día de aquella misma semana.

Alex se dirigió a la ferretería a por material para la trampa de repuesto. Al llegar, oyó a Makepeace hablando en voz baja en un callejón que había al otro lado de la tienda. Las palabras sonaban tensas, entrecortadas; parecía enfadado.

Alex miró en derredor y, aprovechando que no había nadie en las inmediaciones, se acercó a la fachada del edificio para escuchar sin ser vista. Sacó el móvil y, por si alguien la veía, fingió que estaba leyendo sus mensajes.

—Al menos, haz que parezca que la han pisoteado —oyó que decía Makepeace—. Se ve que cortaste la alambrada.

—Y ¿qué va a hacer la chavala? No puede hacer nada.

—Tienes que recoger las vacas —dijo Makepeace.

—Y luego ¿qué?

—Si es necesario, tira la valla en otro tramo del recinto y que salgan por allí a pastar. Solo que esta vez no cortes la alambrada. Era demasiado obvio.

—¿Y si la chavala vuelve a ver las vacas y acude otra vez a ti?

—Si sucede, ya me encargaré yo —gruñó Makepeace.

—Chico listo. Sabía que podía contar contigo.

Alex oyó unos pasos que se acercaban a la entrada del callejón y volvió rápidamente a la puerta de la ferretería.

—Me pones en una situación incómoda —oyó decir a Makepeace.

—Pero saldrás airoso. Siempre lo haces.

Instantes más tarde, al entrar en la tienda, Alex vio que Cooper salía del callejón pavoneándose y con una fina y cruel sonrisa en el rostro.

Se le hizo un nudo en el estómago. Sabía que Makepeace no era precisamente la persona más amable del mundo, pero no había tenido en cuenta esta posibilidad: que estuviera recibiendo dinero de alguien.

Recorrió con lentitud los pasillos mientras cogía suministros. ¿Por qué estaría colaborando Makepeace con Cooper? ¿Sería chantaje o un simple soborno? En cualquier caso, saltaba a la vista que no era plato de gusto para Makepeace.

Cuando hubo escogido los tamaños adecuados de tuercas y tornillos, los llevó al mostrador. El dueño, Gary, estaba detrás de la caja y la miraba sin sonreír. Si la recordaba de la vez anterior, no lo exteriorizó.

—Hola —dijo Alex en un tono exageradamente jovial, intentando relajar el ambiente—. ¿Me podría cortar más maderos?

Gary suspiró y echó un vistazo a la puerta.

—Venga, vamos. Ahora mismo esto está tranquilo.

Alex vio que no había nadie más en la tienda. Gary salió de mala gana de detrás del mostrador, como si le estuviese haciendo un favor y cortar maderos no formase parte de su trabajo.

—¿Está construyendo otra trampa? —preguntó mientras iban al almacén.

—Sí. La última fue destruida.

—¿Ah, sí? —dijo, evitando mirarla.

—Sí. Y también me robaron la cámara.

—Qué lástima.

Aceleró el paso.

—Sí, eso mismo pienso yo.

—¿Las mismas medidas que la otra vez? —preguntó él, cogiendo un tablón.

—Sí, por favor.

Se puso unas orejeras industriales y empezó a cortar la madera. Alex se tapó las orejas con las manos mientras la sierra se abría paso por los tablones. Cuando terminó, el hombre se quitó las orejeras y la miró, por primera vez, a los ojos. Nervioso, echó una ojeada a la zona principal de la tienda, después hizo una pausa, como escuchando.

—Permítame que le haga una pregunta —empezó a decir, pero cerró la boca al oír que sonaba la campanilla de la entrada.

Cogió los maderos.

—Dígame.

—¿Cómo?

—Me iba a preguntar algo, ¿no?

—Bah, no es nada.

Le dio los cortes y se fue corriendo al mostrador. Había entrado una pareja de setenta y tantos años. Vestían ropa de franela, vaqueros y botas; la mujer tenía el pelo corto y perfectamente peinado y una sonrisa deslumbrante, y el hombre, canoso y apuesto, la abrazaba por el hombro.

—Hola, Gary —dijo, acompañando el saludo con la cabeza.

—Hola, Ron. Janice, qué tal. —Su actitud cambió por completo. Los saludó amablemente, con una sonrisa afectuosa—. ¿Venís a por más pintura?

—Lo has adivinado —contestó Janice—. Este fin de semana nos toca el salón.

—Esperad un momento; cobro a esta chica y me pongo con vosotros.

La pareja miró a Alex sonriendo con reserva.

—Ah, hola —dijo Janice.

Alex se acercó al mostrador.

—Hola.

—¿Eres nueva aquí? —preguntó Janice.

Alex dejó los maderos sobre el mostrador y se volvió.

—Sí. Estoy en el Snowline.

Gary marcó los maderos en la caja.

—Está con el grupo ese de protección de la naturaleza.

Ron arqueó las cejas.

—¿La fundación territorial?

—Así es —dijo Alex y se preparó para que reaccionasen con frialdad.

Gary metió las bolsitas con las piezas en una bolsa más grande y después agrupó los cortes de madera.

Para sorpresa de Alex, Ron dijo:

—Nos encantaría hablar contigo de eso.

Janice asintió con la cabeza.

—Sí, estamos pensando en poner una servidumbre de conservación en nuestra tierra.

Su marido sonrió.

—Eso es. Tenemos cuatrocientas ochenta y cinco hectáreas a lo largo del horcajo norte del río.

A Alex se le iluminó el rostro.

—¡Estupendo! Puedo poneros en contacto con el director. La organización estará encantada de hablar con vosotros del proceso. —Sonrió—. ¡Cuatrocientas ochenta y cinco hectáreas! ¡Menuda ayuda para la fauna salvaje!

Alex se volvió hacia Gary, que tenía los labios fruncidos en una raja incolora.

—Veintiséis dólares con veintiséis —dijo Gary, clavando la vista en la mercancía.

Mientras Alex sacaba el dinero, se llevó la mano a la cadera y se quedó mirando a la pareja con los ojos entrecerrados. Se encontró en el bolsillo un papelito lleno de notas, y las repasó.

—Vaya por Dios. Se me olvidaban las pinzas de caimán.

Gary tiró el dinero al cajón y cogió las compras.

—Voy a dejarle esto en la plataforma de la furgoneta mientras va a por ellas.

—Vale. Gracias, Gary.

Gary salió apresuradamente sin decirle nada más.

Alex cogió el bolígrafo del mostrador y escribió el nombre de la página web de la fundación territorial. Se lo dio a Janice y a Ron.

—Esta es la web. Ahí os podéis enterar de cómo funciona la organización. Lo de la servidumbre de conservación me parece una idea magnífica.

Janice cogió el papel.

—Llevamos mucho tiempo dándole vueltas. Empieza a preocuparnos el futuro de nuestras tierras. Sería horrible ver cómo construyen millones de apartamentos de lujo. Hay rumores de que van a construir una nueva estación de esquí en la parcela contigua a la nuestra. Si eso ocurre, adiós, fauna salvaje, y hola, tiendas de lujo y enoturismo.

Alex no sabía nada de la nueva estación.

—¿Ya está todo planeado?

Ron negó con la cabeza.

—En absoluto. Hay gente de la zona que se opone. Y también gente claramente ansiosa por atraer los dólares del turismo.

—Pero algunos —añadió Janice— queremos que las cosas sigan exactamente como están. Este es un pueblo muy pintoresco. Muy tranquilo. Por eso vinimos aquí cuando nos jubilamos. No soportaría que se comercializara.

Ron sacó el monedero y cogió una tarjeta.

—Toma tú también nuestro contacto. Nos encantaría hablar con alguien que pueda informarnos sobre el proceso legal.

Alex cogió la tarjeta y leyó:

Ron y Janice Nedermeyer

Diseño de interiores
¡Somos especialistas en antigüedades!

Janice dijo:

—Montamos un negocio después de jubilarnos. Demasiado tiempo libre para mi gusto.

Alex se guardó la tarjeta en el bolsillo de atrás.

—Le daré el contacto al director de la fundación. ¿A qué os dedicabais antes de jubilaros?

Ron sonrió.

—Los dos somos abogados. No nos lo tengas en cuenta —añadió entre risas.

Alex notó que no era la primera vez que decía el chiste. Le tendió la mano.

—Soy Alex Carter, por cierto. Encantada de conoceros. —Estrechó la mano a la pareja—. Le diré al director que os llame.

—Gracias —dijo Janice—. ¡Qué casualidad, toparnos contigo!

«Y qué agradable», consideró Alex, pensando en el recibimiento tan frío que, en general, le habían dispensado los lugareños. Mientras los Nedermeyer se iban a la sección de pintura, Alex regresó al pasillo de herramientas y llenó una bolsita con pinzas de caimán.

Cuando volvió al mostrador, Gary aún no había vuelto. Mientras esperaba, aprovechó para repasar la lista para asegurarse de que ya tenía todo. Después se acercó al escaparate de la tienda.

En ese preciso instante vio a Gary volviendo hacia la entrada y, unos pocos metros más allá, a Makepeace alejándose calle abajo. ¿Habrían estado hablando?

La campanilla tintineó.

—Todo guardado —dijo Gary, a continuación marcó los artículos restantes—. Suerte con los carcayús —dijo, pero Alex no supo si lo decía sinceramente o no.

De camino a casa, mientras conducía por un solitario tramo de carretera, la camioneta soltó un fuerte chirrido y acto seguido se quedó en silencio. El motor siguió funcionando, pero había algo que no iba bien. Desde su adolescencia, Alex había tenido varios coches viejos. Al principio, por imperativo económico, aprendió a repararlos ella sola, pero acabó cogiéndole el gusto. Sospechaba cuál era el problema: se había roto la correa de transmisión. Se pegó al borde de la calzada, bajó del coche y levantó el capó.

Al asomarse comprobó que, sin duda, se trataba de la correa. Seguía rodeando una de las poleas, pero estaba rota. Metió la mano en el compartimento del motor y la cogió. Parecía bastante nueva, apenas desgastada, sin embargo, un corte limpio la recorría casi en su totalidad, dejando solo un trozo que acabaría rompiéndose a causa de la tensión. No daba la impresión de que la avería se debiese al uso normal.

Se inclinó sobre el compartimento e inspeccionó el resto del motor, pero no encontró más problemas. Cerró el capó, volvió al asiento del conductor y dejó la correa rota a su lado.

Miró el móvil, sin cobertura. Ahora que el coche no iba a depender del alternador para funcionar, podría seguir conduciendo lo que durase la batería. Comprobó el kilometraje. Estaba más cerca del pueblo que de la estación de esquí, podía regresar y comprar una correa de repuesto. Dio media vuelta y cruzó los dedos para que el coche resistiera todo el trayecto.

Apagó todo lo que podía estar consumiendo electricidad, como el ventilador. Aún había mucha luz, así que no necesitaba los faros. Siguió conduciendo, dando palmaditas a la guantera del coche. «¡Venga, que tú puedes!», le animaba. Pensó en la correa cortada. En vehículos tan viejos como aquel, la palanca del capó no estaba localizada en el interior sino justo encima del capó, de manera que cualquiera habría podido abrir y hurgar en la camioneta. Tal vez mientras almorzaba, después de su encuentro con Flint Cooper. Pero no. Seguro que estaba desconfiando sin motivo. La correa estaría defectuosa, nada más. O puede que llevase dañada desde mucho antes de llegar ella y que simplemente hubiese terminado por romperse. Echó un vistazo al cuentakilómetros. Quedaban diecisiete kilómetros hasta el pueblo.

La camioneta consiguió cubrir ocho kilómetros. Después, poco antes de un desvío, el motor se paró de repente. Llevó el vehículo en punto muerto hasta el carril de salida y lo hizo bajar por una empinada área de descanso en la que había unas cuantas mesas de pícnic y unos aseos. Un poco paranoica, agradeció que la camioneta no pudiera verse desde la carretera.

El área de descanso se hallaba vacía. Miró el móvil. Seguía sin cobertura. Iba a tener que tener que echar a andar…

DIECISÉIS

Alex cogió la mochila, metió dentro la botella de agua y el monedero, se la echó al hombro y emprendió el largo camino hasta el pueblo. Si pasaba alguien, tal vez podría acercarla. Se estremeció al imaginarse que se encontraba con la destartalada ranchera azul ahora que iba a pie, pero se dijo que no había adelantado a ningún coche desde que salió del pueblo.

Decidió disfrutar del paseo. Hacía un tiempo perfecto: el cielo estaba muy nublado y la protegía del calor del sol. Había llovido por la mañana y la neblina flotaba en los valles, oscureciendo los picos más altos. El aire olía a pino y artemisa. Un busardo colirrojo planeó sobre una pradera que había a su derecha y se puso a revolotear en círculos.

Llevaba recorridos poco más de dos kilómetros cuando oyó un coche por detrás. Rezó para que no fuese la ranchera. Salió del arcén para dejarle más espacio mientras se debatía entre hacer o no autostop. Se reprendió a sí misma por haber visto tantas películas de terror que empezaban justo así. Pero entonces, cuando el coche se acercó un poco más, vio que era el del *sheriff*. Se preguntó si sería Makepeace y se rio para sí, imaginaba la sarta de improperios que saldrían de su boca si se le ocurría hacerle señas para que se detuviera. Decidió intentarlo y levantó la mano mientras el coche patrulla se acercaba.

El coche aflojó la marcha y se detuvo en el arcén, aliviada, Alex vio que era el ayudante del *sheriff*, Joe Remar.

—¿Qué haces caminando? ¿Se ha averiado el coche?

—En efecto, y mucho.

—Pues venga, sube. Voy a llamar a la grúa para que lo acerquen al pueblo.

—De hecho —dijo Alex, arrimándose a la ventanilla—, ¿sería mucho pedir que me llevases a una tienda de repuestos mecánicos? Sé qué se ha estropeado y tiene fácil arreglo.

—Cómo no.

Alex se subió, entonces el joven volvió a la carretera y puso rumbo al pueblo.

—Admiro a la gente capaz de arreglarse el coche. Mi padre estaba empeñado en que aprendiera, pero me temo que no estoy dotado para la mecánica. Me quedo mirando la caja del motor y me las doy de entendido, como si viera exactamente lo que pasa, pero en realidad no tengo ni la más remota idea.

Alex se rio.

—Yo era así. Pero si eres una universitaria que está en la ruina y tienes un coche de treinta años, no te queda otra que aprender. Y la verdad es que es divertido.

El ayudante la miró de reojo.

—Eres la bomba.

—Y tú ¿adónde vas?

—Estoy patrullando la zona, compruebo que no hay peligro en la calle.

—Qué suerte he tenido.

—¿Te dirigías al pueblo?

—En realidad volvía de allí, pero cuando el coche empezó a fallar me di la vuelta. Al final se ha parado. Eso sí, he pasado un rato de lo más interesante en el pueblo.

—¿Ah, sí?

—Fui a denunciar que hay unas vacas del rancho Bar C pastando en tierras de la reserva.

La miró boquiabierto.

—No te creo.

—Como lo oyes.

—Y ¿qué te ha dicho el viejo buitre?

—¿Te refieres a Makepeace o a Cooper?

Remar se rio.

—Ya puestos, a los dos.

—A Makepeace le trae sin cuidado. Ah, y he conocido a Cooper.

El ayudante del *sheriff* sacó pecho y se llevó la mano al ala del sombrero a modo de saludo.

—Buenas tardes, señorita —dijo, imitando asombrosamente bien a Cooper—. Dígame, joven, ¿le está dando problemas ese pedazo de tierra tan grande?

Alex soltó una carcajada.

—¡Clavadito! Conocer a Cooper ha sido aún más interesante porque Kathleen y yo estábamos comiendo juntas.

—Ay, vaya, eso sí que tiene tela… —dijo Joe con su propia voz. Después frunció el ceño y, arrastrando las palabras, siguió con su imitación de Cooper—: La tontuela de Kathleen perdió una oportunidad de oro para quedarse con todo esto. —Se señaló el cuerpo entero con un gesto de la mano—. Ni siquiera mis seis mil hectáreas consiguieron tentarla. Ya ve, señorita, una prueba más de que está chiflada. —El ayudante la miró y sonrió, volviendo a ser él—. Y ahora es cuando debería producir un chorro denso y pegajoso de babas con tabaco y dejar que me cayera de la boca como una cascada marrón para mostrar lo que se había perdido Kathleen, pero no masco tabaco.

Alex se volvió a reír.

—Ahora, a ver cómo mantengo la cara seria cuando lo vuelva a ver.

El agente Remar movió la cabeza.

—Seguro que se hizo el sorprendido cuando el *sheriff* le dijo que su ganado estaba pastando en tierras protegidas.

Alex pensó en contarle lo que había oído en la ferretería, pero se lo pensó mejor. No quería crear roces entre el agente y su superior. Si no se llevaban al ganado a otro sitio, se lo volvería a decir a Makepeace, quizá incluso llamaría a Ben a Washington para ver si podían presionar de alguna manera.

—¿Qué tal te ha caído Kathleen? —preguntó Joe.

—Es maravillosa.

—Dímelo a mí. Gracias a ella, el trabajo es soportable. Es una vieja amiga de mi abuela, aunque me avergüenza confesar que mi abuela le retiró la palabra después de que rechazase a Cooper. Supongo que a mi abuela le preocupaba que le hicieran el vacío o hablasen mal de ella si mantenía la amistad con Kathleen.

—¿De veras tiene tanto poder ese hombre?

—Todo el mundo se rinde a él. Es, con creces, el hombre más rico del pueblo, siempre está intentando intimidar a la gente. Y lo más triste es que lo consigue.

—De buena gana le daba un puñetazo en las narices —dijo Alex, sintiendo que se enfadaba al pensar en Kathleen.

—Pagaría por verlo.

—Vaya, supongo que no debería haberle confesado esto a un agente de la ley.

—En este caso haría la vista gorda —dijo él, entre risas.

—Muy amable.

Llegaron al pueblo y Joe se detuvo enfrente de una tienda que tenía un letrero con las palabras «Jim. Recambios de Coche» encima del dintel. En la ventana había otro letrero en el que se leía «Cerrado», aunque solo eran las tres de la tarde.

—Oh, no… —suspiró Alex.

—No te preocupes. Seguro que está en la parte de atrás viendo el partido. Ven.

Se bajó del coche y Alex le siguió por un callejón hasta una vivienda anexa a la parte de atrás de la tienda.

Joe dio unos golpecitos en la puerta.

—¿Jim?

En efecto, Alex oyó el sonido de un partido de béisbol a través de las ventanas.

El ayudante volvió a llamar, entonces la puerta se abrió con un chirrido. Apareció un hombre encorvado de ochenta y tantos años, el rostro de color marfil surcado por venas azules.

—¿Qué puedo hacer por ustedes? —le preguntó a Joe.

—Necesitamos un… —Se volvió hacia Alex—. ¿Qué necesitas?

—Una correa de transmisión para una Willys Wagon de 1947.

Joe se lo repitió al hombre en voz más alta.

El hombre asintió con la cabeza y dijo:

—Id a la tienda, que ahora voy yo.

Mientras volvían, Joe dijo:

—Te voy a acercar hasta tu coche. Para asegurarme de que está todo en orden.

Su amabilidad la sorprendió, aunque hasta ahora se había portado de maravilla en todo momento. La vida de los pueblos. Un policía de ciudad como mucho habría avisado a la grúa, y eso si se hubiera parado a recogerla al verla en la carretera.

—¿Estás seguro?

—Completamente.

—Gracias. Si no te importa, necesito cargar la batería cuando lleguemos.

Jim solo tenía un repuesto de correa genérico, aunque era del mismo tamaño, así que Alex confió en que serviría.

Le alivió no encontrarse con Makepeace. Debía de haber vuelto a su oficina.

Joe avisó a Kathleen por radio para decirle lo que estaba haciendo, y ella respondió:

—Cuídala bien.

—Sí, señora.

Cuando volvieron al coche, Alex enganchó la nueva correa a los cigüeñales.

—Ya está. Ahora, a cargar la batería.

Joe sacó las pinzas del maletero del coche patrulla y las unió a las baterías. Alex se subió a la camioneta y encendió el motor. El coche arrancó con un gran estruendo. Ya no se oía el chirrido. Se bajó y echó un vistazo a la reparación, que se mantenía perfectamente.

—Creo que con esto ya está.

Quería preguntarle quién podría haber cortado la correa, si es que realmente la había cortado alguien, pero no sabía cómo formular la pregunta sin que pareciera que estaba paranoica. Por fin, mientras cerraba el capó, se decidió por decir:

—Me temo que no caigo muy bien en este pueblo.

—¿Por qué lo dices?

—Por las miradas, las actitudes… Ya sabes.

—No eres tú. No te lo tomes personalmente. Es la fundación territorial. Hay muchas personas que querían utilizar esas tierras para otros fines.

—¿Tú crees que serían capaces de jugármela?

—¿Jugártela? —Miró el capó—. Vaya… ¿Crees que ha sido algo más que el desgaste habitual?

—No estoy segura.

—Espero que no haya sido intencionado. Pero estaré atento.

—Gracias, Joe. Me alegro de que aparecieras.

—No hay de qué —respondió él, tocándose el ala del sombrero—. Cuídate.

—Lo haré.

El joven esperó mientras daba la vuelta y ponía rumbo a la estación, y después ella le vio girar el coche patrulla para volver al pueblo.

Alex esperaba que solo se tratara del desgaste normal de un coche, pero lo cierto era que no lo parecía. ¿Por qué lo habría hecho, quienquiera que hubiese sido? ¿Solo para complicarle la vida? Si no hubiera sabido arreglar la camioneta, habría sido un engorro. Habría tenido que esperar a que un taller la reparase, y si había lista de espera hasta puede que hubiese tenido que quedarse en el pueblo. Y en ese caso, no habría habido nadie en el hotel.

Se detuvo en el desvío hacia la estación y se bajó para recoger el correo. Como no esperaba que le llegase nada todavía, le sorprendió ver varias cartas en el buzón. La mayor parte del correo que le llegaba eran cartas de diversas organizaciones sin fines lucrativos de protección y conservación de la flora y fauna con las que contribuía económicamente. De manera que se llevó una alegría cuando, entre sobres del Consejo de Defensa de Recursos Naturales y del Centro para la Diversidad Biológica, se encontró con una postal. En ella se veía la famosa torre del reloj de la Universidad de Berkeley. Al dorso había un sencillo mensaje: «Espero que disfrutes de tu nuevo empleo». No iba firmada, pero se imaginó que debía de ser del profesor Brightwell. El matasellos era de Berkeley y estaba fechado tan solo unos días antes. Hasta entonces siempre se habían comunicado en persona o por correo electrónico, de manera que no sabía qué aspecto tenía su letra. Era un bonito detalle y sonrió mientras regresaba a la camioneta. Se prometió que lo llamaría para contarle cómo iba todo.

Mientras enfilaba la pendiente que llevaba al Snowline, dio vueltas a lo sucedido con la correa de transmisión. ¡Ojalá se equivocase y no fuera un sabotaje! Si habían querido retenerla durante más tiempo en el pueblo, le preocupaba la posibilidad de toparse en el hotel con alguien que no fuera con buenas intenciones. Pero también quería asegurarse de que todo estaba en orden.

Al pasar por la vieja verja vio una destartalada camioneta roja aparcada en la entrada del edificio. Redujo la velocidad y aparcó entre los árboles, donde no se la veía, después avanzó sigilosamente por el bosque, flanqueando el hotel y preguntándose quién sería. A lo mejor era un visitante cualquiera, alguien inofensivo, pero el mal presentimiento iba en aumento.

Apareció un hombre por un lado del hotel, se asomaba por las ventanas. Era Gary, el dueño de la ferretería. Intentó abrir la puerta, pero estaba cerrada con llave. Después continuó mirando por cada una de las ventanas de la planta baja. Alex sabía que cuando llegase a la ventana rota de la cocina podría entrar.

¿Qué estaba haciendo allí?

Gary. Había salido él solo a cargarle las compras en la camioneta. Le habría dado tiempo a subir el capó y cortar la correa. Pero ¿por qué?

Decidió coger el toro por los cuernos. Haciendo acopio de valor, salió con paso resuelto de entre los árboles.

—¿Gary?

El hombre se dio la vuelta, llevándose la mano al pecho.

—No he oído su coche —balbuceó.

—¿Qué hace aquí?

Gary titubeó y miró nervioso a su alrededor a la vez que se le enrojecían las orejas. Se metió la mano en el bolsillo del pantalón vaquero y sacó una bolsita de pinzas de caimán.

—Cuando se fue, vi que se las había dejado. No quería que subiera toda la montaña y se encontrara con que no podía construir la trampa. Solo quería acercárselas, y como aún no había llegado, la estaba esperando.

—Y ¿por qué no las ha dejado en la puerta?

Gary se lo pensó unos instantes, la boca algo abierta.

—Por las ratas cambalacheras —dijo al fin.

—¿Cómo dice?

—Les pirran las cosas brillantes. Podrían habérselas llevado.

Se las ofreció.

Alex se acercó a cogerlas. Sabía que estaba mintiendo. Tenía la corazonada de que estaba ahí por un motivo completamente distinto.

—Gracias —dijo, incómoda.

Gary se metió las manos en los bolsillos del vaquero.

—No hay de qué. —Abrió la boca como si quisiera añadir algo más, pero acto seguido la cerró y dijo—: Bueno, me voy ya.

—Vale.

Al llegar a la camioneta echó un vistazo alrededor y comentó:

—Por cierto, ¿dónde está su camioneta?

«¿Se lo estaría preguntando porque esperaba que estuviese averiada?».

—Ahí abajo, en la cuesta.

Gary frunció el ceño y torció el gesto, a continuación se subió a la cabina de la camioneta sin mediar palabra y arrancó el motor. Se despidió con la mano, dio la vuelta y desapareció por el camino.

Alex se guardó las pinzas de caimán en el bolsillo y rodeó el edificio, comprobando las ventanas. Estaban todas cerradas menos la de la cocina, que tenía el pestillo roto. Volvió a la camioneta y la acercó a la puerta principal. Metió la mano en la bolsa de la ferretería que había dejado en el asiento y hurgó en su interior. La bolsita de pinzas de caimán estaba allí. No había comprado más bolsas de pinzas.

Gary mentía.

DIECISIETE

Dentro del hotel, Alex se sentó en el primer peldaño de la escalera principal y sacó todas las piezas que iba a necesitar para construir la trampa de repuesto. Estaba todo allí. Se estiró, frotándose un músculo del cuello que se le había agarrotado.

Había revisado más fotos y, por ahora, habían captado imágenes de dos carcayús adultos, macho y hembra. Además, había visto a los dos carcayús jóvenes con el adulto, que podía ser uno que no estuviese en las fotos. A menudo, un macho engendraba dos camadas de cachorros de dos hembras distintas en territorios adyacentes. ¡Ojalá una segunda familia de carcayús estuviese utilizando la reserva, y ojalá salieran más ejemplares todavía en futuras fotos!

Alex sabía que una de las causas de que el número de carcayús estuviese descendiendo era su baja tasa de reproducción. Las hembras no tenían descendencia hasta los tres años, y habitualmente tenían dos crías cada dos años, por lo general la mitad machos y la mitad hembras. Así pues, cuando la hembra se moría a los diez años, lo más probable era que hubiese parido solo seis crías. La tasa de supervivencia de las crías de carcayú era solo del cincuenta por ciento, con lo que solían quedar tres: una hembra que, llegado el momento, sustituía a la madre, un macho que sustituía al padre y otro macho que se aventuraba por un nuevo territorio.

Dado que pasar a ese territorio nuevo suponía enfrentarse al peligro de las autopistas, del desarrollo hotelero, de los proyectos inmobiliarios y comerciales, de la extracción de petróleo y gas, de actividades de ocio, como montar en motos de nieve y heliesquiar, además de los omnipresentes tramperos y cazadores, las posibilidades de que el carcayú consiguiera sobrevivir eran muy reducidas.

Alex se levantó y se estiró. Echando una ojeada a su reloj, pensó que, dada la diferencia horaria, aún estaba a tiempo de pillar al doctor Brightwell en su despacho. Prefería las clases vespertinas y probablemente estaría relajándose después de haber estado poniendo notas. Se instaló en el taburete de al lado del teléfono y llamó.

—Brightwell, dígame —oyó decir a aquella voz que tan bien conocía.

—Hola, Philip —saludó Alex sonriendo, contenta de oírle—. Soy Alex Carter.

—Bueno, doctora Carter. ¿Qué tal te va por el quinto pino de Montana?

—He capturado a dos carcayús con la cámara ¡y hasta he visto a un adulto con dos carcayús jóvenes!

—¿De veras? ¡Estupendo!

—La verdad es que este proyecto es alucinante. Deberías ver las montañas de por aquí. Impresionantes.

—Suenas mejor. Más contenta.

Alex sonrió a la vez que le nacía una sensación agridulce en el estómago. Lamentaba cómo habían terminado las cosas con Brad, pero ahora iba bien encarrilada. Necesitaba estar en medio de la naturaleza.

—Tenías razón. Creo que la ciudad me estaba minando el ánimo poco a poco.

—¿Qué te parece la gente de la fundación territorial?

—Se han portado de maravilla. He conocido al coordinador regional, Ben Hathaway. Cogió un avión y vino a ayudarme a instalarme. Y a ti, ¿qué tal te va?

Brightwell se reclinó y Alex oyó chirriar la silla.

—Ah, bien bien. Pero reconozco que ya estoy deseando que lleguen las vacaciones de invierno. Después me voy a coger un año sabático.

—¡Genial! ¿A qué lo vas a dedicar?

—A investigar, sobre todo. Pero también tengo pensado leer unos cuantos libros por gusto y hacer un viaje. —Soltó una risita—. Hasta puede que me apunte a clases de pintura de paisaje.

Alex sonrió.

—¡Qué atrevido!

—Sí, eso piensa mi mujer. Dice que no soy capaz de dibujar ni un muñeco de palotes.

Alex se rio.

—Ah, y gracias por la postal, por cierto.

—¿La postal?

—Sí, esa que me enviaste con una foto de la torre del reloj.

Brightwell guardó silencio unos segundos, a continuación dijo:

—No recuerdo haberte enviado una postal.

—Decía: «Espero que disfrutes de tu nuevo empleo».

—Vaya por Dios. A ver si es que estoy empezando a desvariar… Estoy seguro de que no te he enviado nada.

Alex frunció el ceño.

—Ah. Bueno, estaba sin firmar. Puede que fuera de otra persona.

Sin embargo, no se le ocurría quién podría ser. Desde luego, su padre no, y Brightwell era la única otra persona de Berkeley con la que mantenía el contacto. Sus amigos del máster, con quienes había tenido una relación muy estrecha, se habían mudado a otras zonas del país para hacer estudios posdoctorales o dedicarse a la enseñanza.

—¿Así que vas a aguantar ahí todo el invierno?

—Desde luego. Gracias de nuevo por pensar en mí cuando surgió esta oportunidad.

—De nada, Alex. Y tú cuídate, y mantenme al tanto de cómo te va.

—Lo haré.

Después de colgar, Alex se fue a la mesa en la que había dejado el correo. Encontró la postal en el montón y, dándole la vuelta, miró de cerca la letra. Definitivamente, no le sonaba de nada. En la parte del destinatario había una pegatina amarilla de reenvío que cubría otra dirección. Con cuidado, la despegó para verla. Era la del apartamento de Boston que había compartido con Brad. Así pues, quienquiera que la hubiese enviado no tenía su dirección actual, pero sabía que había conseguido un nuevo empleo.

El teléfono sonó y lo cogió distraída.

—¿Diga?

—Soy Makepeace.

—Hola, *sheriff*.

—Quería decirle que el equipo de rescate sigue buscando, pero que la mayoría de los rescatadores ha tenido que ir a resolver otro caso. Debería prepararse para la posibilidad de que quizá nunca averigüe qué le pasó a aquel tipo. La gente desaparece. Le suena Everett Ruess, ¿verdad?

Sí, claro que le sonaba. De pequeña, su historia la había motivado y asustado a partes iguales. En la década de 1930, a los dieciséis años, Ruess se había propuesto explorar el suroeste del país y había ido contándole sus aventuras a su familia en cartas fascinantes y detalladas. De repente, las cartas se habían interrumpido. Las operaciones de búsqueda no habían dado fruto. Setenta y cinco años más tarde, apareció una mujer diciendo que su abuelo había enterrado a un hombre que había sido asesinado por ladrones de mulas. Pero cuando encontraron los restos del cuerpo y se hicieron los análisis de ADN, resultó que no eran de Ruess, y el misterio siguió abierto.

—Esperemos que este caso sea distinto.

—Puede que nunca lo sepamos. Caray, si hasta puede que unos excursionistas hayan encontrado al tipo y esté en estos momentos en un hospital.

—Ojalá.

—Cuídese —dijo el *sheriff*, acto seguido colgó.

Sin apartarse del teléfono, Alex le dio de nuevo la vuelta a la postal. ¿Le habría pedido su padre a alguien que le escribiera una postal? Parecía muy raro, pero decidió averiguarlo.

Marcó el número de su padre, y al oír su voz, tan reconfortante, no pudo sino sonreír.

—Hola, papá.

—Hola, tesoro.

—¿Te pillo bien?

—Sí sí. Estaba aquí tan tranquilo, leyendo una novela de Ellery Queen.

—¿Ya has resuelto el caso?

Su padre se rio.

—Estoy a punto. —Oyó que dejaba el libro a un lado—. Bueno, ¿te gusta el sitio, estás a gusto?

—Es precioso. Eso sí, varios lugareños se complacieron en contarme historias horripilantes que sucedieron en el hotel.

—Qué gente más acogedora.

—Eso mismo pensé yo.

—Y qué, ¿ha habido algún asesinato horripilante desde que estás ahí?

Le contó cómo había escapado por los pelos del puma, del hombre que había encontrado y de la búsqueda infructuosa del equipo de rescate.

Su padre se quedó horrorizado al oír lo del puma. Después, acerca del hombre desaparecido dijo:

—Es extrañísimo. No parece que el tipo pudiera alejarse mucho en su estado.

—Ya. Por cierto, hablando de cosas extrañas, ¿tú me has enviado una postal?

—No. Te estoy preparando una caja con chucherías, pero aún no la he enviado.

—Qué raro. Me llegó una postal sin firmar de Berkeley. Hay algo que me escama. Pensé que podría haberla mandado Brightwell, pero no.

—Vaya. Pues aquí te ha llegado un paquete sin remite. La etiqueta está escrita con una máquina de escribir antigua. Te lo iba a enviar. Pensé que igual habías comprado algo en eBay y te lo habían enviado a esta dirección.

—No. ¿Te importa abrirlo, papá?

—Sin problema. Espera un momento. —Dejó el auricular y volvió unos segundos después. Le oyó abrir la caja—. Está lleno de periódicos... A ver... Vale, aquí está —murmuró mientras sacaba el contenido—. Es un GPS.

—¿Cómo? ¿Un GPS nuevo?

—No, está usado. Un Garmin eTrex. Espera..., tiene tu nombre en el dorso.

—¿Escrito en un trozo de cinta amarilla?

—Sí.

Alex se quedó boquiabierta. Había perdido el Garmin cuando estuvo trabajando en un bosque de Nuevo México. Pensaba que se le habría caído sin darse cuenta. Por fortuna, tenía uno de repuesto que le habían dado sus jefes, pero prefería mil veces el suyo. Hacía años que lo tenía y había guardado *waypoints* de muchas zonas de estudio y de parajes remotos especialmente agradables. Lo echaba de menos.

—¿Viene el remitente?

Su padre rebuscó un poco más.

—Aquí hay una nota. Dice: «Me ha sido muy útil». No está firmada.

—¿Qué demonios…?

—No entiendo nada. Qué cosa más rara. ¿Se lo prestaste a alguien?

—No, de aquel trabajo de campo me encargué yo sola. ¿Qué pone en el matasellos?

Oyó que daba la vuelta a la caja.

—Viene de Cheyenne, Wyoming. Lo enviaron con la tarifa más barata hace unas dos semanas.

Era muy extraño… Había perdido el GPS en Nuevo México, ¿y lo habían enviado desde Wyoming? Entonces recordó que desde Nuevo México se había ido directamente a la capital de Wyoming, Cheyenne, a hacer un estudio del turón patinegro.

—Es alucinante. ¿De dónde son los periódicos?

Su padre los revolvió.

—A ver… Es el *Boston Herald.* Del mes pasado.

Alex frunció el ceño.

—¿Tú crees que es alguien que intenta ser amable y lo único que consigue es ponerme los pelos de punta?

—¿Podría ser Brad? —sugirió su padre—. ¿A lo mejor encontró tu GPS entre sus cosas?

—No lo perdí en Boston. Lo perdí en Nuevo México. Además, acaba de estar aquí, así que tiene mi dirección actual. Lo podría haber traído y ya está. ¿Para qué iba a mandarlo a tu casa?

—Menudo enigma. ¿Quieres que te lo envíe?

—Sí, por favor. Tiene todo lo que necesito y lo he echado de menos.

—Vale, te lo mando. —Alex le oyó apartar el paquete—. Bueno, y ¿cómo te va? Sufriste una experiencia muy traumática antes de irte. ¿Tienes pesadillas?

A veces, su padre le leía el pensamiento.

—Sí, sí tengo. Nunca había estado en una situación así. Una pistola apuntándome…, alguien que ni siquiera conozco, dispuesto a matarme…

—¡Menos mal que no te pasó nada!

—¿Hay noticias del segundo pistolero?

—Parece como si se lo hubiera llevado el viento.

—Qué cosa más rara.

—¿Estás durmiendo lo suficiente? —preguntó su padre con tono preocupado.

—Lo intento. El sitio este da un poco de repelús. Me despierto varias veces sobresaltada.

—¿Has visto más carcayús?

—¡Sí! Un adulto y dos jóvenes. ¡Emocionantísimo, papá! Y mis cámaras de fototrampeo también han sacado a una pareja.

—¡Qué bien! —exclamó, a continuación titubeó antes de preguntar—: ¿Y Brad?

—Hemos cortado. Esta vez creo que para siempre.

Su padre suspiró.

—Bueno, a decir verdad, lo veía venir. Si te sirve de algo, creo que es lo mejor. Simplemente, ya no estabais hechos el uno para el otro.

—Creo que tienes razón.

—Yo esperé mucho tiempo hasta que conocí a tu madre. Te acabará sucediendo. Y con la persona adecuada.

—Gracias, papá.

Hablaron un rato más de lo que había estado haciendo él, de su club de jardinería y de un par de películas que había visto. Su vecino había montado un cuarteto vocal de hombres, y su padre había estado cantando con ellos en People's Park una vez a la semana. Alex se alegró. De niña, le encantaba que su padre le cantase. Tenía una voz profunda y melodiosa.

—¡Es fantástico, papá!

—Gracias, tesoro. Estoy un poco oxidado, pero es muy divertido.

Alex le habló del desagradable señor Cooper y de su comida con Kathleen.

—Parece una interesante mezcla de personas.

Después estuvieron recomendándose libros el uno al otro. A

ambos les encantaban los *thrillers*, las novelas de misterio y las de terror, y solían coincidir en gustos. Después, colgaron.

Alex se estiró. Le dolían los músculos. A la mañana siguiente le esperaba un largo ascenso con una mochila llena hasta arriba, de manera que decidió acostarse temprano.

Pero una vez en la cama, le costó dormirse. La postal y el extraño regreso del GPS la mantuvieron en vela. Había alguien por ahí que o quería hacerse el misterioso o quería meterle miedo.

Y aunque le costaba admitirlo, por ahora iba ganando el factor miedo.

DIECIOCHO

Nuevo México
El año anterior

En lo más profundo de la noche, cuando la Vía Láctea se extendía sobre la negrura del cielo, el hombre subió sigilosamente la colina. No tuvo que hacer una pausa para recordar dónde los había enterrado. Siempre había tenido facilidad para recordar detalles y no necesitaba dibujar mapas. Avanzó por la cima de la colina y descendió por el otro lado; el paisaje resplandecía a través de la verde aguada de las gafas de visión nocturna.

El primer cuerpo que pensaba desenterrar llevaba más de cuatro años bajo tierra y la idea de exhumarlo no era plato de gusto. Pero no podía dejar allí los cadáveres. El tramo entero de bosque de pinos y encinas estaba a la venta y el comprador potencial era un promotor inmobiliario que quería construir un campo de golf. Pronto empezarían a talar árboles y a plantar hierba, después a excavar para echar los cimientos de cincuenta bloques de apartamentos de lujo. Entonces, inevitablemente, encontrarían los cuerpos.

Mientras cruzaba un riachuelo, el aire helado hacía que le saliera vaho por la boca. Las aguas danzaban, plateadas, a la luz de las estrellas. Vestido por completo de negro, con la mochila llena de bolsas para transportar cadáveres, llegó al lugar en el que se hallaba el primer montón de cuerpos.

Y se quedó clavado en el sitio.

Por la ladera contraria de la colina se acercaban pasos. Se fue al otro lado de un inmenso pino ponderosa rodeado de arbustos. Se tumbó en el suelo, escondiéndose tras ellos.

Entonces la vio por primera vez. Llevaba una linterna frontal que, vista a través de las gafas de visión nocturna, soltaba destellos, así que desactivó las gafas y se quedó mirándola entre las ramas. La joven se movía con prudencia, metódicamente, calculando dónde plantaba la bota cada vez que daba un paso en la oscuridad. Con una mano sostenía en alto un GPS y cada cinco metros más o menos paraba para hacer una lectura. Debía de estar siguiendo un transecto, pensó. La joven se detuvo y encendió un reproductor portátil que llevaba una grabación de una especie de búho. Después, hizo otra pausa y se quedó escuchando un minuto entero, luego otro más, antes de pasar a la siguiente sección.

Paró, dejó caer la mochila y, rebuscando en su interior, sacó una botella de agua. Se quedó pensativa mientras bebía a grandes sorbos. Al terminar, dejó la mochila donde estaba y continuó por el transecto, se detenía de vez en cuando a poner el reclamo y escuchar con aire absorto.

El hombre oyó que un ave respondía al reclamo, cantando desde los árboles. La mujer sonrió alborozada y lanzó un puño al aire con ademán triunfal. Después volvió a poner el reclamo y de nuevo el ave respondió, claramente un búho canoro con un canto resonante, algo así como cuuuuu-uiiiiiiip. La joven siguió andando y desapareció al otro lado de una loma. Pero, concentrada en su estudio, se dejó la mochila en el suelo, probablemente con intención de volver a por ella de un momento a otro.

El hombre se acercó silenciosamente a la mochila y hurgó en su interior, atento por si volvía. Veía la linterna frontal destellando sobre los troncos de los pinos ponderosa y de los robles y sabía que tenía poco tiempo. Encontró un segundo GPS Garmin manual y lo encendió. Había guardado un montón de *waypoints* en los últimos años. A continuación, sacó un registro de localizaciones y notas sobre el búho manchado mexicano. Todo apuntaba a que había estado haciendo un estudio de especies amenazadas para una fundación territorial que también tenía interés en quedarse con las tierras. La joven había conseguido documentar la presencia de búhos en la zona.

Hojeó el cuaderno. Ya le habían respondido del Departamento de Caza y Pesca de Nuevo México. Habían confirmado su hallazgo y el promotor había renunciado a la transacción justo el día anterior. Las tierras iban a ir a parar a manos de la fundación. Lo que estaba haciendo la joven en aquellos momentos era el seguimiento. El hombre se meció sobre los talones al tiempo que echaba un vistazo al resto de las páginas. El terreno iba a estar protegido. Nada de arenas potencialmente peligrosas, nada de echar cimientos para construir apartamentos de lujo.

En sus labios se empezó a dibujar una sonrisa. Los promotores se iban a poner como una furia por tener que buscarse otros terrenos, pero seguro que querrían evitar la mala prensa y la animadversión entre los habitantes de la zona. La mujer lo había conseguido. Gracias a ella, la zona iba a estar protegida, y, por extensión, ya nadie encontraría los cadáveres.

En cuanto a él, montones de noches se había quedado hasta las tantas siguiendo las noticias del proyecto urbanístico a medida que, inevitablemente, iba cogiendo cuerpo. La noticia de la retirada del promotor aún no había llegado a los medios. Había estado preocupado por el traslado de los cuerpos, angustiado por que los desenterrasen si no lo hacía él. Y si encontraban los cadáveres, quizá lograran relacionarlos con él. Esperaba que no, pero cuando los enterró era algunos años más joven, además de nuevo en el oficio. Eso sí, nuevo en lo que se refiere a esconder cadáveres, porque no era la primera vez que mataba.

La linterna frontal brilló al otro lado de la loma. Estaba volviendo. Guardó rápido el cuaderno en la mochila, sin embargo, se quedó con el GPS, quería ver cuánto se había acercado a los lugares donde había dejado los cuerpos. Regresó a los matorrales y se pegó al suelo, rodeado de oscuridad.

La joven asomó por la colina, iba sonriendo y tomando notas en otro cuadernito. Sin mirar siquiera, cogió la mochila y se la echó al hombro, ajena a que él había estado allí, tan cerca.

Se remetió un mechón de pelo castaño por detrás de la oreja, absorta en lo que estaba escribiendo, y desapareció por el otro lado de la colina.

Fue entonces cuando supo que era su alma gemela, una guerrera de la justicia. Se propuso seguirla. Y se propuso conocerla.

211

DIECINUEVE

Alex subió siguiendo el antiguo recorrido del remonte de la estación de esquí. Aunque las telecabinas se habían desmontado hacía mucho tiempo, los cables y las torres continuaban allí, y unos cuantos árboles jóvenes crecían en la explanada. La escasez de árboles y maleza facilitaba el ascenso y Alex avanzó hasta la segunda torre. Una vez allí, se protegió los ojos con la mano y miró hacia arriba. En lo alto de una sección aún más empinada, se veía la siguiente torre. Cuanta más altura, mejor para los carcayús, de manera que siguió subiendo.

Bajo el sol que bañaba la explanada, crecían más lupinos morados tardíos y las altas inflorescencias del apio indio sobresalían caóticamente. Por las zonas húmedas en las que el agua bajaba filtrándose por la ladera, la azulísima genciana de montaña crecía todavía junto a la flor de mono rosa y amarilla.

Se detuvo en una zona alta de la montaña y respiró hondo, exultante. Con la espalda bañada en sudor, llegó a la siguiente torre. Desde allí solo quedaba una sección más para llegar a la torre más alta, que se alzaba sobre un afloramiento rocoso. Esta sección era más escarpada y había rocas que se desmoronaban, así que tuvo que subir a gatas en varios puntos.

Por fin, alcanzó un extenso llano y fue recompensada por unas preciosas vistas de cumbres, brezo y campos de nieve. Se volvió a mirar el camino por el que había subido. Las crestas de la montaña le impedían ver el hotel. Estaba a muchos kilómetros de distancia.

A pesar de la altura, Alex no estaba en lo más alto de la montaña. Además de los tramos de telesillas que vio a derecha e izquierda, por encima había otros que se abrían en varias direcciones. De nuevo, habían quitado las sillas, pero no las torres ni los cables. En esta sección relativamente llana de la montaña había varios edificios. A su izquierda estaba la terminal de las telecabinas, grandes engranajes listos para enrollar el cable, y pegada a ella una vieja pista de patinaje sobre hielo en la que ahora solo había agua estancada, los restos de la lluvia y de las nieves tempranas.

Frente de ella se alzaba una gran estructura de madera del mismo estilo que el hotel en el que se alojaba. Se acercó y, asomándose a las ventanas, comprobó que había sido un restaurante y un albergue. La puerta estaba cerrada a cal y canto con un candado nuevo. Sacó el juego de llaves y fue probando todas las posibles candidatas. Tuvo suerte al cuarto intento.

Al entrar vio mesas y sillas colocadas como si de un momento a otro fuesen a llegar los esquiadores vespertinos. Se habían limpiado todos los rastros de la escena descrita por Ben —botellas de bebidas alcohólicas, latas de cerveza, colillas—, pero las paredes seguían cubiertas de grafitis. Algunos eran nombres de grupos musicales, la mayoría eran nombres propios o iniciales, y unos cuantos eran burdas representaciones de la anatomía humana.

Al otro lado de una puerta batiente había una cocina con encimeras y placas de acero inoxidable…, una réplica en pequeño de la cocina del hotel. Al fondo de esta, vio otra puerta; intentó abrirla, pero estaba cerrada, así que volvió a probar las llaves hasta que encontró la que buscaba. La puerta daba a un cuartito con un escritorio en el que había una radio, un micrófono y unos viejos auriculares. En un estante encima de la radio había una tablilla sujetapapeles con observaciones meteorológicas anotadas con esmero. Debajo del escritorio, junto a dos bidones de gasolina, había un generador Honda relativamente nuevo.

Cerró el cuarto y volvió a cruzar la cocina. Se detuvo un momento en el restaurante y miró por la ventana. Había otro edificio; este, más pequeño y sin ventanas.

Alex se dirigió hacia allí. También la puerta de este anexo tenía un candado nuevo, así que volvió a probar todas las llaves hasta que se abrió. Las paredes estaban llenas de estanterías. Era el cobertizo de las herramientas, pero los bártulos que contenía tenían ya sus años. Miró alrededor y encontró viejas cuerdas de escalada, mosquetones de alpinismo, piolets, también una caja llena de TNT para provocar avalanchas controladas. Se preguntó si estaría estable todavía y decidió no hurgar en la caja para averiguarlo.

Después de cerrarlo todo otra vez, se encaminó hacia una de las pistas de esquí de la parte más alta. La mochila cada vez le pesaba más. Por fin, encontró una arboleda perfecta cerca del límite forestal. Dos troncos caídos y descoloridos por el sol le venían como anillo al dedo para el tablón carril y la viga de carga. Soltó la mochila, se sentó sobre un tronco y se puso a comer, sintiendo hasta el último músculo de su cuerpo. Acompañó el sándwich de verduras y hummus con grandes cantidades de agua de montaña recién filtrada y, continuación, se puso manos a la obra con la siguiente cámara de fototrampeo.

Cuando terminó, se quedó un rato sentada, bebiendo de la botella de agua y disfrutando de las amplias vistas.

A la vuelta bajó de nuevo por la ruta del remonte, después, a medio camino, se desvió. Quería echar un vistazo al edificio en el que el biólogo anterior había establecido su campamento base.

Con el mapa de la estación que le había dado Ben y ayudándose con el GPS y la brújula, se adentró por los árboles, alejándose por completo del camino. Aquel día le había cundido mucho el tiempo, y el sol seguía en lo alto cuando llegó a una impresionante pradera alpina por la que discurría un riachuelo, en el que volvió a llenar la botella. Allí, el lupino morado y la castilleja todavía aguantaban, al lado de milenramas blancas y varas de oro de un amarillo intenso. No muy lejos, unas marmotas canosas tomaban el sol sobre un montón de rocas. Tumbándose en la pradera a mirar al cielo, Alex hizo otro descanso.

En las montañas, las nubes hacían movimientos misteriosos. En vez de cruzar el cielo de lado a lado como en las áreas más llanas, las nubes de alta montaña tenían un comportamiento impredecible. Se arremolinaban, se deslizaban ladera arriba y caían sobre las cumbres como cascadas. Impulsadas por los erráticos vientos, danzaban con miles de piruetas gráciles y ondulantes. Mirando al cielo, pensó que hacía años que no se sentía tan relajada. Ganas le daban de quedarse dormida en aquel lugar tan hermoso.

De repente, sobresaltada por los silbidos alarmados de las marmotas, se incorporó. Vio que seis de ellas bajaban corriendo desde la esquina izquierda del montón de rocas, sin detenerse ni una sola vez. Estaban evacuando la zona, y a toda prisa. Algo las había asustado.

Haciendo visera con la mano, miró a lo alto del roquedal. Y entonces la vio, una figura solitaria y achaparrada que avanzaba resuelta hacia las rocas. Un carcayú. Mientras las marmotas se escondían en las grietas del roquedal, Alex lo observó cruzar a grandes zancadas entre las rocas sin que el escabroso terreno afectase en lo más mínimo a sus extremidades ni a su determinación. Indiferente a las marmotas, tal vez dirigiéndose hacia restos animales conocidos que pudieran servirle más fácilmente de sustento, llegó sin detenerse hasta el borde del montón de piedras, luego, saltando al suelo forestal, siguió en línea recta. Antes de marcharse por entre los árboles miró a Alex. No hizo una pausa ni parecía preocupado, pero de alguna manera le comunicó que era bien consciente de su presencia. Se miraron a los ojos, después el carcayú se dio la vuelta y, sin aflojar la marcha, desapareció entre la arboleda.

Solo entonces se acordó Alex de la cámara.

Al principio se habría dado de bofetadas, aunque al cabo de un rato concluyó que el animal había aparecido y desaparecido tan deprisa que no le habría dado tiempo más que a sacarla.

Eufórica, se levantó y dio un puñetazo triunfal al aire.

Esperó mucho tiempo a que regresara, en vano. Después le siguió el rastro, buscando algún animal muerto al que pudiera haberse dirigido. Pero ni huella.

Como no había podido ver el patrón ventral, era difícil saber si era alguno de los que se habían pasado por su cebadero. Tenía, eso sí, un antifaz parecido al de la hembra de las imágenes que había captado, pero sin una foto no podía saberlo con certeza.

A regañadientes, volvió a la pradera y se puso la mochila. Echó un vistazo al mapa y siguió hacia las otras edificaciones Como aún había mucha luz, se adentró por un tramo de bosque. Estaba ahora más o menos a la misma altitud que el hotel, a pesar de los más de tres kilómetros que los separaban. Mientras avanzaba entre los árboles, apareció ante sus ojos un claro. Se reajustó la mochila, salió del bosque y divisó tres grandes edificios de madera.

A su derecha, un camino enmalezado se perdía en el bosque. La broza le había reclamado el terreno y unos árboles nuevos lo cercaban por ambos lados. Alex se acercó al grupo de edificios, sorprendida porque las fachadas no estuvieran cubiertas de grafitis. Tal vez eran edificios menos conocidos. En los tres había candados relativamente nuevos, de la misma marca, Master, que la fundación territorial había puesto en los restantes.

Abrió el primero y se encontró con un antiguo establo. A lo largo de una pared había seis corrales individuales; en el centro, un precioso trineo viejo que antaño debió de ser de un verde y un rojo intensos, pero que ahora estaba cubierto por una gruesa capa de polvo. Alex entró, maravillada por el diseño del trineo. Era una locura que los dueños hubieran dejado atrás tantas cosas cuando donaron la propiedad.

Cerró y se fue al siguiente edificio, que era un poco más pequeño. Al abrir el cerrojo, la puerta se abrió de par en par. En medio de la habitación había una lona gris encima de un objeto voluminoso. Alex levantó una esquina, vio una extraña máquina y retiró la lona entera. Por unos instantes, se quedó mirando el objeto con asombro.

Jamás había visto nada parecido. Era como si alguien hubiera partido un avioncito por la mitad, hubiera quitado las alas y hubiera montado la hélice en la parte de atrás en lugar de en el morro. Había unos esquís soldados a la panza del vehículo, uno delante y dos detrás, y donde normalmente iría el control de mando había un volante. La máquina, de un rojo intenso, era pequeña, con capacidad para tan solo dos personas. Alex la miraba fascinada. Había leído acerca de este tipo de artefactos, pero jamás había visto uno. Le recordaba a uno que se había utilizado durante un tiempo en el Parque Nacional de Yellowstone, antes de que se inventasen las motos de nieve, más compactas y eficientes. Quizá el cuidador de los caballos había utilizado esta especie de avioneta para coger forraje y otras provisiones para los animales a su cargo, o tal vez la estación de esquí había trasladado en ella a huéspedes importantes.

Debía de ser antigua, de los años treinta o de principios de los cuarenta. Se asomó al motor, preguntándose cuánto tiempo habría pasado desde la última vez que se utilizó. Parecía un motor de automóvil modificado. Gracias a la lona, no tenía nada de polvo. Intrigada, la rodeó contemplándola con admiración, luego volvió a cubrirla.

Después se dirigió al último edificio. Estaba apartado de los otros dos y era de una sola planta con un desván en el que había una ventanita. El tejado se había reparado hacía poco. Abrió la puerta y entró. Era un pequeño barracón. Al lado de otro modelo reciente de generador Honda había una mesa de trabajo, y pegados a la puerta había bidones de gasolina apilados con cuidado. La mesa estaba provista de un flexo y una silla de madera. En una pared había una litera sin ropa de cama, y de uno de los postes colgaba un filtro de agua con alimentación de gravedad, de esos que tienen una bolsa que simplemente se rellena y se cuelga. Mucho más sencillo que los filtros de bomba manual, aunque también mucho más pesado.

Ben le había dicho que este era el lugar de trabajo del biólogo que había estado allí antes que ella. Era un espacio de lo más acogedor, y no escalofriante como el hotel.

Se marchó y echó la llave, luego decidió ver adónde llevaba el camino. Mientras bajaba, encontró un par de tramos muy embarrados en los que las ruedas del vehículo del biólogo habían girado sobre sí mismas, formando rodadas muy profundas.

Al final de varias curvas, el camino trazaba una recta que desembocaba en la carretera estatal. Si continuaba por esa dirección, doblaría a la derecha y saldría a la principal, desde donde volvería a meterse a la derecha para entrar en el camino de acceso al hotel, que estaba a unos dos kilómetros.

Como prefería caminar por el bosque antes que por asfalto, volvió a desviarse y, con ayuda del mapa, puso rumbo al hotel. Estaba deseando darse una ducha caliente y cenar.

Al llegar, el teléfono estaba sonando. Abrió la puerta a todo correr y fue a cogerlo.

—¿Diga?

—¿Qué, sigues viva? —preguntó Zoe.

—¡Eh, Zoe! —dijo Alex, quitándose la mochila con un movimiento rápido y sentándose en el taburete—. ¿Qué te cuentas?

—Por fin he visto tu entrevista de la ceremonia de los humedales, colega.

—¿Ya la han emitido allí?

Habían pasado varias semanas desde el tiroteo.

—No…, la colgaron en la red. Se ha hecho viral. Ya sabes: si salen imágenes de una persona acribillada… ¡Y tú ahí en medio, tan entendida y tan de todo!

—¿Llegaron a emitir imágenes de Michelle mientras le disparaban?

Zoe calló por unos instantes.

—Casi. Sacaron los momentos anteriores, al pistolero hablando con ella y, luego, el ruido del disparo. Después, al cámara se le cayó el equipo.

—¿Han pillado al segundo pistolero? —preguntó Alex, temerosa de la respuesta.

—Ni siquiera sospechan quién pudo ser. Averiguaron desde dónde disparó: cerca de un grupito de árboles. Pero nada más. Se esfumó antes de que llegasen.

Alex suspiró. El hombre les había salvado la vida a ella y a saber a cuántas personas más.

—¿Cómo está la periodista?

—Le han dado el alta hospitalaria.

—¡Menudo alivio!

—Y no solo eso, sino que ahora millones de personas han visto tu entrevista. No toda entera, pero sí ciertos extractos de audio inmediatamente anteriores al tiroteo. Así que al menos hay un montón de gente oyendo que deberían apagar las luces por la noche para salvar a las aves.

—Bueno, algo es algo —dijo Alex, tenía ganas de vomitar.

Zoe la entretuvo con anécdotas de sus últimas pesadillas en el plató y se rieron juntas. Cuando colgaron, Alex estaba más animada.

Preparó la cena y se sentó a comer cerca de una ventana. Venus resplandecía sobre el horizonte del cielo occidental.

Presa de la nostalgia, decidió bajar en coche al final del camino de la estación de esquí para ver si había correo. A lo mejor había llegado uno de esos paquetes que le enviaba su padre cuando estaba haciendo trabajo de campo. Siempre los esperaba con ilusión: mandaba galletas, recortes de la sección de ciencia del *New York Times,* novelas que había leído y quería que comentasen, caricaturas hechas por él…

Ahora hacía más frío y empezaban a verse nubarrones de tormenta al oeste. Encendió la calefacción de la camioneta. Al llegar al buzón, se encontró con un montón de correspondencia. Todas las cartas eran de organizaciones sin ánimo de lucro salvo una: otra postal. Esta era del Parque Nacional de Saguaro, en Arizona, una foto de un paisaje montañoso salpicado de los emblemáticos contornos de los cactus saguaro.

Por detrás, decía: «Entiendo por qué te gusta este lugar». La letra era la misma que la de la postal anterior, también venía sin firmar. Esta vez, el matasellos era de Tucson y estaba fechado hacía casi tres semanas. Estaba doblada y un poco deteriorada por el agua, evidentemente había tardado mucho más en llegarle que la tarjeta de Berkeley. Con el ceño fruncido, le dio la vuelta. Quizá fuera de alguien con quien había trabajado allí. Había pasado cuatro semanas en el desierto siguiendo la pista de unos berrendos de Sonora. Seguro que algunos miembros de la organización medioambiental para la que había trabajado tenían su dirección de Boston. De nuevo, una pegatina amarilla de reenvío cubría la dirección original. La despegó y vio su dirección de Boston. Volvió a leer el mensaje. Era inofensivo, eso sin duda, pero había algo en aquellas dos tarjetas sin firmar que la intranquilizaba. En general, cuando no firmabas una carta, era porque el receptor te conocía. Pero tenía la sensación de que esto lo había enviado un desconocido.

De vuelta en el hotel, la dejó con la otra tarjeta, presa de una inquietud cada vez mayor.

VEINTE

Alex hizo una pausa al pie de un inmenso talud que recorría la ladera de la montaña. El montón de rocas daba a una gran pradera bordeada por el bosque. Eligió una roca plana y se sentó. Había estado revisando las cámaras trampa, alegrándose al encontrar más pelos marrón oscuro que podían ser de carcayú. Se quitó la mochila y la dejó a un lado. En los últimos días había refrescado y unas densas nubes grises asomaban por el horizonte. El viento soplaba por la pradera, trayendo el dulce aroma del pino y un ligero anuncio de nieves venideras. Por la mañana había llamado a Kathleen para preguntarle si había pronóstico de nieve. En efecto, lo había, y Alex tenía pensado estar de vuelta en el hotel al anochecer y acurrucarse con un libro enfrente de la chimenea.

No veía el momento de ponerse un par de raquetas de nieve después de la tormenta y ver qué tipos de huellas encontraba. Era otro método más para saber si los carcayús estaban utilizando la reserva.

Cerró los ojos unos instantes, agradecida por estar en un lugar tan increíble. El iiiiip de una ochotona le hizo mirar de nuevo hacia el montón de rocas. La sorprendió observándola desde una roca cercana, el pelaje beis hinchado por el viento. Las ochotonas, esos pequeños parientes del conejo, siempre habían fascinado a Alex. El animal volvió a silbar y se abalanzó sobre otra piedra. Alex vio cómo saltaba de roca en roca, deteniéndose al borde del roquedal para coger un bocado gigante de hierbas y retomar los saltos con la boca cómicamente atiborrada. Debajo de un afloramiento rocoso, la ochotona lo añadió a un creciente montoncito de hierba. Cuando el sol secase la vegetación, lo almacenaría bajo la roca y le serviría de sustento durante todo el invierno. Bajó corriendo como una flecha entre dos peñascos y Alex la perdió de vista.

Sacó una manzana de la mochila y se quedó un momento dándole vueltas en la mano. Después se la llevó a la nariz e inspiró, disfrutando del sencillo placer de estar al aire libre, de comer algo como una manzana, creada en toda su perfección por la naturaleza.

A punto estaba de hincarle el diente cuando de nuevo la asaltó la sensación de que alguien la observaba. Un miedo primigenio a algo que estaba allí y no le quitaba la vista de encima hizo que se le tensara la espalda. Bajó la manzana, escudriñando los árboles que rodeaban la pradera.

No vio nada, así que dio la vuelta y, haciendo visera con la mano, intentó distinguir algún movimiento.

Seguía sin ver nada entre los árboles, pero la sensación se hizo más intensa. Un terror frío le subió por la espalda. Al volverse a cerrar la cremallera de la mochila, oyó un frufrú a su izquierda, entre los arbustos. Giró bruscamente la cabeza y vio una densa mata de arándanos silvestres meciéndose. Los matorrales cercanos no se movían, de modo que no era cosa del viento. Se quedó inmóvil, mirando de hito en hito. Los arbustos se abrieron y apareció una masa de pelaje negro.

Su cerebro se esforzó por interpretar lo que estaba viendo. Al principio pensó que sería la larga espalda negra de un oso, pero la figura se irguió, la espalda se puso en posición vertical y un rostro claramente humanoide la miró. La inmensa criatura de pelo negro apoyó una mano en un tronco.

«*Sasquatch*».

Alex se quedó paralizada, incrédula, incapaz de apartar la mirada. La criatura dio un paso al frente y entró vacilante en la pradera. Abandonó la protección de los árboles y, extendiendo los brazos, se detuvo en cuclillas, las poderosas manos sobre el suelo.

Después, empezó a acercarse y Alex vio que no era un *sasquatch*. Era una gorila.

Con el corazón desbocado, la veía avanzar apoyándose en los nudillos, desplazando el trasero con movimientos indecisos.

El animal avanzaba despacio, escudriñándola, y de repente se paró a unos tres metros de distancia. Alex no se movió. Clavada en el sitio, no salía de su asombro. La gorila se sentó sobre sus ancas y se llevó una mano a los labios. Se señaló la boca, a continuación la señaló a ella. Mejor dicho, al suelo. A algo que había al lado de Alex. La manzana.

Repitió el gesto. Alex levantó la manzana con expresión inquisitiva y la gorila dio otro paso, se detuvo a metro y medio de distancia y se sentó.

Alex estudió su cara. Era una cara bondadosa, con los ojos llorosos. A pesar de que nunca había estado tan cerca de un gorila, reconoció que estaba flaquísimo. No era como los gorilas sanos y robustos que había visto en centenares de documentales. Estaba desnutrida, un poco temblorosa.

Alex le ofreció la manzana. La gorila alargó el brazo, después, sus pieles rozándose fugazmente, la cogió con delicadeza de su mano.

Alex se quedó mirando mientras la gorila se comía la manzana con cautela. Una vez que hubo terminado, se acercó un poco más. Alex no se sintió amenazada, y se le empezó a pasar el miedo. La gorila volvió a levantar los brazos e hizo una serie de movimientos con las manos y los dedos. Al ver que Alex no reaccionaba, repitió los movimientos, dibujando figuras con las manos y gesticulando.

Alex cayó en la cuenta de que estaba hablando por señas.

Conocía solamente los signos más básicos. Cuando vivía en la residencia del campus universitario, una chica de su misma planta se comunicaba mediante la lengua de signos americana, y Alex había aprendido un poco de ella.

Titubeando, hizo uno de los pocos signos que recordaba, el correspondiente a «hola».

La gorila respondió, y después continuó con algo más complicado. Alex no lo entendió y, encogiéndose de hombros, tendió las manos con expresión suplicante.

La gorila se sentó. Parecía frustrada.

—Lo siento —dijo Alex y vio que aguzaba el oído.

Recordó entonces que los investigadores de los gorilas (como Penny Patterson, que trabajó con Koko) hablaban y los gorilas respondían en lengua de signos. No era que no entendiesen las palabras que oían, sino que sus cuerdas vocales no les permitían pronunciarlas. Todavía bajo el impacto de estar ante tan extraordinaria criatura, preguntó:

—¿De dónde has salido?

La gorila respondió con una serie de signos que Alex no reconoció. No podía apartar la vista de ella. ¿Qué demonios hacía allí una gorila, es más, una gorila que conocía la lengua de signos? ¿Habría estado recluida en alguna universidad? A la luz de su estado de desnutrición, era evidente que quienquiera que hubiese estado a cargo de ella ya no lo estaba.

En sus tiempos de universitaria, unos estudiantes habían liberado animales de laboratorio durante un asalto a un centro de investigación médica. Algunos animales se habían escapado durante el tumulto que se formó mientras intentaban reunirlos para alojarlos en nuevos hogares. Un conejo y un chimpancé habían huido y no se había vuelto a saber nada de ellos.

Pero ¿una gorila? Era posible que unas personas bien intencionadas la hubiesen liberado de un centro de investigación y que se les hubiese escapado, o que, incapaces de encontrarle un hogar, hubieran pensado que estaría mejor ahí, en un entorno natural.

Hurgó en su mochila y sacó una pera que había reservado para más tarde. Se la ofreció a la gorila, que, de nuevo, la cogió cautelosa. Olisqueó la fruta y después se la comió con ojos tristes. ¿Cuánto tiempo llevaría por ahí sola, luchando por sobrevivir? Aquel no era precisamente un terreno favorable para un gorila. Y entonces cayó en la cuenta: el *sasquatch* que había visto Jolene… ¿Cuánto tiempo hacía de aquello? Esta pobre criatura perfectamente podía ser lo que Jolene había visto moviéndose entre los árboles.

Si conseguía ganarse su confianza, tal vez podría llevársela con ella al hotel y avisar a la fundación territorial. Sabía que tenían relación con otra organización que acondicionaba reservas naturales para animales rescatados del circo o del contrabando.

La gorila terminó la pera y volvió a hablarle con signos. Tampoco esta vez supo Alex qué le estaba diciendo.

—Lo siento muchísimo. No te entiendo.

La gorila se echó hacia atrás y clavó la mirada en el suelo, y Alex pudo sentir su inmensa soledad. La alta montaña de Montana no era el lugar indicado para un animal como aquel. ¿Qué habría estado comiendo para sobrevivir? Seguramente, corteza de árbol y hojas.

—¿Quieres volver conmigo? Puedo encontrarte un lugar seguro.

La gorila la miró e hizo una serie de gestos.

—¿Eso es un sí?

Se limitó a mirarla, así que Alex le tendió la mano. Vacilante, el animal alargó un brazo y le agarró los dedos. Su mano era cálida y rugosa, y Alex se estremeció con la sensación, completamente desconocida para ella, de estar comunicándose con aquella criatura desplazada.

Moviéndose despacio, se levantó del peñasco, y, agarrando la mano del simio, fue a coger la mochila, que estaba entre las rocas. A punto estaba de cerrar los dedos sobre la correa cuando el ensordecedor chasquido de una pistola le hizo dar un respingo, y entonces soltó su mano. A su lado, un pedazo de roca estalló y, retirando bruscamente la mano de la mochila, tropezó y cayó de espaldas. Sonó otro disparo y la gorila salió corriendo hacia los árboles a la vez que Alex se estremecía del susto. Una mata de hierba salió volando por los aires, rociándola de tierra.

Agachada junto a una de las rocas más grandes, no veía de dónde había venido el disparo. De algún sitio entre los árboles, pensó, pero ni siquiera podía precisar la dirección. Tenía que cambiar de lugar en menos de un segundo, pero no sabía hacia dónde ir. Y si se quedaba allí, estaba muerta.

Convencida de que oiría otro pum atronador, echó a correr y, al igual que había hecho la gorila, se dirigió hacia los árboles.

VEINTIUNO

Preparándose para que le descerrajasen un tiro, Alex llegó hasta la arboleda. Tenía que detenerse y localizar de dónde venían los disparos, porque y ¿si estaba corriendo directamente hacia el pistolero sin saberlo? El miedo hacía que el corazón le latiera con tanta fuerza que le dolía el pecho.

En la otra punta de la pradera, oyó a alguien cruzando estrepitosamente por los arbustos. Soltó un inmenso suspiro de alivio. Había elegido la dirección correcta. El pistolero estaba detrás de ella, intentando apuntar mejor.

Alex siguió corriendo intentando no hacer ruido, pero entre las pinochas secas y las ramas era imposible. O conseguía dejarle muy atrás o tenía que encontrar un escondite. Optó por lo primero. Sin la mochila, sus zancadas eran ágiles y veloces. El pistolero cargaba, como poco, con un rifle, así que a lo mejor conseguía perderlo de vista. Saltando sobre leños y broza, Alex corrió con todas sus fuerzas. Entre los árboles que tenía delante no se veía ni rastro de la gorila. Rodeó un gran peñasco, y después se abrió paso por una densa arboleda de pinos contortos.

Cuando estuviese a suficiente distancia, podría torcer montaña abajo en dirección al hotel; no se atrevía a hacerlo aún porque la obligaría a cruzar el camino por el que iba el pistolero. Notando todos los músculos de las piernas, volando por encima de troncos caídos y de viejos tocones astillados, Alex atravesó el suelo forestal. No había pasado nunca por aquel tramo del bosque, pero sabía que, si seguía corriendo en línea recta, se encontraría con una pista de avalanchas por la que había subido la semana de su llegada. Y justo al otro lado había un roquedal con peñas lo suficientemente grandes para que pudiera esconderse entre alguna de las grietas a descansar y recobrar el aliento.

De repente oyó una voz y se paró en seco. Estaba a cierta distancia, a su izquierda. Se arrimó a un árbol y se quedó mirando. La voz volvió a hablar, esta vez la localizó y lo vio: a unos cien metros de distancia, entre los árboles, con un rifle apoyado en el hombro, había un hombre. No la había visto. El hombre se acercó un radiotransmisor a los labios y habló de nuevo:

—¿Por dónde?

Alex aguzó el oído, intentando acallar los jadeos. El hombre tenía una poblada barba pelirroja y vestía ropa de caza: chaqueta y pantalón de camuflaje.

—No la he visto. Puede que sea esa empleada nueva de la fundación territorial, la que se aloja en el Snowline.

Se oyó un pitido y a continuación otra voz:

—Corta la ruta. Impide que llegue al hotel.

El cazador hizo clic en el botón de «hablar»:

—Perfecto.

La invadió el pánico. Se sentía atrapada; había por lo menos dos hombres y ella no tenía ni mochila, ni agua, ni móvil ni modo alguno de pedir socorro. Aunque volviera sobre sus pasos y cogiera el móvil de la mochila, no había cobertura. El teléfono fijo del hotel era la mejor opción para buscar ayuda.

Pero si le estaban cortando el acceso, entonces quizá lo que le convenía era recuperar el móvil y subir a una de las montañas más altas, donde a lo mejor había señal. Eso sí, primero tenía que llegar hasta donde lo había dejado.

Una vez decidida, empezó a volver cuidadosamente hacia el montón de piedras en el que había dejado la mochila. Entre las densas nubes apenas se distinguía el sol, además estaba a punto de ocultarse tras las montañas. La luz del ocaso iba volviéndose cada vez más tenue. De vez en cuando, oía voces de hombres hablando por radio en las proximidades y el avance era lento. ¿Cuántos habría? Sin duda, se estaban desplegando, tratando de cortarle el paso antes de que llegase al hotel.

Parando cada dos por tres a escuchar, agradecida por la creciente oscuridad, siguió avanzando sigilosamente. Entre unas nubes más ralas había un puntito resplandeciente; la luna llena había salido y las iluminaba desde arriba, derramando una luz plateada sobre todas las cosas y creando bolsas de sombra por las que Alex podía desplazarse. Hacía un alto cada pocos minutos y escuchaba con atención, sin embargo, no oía a nadie.

Por fin llegó al montón de rocas que se alzaba en un lado de la pradera. Alex se detuvo entre los árboles, intentaba discernir la forma de su mochila en medio de la oscuridad. Allí estaba, justo donde la había dejado. El agua, el móvil, la comida…, tenía todo allí, a dos pasos.

A punto estaba de salir a por ella cuando se quedó clavada en el sitio. Un escalofrío le recorrió la espalda; había oído algo en el otro extremo de la pradera. Apoyando una mano en el tronco de un árbol, el pie a medio subir, esperó.

El ruidito se repitió. Alguien sorbiéndose la nariz. Localizó su procedencia en un oscuro arbolado que estaba justo enfrente. Mientras miraba, la luz filtrada de la luna centelleó sobre algo que se movía, algo metálico. Entornó los ojos, intentando divisarlo. El objeto metálico volvió a moverse y de nuevo oyó el ruidito. La luz de la luna resplandeció tenuemente sobre un objeto negro largo y estrecho. Un rifle.

Contuvo la respiración. Había un hombre acechándola en la oscuridad, listo para apretar el gatillo si volvía a por la mochila. El hombre volvió a sorberse la nariz y, resituándose entre los árboles, se la limpió con la mano. La luz de la luna destacó de nuevo el cañón del rifle. No la había visto.

En silencio, conteniendo el aliento, Alex empezó a dar pasos desesperantemente lentos hacia atrás, procurando no salirse de las zonas de sombra. Por fin, se dio la vuelta y se abrió camino de puntillas, dando un respingo cada vez que oía los sordos chasquidos de las pinochas bajo sus pies. Aunque apenas se oían, y mucho menos a la distancia a la que se hallaba el hombre, no podía evitar que el corazón le latiera dolorosamente.

Una vez que se hubo alejado lo suficiente, se sentó al pie de un árbol a descansar. Necesitaba un plan. En el bolsillo llevaba todas las llaves de la estación de esquí, pero no podía volver al hotel. Además de intentar interceptarle el paso, seguro que habían apostado allí a un francotirador.

¿Quiénes eran y por qué querían matarla?

Representó mentalmente el mapa de la reserva, preguntándose si habría vecinos por las inmediaciones. Jolene y Jerry estaban a mucha distancia, en el extremo este, cerca de la finca de Cooper. Al oeste había otro rancho. Recordó haberlo visto a lo lejos el primer día, mientras iba en el coche con Jolene. El rancho estaba mucho más cerca que la casa de Jolene, y trató de recordar la topografía de la zona que se extendía entre su localización presente y el rancho; si la memoria no le fallaba, tenía que remontar otra cumbre más para verlo. El camino era empinado y seguramente solo podría seguir por sendas de caza. En lo alto estaba el edificio de las telecabinas, pero Alex estaba tan lejos de cualquiera de los remontes y del camino de las telecabinas que subir en la oscuridad, con tantos tramos escarpados y expuestos, sería peligroso. Además, no tenía ninguna garantía de que la radio que había allí siguiera operativa.

Decidida a probar con el rancho, Alex avanzó a través de la oscuridad, cada vez más sedienta. El aire de la montaña, por lo general tan agradablemente seco en comparación con la humedad de la costa este, le estaba dejando la garganta seca. Pensaba con ansia en su botella de agua.

Aspiró el fresco aire nocturno, sensiblemente más frío desde la puesta de sol. El cielo estaba ahora cubierto de nubarrones, y, con el cachito brillante de luna como única guía para orientarse, tuvo que estar muy atenta para no desviarse del camino. La brisa le trajo el familiar olor de la nieve; mejor que se olvidara de recibirla acurrucada en el hotel. A pesar del buen tiempo de las últimas semanas, el invierno cada vez estaba más cerca. Alex sabía que la famosa Carretera del Sol del Parque Nacional de los Glaciares cerraría en las semanas siguientes y tal vez no volvería a abrir hasta mediados de junio.

Si estuviese a salvo en el hotel, habría disfrutado mucho de la llegada de una tormenta. Pero ahora, con el fino forro polar y el pantalón de senderismo de nailon, no era un buen momento. Ni siquiera tenía un gorro, guantes o ropa impermeable. Estaba todo en la mochila. Inició el descenso de la cresta, ayudada por el difuso brillo de la luna. Al entrar en un tramo arbolado, hizo una pausa entre las sombras. La casa era grande, más una hostería que una vivienda, y estaba situada en un extremo de una gran pradera, enclavada entre un grupito de árboles. A su alrededor había una serie de edificios, todos de reciente construcción. Dos eran naves de hormigón grandes y sencillas, y otro parecía un antiguo cobertizo de mantenimiento. Enfrente de una de las naves había dos *quads* aparcados junto a dos grandes bidones de gasolina. Vio cables conectados a los edificios y se dijo que ojalá uno de los cables fuera de teléfono. A medida que se acercaba, empezó a oler humo de leña. Al menos, había alguien en casa.

Sin salirse de la arboleda, bordeó las naves, atenta por si observaba a alguien al acecho. Al llegar a la nave más cercana, una de las dos de hormigón, vio el origen del humo. En torno a una hoguera había tres hombres bebiendo cerveza y charlando. Uno hurgó en las llamas con un palo.

Procurando mantener la nave entre ella y los hombres, se acercó. Con muros de hormigón sin ventanas y puerta de acero, tenía un aspecto de lo más funcional. Antes de anunciar su presencia, tenía que asegurarse de que los hombres no tenían ninguna relación con sus perseguidores.

Llegó hasta los dos *quads*. Si estaban puestas las llaves de contacto, podía coger uno y marcharse a un lugar seguro…, pero se llevó un gran chasco al ver que no estaban. Con todo lo que sabía de motores, a lo mejor conseguía hacerle un puente a un *quad*, pero desde allí no iba a poder vigilar a los hombres.

De repente oyó una voz junto a la hoguera. Uno de los hombres se levantó y empezó a acercarse, hablando por una radio que rechinaba. Alex se deslizó hacia el otro lado de la nave y se quedó agachada en medio de la oscuridad. El bosque que se extendía a sus espaldas la reconfortó. Desde allí veía a los hombres. Ahora solo había dos sentados junto al fuego.

—Menuda semanita —dijo uno.

La voz le era familiar. Le observó más detenidamente, intentando distinguir sus rasgos. Llevaba ropa de camuflaje, gorra de béisbol incluida, y botas. Se dio la vuelta, perfilándose contra la luz parpadeante, y Alex se sobresaltó al reconocer a Gary, el de la ferretería. Durante un instante, sintió un inmenso alivio al ver un rostro conocido, pero acto seguido recordó su extraño comportamiento en el hotel y se quedó quieta.

El otro hombre llevaba la cabeza descubierta y contemplaba las llamas. Iba vestido de negro de arriba abajo: parka negra con capucha, pantalón negro y botas negras. Tenía la cabeza rapada, y estaba tan pálido que casi resplandecía en la oscuridad.

—A mí me lo vas a contar. Pensaba que iba a estar aquí los tres días de rigor preparándolo todo y ya llevo una semana.

Más cerca, Alex oyó al hombre que había respondido a la llamada del radiotransmisor.

—¿La encuentras?

La radio hizo un chisporroteo y respondió otro hombre:

—Sí. Al menos tenemos una pista. Pero ha habido una complicación.

—¿De qué se trata ahora?

—Había una mujer. Creemos que es la bióloga del Snowline.

—¿Y?

—Vio a la gorila.

—¡Me estás vacilando, joder! —gritó, paseándose de un lado a otro; Alex oía los pisotones de sus botas—. ¿Dónde está?

—No lo sabemos. Dwight disparó contra las dos, pero falló el tiro. Se ha quedado ahí apostado, cerca de su mochila. La mujer no tiene ni móvil ni radio. Ni siquiera un buen abrigo, y aquí ya ha empezado a nevar.

Alex sintió que la adrenalina le corría por las venas y el corazón empezó a latirle a mil por hora.

—Ya sabes que vienen mañana —dijo, furioso, el hombre que estaba cerca de ella—. Te tienes que encargar de esto. ¿Dónde se la vio por última vez?

—En el cuadrante cuatro de la reserva.

Alex frunció el ceño. «¿Cómo que cuadrante cuatro? ¿Estos tipos tienen su propio sistema de parcelar la reserva? ¿Quiénes son?».

—Gary y yo sacaremos los *quads* —dijo el hombre—. Avisa por radio en cuanto sepas algo.

—De acuerdo —respondió con interferencias la otra voz.

El hombre apagó la radio y volvió a la hoguera echando pestes. Al verle venir, el hombre de negro se incorporó.

—¿Qué pasa, Tony?

—La bióloga de la estación de esquí vio a la maldita gorila. ¿Me lo quieres explicar, Cliff? —le preguntó al hombre de negro—. ¿Qué hace aquí? Pensaba que lo habías apañado todo para que tuviera que quedarse en el pueblo.

—No lo sé. Le averié el coche. La idea era que se le cascase de camino a la estación de esquí y que la grúa la llevase de vuelta al pueblo, donde tendría que esperar hasta el lunes para que se lo reparasen.

Gary intervino.

—Desde luego, volvió a la estación ese mismo día; yo la vi. Puede que al final el coche no se averiase.

—¿Y no se te ocurrió decirme que había vuelto? —le gritó Tony.

Gary parecía confuso.

—No sabía que Cliff le hubiese hecho nada a su camioneta.

Tony, exasperado, se dio un manotazo en la frente.

—Dios santo, Cliff. ¿Para qué os pago, hostia? Para empezar, no conseguiste asustarla cuando la sacaste de la carretera. Después, seguimos tu brillante plan de meter el puma en el hotel y va y lo atrapa. ¿Y ahora esto?

De modo que el puma no había entrado solo. Alex tragó saliva.

—¿La han pillado? —preguntó Gary.

—No. Sigue por ahí. ¡Joder! Vamos a tener que acorralarla. Está por ahí, sola. Sin móvil, sin radio.

—Y después, ¿qué? —dijo Cliff, el hombre de negro.

—¿Tú qué crees? —le espetó Tony, que parecía el cabecilla.

Gary negó con la cabeza.

—No sé qué decirte. Esto no es a lo que yo me apunté.

—Tú cierra el pico y estate atento. Cliff, tú te quedas aquí. Si la ves, ya sabes lo que tienes que hacer. Y recuerda, es escurridiza. La otra noche la perdimos después de que liberase al carcayú. Así que no bajes la guardia, maldita sea. Gary y yo vamos a echar un vistazo al viejo cortafuegos. —Lanzó una mirada feroz a Gary—. Y tú ya puedes ir rezando para que la encontremos.

Gary se levantó y siguió a Tony. Alex permaneció agachada, con la mano sobre el áspero hormigón del edificio, mientras los dos hombres salían por la puerta de acero. Deseaba con todas sus fuerzas que no cerrasen con llave al salir; le tranquilizó pensar que al menos no había oído ningún tintineo metálico.

Oyó un portazo, y después arrancaron los *quads*. «El cortafuegos. ¿Dónde está el antiguo cortafuegos?». Intentó imaginarse el mapa, pero no recordaba haber visto nada que se asemejase a un camino, ni siquiera una vieja ruta de todoterrenos, a excepción de la carretera que llevaba a la estación de esquí y una secundaria que salía desde la zona del establo y el barracón en el que se había alojado el anterior biólogo.

Su plan de robar uno de los *quads* se había ido al traste. Vio los faros recortando una franja de luz en la oscuridad. El olor a gases de escape se mezclaba con el fresco aroma de la inminente nevada.

El último hombre, Cliff, se quedó junto al fuego y sacó una porra de una funda que llevaba en la bota. Miró a su alrededor empuñándola con fuerza, y la dejó sobre su regazo mientras se calentaba las manos al fuego. Por lo menos, ahora solo había un hombre.

Los *quads* trazaron un amplio círculo en torno al grupo de edificios y después se metieron en el bosque, no muy lejos del lugar por el que había salido Alex. Mientras esperaba a que se desvaneciese el ruido de los motores, empezaron a caer los primeros copos de nieve, copos grandes que se le acumulaban en los hombros y en la cabeza. Cliff permaneció junto a la hoguera; ya no estaba encorvado, sino en posición de alerta.

Sin hacer ruido, Alex se fue a la puerta de acero que estaba en la otra punta de la nave. Giró el picaporte y, comprobando con alivio que no estaba cerrada con llave, pasó a un pequeño cuarto con paredes grises de hormigón. Pegada a la pared más cercana había una estantería de acero, y en el techo se oía el zumbido de unas intensas luces fluorescentes. Había varias prendas colgadas de un perchero, en su mayoría chaquetas de camuflaje y unos cuantos chalecos de color naranja, y debajo, en fila, chanclos de goma y botas impermeables. La estantería estaba llena de herramientas de todo tipo: un taladro eléctrico, un cortacadenas, cuerda, bidones de gasolina. No vio ningún teléfono.

En uno de los estantes había un ordenador portátil. Lo cogió, rezando para que tuviera un punto de acceso móvil. Al encenderlo, apareció una pantalla de acceso en la que leyó «Dalton Cuthbert». Probó varias contraseñas, pero de repente se agotó la batería y el portátil se apagó. Buscó un cable pero no vio ninguno.

Dalton Cuthbert. El nombre le sonaba… En efecto, era el biólogo que había estado destinado allí antes que ella. Solo había oído su nombre de pasada, en boca de Ben. ¿Le habían robado el portátil? ¿Sus investigaciones? Ben había dicho que se había quejado de que le acosaban.

Pasó sigilosamente por otra puerta, que llevaba al interior del edificio. El corazón le latía a mil por hora. No tenía manera de saber si Cliff seguía junto al fuego. Puede que se hubiera levantado, que estuviera caminando hacia la nave en ese preciso instante. O puede que dentro hubiese otro hombre.

Agarró el picaporte de la siguiente puerta y la abrió con un chirrido, cruzando los dedos para que no hubiera más hombres al otro lado. Esta habitación era cavernosa y ocupaba el resto del edificio.

Alex se detuvo, horrorizada por lo que vio.

VEINTIDÓS

Alex no daba crédito a la escena que se desplegaba ante sus ojos. Había grandes jaulas alineadas contra las paredes, y su olfato fue agredido al instante por un batiburrillo de olores. Las heces y la orina de los animales, la paja y la carne rancia se disputaban el protagonismo. Dio un vacilante paso al frente, intentando asimilar lo que veía. Ante ella había unos fríos barrotes de metal tras los cuales un rinoceronte arrastraba nerviosamente los pies. Le miró a los ojos…, unos ojos castaños, llorosos, tristes. Se acercó a él, y después vio lo que había en la otra jaula: un tigre con la pata encadenada a los barrotes del fondo. En el suelo, intacta, había una loncha rancia de carne de cerdo cubierta de gusanos, y a su lado un bol metálico para el agua, vacío.

Sintiendo que le faltaba el aire, pasó a la siguiente jaula.

Al otro extremo, un elefante soltó un estruendoso barrito. Veía su trompa meciéndose ansiosamente a través de los barrotes. Aturdida, recorrió la fila de jaulas, el hedor a orina la asediaba. En la siguiente había un panda acurrucado con la cara vuelta hacia el rincón. El pelaje negro y blanco estaba cubierto de barro, y una herida abierta y sangrante rodeaba un grillete que lo mantenía sujeto a la otra punta de la jaula. También su bol de agua estaba vacío, y no se veían rastros de bambú para comer por ningún sitio.

En el suelo había una manguera que desembocaba en un desagüe abierto en el centro de la habitación. Cabía suponer que se usaba para lavar las jaulas y rellenar los boles, pero tanto la boca de la manguera como el desagüe y el suelo estaban completamente secos.

Alex sintió que se le formaba un doloroso nudo en la garganta y, pasando de una jaula a otra, se encontró con un caribú de los bosques desnutrido, un oso pardo con heridas recientes en el lomo, una leona que se paseaba de un lado a otro y un magnífico muflón de Dall con una hermosa cornamenta. Un lobo negro jadeaba en la antepenúltima jaula, y al acercarse Alex se quedó inmóvil, mirándola recelosa con sus ojos amarillos; también él estaba encadenado a la pared del fondo. En la siguiente, había un carcayú que intentaba trepar ansiosamente por todas partes. Alex se agachó y echó un vistazo al patrón ventral cuando apoyó las patas en la jaula contigua. Reconoció al animal: era la primera carcayú hembra que habían captado las cámaras. Debían de haberla atrapado hacía poco. La carcayú la miró con ojos recelosos, después, amenazada y asustada, le enseñó los dientes. Alex cerró los ojos, armándose de valor para enfrentarse al resto de la estancia.

Cuando llegó al final de la fila, el elefante estiró la trompa. Alex levantó la mano y acarició la rugosa piel del animal. La jaula era demasiado pequeña para él, y, al igual que el resto de los animales, tenía una pata encadenada. El elefante le devolvió la mirada sin pestañear, y a Alex se le llenaron los ojos de lágrimas.

El puma que habían soltado en el hotel era, evidentemente, una de aquellas criaturas sufrientes.

Ninguno de los animales tenía agua ni comida, salvo el cerdo rancio que le habían echado al tigre. Detrás de Alex había un par de jaulas vacías con las puertas abiertas, pero en una había orina seca y un montoncito de heces que parecían de oso. Anonadada, se quedó clavada en el sitio mientras el elefante le rodeaba el brazo con la trompa. Alex le dio unas palmaditas tranquilizadoras, y entonces vio una cámara frigorífica a su izquierda.

Tiró del gélido picaporte y entró. Al cerrar la puerta, una intensa luz parpadeante alumbró una escena de terror.

De un gancho de carne que salía del techo colgaba un oso pardo; tenía la lengua fuera, y le habían quitado la piel, las garras y las tripas. A su lado colgaba una pesadilla: los restos sanguinolentos y desollados de un hombre. Le faltaban ambas piernas, y los brazos le caían rígidos por delante del torso. Le habían cortado trozos del estómago y del pecho, y largas tajadas de carne de los huesos. Los músculos de la parte superior de un brazo también habían sido amputados. La escarcha se acumulaba sobre el corto cabello negro del hombre, que tenía la mandíbula aflojada y los ojos cerrados. En el pecho tenía un terrible agujero que le llegaba al corazón y seguramente le había matado al instante. Con el suave balanceo del cuerpo, su mano derecha emitía un destello metálico. Alex se inclinó y vio que llevaba una joya azul engarzada en un grueso anillo. Lo examinó más de cerca. Era un anillo de graduación con la inscripción: «Biología. Universidad de Boston».

El biólogo a quien había sustituido había estudiado allí. ¿Qué había dicho Ben? ¿Que le había llegado un correo electrónico suyo diciendo que una emergencia familiar le obligaba a marcharse? Ben no había hablado con él, no había oído su voz. Su portátil estaba en la mesa de trabajo. Perfectamente podrían haber enviado mensajes a la fundación territorial y a cualquier familiar, fingiendo que los escribía él.

De pronto, Alex se quedó paralizada. El frío de la cámara no era nada en comparación con el pavor que le atenazaba la boca del estómago. Dalton no se había marchado de allí. No había vuelto con una familia que le esperaba a causa de una emergencia. Con él habían conseguido lo que hasta ahora no habían conseguido con ella: quitárselo de encima, un problema menos. Y ahora su cadáver estaba ahí colgando, a la espera de que se deshicieran de él. Le vinieron a la cabeza la jaula del tigre y la loncha agusanada de lo que había supuesto que era cerdo.

No era cerdo.

Se tragó la bilis que le subía por la garganta y en ese mismo instante oyó que se abría la puerta de fuera. Estaba entrando alguien.

VEINTITRÉS

Alex controló el pánico. Tenía que esconderse. En el suelo de la cámara, amontonados de mala manera, había varios cadáveres de animales. Los ojos de un guepardo —agujero de bala en el pecho, mandíbula aflojada— la miraban sin ver. Desplomado entre ambos estaba el cuerpo de un león macho, la melena congelada y tiesa. Alguien le había sacado las tripas y había empezado a desollarlo, pero lo había dejado a medias.

Tragó saliva.

Fuera, oyó abrirse y cerrarse la segunda puerta. Cliff estaba en la sala de las jaulas.

Una oleada de terror la invadió, pero no se dejó dominar por ella. Se tumbó al lado del guepardo, se hizo un ovillo diminuto y se metió debajo del león yerto. Instantes después, la puerta de la cámara se abrió. Contuvo la respiración, y esperó un rato que se le antojó una eternidad. Después, la puerta se cerró con un clic. No sabía si el hombre seguía allí dentro, así que permaneció inmóvil, conteniendo la respiración para evitar la salida de un vaho que podría delatarla. Se moría de ganas de coger una bocanada de aire, pero resistió. Por fin, cuando empezó a notar que la visión periférica empezaba a fallarle, se dijo que tenía que respirar como fuera. No había oído a nadie moverse dentro de la cámara, así que exhaló silenciosamente. Desplazándose milímetro a milímetro, estiró el cuello para ver si estaba sola en el cuarto. En efecto, estaba sola. Oyó que la puerta de la sala de las jaulas se cerraba con un clic sordo, y sospechó que Cliff simplemente se había pasado a hacer la ronda y había vuelto a sentarse frente a la hoguera.

Cada vez más desesperada, Alex temblaba tumbada al lado de los animales; le empezaron a castañetear los dientes. Por fin, cuando los temblores eran casi incontrolables, se levantó y pegó la oreja a la puerta de la cámara. Oía a los animales andando de un lado para otro, y el elefante volvió a barritar. Un minuto más tarde, y mirando con tristeza el cuerpo de Dalton, salió a la sala de las jaulas.

Al pasar por delante de los animales en busca de un teléfono o una radio, se le formó un nudo en la garganta que hizo que le costase tragar saliva. No había nada más en el cuarto. Cruzó hasta la última puerta y se detuvo, intentando recordar la distribución del edificio. Había algún riesgo de que esta puerta se abriese al exterior, y entonces aparecería justo delante de Cliff, donde la hoguera.

Palpó la puerta de metal. No estaba especialmente fría, como lo estaría una puerta que diese a la calle. Se arrodilló y miró por la rendija; no se veía la luz de la hoguera. Estaba oscuro. Acallando el miedo que la consumía, giró el picaporte y abrió un poquito. Al comprobar que no se oía nada, asomó la cabeza.

La habitación estaba completamente a oscuras, pero no se atrevió a encender la luz, aunque tocó un interruptor en la pared. Al fondo había otra puerta metálica, con una rendija en la parte inferior lo bastante grande para que se colase el viento. Cualquier luz se vería desde fuera, y si Cliff había regresado junto a la hoguera delataría su presencia. Ahora entendía por qué estaba fuera, junto a la hoguera: dentro hacía un frío espantoso. Tocando las paredes, sus manos encontraron una mesa de trabajo y una estantería llena de herramientas, y de repente dio sin querer una patada a una papelera de metal. Se paró en seco, sin apenas atreverse a respirar y esperando que la puerta exterior se abriese de un momento a otro y Cliff la encontrase. Pero no ocurrió. Armándose de valor, siguió avanzando pasito a pasito con las manos extendidas en la oscuridad hasta que tocó el hormigón de la pared, y rozó un delgado cable envuelto en plástico que colgaba del techo. ¡Una línea telefónica! Cerró los dedos sobre el cable y siguió su rastro hasta otra mesa de trabajo que estaba al fondo de la habitación. Había un teléfono inalámbrico, y lo descolgó aliviada. El tranquilizador brillo de los números verdes apareció en el teclado, y empezó a marcar el número de emergencias.

En ese mismo instante, la puerta exterior que tenía al lado se abrió de golpe, chocando contra la pared. Era Cliff, iluminado por la hoguera y con la porra en la mano.

En el segundo que tardó en localizarla en la oscuridad, Alex sintió que la adrenalina le corría por las venas. «Ponte en marcha», oyó decir en su cabeza a su entrenador de *jeet kune do*. «No permitas que tus pies se conviertan en plomo. Respira. Muévete. Lucha contra el instinto de quedarte paralizada».

Alex se abalanzó sobre Cliff. Con un movimiento circular del brazo, le tiró la porra al suelo. La luz del fuego entró a raudales en el cuarto.

Cliff echó pestes y quiso asestarle un golpe con un puño carnoso que Alex, echándose a un lado, consiguió desviar con la mano izquierda. Todo puños, se precipitó sobre ella. De nuevo, la voz de su maestro resonó nítidamente dentro de su cuerpo cargado de adrenalina: «Si tu atacante te entra como un boxeador, tíralo al suelo. No te enfrentes a él con el estilo en el que se siente más cómodo». Alex se apartó, esperando la oportunidad para asestarle un golpe incapacitante con el que finalizar la pelea, y Cliff se acercó con intención de darle otro puñetazo en la cabeza. Pero Alex se agachó y lo esquivó, y al ver que el brazo de Cliff se balanceaba a causa del impulso, se lo agarró y le hizo perder el equilibrio. Sin soltarle, le tiró al suelo y le retorció el brazo dolorosamente antes de tirar hacia atrás de su codo con la otra mano. El hombre soltó un grito y Alex le pisó el hombro con fuerza, pero él reaccionó rápidamente y consiguió agarrarla de la pierna y lanzarla hacia atrás. Tambaleándose, Cliff se levantó.

Alex, apoyada contra la mesa de trabajo, volvió a poner distancia entre ambos sin dejar de moverse, balanceándose y levantando las manos para protegerse la cabeza. «Protege el ordenador: no permitas que te golpee en la cabeza», oyó decir a su profesor. Alex le rodeó, analizando su estrategia de ataque. Era un matón, y sospechaba que carecía de entrenamiento formal, que seguramente solo se metía en peleas en los bares. La nariz torcida daba testimonio de al menos una refriega en la que no había salido bien parado.

Cliff agarró una palanca de una de las mesas de trabajo y se precipitó sobre ella bajándola con fuerza, pero Alex se tiró a un lado y la palanca se estrelló contra la mesa de enfrente, tirando con estruendo un montón de bártulos. De nuevo Cliff blandió la palanca y la bajó, errando el golpe por los pelos. La barra de metal hizo añicos los objetos que había sobre la mesa, y Alex vio consternada que le había dado al teléfono. Plástico y cables salieron volando, y Alex perdió todas sus esperanzas al ver destruida su cuerda de salvamento.

Cuando el hombre volvió a cargar contra ella, Alex se apartó con destreza a un lado y de nuevo volvió en su contra su propio impulso. Agarrándolo del brazo, lo lanzó directamente hacia la otra mesa de trabajo, donde se abrió la cabeza con una esquina. Aturdido, se tambaleó y se giró a mirarla. Alex le quitó la palanca de una patada y aprovechó la ventaja que le daba su estupefacción para propinarle una furiosa lluvia de puñetazos en el pecho. El hombre gruñó y ella se acercó más, dándole un cabezazo por debajo del barbilla y clavándole después los pulgares en las cuencas de los ojos. Cliff gritó mientras Alex le tiraba al suelo y le hacía una llave de cuello, aplastándole la garganta con el pliegue del codo hasta que se desmayó.

Alex se echó hacia atrás, respirando con dificultad. Tenía la espalda perlada de sudor; desde luego, ya no tenía frío. Como no sabía cuánto tiempo iba a estar inconsciente, tenía que actuar deprisa. Lo cogió por los brazos y lo arrastró hasta la sala de las jaulas, donde lo metió en una de las jaulas vacías y lo dejó desplomado sobre el suelo. De su cinturón colgaba una pequeña linterna. Alex la cogió y rebuscó en sus bolsillos, y encontró una navaja plegable, un encendedor, una cajetilla de cigarrillos, un llavero y una cartera. Sacó su carné de identidad. No era de la zona, sino de Boise, Idaho. Recordó que le había oído comentar que llevaba allí una semana, y que el hombre de la radio había dicho que «ellos» llegaban mañana.

¿Quiénes eran ellos?

Echó una mirada alrededor. ¿Más animales? ¿Cazadores para matar a los animales? Una operación así por fuerza tenía que ser compleja. Tenían que tener las espaldas bien cubiertas y miles de contactos para pasar de contrabando animales como aquellos sin que nadie se enterase. Le daba asco.

Se quedó con el carné de identidad del hombre, después le quitó la parka y se la puso. Al menos, ahora no pasaría frío. Cerró la puerta de la jaula y se trancó automáticamente. Después volvió al teléfono.

Estaba en muy mal estado, cada pieza por un lado, los cables sueltos, las soldaduras rotas. Estaba destrozado sin remedio.

VEINTICUATRO

Inmediatamente se puso a buscar otro teléfono. Revolvió en cajones y estanterías, pero no encontró nada. Después amplió la búsqueda a los otros tres edificios. Al salir, se fijó los cables que había visto en el exterior, y se le cayó el alma a los pies al comprobar que el único edificio que tenía línea telefónica era el de las jaulas. El resto eran cables de electricidad. Pero a lo mejor encontraba una radio o un teléfono vía satélite. Las llaves de Cliff le dieron acceso a los otros edificios. La casa se asemejaba más a un hotelito con una elegante decoración alpina. Había una inmensa chimenea de piedra y dormitorios privados, cada uno con su propio cuarto de baño, y una sala de juegos con mesa de billar y estanterías repletas de juegos de mesa y libros. ¿Sería aquí donde se iban a alojar «ellos»?

Pero no había ni radios ni teléfonos vía satélite.

En el siguiente edificio estuvo un rato probando las llaves en la oscuridad, agarrando torpemente la linterna. Por fin encontró la buena. Al entrar, olió una extraña mezcla de putrefacción, serrín y productos químicos. Conteniendo la respiración, alumbró el recinto con la linterna.

Por todas partes había pieles de animales exóticos puestas a secar sobre rejillas. Reconoció una piel de guepardo y otra de oso pardo, seguramente del oso que había encontrado en la cámara frigorífica. Varias mesas de trabajo estaban abarrotadas de útiles de taxidermia: mandíbulas, ojos de cristal, recipientes con agentes químicos para el encurtido. Apoyado en una pared había un rollo de papel medidor de pH. La cabeza montada de un antílope saiga parecía casi terminada.

Una cabeza de gacela dama estaba lista para colgarse de una placa de madera. El estómago se le encogió al ver un elefante entero ya completado que ocupaba todo el fondo del edificio. Lo habían colocado en posición de ataque.

Revolvió los cajones en busca de un teléfono vía satélite o una radio. Nada. El olor a productos químicos y el espectáculo de tantos animales amenazados la mareaban, y salió a toda prisa con sensación de náusea.

El último edificio del terreno era un cobertizo de mantenimiento. Lo exploró, pero no encontró más que estanterías llenas de gasolina y un generador portátil.

Volvió a la nave de las jaulas. Sin saber cuánto tiempo le quedaba antes de que regresaran los hombres de los *quads*, comprobó las puertas de las jaulas y vio que estaban todas cerradas con llave. Probó a abrir con todas las del llavero de Cliff, pero ninguna servía. Abrió la manguera y echó agua en el bol de cada animal. Se pusieron a beber inmediatamente, y cuando terminaron volvió a llenarlos. Miró con furia a Cliff, que seguía inconsciente en la jaula, y quiso dejarle allí muerto de hambre o de sed como hacían ellos con los animales. Tenía que buscar ayuda. Tenía que hallar el modo de dejarlos en libertad.

Encontró una vieja botella de plástico, la enjuagó y la llenó de agua. Después de beberse dos botellas enteras, la volvió a llenar y se la metió en el bolsillo de la chaqueta.

Después, trazó un mapa mental del terreno circundante. El lugar más cercano para conseguir comunicarse con alguien era el Snowline, pero no podía correr el riesgo de encontrarse allí con un francotirador. Y ahora no solo tenía que pensar en ella, sino también en todos aquellos animales cuyos destinos estaban en sus manos. El siguiente medio más cercano para comunicarse era la radio del restaurante del remonte. Iba a tener que subir rodeada de oscuridad. Al menos ahora tenía la linterna, aunque tendría que tener cuidado para evitar que se le estropeasen las pilas con el frío y que el foco de luz delatase su presencia.

Volvió al cuarto en el que estaba colgada toda la ropa y cogió un gorro, guantes y una chaqueta y un pantalón impermeables para ponerse encima de su ropa y del parka robado.

Estaba registrando los estantes de un armario de herramientas, llenándose los bolsillos de pilas de repuesto, cuando oyó los *quads* retumbando a lo lejos, cada vez más cerca. Los hombres estaban volviendo.

VEINTICINCO

Alex salió a hurtadillas por la parte de atrás del edificio antes de que asomaran los *quads*. Sin detenerse, tratando de cubrir la mayor distancia posible, corrió a refugiarse entre los árboles. Los motores se apagaron y oyó gritar a Tony, «¡Cliff!». Miró atrás y vio a Gary bajándose de su *quad*, frotándose las manos para calentarlas.

—Cliff, ¿dónde diablos estás? —volvió a gritar Tony.

En cuanto encontrasen a Cliff encerrado en la jaula, sabrían que ella estaba cerca y seguramente empezarían a buscarla de nuevo. Tenía que poner más tierra de por medio, y cuanto antes mejor.

Había empezado a nevar con fuerza, y agradeció la chaqueta y el pantalón impermeables. Para llegar hasta la sala de radio del restaurante Snowline iba a tener que subir por un terreno muy empinado, pero si cruzaba un par de crestas podría llegar al antiguo camino del remonte y mantenerse al borde los árboles, donde nadie podría verla.

A sus espaldas oyó gritos, pero no distinguió lo que decían. Seguramente Tony había encontrado ya a Cliff y estaba echando pestes.

Subió con paso seguro a través de un tramo de arbolado, con cuidado para no tropezar con los troncos caídos y las piedras. No se atrevía a encender la linterna, por si acaso había otros pistoleros cerca. Ahora que el suelo estaba cubierto con una fina capa de de nieve, era más fácil ver los obstáculos, pero, por otro lado, también se veían sus huellas. Si la nieve empezaba a caer más deprisa, disimularía sus movimientos.

Las botas se le resbalaban en algunos tramos de nieve y tuvo que bajar el ritmo. ¿Cuánta quedaría por caer? Si la nevada era abundante, la marcha se haría angustiosamente más lenta, pero al menos por el momento no iba a mal paso.

Pensó en la subida que la esperaba. ¿Habría alguien esperándola al llegar? Con suerte, pensarían que se dirigiría hacia la carretera principal en busca de ayuda, que se acercaría a la civilización en lugar de alejarse. Y no sabían que había oído que alguien la estaba esperando en el Snowline. Quizá todavía pensaran que iría hacia allí después de la pelea del recinto.

Delante había un claro entre los árboles, una pradera con varios peñascos cubiertos de nieve. A punto estaba de rodearla cuando uno de los peñascos de movió. Alex se paró en seco.

El peñasco se puso a cuatro patas, girando una cabeza hacia Alex. Un largo morro blanco con una nariz blanca se puso a olisquear; el viento le traía el olor de Alex, que parpadeaba sin dar crédito a lo que veían sus ojos.

Era un oso polar.

Se acercó a ella, siguiendo el rastro de su olor. Alex empezó a retroceder lentamente, pero el oso estaba decidido a echarle un vistazo de cerca y enseguida le dio alcance. Sus miradas se cruzaron. Salir corriendo era lo peor que podía hacer; eso lo sabía. Pero no percibía la menor agresividad por parte del oso, más bien curiosidad.

Se sintió eufórica. No tenía miedo. Si se hubiera topado con el oso antes de ir al recinto de las naves, se habría quedado anonadada, pero ahora era fácil imaginarse un posible escenario. Aquellos hombres soltaban a los animales para cazarlos después. Los hombres que iban a llegar al día siguiente iban a cazar a este oso, tal vez a más, y lo habían soltado antes para que la caza fuera un desafío más estimulante. O tal vez se les habían escapado algunos animales. La gorila llevaba suelta algún tiempo; quizá también el oso polar. Incluso puede que se hubieran escapado aprovechando el mismo contratiempo.

El oso siguió olisqueando el aire, y después se dio media vuelta y se marchó. Alex vio cómo avanzaba pesadamente por el claro y desaparecía por el bosque del fondo.

Armándose de valor, continuó el ascenso mientras reflexionaba sobre lo que había visto. Todo apuntaba a que estos hombres conseguían animales por distintos medios: sacándolos clandestinamente de su hábitat; secuestrándolos, como a la gorila, incluso comprándolos a los circos, como el elefante. Después los llevaban hasta allí para que unos hombres tuvieran la oportunidad de cazar un león o un rinoceronte sin pagar un billete caro a otro continente. Sintió ira. Se preguntó si los organizadores soltarían animales arbitrariamente para que los cazadores contratasen si querían matar un guepardo o un panda, o si los cazadores elegían de antemano los animales que querían matar, como cuando se elige plato en un menú. A medida que subía se iba sulfurando cada vez más. Saldría de aquel trance y desenmascararía a aquellos cabrones.

Siguió atravesando el bosque mientras la nieve caía cada vez más fuerte; tenía la esperanza de que estuviera borrando sus huellas anteriores.

Entonces oyó el lejano zumbido de un *quad*. Al localizarlo y comprender que se dirigía hacia ella, sintió pánico. Sus huellas la delatarían. Miró en derredor, buscando una solución. No podía esconderse en un árbol, porque sus pasos en la nieve llevarían directamente hasta él. Necesitaba encontrar un sitio al que no pudiese acceder un *quad*. Mirando al norte, vio un roquedal al borde del bosque y echó a correr, saltando sobre ramas caídas y sorteando arbustos hasta que lo alcanzó.

Los peñascos eran enormes, restos de un antiquísimo alud rocoso. Tenía que entrar y poner distancia antes de que llegase el *quad*.

Se metió por el roquedal, pero las rocas eran increíblemente resbaladizas a causa de la humedad y de la nieve, y más de una vez se cayó y tuvo que recuperar el equilibrio. Entre las rocas había oscuros huecos que parecían profundos. Avanzó con cuidado, comprobando cada peñasco antes de pisarlo con todo su peso. Lo último que quería en estos momentos era pisar mal, caerse a un agujero y romperse una pierna.

El terreno ascendía suavemente y Alex fue trepando por las gélidas piedras, deslizándose sobre el trasero en las de mayor tamaño. El *quad* estaba ahora mucho más cerca, y al mirar atrás vio las luces de los faros abriendo tajos entre los árboles. No había duda de que estaba siguiendo sus huellas. La pendiente se hizo más empinada y Alex aceleró el paso, atajando en diagonal. En lo alto de la cuesta, el bosque volvía a adueñarse del terreno. Si seguía por el roquedal, se alejaría del restaurante Snowline y de la radio, pero el hombre del *quad* se veía obligado a dar un rodeo para descubrir en qué punto había vuelto a adentrarse en el bosque, y tal vez ni siquiera se le ocurriese pensar que lo había hecho.

Tenía que arriesgarse.

Dejando atrás el último peñasco del alud rocoso, se metió en el bosque. Los árboles se interrumpían de manera abrupta un poco más allá, y se encontró al borde de un escarpado talud. Por debajo, muy lejos, unos arbolillos punteaban el paisaje nevado, y en uno de los valles resonaba el estruendo de una cascada.

Echó a andar por la cumbre, avanzando con paso firme hacia la vía del remonte a pesar de que todavía estaba muy lejos.

La nieve ahora caía con más fuerza y se le acumulaba en las pestañas. Oía que el *quad* iba más despacio. En la otra punta del roquedal, vio las luces de los faros. Se había detenido exactamente en el mismo lugar por el que había entrado ella a la zona rocosa. De repente, alguien pasó por delante de las luces y dejó de verlas. Era el conductor, que se había bajado del *quad* y la estaba buscando. Su táctica de dilación había funcionado.

Como no se atrevía a detenerse ahora, continuó por la cumbre, dejando el escarpado talud a varios metros a su izquierda. A su derecha había una ladera poblada de bosque.

El *quad* arrancó estruendosamente y empezó a bordear el límite del roquedal, justo lo que había pensado Alex que se vería obligado a hacer. De repente, vio horrorizada que un fulgor rasgaba la oscuridad. El hombre tenía un reflector móvil, y pasó el haz de luz por las rocas, buscándola.

Dejó el motor del *quad* al ralentí y Alex agradeció el ruido, que amortiguaba los sonidos de sus movimientos. Oía al conductor hablando por radio. De pronto, apagó el motor.

—Vale. Ahora te oigo mejor. ¿Qué me decías?

Se oyeron interferencias y la voz se interrumpió. Alex se detuvo para oír qué decían. Tenía la esperanza infundada de que suspendieran la búsqueda. La radio volvió a chirriar y Alex se quedó escuchando tensamente mientras el hombre la sintonizaba.

—Vale. Repite.

Una impaciente voz de hombre tronó por la radio. Alex la reconoció. Era la del hombre al que había oído hablar por radio antes, en la sala de las jaulas. Tony.

—Si no damos con ella antes de que encuentre ayuda, tendremos que volver pitando a las naves. Habrá que llevarse las pruebas.

—No tenemos las camionetas aquí.

—Pues trasladaremos a los que podamos. Al resto habrá que destruirlos.

—Eso es un dineral.

—¿Prefieres ir a la cárcel? Ya cogeremos más animales.

—Supongo —dijo el conductor—. Pero estoy cerca. No creo que debamos preocuparnos por eso.

Se metió la radio en el bolsillo y volvió a arrancar el *quad*. Primero Gary, luego Cliff… ¿Cuántos hombres había?

Alex apuró el paso y empezó a trotar por la cresta. A lo mejor el hombre pensaba que estaba agachada en algún hueco entre las rocas. El *quad* avanzaba despacio, a trompicones, alumbrando el terreno con el reflector. Enfocó hacia arriba y Alex dedujo que estaba siguiendo la pista de la nieve removida del roquedal, que le llevaría hasta el punto en el que Alex había vuelto a adentrarse en el bosque. Era una pena que no hubiese pasado más tiempo para que cayera más nieve encima. El hombre había dado con su rastro demasiado pronto.

Echó a correr. El motor del *quad* volvió a bramar mientras el hombre abandonaba el límite de los peñascos y aceleraba en dirección a la cumbre, exactamente por el mismo camino que había seguido ella.

Alex se resbaló en la nieve porque iba demasiado deprisa. Sabía que tenía que reducir la marcha, pero entonces el hombre la alcanzaría. Presa del pánico, chocó con un ventisquero, le resbalaron los pies y se deslizó varios metros ladera abajo. De repente, un montículo de nieve se movió delante de ella. Dos ojos negros la miraban. Era el oso polar, y por poco se había estampado contra él.

Alarmado, el oso se alejó varios metros a la carrera antes de detenerse a mirar atrás. Ahora estaba situado entre ella y el *quad*, que se acercaba a un ritmo constante. Alex se levantó con dificultad; las botas le resbalaban en la nieve. Sin apartar la vista del oso, se acercó al talud para ver si había alguna manera de bajar por él; desde luego, el hombre no podría seguirla por allí con el *quad*. Pensó en volver por el camino trazado por sus propias huellas y bajar por la ladera desde algún punto anterior, confiando en engañar de este modo a su perseguidor y hacerle pensar que había continuado avanzando.

Pero el *quad* se estaba acercando demasiado. Alex no tenía tiempo para hacer eso. Los focos la iban a alumbrar de un momento a otro. Se preparó para luchar, pero sabía que el hombre probablemente tendría una pistola. Tenía que situarse cerca de él, lo bastante como para desarmarle.

El oso polar se volvió al oír el *quad*, asustado por el potente y quejumbroso ruido del motor. Los ojos de Alex se posaron sobre el suave contorno alargado de una rama caída y tapada por la nieve. Corrió a cogerla. Era lo bastante ligera para empuñarla, y lo bastante larga para golpear al hombre sin acercarse demasiado a él.

El *quad* llegó al borde de la cresta y aceleró. Estaba muy cerca ahora, a unos seis metros. Alex se agachó en el mismo momento en que las luces de los faros caían sobre ella. El oso polar estaba más cerca, bañado por la luz cegadora. Se puso a dos patas. Alex, deslumbrada por la luz, no veía al conductor, solamente la silueta del oso polar, su inmenso cuerpo tapando las vistas, las patas delanteras levantadas. Al verlo, el conductor gritó: «¡Mierda!».

El oso atacó con un potente zarpazo de la pata izquierda.

Alex oyó que de repente el motor se ponía en reposo. Los faros se inclinaron descontroladamente a la vez que el musculoso cuerpo del animal tapaba uno de los haces de luz, y a continuación, el vehículo se cayó por el borde. Se oyó un grito desgarrador, cada vez más distante a medida que el hombre iba cayendo. Sonó un disparo. El grito cesó abruptamente y el *quad* se estrelló contra las rocas de abajo.

Se quedó clavada en el sitio, con la rama en la mano y las retinas ardiendo de mirar a los focos. El oso se puso a cuatro patas y bajó la vista antes de continuar su camino por la cresta, en dirección contraria.

Alex soltó la rama y se alejó rápido. Cuando el oso hubo desaparecido, se detuvo en lo alto del barranco a escuchar. Lo único que llegaba a sus oídos era el viento. No se oían gritos de socorro. Si el hombre estaba muerto, no podía comunicarse por radio con sus amigos para decirles dónde se encontraba ella. Y necesariamente tenía que haberse matado con semejante caída. Pero ¿y si había informado de su paradero antes de caer y los demás habían adivinado adónde se dirigía?

Aun así, tenía que arriesgarse.

Ya no era solo su vida la que estaba en juego, sino las vidas de todos los animales que estaban en las jaulas. Si los hombres conseguían acabar con ella, los cazadores llegarían mañana y empezarían a matar a aquellas magníficas criaturas.

Tenía que llegar hasta la radio lo antes posible.

VEINTISÉIS

Alex llegó a la vía despejada del remonte y empezó a subir por ella. La nieve caía cada vez más deprisa y ya se habían acumulado cinco centímetros. Permaneció pegada a los árboles, atenta a cualquier señal de los hombres.

Mientras subía, pensó en el oso polar y en la trampa destruida. En las pinzas de caimán había encontrado pelos blancos. La fuerza de la criatura que había astillado la madera y había arrancado el cebo de la cadena tenía que ser inmensa. Seguro que los pelos no eran de armiño sino de oso polar. Y también sospechaba que los organizadores de la red de caza habían visto la trampa destruida y habían robado la cámara. Si hubieran sido unos simples gamberros, solo se habrían llevado la tarjeta de memoria.

Aquello había sucedido hacía más de una semana, lo cual hacía pensar que al oso polar no lo habían soltado para una cacería, sino que se había escapado.

Pero ¿quién era el hombre al que había captado con la cámara? ¿Uno de los cazadores, herido o perdido durante una cacería? ¿Quizá el equipo de rescate no había podido encontrarlo porque estos hombres lo habían localizado y se lo habían llevado a un lugar seguro?

Durante el ascenso, la claridad que irradiaba el paraje nevado que se extendía a su derecha le permitía ver más fácilmente que en el corazón del bosque. Oyó otro *quad* a lo lejos, cerca de las naves. El ruido iba y venía, pero en ningún momento se acercaba.

¿Sería Gary? Se acordó de su sospechoso comportamiento en la ferretería y, después, en el Snowline.

Al llegar a la primera torre, hizo una pausa para recuperar el aliento. Al menos, gracias al frío, no se estaba bebiendo el agua demasiado deprisa. Bebió un trago y continuó. A esta altura la nieve era más profunda, casi diez centímetros. Dio gracias por el pantalón impermeable que tan bien se ajustaba sobre las cañas de las botas.

Hasta ahora no había visto nada que indicase que los hombres habían subido hasta allí. Ni huellas ni rodadas de *quad* en el claro del remonte. Ni voces ni sonidos de radio.

Llegó a la siguiente torre, sintiendo cada vez más los efectos de haber comido tan poco aquel día. Había desayunado una tortilla, y después la gorila se había comido su manzana. La gorila. ¿Dónde estaría? Esperaba que los hombres no hubieran vuelto a encontrarla y le hubieran pegado un tiro. Quizá en estos momentos toda su atención estuviese concentrada en Alex.

Por fin llegó a la terminal del remonte y apareció el restaurante. La capa de nubes había descendido y en el suelo había espirales de niebla que lo ocultaban parcialmente. Alex se detuvo en la parte de atrás de la terminal y observó el restaurante por si algo se movía. No vio a nadie en el tejado, ni tampoco en los alrededores del cobertizo de mantenimiento. Claro que también podían estar apartados, como ella, o escondidos entre la neblina. Se colocó en la dirección del viento que venía de la zona del restaurante y no olió humo de cigarrillos. Tampoco se oían toses ni pies fríos dando taconazos para entrar en calor.

Al cabo de cinco minutos, en vista de que no oía nada, decidió arriesgarse. Salió con cautela y se dirigió hacia la puerta del restaurante. Por suerte, llevaba en el bolsillo el juego de llaves de la estación de esquí; de haber estado en su mochila, le habría costado mucho más entrar en el edificio. También tenía el monedero en la chaqueta polar, añadió para sus adentros, aunque de nada podía servirle. Pero al menos contenía el número de teléfono de Ben Hathaway…, podría llamarle, si es que conseguía llegar hasta un teléfono, claro. Por fin dio con la llave que buscaba y la metió en el cerrojo.

Entró en el restaurante, agradeciendo el calor y la ausencia de viento. La temperatura del edificio debía de rondar los diez grados, pero mejor eso que los menos dos o tres grados del exterior. Por si acaso alguien subía hasta allí a echar un vistazo, abrió una ventana, salió sigilosamente y, volviendo a la fachada principal del restaurante, cerró de nuevo con llave para que pareciera que no podía haber nadie dentro.

Después volvió a entrar por la ventana, la cerró y corrió a la sala de la radio. Afortunadamente, no tenía ventanas. Cerró la puerta y encendió la linterna. Jamás había utilizado una radio de ese tipo. Era una radio de estación base de dos vías. Encontró la frecuencia de la policía anotada en un portapapeles con teléfonos para emergencias que estaba colgado en la pared. Marcó el número en la radio y se puso los auriculares.

El biólogo que la había precedido había estado registrando el clima durante el invierno, además de medir la profundidad de la nieve para su estudio de las cabras montesas. Mientras encendía la radio, rezó en silencio para que las pilas de reserva no estuvieran gastadas. No le hacía gracia la idea de arrancar el generador; llamaría la atención. La esfera se iluminó de un cálido tono dorado, y Alex soltó un suspiro de alivio.

Llamó a la policía esperando oír la grata voz de Kathleen, pero respondió un hombre. Echó un vistazo al reloj. Pues claro. Era de noche. Kathleen habría cerrado el tenderete a las cinco de la tarde.

La radio chisporroteó.

—*Sheriff* del condado. Agente Joe Remar al habla.

Alex sintió un gran alivio al pulsar el botón de «hablar».

—¡Joe! Soy Alex Carter.

—¡Hola, Alex! No sabía que tuvieras una radio en el Snowline.

—No estoy en el hotel. Estoy en la terminal de telecabinas del restaurante.

—¿Qué haces ahí en mitad de la noche?

—Estoy metida en un buen lío, Joe.

—¿Qué pasa?

Alex hizo una pausa. ¿En quién podía confiar? ¿Y si Joe estaba metido en aquel tinglado? Decidió juzgar por su reacción.

—Me persiguen unos hombres.

—¡¿Qué?!

Al ver que Joe sonaba sinceramente horrorizado, le dio una oportunidad.

—Tienen pistolas, y no puedo llegar al hotel ni a mi coche. No sé cuántos hay. Y he encontrado el cuerpo del biólogo que estuvo aquí antes que yo. Lo mataron.

—Pensaba que se había vuelto a casa.

—No, Joe. Su cuerpo está colgando del techo de una cámara frigorífica.

—Santo cielo. Voy a buscarte. ¿Estás en el antiguo restaurante?

Alex se pensó la respuesta. La imagen de Joe presentándose con un arma para sacarla de la montaña era tranquilizadora; si era necesario, podía recorrer la mayor parte de la vía del remonte en una moto de nieve. Por otro lado, cerca de la cima la pendiente era demasiado inclinada, de modo que tendría que hacer el resto del camino a pie…, entonces los hombres tendrían tiempo para averiguar adónde se había ido ella. Y si no lo averiguaban, puede que se pusieran nerviosos por no haberla atrapado todavía y decidieran trasladar o destruir «las pruebas». Todos los animales podrían morir.

Para ganar tiempo, tenía que bajar hasta un punto en el que Joe pudiera recogerla.

—Joe, no soy la única que corre peligro. Estos hombres tienen un club ilegal de caza. En el rancho, al oeste de la reserva, hay un recinto con una nave llena de jaulas con especies amenazadas. Si no me encuentran, van a deshacerse de todos esos animales.

—Dios mío.

Su indignación y su horror sonaban sinceros, por eso Alex se dijo que había hecho bien al confiar en él.

—Primero tienes que mandar allí a la policía para que detengan a esos tipos, y luego te reúnes conmigo.

—Puedo llamar a los agentes federales.

La imagen de un montón de policías entrando en el recinto la llenó de esperanza.

—Perfecto.

—¿Quieres que vaya a buscarte ahora?

Los ojos de Alex se posaron sobre una vista aérea de la estación Snowline que estaba colgada en la pared.

—Espera un segundo.

Se levantó y la estudió. Encima de la estación, al otro lado del

255

límite norte, la vieja foto mostraba una torre de radiotransmisión a la que se accedía por un camino. No recordaba haber visto una torre allí, pero el camino era paralelo a una de las pistas de esquí. Si conseguía bajar andando por la vía del remonte y atajaba después por la montaña, se toparía con el camino.

Volvió a la radio.

—Joe, ¿tú sabes dónde está la torre de radiotransmisión que hay aquí arriba?

Joe hizo memoria.

—Había una ahí cuando era pequeño, pero hace años que la desmantelaron.

—¿Y el camino sigue ahí?

—Seguro que sí, pero no te puedo garantizar que esté en buen estado. Ya estaba lleno de baches antes de que derribaran la torre.

—Creo que puedo llegar hasta ella. Si empiezo a andar por ese camino, ¿puedes recogerme?

—No sé si debes ponerte a andar. Se acerca una tormenta monumental.

—A mí me lo vas a contar…

—El servicio de meteorología la subestimó. La han actualizado y está en un nivel más alto. Podrías perderte o tener hipotermia.

—Voy preparada para el frío. No me va a pasar nada.

—Bueno, si tú lo dices… —No sonaba muy convencido—. Tengo que ver si hay una moto de nieve, pero suena factible. ¿Tienes algo con lo que protegerte?

—No.

Habría cogido un rifle si hubiese visto alguno en el recinto de las naves.

—¿Seguro que no te quieres quedar donde estás hasta que llegue yo? ¿Y si van y te encuentran cuando estés bajando la montaña?

—Tendré cuidado.

—No me gusta esto. Pero en cuanto pueda salgo para allá, y ahora mismo me pongo en contacto con los agentes federales.

—Gracias, Joe. No sabes lo bien que me sienta oír tu voz.

—Ten cuidado —dijo él, cerrando la transmisión.

Alex apagó la radio. Tenía que bajar deprisa. Cuanto más abajo llegase, más cerca estaría del punto en el que Joe podría recogerla. Pero hacer parte del camino por la ruta del remonte y atajar después era demasiado lento, pensó, sobre todo teniendo en cuenta la altura que estaba alcanzando la nieve. Tenía que pensar en una alternativa.

Salió por la ventana, abrió la puerta y volvió a entrar para cerrar la ventana por dentro. Tenía que evitar que los hombres encontrasen la radio y la destruyeran. ¿Y si volvía a necesitarla? Mientras calculaba la manera más rápida de bajar, se le ocurrió una idea.

No muy lejos, al este, estaba la vía del remonte; podía hacer parte del descenso por ella. Se encaminó hacia allí. Las nubes eran tan densas que ni siquiera la veía, y eso que recordaba que desde el restaurante se veía perfectamente. Las nubes hacían movimientos ondulantes, y, a medida que se iba acercando, la localizó.

Los cables estaban mucho más bajos que los que subían las telecabinas. Todas las sillas del remonte habían sido desmontadas, pero a lo mejor conseguía bajar la montaña utilizando los cables. Por esta vía concreta podía hacer casi toda la bajada, y así no tendría que preocuparse de no dejar huellas. Después solo tendría que recorrer un pequeño tramo a pie para llegar al camino de la torre de la radio.

Al llegar a la terminal de regreso, que estaba en lo alto del remonte, encontró un montón de sillas metálicas protegidas parcialmente de la nieve por el alero. Se arrodilló y vio que el metal estaba oxidado y retorcido. Daba la impresión de que las habían desmontado para hacer reparaciones que no llegaron a completarse. Algunas eran de las antiguas sillas con la barra en jota, una simple barra que se curvaba por abajo, donde se sentaba el esquiador. Pero eran tantas las personas que se caían de estos telesillas que las habían dejado de fabricar.

Rebuscó entre las piezas de metal. Lo mismo podía improvisar un artilugio con el que bajar por los cables. Como el remonte ya no funcionaba, ninguna de las sillas iba a poder llevarla hasta abajo, ya que tenían que ir agarradas al cable móvil. Así pues, tenía que encontrar algo que pudiera deslizarse por el cable.

Hurgando en el montón de sillas desmanteladas, encontró un trozo de metal largo y torcido. La parte superior formaba una U invertida, y la inferior terminaba en una barra plana. Tenía la longitud justa para que Alex pudiera ponerse de pie en la parte plana. Ahora solo necesitaba colgarla del cable. Si empezaba a deslizarse justo después de la primera torre, podría llegar hasta la segunda. Allí se quedaría atascada, pero esperaba ser capaz de desplazar la pieza metálica hasta el otro extremo de la segunda torre y seguir bajando por este método hasta el pie del remonte.

Las viejas torres tenían clavijas de escalada para facilitar las labores de mantenimiento, de modo que no iba costarle demasiado subir. Comprobó el peso de la pieza metálica. Era pesada y poco manejable, pero podría apañarse. Eso sí, subir con ella a cuestas iba a ser difícil; tenía que pensar cómo hacerlo.

De repente le vino a la cabeza el cobertizo de mantenimiento y la cuerda de escalada que había visto allí. Volvió corriendo y abrió la puerta, y al encender la linterna enseguida localizó los rollos de cuerda de escalada en los estantes. Se echó uno al hombro.

Al salir, el haz de luz cayó sobre la caja llena de TNT. Cuando estudiaba en Berkeley, había trabajado durante unas vacaciones invernales en una estación de esquí cerca del lago Tahoe para ganar un poco de dinero extra. Había trabado amistad con gente del equipo de control de avalanchas y sabía un poco de sus métodos. Levantó la tapa de la caja de TNT y en su interior encontró una mochilita con proyectiles para el control de avalanchas, cartuchos de TNT con mecha. A su lado reconoció varios detonadores que se deslizaban sobre las mechas y podían encenderse tirando de un cordoncito. Había unas diez cargas en la bolsa y el doble de detonadores.

Le pareció que tenían mechas de unos dos minutos de duración, tiempo suficiente para que los expertos en control de avalanchas las encendiesen, las lanzasen y se retirasen a una distancia prudencial. Pero si se las tenía que ver cara a cara con unos pistoleros, dos minutos eran demasiado tiempo.

En uno de los estantes encontró una navaja plegable y la utilizó para recortar las mechas de tres de las cargas. En caso necesario siempre podría cortar más mechas, y las demás las dejaría como estaban por si le hacían falta más adelante. El hecho de tener unas cuantas preparadas la tranquilizó. Las recortó para que tardaran apenas unos segundos en estallar, dándole tiempo para lanzarlas y ponerse a cubierto.

Cogió con cuidado la mochilita, se la echó al otro hombro y cerró el cobertizo. Mientras volvía hacia el remonte, las botas se le hundían en la nieve, que cada vez era más profunda.

Estaba empezando a atar la cuerda a la pieza de metal cuando el ruido de las motos de nieve inundó la noche. Las densas nubes le impedían ver montaña abajo, pero claramente sonaba como si estuvieran subiendo por la vía del remonte. Veía una luz difusa procedente de allí, un punto luminoso en la nube que había descendido sobre la montaña. Faros. Tenía que darse prisa.

Le costó terminar de atar la cuerda con las manos frías.

Abajo, los motores se detuvieron. Le pareció que había oído al menos dos. Los conductores debían de haber llegado al punto en el que la cuesta se volvía demasiado empinada para seguir.

Unas voces atravesaron las densas nubes.

—¿Allá arriba? —dijo un hombre.

—Remar dice que allí hay una radio.

Alex hizo una pausa. ¿Serían agentes de la policía federal? ¿Habría decidido Joe enviarlos en su lugar, con la esperanza de que llegasen antes hasta ella?

—¿Y estás seguro de que no va armada?

—Eso le ha dicho.

Alex reconoció la voz: era Gary.

—Entonces terminaremos pronto —dijo el otro.

VEINTISIETE

Alex sintió que un escalofrío le recorría la espalda. Remar la había traicionado. A poco más que subieran, los hombres verían el restaurante, el cobertizo y el otro remonte. Y ella estaría allí fuera, desprotegida.

Se obligó a mantener la calma mientras se esforzaba por atar la cuerda a la pieza de metal. La cuerda se le escurrió y al instante se formó una capa de nieve alrededor. Oyó la voz de su abuela diciéndole «Vísteme despacio que tengo prisa», y, respirando hondo, limpió la nieve y volvió a intentarlo. Por fin, consiguió apretarla en torno al poste. Los dedos le ardían y le dolían de frío.

Ahora, solo tenía que subir la primera torre con la pieza a cuestas. Enrollándose el cabo suelto de la larga cuerda alrededor del hombro, arrastró el artilugio por la nieve hasta la primera torre.

A través de la neblina le llegaron las voces de los hombres.

—Venga, vamos a separarnos —oyó decir a Gary—. Así cubriremos más terreno.

Agradeciendo que la capa de nubes estuviera tan baja, Alex se quedó mirando la torre. De no ser por la neblina, ya la habrían descubierto, pero lo malo era que tampoco ella podía verlos. Las voces llegaban mucho más lejos en el bosque que en la ciudad. Era difícil calcular a qué distancia estaban.

Con el rollo de cuerda al hombro, inició la subida a lo alto de la torre. Cuando llevaba más de siete metros, dejó de ver el suelo a través de la nubosidad. Echó la cuerda por encima del cable del remonte y tiró con fuerza para subir la improvisada silla de metal, pero no conseguía hacer la suficiente palanca. Despotricando para sus adentros, vio que iba a tener que bajar otra vez. Se agarró al cabo suelto de la cuerda e inició el descenso, sintiendo el frío de las clavijas de metal incluso a través de los guantes.

Saltó cuando faltaban un par de metros y aterrizó en la nieve; a punto estuvo de perder el equilibrio, pero reaccionó a tiempo. Enrollándose la cuerda alrededor del torso, echó a andar hacia atrás, y la pieza de metal se levantó. Alex miró ansiosamente en derredor. Ya no se oía a los hombres.

Debían de estar registrando los edificios. Retrocedió hacia la terminal del remonte, cruzando los dedos para que si alguno de ellos aparecía entre la niebla, no la viese de inmediato. Las nubes se arremolinaban y se abrían, y de repente oyó el ruido inconfundible de un rifle amartillándose. Giró bruscamente la cabeza y vio a Cliff. La estaba apuntando.

—Esta vez te voy a matar —dijo entre dientes.

En ese mismo instante, Alex dio un salto, y la gravedad del telesilla improvisado la levantó. El estallido de la pistola rasgó el aire nocturno, y Alex salió lanzada varios metros a la vez que el metal volvía a bajar estruendosamente. Rodando por la nieve, intentó coger las piezas metálicas largas que estaban debajo de la terminal. Cliff recargó la recámara justo cuando las manos de Alex se cerraban en torno a uno de los viejos barrotes en forma de jota. Lo blandió y asestó un golpe al rifle al mismo tiempo que este se disparaba por segunda vez. El tiro fue ensordecedor y el barrote reverberó en sus manos por el impacto contra el cañón del rifle, que salió disparado y se hundió en la nieve.

Alex se volvió y, blandiendo el barrote con fuerza, golpeó a Cliff en la cabeza. Después lo utilizó a modo de jabalina y embistió contra su pecho. Cliff soltó un gruñido y cayó de espaldas en la nieve.

—¡Cliff! —gritó Gary a lo lejos—. ¿La has encontrado?

Alex agarró el barrote y lo lanzó, apuntando a su garganta. Pero Cliff lo agarró en el último momento y consiguió esquivar el golpe, haciendo que Alex perdiera el equilibrio. Alex dio un traspiés a la vez que él se levantaba y, girándose, le asestaba un puñetazo en la oreja, tan fuerte que los dientes le repiquetearon y se cayó redonda en la nieve.

—¡Estás muerta! —gritó él, inclinándose para agarrarla del pelo mientras Alex le pateaba la rodilla con el pie izquierdo.

Cliff soltó una ristra de tacos y se dobló de dolor, tambaleándose. Sin soltar el barrote, Alex volvió a levantarse y quiso darle en la cabeza, pero Cliff consiguió agacharse y de nuevo agarró el hierro. Esta vez empujó hacia delante y a Alex se le resbaló de entre las manos enguantadas. Cliff lo blandió y le dio en la boca del estómago.

Alex se quedó sin aire y, soltando un gruñido, se tambaleó hacia atrás, pero consiguió mantenerse en pie. Cliff empezó a girar sobre sí mismo, cogiendo impulso con el barrote oxidado entre las manos; Alex se agachó y, con un movimiento rápido, apareció a su lado en el mismo instante en que él completaba el círculo. El barrote pasó sin darle y Alex le dio un codazo en la nariz y, aprovechando que Cliff se tropezaba, le agarró del brazo y se lo dobló dolorosamente hacia atrás, haciéndole perder el equilibrio. Sin soltarle, le plantó la mano en la espalda y le tiró al suelo. Después, le pisoteó la espalda y, con un brusco giro de muñecas, le dislocó el hombro y le rompió el brazo presionándole con la palma de la mano en el codo.

Cliff chilló de dolor. Alex se levantó, cogió el barrote y lo estampó con toda sus fuerzas contra la parte de atrás de su cabeza.

Se desplomó, mordiéndose la lengua; le salía un hilillo de sangre de la boca.

—¡Cliff! —oyó gritar de nuevo a Gary. Ahora estaba mucho más cerca.

Corrió a por el rifle, pero la nieve recién caída lo había cubierto. Lo buscó a tientas, pero tenía las manos tan frías que apenas sentía nada. Gary estaba tan cerca que no tenía tiempo para excavar en busca del arma. Si la veía, la mataría al instante.

Alex volvió a la carrera a por la cuerda, cogió un cabo y tiró con todas sus fuerzas a la vez que corría hacia atrás. El barrote se elevó hasta la torre, sonando estrepitosamente al chocar con el cable, y Alex salió disparada hacia la torre y ató la cuerda a una de las clavijas con un nudo de fugitivo que podría deshacer desde arriba.

Cogió la mochila de los explosivos. En caso necesario, podría utilizarlos, pero no iba a ser una ciencia exacta, ni siquiera sabía si seguían funcionando.

—Eh, tío, ¿dónde estás? —gritó Gary.

Alex, con el corazón acelerado, subió de un salto a la primera clavija. Tenía la boca como un estropajo y suspiraba por un trago de agua.

Llegó a lo alto de la torre. Ahora solo tenía que elevar el gancho metálico por encima del cable para que se quedase colgando del extremo en forma de U. Pesaba demasiado para levantarlo con una sola mano, así que tuvo que abrazar la torre helada y agarrarlo con ambas manos por el otro lado. Manteniendo a duras penas la incómoda postura, con la cara pegada al gélido metal, lo levantó. Finalmente, tuvo que ponerse a la pata coja y valerse de la otra pierna para dar un último empujón al barrote, que pasó por encima del cable enganchándose con firmeza. El gancho era lo bastante largo para que a Alex no le preocupase que pudiera balancearse y soltarse del cable.

La invadió una sensación de triunfo.

Abajo, la neblina se abrió y apareció Gary empuñando el rifle con ambas manos. Al ver a Cliff, corrió hacia él y se arrodilló.

—¿Cliff? ¿Estás bien?

Al no obtener respuesta, se levantó y alumbró las inmediaciones con la linterna. El haz de luz cayó sobre la torre y la recorrió hasta lo alto, iluminando a Alex en el mismo instante en que se disponía a pisar la parte plana del barrote.

Con un rápido movimiento de la muñeca, Alex desató la cuerda de la clavija de debajo.

—¡Doctora Carter! —gritó Gary.

Preparándose para recibir el impacto de una bala, Alex saltó sobre la parte plana del barrote, que se meció peligrosamente y casi le hizo perder el equilibrio. Un sudor frío le empapó la espalda y agarró la barra, abrazándose a ella. Olió el rozamiento del metal ardiente y, con el viento chillando entre su pelo y clavándose en sus ojos, empezó a bajar a toda velocidad. Al mirar atrás, vio a Gary volviéndose cada vez más pequeño.

VEINTIOCHO

Alex se deslizaba tan deprisa que temió chocar con la siguiente torre y salir volando, pero el cable se aflojó en mitad de las dos torres y frenó el descenso. Siguió bajando a una velocidad manejable, y pudo mantenerse agarrada al barrote.

Sin soltar la cuerda, puso los pies sobre las clavijas de la segunda torre, que, cubiertas de nieve soplada por el viento, estaban resbaladizas. Abrazó la torre y movió el gancho metálico para quitarlo del cable. El viento aullaba a su alrededor y le azotaba los oídos, y los copos se le pegaban a las pestañas convirtiéndose en hielo.

El ruido de un motor lejano atravesó el viento, y cerca del final de la vía del remonte vio unas luces parpadeantes.

Una luz brillante salió de entre los árboles que estaban a la derecha del remonte, y de repente una moto de nieve entró en la vía y subió la montaña a toda velocidad, cubriendo la distancia a un ritmo alarmante. Si la pillaba ahí arriba, colgada de la torre, estaba muerta.

Tirando de la cuerda, consiguió soltar el barrote del cable. Ahora venía lo difícil. Abrazando la torre, levantó la barra con ambas manos, una maniobra lenta y ardua. De nuevo, se valió de la pierna derecha para elevar el gancho los últimos centímetros.

La moto de nieve subió con gran estruendo por la montaña, dirigiéndose directamente hacia el lugar donde estaba ella. Alex se dio la vuelta despacio y puso un pie sobre el barrote de metal. Un reflector deslumbrante se encendió parpadeando y la localizó en la torre. El motorista se detuvo justo debajo de Alex, cogió el rifle que llevaba a la espalda y la apuntó. Expuesta y vulnerable, se apartó de la torre de un empujón, agarrándose a la gélida barra.

El restallido de un disparo cortó el aire. Alex bajaba a toda velocidad, apretando los ojos para protegerse del frío glacial. Sonó un segundo disparo y, agarrando la barra, se preparó para recibir un balazo, pero no llegó: ella bajaba demasiado deprisa, era un blanco demasiado difícil.

Cuando llegó en su improvisado transporte en forma de U a la parte media del cable, notó que empezaba a frenarse. No iba ni por asomo tan deprisa como antes, y mientras se acercaba a la siguiente torre pensó que no iba a conseguir llegar.

El motorista giró de forma brusca y, acelerando, empezó a seguirla. Alex se deslizó lentamente en la siguiente torre, colocando el pie sobre una de las clavijas. La moto de nieve estaba casi debajo de ella.

Agarró la torre y el barrote de metal, cogiendo fuerzas para levantar el gancho. De nuevo, la luz cegadora la localizó. Con el corazón desbocado, intentó levantar el barrote. Los brazos le temblaban de agotamiento.

Y de repente supo que era imposible que levantara la barra antes de que el tipo volviese a disparar. Aquel método de bajar la montaña habría sido buena idea si Gary no la hubiese visto. Seguro que había informado de su paradero. Alex iba a ser un blanco fácil, retenido en cada torre, durante el resto del camino.

Podía saltar, pero había siete metros de altura y, con el pistolero justo a sus pies, no le iban a ir mejor las cosas abajo que arriba por mucho que evitara romperse algún hueso. Incluso puede que le fueran peor.

Al ver que el tipo detenía la moto de nieve para coger el rifle, supo que solo disponía de un segundo antes de que disparase de nuevo. Y esta vez la mataría. Rebuscando en la mochila de los explosivos, sacó una carga con la esperanza de que todavía sirviera. Gracias al foco, vio dónde estaba el hombre. Alex apretó los dientes, tiró del detonador y lanzó al aire el cartucho de TNT. Después, se dio la vuelta y se agarró a la torre.

Una explosión ensordecedora rasgó la noche. El reflector salió disparado, dibujando azarosas imágenes de luz en los árboles, y volvió a caer. Le zumbaron los oídos, y miró atrás.

Sobre la escena caía una columna de nieve en polvo. La moto de nieve estaba volcada, con el motor chisporroteando. El reflector había aterrizado a varios metros de distancia y estaba hundido en la nieve; el haz de luz, parcialmente tapado, proyectaba un inquietante fulgor. La moto de nieve era un retorcido y humeante estropicio. El motorista estaba tirado unos metros más allá, su sangre tiñendo la nieve de color carmesí. A su lado había otra forma, y por un segundo Alex pensó que era una larga herramienta que el hombre había llevado envuelta. Al verla rezumar algo rojo, hizo una mueca y comprendió que era su pierna, que había sido cercenada. La mitad de su cara era un amasijo de huesos expuestos y músculos relucientes. Se fijó en el entorno de su boca por si veía el aliento condensándose. Pero de sus labios entreabiertos no salía vaho, y el hombre no se movía.

Alex permaneció allí varios minutos más, a la espera de alguna señal de vida.

Aún tenía el rifle amarrado al pecho. En cuanto estuvo segura de que había muerto, enganchó la cuerda alrededor de la torre y bajó. Los pies se le hundieron en la nieve y empezó a temblar descontroladamente; no entendía por qué le castañeteaban tanto los dientes, cuando tampoco es que tuviera demasiado frío. Se acercó al hombre. No había duda de que no respiraba. Miró la parte intacta del rostro. Era el hombre del radiotransmisor al que había visto después de toparse con la gorila. Reconoció la poblada barba pelirroja y la nariz con los capilares reventados típica de los alcohólicos. Le pasmaba que un completo desconocido hubiera querido matarla. Todo era raro, un sinsentido.

Le quitó el rifle, después rebuscó en los bolsillos de la chaqueta, donde encontró una caja de municiones. A continuación, se fue a la moto de nieve. Era un humeante montón de chatarra. En la nieve, desperdigadas, chisporroteaban piezas de motor calientes.

Cruzó la espesa capa de nieve hasta llegar al reflector, que era de tipo portátil con empuñadura. Lo apagó y se quedó escuchando, rodeada de frío y de viento. No oyó más motores, tan solo el viento y el sonidito ligeramente musical de la nieve al caer.

El temblor se recrudeció mientras contemplaba los restos retorcidos del hombre. Lo había matado ella. Cierto que no había tenido alternativa, pero había matado a un hombre. Temblaba sin poder controlarse.

Una cosa era segura: el plan de llegar al camino de la torre de la radio se cancelaba. Joe la había traicionado. Estarían esperándola allí, tal vez también estarían apostados por el camino. A lo lejos, por distintas direcciones, oía ahora el zumbido de las motos de nieve. El ruido de los motores resonaba en los montes circundantes, impidiendo saber con precisión dónde estaban. ¡Ojalá la moto no se hubiera roto cuando lanzó la carga explosiva! Podría haberla usado para enfilar la autopista y salir en busca de un teléfono con el que llamar a la policía federal. Pero el único vehículo de la estación de esquí era la Willys Wagon, y, a no ser que se topase con otro asesino motorizado, no veía cómo iba a encontrar otro.

Y de repente se le ocurrió. La camioneta no era el único vehículo de la estación. Estaba aquella extraña avioneta de nieve que había visto junto a los establos. ¿Cuánto tiempo llevaría parada? No le había parecido que estuviera en muy mal estado. Ni una pizca de óxido. Si la habían adaptado para el invierno antes de aparcarla, si habían vaciado todo el combustible, tal vez pudiera ponerla otra vez en funcionamiento.

El biólogo había dejado bidones de gasolina en el barracón, junto al generador. Entornando los ojos contra el viento, miró la vía del remonte, que se perdía serpenteando entre la neblina. Si la utilizaba para llegar hasta la terminal de abajo, se quedaría a poco menos de kilómetro y medio del barracón. Podía hacerlo.

Para llegar al final del camino del remonte todavía tenía que pasar por dos torres más. Aun así, era el modo más rápido de bajar la montaña.

Se puso el fusil en bandolera y volvió a subir por la torre. Una vez arriba, desató la cuerda; le temblaban tanto las manos que le costaba forzar a los dedos a trabajar. Aspiró varias veces el frío aire de la montaña para calmarse. Después levantó el gancho y consiguió sujetarlo al otro lado.

Echando un último vistazo al hombre al que había matado, se lanzó.

VEINTINUEVE

Alex llegó enseguida a la siguiente torre y cambió el gancho al extremo opuesto. Esta era su última bajada. Se deslizó rápidamente, con miedo a lo que pudiera encontrarse en la terminal de abajo. Ni siquiera podía verla. El viento se había levantado, creando momentos de absoluta falta de visibilidad. Le temblaba todo el cuerpo, y tenía que hacer auténticos esfuerzos para mantenerse agarrada.

No había visto ni oído más motos de nieve en las inmediaciones. Cerca ya de la terminal, atravesó la capa baja de nubes y de repente vio el panorama que se extendía a sus pies. Aunque seguía tapada, la luna llena iluminaba las nubes desde arriba, proyectando un resplandor plateado sobre el paisaje.

Ante sus ojos solo había nieve y árboles. El cable se fue combando cada vez más hasta que Alex, entrando con suavidad en la terminal, pudo bajar de un salto. Se tambaleó varios metros sobre la nieve fresca y a punto estuvieron de fallarle las piernas. Por un momento pensó que estaba bien, pero de repente le vinieron en tromba las imágenes de la cara semidestruida del hombre y se cayó de rodillas, vomitando en un ventisquero. Vomitó varias veces. Después se metió nieve en la boca y se enjuagó. Obligó a su cuerpo a tragarse la nieve, que le alivió el ardor de la garganta.

Con las piernas temblorosas, logró levantarse. Prestó atención por si oía a los hombres entre el vendaval. Era perfectamente posible que hubiesen averiguado adónde se dirigía. Incluso ahora puede que estuviesen esperándola allí o que hubiesen colocado a un francotirador en el tejado del barracón.

Empuñó el frío metal del rifle que llevaba a la espalda y trató de recordar las enseñanzas de su madre. Le había insistido en que aprendiese a manejar distintas armas, desde rifles hasta escopetas y pistolas…, a comprobar si estaban cargadas, a usarlas de manera segura. Alex no podía ni contar las ocasiones en que habían ido a campos de tiro. Confiando en su memoria muscular, echó un vistazo a la recámara y vio que estaba cargada. Con los pies hundidos en la nieve, se dirigió hacia la barraca y los establos.

A pesar de que había recorrido la zona durante el día, de noche y cubierta de nieve estaba muy cambiada. Habría agradecido llevar encima la brújula y el mapa en estos momentos, su GPS. Se imaginó el mapa de la estación de esquí, la ubicación del remonte en relación con el barracón, y cruzó los dedos para no equivocarse de rumbo.

De repente, el viento que le sacudía la capucha de la parka amainó y Alex pudo oír el zumbido de las motos en el bosque, pero no conseguía localizarlas con exactitud.

Por fin, el grupo de edificios apareció ante sus ojos: el barracón, el establo y el cobertizo en el que estaba guardada la avioneta. Permaneció entre los árboles mirando en derredor, atenta a cualquier ruido. La nieve que cubría el suelo estaba inmaculada, no había rodadas ni huellas de pisadas. Olió el aire y rodeó despacio los edificios, sin alejarse de la protección del bosque. Por fin, en vista de que no había nieve hollada en las inmediaciones, llegó a la conclusión de que era la primera en llegar.

Con cuidado, se alejó de los árboles rifle en ristre, preparada para disparar. Se acercó al barracón desde atrás, deteniéndose a escuchar en las ventanas. Solo oía el viento, el silencioso shhh de un bosque nevado.

Se sacó las llaves del bolsillo y abrió el barracón. Todo estaba tal y como lo recordaba: el pequeño generador, los bidones de gasolina, las literas. Pero ahora tenía un aire siniestro del que había carecido antes, cuando se imaginaba a Dalton estudiando felizmente a las cabras montesas. Ahora sabía que lo habían asesinado, que lo habían colgado en una cámara frigorífica y se lo habían dado de comer a animales enjaulados y hambrientos. No pudo evitar estremecerse, y trató de contener las imágenes que le venían a la cabeza del miedo que debió de sentir Dalton cuando le pegaron un tiro. No había sobrevivido. Alex tenía que conseguirlo.

Cogió un bidón de gasolina y unos cuantos litros de gasoil y los llevó al cobertizo de la avioneta. De nuevo toqueteó las llaves hasta que encontró la que necesitaba, y quitó el cerrojo.

En el interior, la avioneta esperaba bajo su lona. Alex la retiró y el morro rojo de la máquina reflejó el haz de luz de la linterna. Cerró las puertas y se apoyó unos instantes contra la madera maciza mientras la asaltaban imágenes de la pierna amputada del hombre. Después, respiró hondo.

Rodeó la máquina y encontró la portezuela del depósito, cruzando los dedos para que funcionara con gasolina normal. Vertió el combustible y buscó la varilla de medición. Indicaba que no había suficiente, así que añadió más; cayeron unas gotitas al suelo. Después volvió a la cabina y encontró un botón de arranque. Pulsó. Nada. Vio el interruptor de los faros y tiró, también en vano.

Decepcionada, se apoyó contra la puerta del piloto. ¿Qué esperaba? ¿Que funcionase la batería después de tantos años? Tal vez ni siquiera hubiese una instalada. Abrió compartimentos y hurgó por todas partes en busca de una batería o al menos de un hueco pensado para encajar una. Al tirar de una pequeña escotilla que había junto a la hélice, encontró el hueco. Estaba vacío.

Registró el cobertizo, inspeccionó todas las estanterías. En un estante bajo encontró dos baterías viejas. Cogió una y le sorprendió que pesara tan poco. Al arrancarle la tapa, descubrió que el agua se había evaporado hacía mucho tiempo pero que, por lo demás, parecía en buen estado. Los polos estaban limpios, sin corrosión. La llevó a la avioneta y la dejó en el suelo.

No había visto un fregadero ni un grifo ni nada que indicase que los edificios tenían un sistema de pozos. Y seguro que lo tenían…, si no, los caballerizos de antaño no habrían podido abrevar a los caballos. Pero no tenía tiempo para buscarlo.

Volvió corriendo al barracón y encontró un cazo y un hornillo de propano de un solo fuego. Fuera, llenó el cazo de nieve y encendió el fuego. La nieve no tardó en derretirse, y volvió con ella al cobertizo para echársela a la batería. No se llenó hasta arriba. Iba a tener que repetir la operación. Oía las motos a lo lejos y se preguntó si se estarían acercando.

Otra vez llenó el cazo, cada vez más nerviosa por lo que estaba tardando. Calentó la nieve, volvió corriendo al cobertizo y terminó de llenar la batería. Acto seguido la levantó y la metió dentro de la avioneta, uniendo los cables positivo y negativo.

Aunque sabía que no iba a funcionar, intentó encender las luces, de nuevo sin éxito. Tenía que encontrar el modo de arrancar conectando los cables. Echó un vistazo a su alrededor, buscando algo que pudiera servirle. Uno de los estantes estaba lleno de herramientas, tornillos y clavos viejos, latas de pintura oxidada, botes de cristal con un surtido variado de pernos y tuercas. Encontró una bobina de alambre aislado del calibre diez. Perfecto. Rebuscando en los botes de cristal, encontró un puñado de terminales de anillo.

En la mesa de trabajo encontró un cortaalambres y un pelacables. Dejó la bobina de alambre en la mesa y salió fuera. El corazón le dio un vuelco: las motos de nieve estaban más cerca.

¿Cuántos hombres habría? Seguro que Cliff estaba fuera de combate, y también, claro, el hombre al que había matado. ¿Cuántos quedaban? Como poco, Gary y Tony. Y Remar, si se sumaba a la lucha. Y el hombre que se había caído por el barranco, ¿era el mismo que había esperado junto a su mochila? Si no, seguiría allí también.

Volvió corriendo al barracón y estudió el generador. Tenía ruedas y tomas de corriente eléctrica. Comprobó, feliz, que cerca de la mesa había un alargador conectado a una lámpara, cogió el cable y se lo echó al hombro.

La idea de poner en marcha el generador no le hacía ninguna gracia. Iba a llamar la atención. Pero ¿qué alternativa tenía? Por lo menos, era un Honda último modelo, de manera que sería menos ruidoso que la mayoría. Echó un vistazo a la varilla del combustible; seguía medio lleno. Ahora solo faltaba acercarlo más a la avioneta.

Agarró el generador por un asa, sorprendida de lo que pesaba, y lo arrastró a duras penas por el suelo del barracón. Por fortuna, las manos se le habían calentado un poco a pesar de que los edificios no estaban caldeados. Lo sacó a rastras y después lo llevó por la nieve hasta el cobertizo.

Antes de cerrar las puertas, aguzó el oído unos instantes. Aún llegaba el zumbido de los motores y cada vez sonaban más alto, pero no conseguía localizarlos. Cerró la puerta del todo y se acercó a la mesa de trabajo. Con el cortaalambres cortó dos medidas del alambre del calibre diez. Después afianzó un anillo de terminal a cada extremo y los agarró a los polos de la batería gastada.

A continuación, cortó el alargador por la mitad y separó el aislante que había entre los dos alambres. Peló los extremos y los unió a los alambres que salían de la batería. Las manos todavía le temblaban, y a menudo tenía que hacer un alto para respirar y alejar de sí las imágenes del hombre muerto y de la moto destrozada. Cogió cinta aislante y envolvió el alambre pelado para evitar que se tocasen los polos.

Después, respirando hondo, enchufó el alargador modificado al generador. Tiró de la cuerda de arranque del generador, que empezó a vibrar. Dio otro tirón y empezó a zarandearse, a toser, a petardear. Por fin, a la tercera, se encendió con un zumbidito que, para sorpresa y alivio de Alex, apenas se oía.

Se inclinó sobre la cabina abierta y volvió a pulsar el interruptor de arranque. La hélice trasera hizo clic. Repitió la operación y entonces, con un chirrido, giró. La avioneta dio un saltito de unos centímetros. Exultante, Alex abrió de par en par las puertas del cobertizo. Rápidamente desconectó los alambres y apagó el generador, y después se subió de un salto al asiento del conductor y le dio gas. El volante movió el esquí delantero, y consiguió sacarla del cobertizo.

Una vez fuera, Alex puso atención. En los montes reverberaba el ruido de las motos cada vez con más fuerza. Estaban cambiando de dirección y parecía que venían desde el otro lado de un monte que estaba al sur. Esa era la dirección que seguía el camino que salía del barracón y que unos siete kilómetros más adelante desembocaba en la carretera principal.

En el horizonte, el resplandor se hizo más intenso; los motores sonaban más cerca. El corazón de Alex empezó a latir con fuerza. Estaban en el camino que iba derecho hasta el barracón.

TREINTA

Alex veía luces abriéndose camino entre las ramas de los árboles. Estaban cerca, tal vez a menos de dos kilómetros, pero no parecía que fueran muy deprisa. Debían de estar buscándola a la vez que avanzaban. Por si acaso las necesitaba más adelante, cogió la bobina de alambre y las herramientas antes de cerrar las puertas del cobertizo y poner el candado. Mejor que no saltase a la vista que había estado allí.

Con la esperanza de que el ruido de los motores sofocase el de la avioneta, Alex la giró hacia la gran pradera que había al suroeste del barracón. Apagó los faros, se bajó y cogió una rama de pino que se había caído con el viento; todavía conservaba las agujas. Volvió corriendo al cobertizo y borró las huellas de la avioneta y de sus botas. Hacía tanto frío que la nieve estaba blanda y suelta y era fácil manipularla.

Después de borrar sus huellas hasta el punto por el que había entrado en la pradera, soltó la rama y volvió corriendo a la avioneta. Para seguirle la pista iban a tener que buscar por la línea de árboles, lo cual, esperaba, le permitiría ganar tiempo. Subió y pisó el acelerador. La avioneta dio una sacudida y empezó a moverse mucho más deprisa de lo que había previsto.

Con las luces apagadas, cruzó la pradera en el mismo instante en que aparecieron las motos doblando a toda pastilla la curva anterior al cobertizo. De un momento a otro verían los edificios anexos.

Aprovechando el estruendo de los motores, cruzó a la carrera el espacio abierto en dirección a la autopista. Pero la espesura del bosque terminaría por cortarle el paso, de manera que en cuanto se alejase de las dos motos y ya no pudieran verla, tendría que volver al barracón y salir por allí.

Volvió la cabeza y vio que los faros de las motos destellaban sobre el cobertizo y los establos. Se quedó en la pradera hasta que desaparecieron del todo, y después siguió el curso de un riachuelo que serpenteaba entre los árboles. Cuando le pareció que ya no había peligro, encendió las luces, dio la vuelta y, acelerando, se metió en el camino de tierra. Pero sabía que, incluso así, encontrarían el rastro que había dejado al alejarse del barracón o, simplemente, volverían por el mismo camino por el que iba ella ahora. Podrían darle alcance, incluso si conseguía salir a la autovía.

Tenía que encontrar el modo de retrasarlos.

Cuando llevaba recorrido kilómetro y medio por el camino del barracón, pasó entre dos árboles de aspecto robusto que estaban frente a frente. Dejó la avioneta en reposo y sacó la bobina de alambre que había cogido del cobertizo. Solo de pensar en su plan, empezó a temblarle todo el cuerpo. Veía la cara destrozada del hombre, el rojo de la nieve debajo del cadáver. Pero estos hombres no tendrían ningún reparo en hacerle lo mismo a ella y a los animales enjaulados. Cerró los ojos, respiró hondo y se obligó a continuar.

Consiguió calmarse. De repente agradeció los rigurosos ejercicios mentales a los que la había sometido su madre de pequeña, obligándola a pensar deprisa para salir de situaciones peligrosas aprovechando lo primero que tuviese a mano. Trazó un plan y, sin perder tiempo, enrolló un extremo del alambre a un árbol y lo extendió de un lado a otro de la carretera, más o menos a la altura del pecho.

A lo lejos oyó que arrancaban las motos. Vio destellos luminosos en la pradera. Habían encontrado sus huellas. Solo disponía de unos minutos antes de que llegasen hasta la carretera por la que iba ella y acelerasen.

Metió la mano en la mochila de los explosivos y sacó dos de las cargas a las que les había recortado las mechas. Con mucho cuidado, puso detonadores sobre ambas mechas.

Enrollando el alambre en torno al segundo árbol, se aseguró de que estaba tirante, hizo un bucle en un extremo y enganchó un detonador. Para el TNT hizo una abrazadera mucho más fuerte, de modo que cuando alguien pasase por el alambre rasgaría el detonador y prendería el explosivo. El TNT se quedaría en la parte principal del alambre y se arrastraría unos instantes por detrás de las motos antes de estallar. Tanto si los hombres conducían lado a lado como si lo hacían en fila india, los alcanzaría a los dos.

En los árboles que tenía justo detrás vio destellos. Los hombres habían entrado en el camino. Disponía de unos dos minutos antes de que le diesen alcance, y además sabía que allá adonde fuera podrían seguirle las huellas, encontrarla y matarla. Por tanto, aunque iba muy justa de tiempo, tenía que aprovechar esta oportunidad para salvarse.

Volviendo al primer árbol, sujetó el segundo cartucho de TNT y su detonador de la misma manera. Después corrió a la avioneta y subió de un salto. El peso del rifle que llevaba a la espalda era reconfortante. Unas luces doblaron la curva y la alumbraron. Pisó el acelerador y se alejó ruidosamente. A sus espaldas oyó un disparo y algo que rebotaba contra el fuselaje de la avioneta, y agachó la cabeza. Entonces, un segundo estallido desgarró la noche y le subió un dolor punzante por el brazo. Intentó agacharse más, protegerse la cabeza, y oyó otra descarga. Apretó los dientes. El corazón le latía como si se le fuese a salir del pecho.

De repente, las revoluciones por minuto de uno de los motores aumentaron exponencialmente, y oyó un resonante estampido a sus espaldas. Al mirar atrás vio fuego, humo y una nube de nieve en polvo que salía volando junto con piezas de maquinaria destrozadas. Siguió conduciendo a toda velocidad, y echó la vista atrás otra vez por si veía faros de motos pisándole los talones. No vio nada. Se imaginó la escena: por su cabeza desfilaban hombres mutilados como el de la montaña, la nieve teñida de rojo. Su respiración se volvió rápida y superficial. Aceleró, intentando dejar atrás las imágenes y estremeciéndose del dolor que se extendía por su brazo.

Cuando estaba solo a unos dos kilómetros de la autopista, una luz horadó la oscuridad. Apagó los faros, pero ya era demasiado tarde: el otro vehículo la había localizado. Era una moto de nieve, y avanzaba mucho más despacio que sus otros perseguidores. Mientras Alex buscaba un hueco al borde del camino para adentrarse por la arboleda, la moto se detuvo. Deslumbrada por sus faros, las retinas cegadas por una gran mancha verde, apenas distinguía nada en la penumbra.

La moto se quedó en reposo en medio del camino. El conductor se quitó el casco, liberando una larga melena.

—¡No me lo puedo creer! —oyó que decía una voz familiar—. ¿Has conseguido poner ese trasto en marcha?

Alex clavó los ojos en la oscuridad, empuñando el rifle y amartillándolo. Apretó los dientes para resistir el dolor del brazo.

—Alucinante —prosiguió el hombre—. Tengo que probar el chisme ese.

Alex permaneció en silencio con la esperanza de que sus ojos se adaptasen a la oscuridad.

Con voz más vacilante, el hombre preguntó:

—Eres tú, no un ladrón ¿eh, Alex?

Identificó la voz. Era Jerry, el marido de Jolene. ¡Con lo buena persona que le había parecido! ¿De veras pertenecía a aquella banda de asesinos?

Siguió callada.

—¿Alex? Por favor dime que eres tú y no un asesino en serie demente que se dedica a reparar avionetas.

La moto obstaculizaba el paso, y Alex no veía el modo de rodearle. Jerry bajó la pierna del vehículo y echó a andar hacia ella.

Alex agarró con fuerza el rifle.

—¡Aparta la moto!

Jerry siguió andando.

—¡Sí que eres tú! Empiezas a darme miedo. —Se acercó más y vio que iba armada—. ¿Qué demonios…?

—Lo digo en serio, Jerry. No quiero disparar. Pero si tengo que hacerlo, lo haré.

Levantó las manos.

—Espera, espera… ¿Qué demonios está pasando?

—Lo sabes perfectamente.

Desalentado, Jerry dijo:

—Mierda. Lo has encontrado, ¿no? Has encontrado el alijo.

Alex frunció el ceño. «¿Qué alijo?».

—Perdona que lo pusiera ahí. Pensaba que ya nadie utilizaba esas viejas naves. Conseguí sacar la mayor parte cuando estaba ahí el otro biólogo, pero no me dio tiempo a llevarme todo y tuve que esconder el resto.

—¿Tu alijo?

—Habrás llamado a la poli, ¿no? ¿Por eso he visto todas esas luces ahí abajo?

—¿De qué me estás hablando?

Sostenía el rifle con firmeza, apuntándole directamente a la cabeza.

—Estaba volviendo de la zona del Yaak y vi a unos tipos con motos de nieve que venían para acá. Me puse nervioso. —Le enseñó las manos para demostrar que no suponía una amenaza—. Escucha, puedo sacarlo de ahí sin problemas. Jamás volveré a utilizar la reserva para esto. Te lo prometo.

Alex estaba completamente confundida.

—¿Para qué?

—Para guardar la hierba. Solo lo hago cuando se acerca una venta grande y tengo que estar más cerca de la autopista. Pero no volveré a hacerlo. En serio. —La miró de hito en hito—. No irás a disparar, ¿verdad que no?

Por fin, bajó el arma, pero la mantuvo preparada.

—¿Quieres decir que no tienes nada que ver con esos hombres que me están persiguiendo?

Jerry torció el gesto, desconcertado.

—¿Qué hombres?

—Los tipos esos de las motos de nieve. Quieren matarme.

—¿Cómo? ¡Qué locura! ¿Por qué?

—¿Qué haces aquí?

Jerry arqueó las cejas.

—Acabo de decírtelo. Iba de paso. Pensaba que unos tipos habían encontrado el alijo y que me lo iban a robar. Está escondido detrás del viejo establo, en la pila de leña. Llamé a Jolene y le pregunté si había oído algo, si lo había descubierto alguien. Pero no sabía nada, así que decidí venir a comprobarlo en persona.

Sin apartar el dedo del seguro, Alex se bajó lentamente de la avioneta. El vasto terreno que se extendía a sus espaldas la hizo sentirse vulnerable.

—¿Has hablado con Jolene? ¿Ahora mismo?

Jerry asintió con la cabeza.

—Sí. Por el móvil.

—¿Tienes cobertura?

—Funciona vía satélite.

Esperanzada, preguntó:

—¿Lo tienes ahí?

—Sí. Siempre lo cojo cuando me voy al campo. Jolene me obliga.

—Necesito usarlo.

Todavía desconfiando, se acercó lentamente a él.

—Vale. Sin problema. Está ahí, en la moto.

—Cógelo. Y date prisa.

Le siguió con el rifle preparado. Jerry rebuscó en una mochila y sacó un teléfono vía satélite amarillo.

—¿Qué está pasando? —preguntó.

Parecía sinceramente confundido, y el instinto de Alex le dijo que no tenía intención de hacerle daño.

—¿Te sabes el número de la policía federal?

Negó con la cabeza.

Alex marcó el número de información y pidió que la pasaran con la policía federal. Bajo ningún concepto podía arriesgarse a llamar a Makepeace. Puede que Joe estuviese a la escucha, y a saber si Makepeace no estaría también pringado en todo aquello.

Respondió una operadora, y Alex le habló de las naves y de lo que se había encontrado allí, de los hombres que la estaban persiguiendo en estos momentos. La mujer fue anotando los detalles.

—Tiene que dirigirse a algún lugar seguro —le dijo—. Acaba de entrar un enorme sistema tormentoso. Ni siquiera han llegado aún las quitanieves, y algunas zonas se han quedado sin electricidad. Pasará un buen rato hasta que consigamos que lleguen los agentes adonde está usted.

—¿Y no podría venir un helicóptero?

—Con este tiempo no podemos volar. En algunos lugares hay visibilidad nula. Por favor, busque un lugar seguro y resguardado y espere a que pase la tormenta, señorita. En cuanto se despejen los caminos, mandaremos para allá a nuestras unidades.

—Por favor, dígales que vayan al recinto de las naves.

—Pero usted no está allí en estos momentos, ¿no?

—Los animales morirán si nadie les para los pies a esos hombres.

—Le aseguro que nuestros agentes harán todo lo posible. Pero por ahora estamos a merced del tiempo. Le llamaremos a este número en cuanto tengamos novedades.

—Gracias. —Alex colgó y se volvió hacia Jerry—: ¿Me puedo quedar el teléfono? ¿Un ratito solamente?

—Claro, pero… todo eso que has dicho, ¿es verdad?

—Sí. Tenemos que salir de aquí. —Si uno de los dos hombres de las motos había sobrevivido, quizá estuviera siguiéndole la pista en este mismo instante—. Tenemos que ocultarnos.

—¿Qué hago?

—Vete a casa y vuelve a llamar a la policía federal. Intenta que te vayan contando las novedades y llámame si te enteras de algo.

—Vale.

Mientras volvía corriendo a la avioneta, se preguntó cuánta gente estaría metida en todo aquello. Se acordó del hombre herido al que el equipo de rescate no había conseguido encontrar y se volvió a decirle a Jerry:

—El tipo aquel al que buscaba el equipo de rescate… ¿Le reconociste?

Jerry arqueó las cejas mientras se subía a la moto.

—¿Cómo dices? Que si he reconocido ¿a quién?

Alex se subió a la avioneta, traspasada por el punzante dolor.

—Cuando el *sheriff* se pasó por vuestra casa durante el intento de rescate, os enseñó una foto del tipo sacada con mi cámara de control remoto.

Jerry frunció el ceño, confundido.

—El *sheriff* no se pasó por casa. Hace años que no viene.

La sorpresa la dejó clavada en el sitio. Makepeace, sin lugar a dudas, le había dicho que había ido. Recordaba que había mencionado que el pastel de Jolene estaba riquísimo. «Un detalle de lo más convincente para dar verosimilitud a la historia», pensó. El *sheriff* no había parecido demasiado interesado por encontrar al hombre. Pero mentir, ¿por qué?

—¿Te refieres a que no estuvo allí, buscando a un hombre que había visto yo en el bosque?

—No.

—Corre, sal de aquí —le dijo.

Jerry se dio media vuelta y salió disparado, y Alex le siguió hasta la autovía. Cuando Jerry giró a la izquierda para irse a su casa, Alex se detuvo unos instantes a examinarse el brazo. La tela de la manga estaba rasgada y rezumaba una viscosidad caliente. Se bajó la cremallera del abrigo, se quitó poco a poco la camiseta y se miró la herida. Escocía terriblemente, pero vio con alivio que solo era un rasguño y se subió de nuevo la cremallera. Ahora estaba en la carretera principal que llevaba a Bitterroot. Miró el impacto de bala que había mellado la avioneta y raspado la pintura. Menos mal que no había dado a la hélice.

Las quitanieves no habían conseguido acceder a la carretera rural, lo cual era una buena noticia para Alex. Vio rodadas de motos de nieve en el carril contrario; seguramente eran de los hombres que habían aparecido en el camino del barracón. Para no dejar rastro, decidió conducir por las rodadas que ya estaban hechas en el carril contrario; desde luego, si algo no había era riesgo de encontrarse con más tráfico. El rastro de la avioneta era distinto de las rodadas de las motos de nieve, pero lo bueno de que la nevada fuera tan intensa era que el surco característico de la avioneta pronto quedaría cubierto y únicamente daría la impresión de que alguien había conducido por ese carril, probablemente los pistoleros con sus motos de nieve.

Presionó el acelerador y se quedó asombrada al ver las velocidades que era capaz de alcanzar la avioneta. No tenía un velocímetro, pero calculó que debía de ir a casi ochenta kilómetros por hora. Aceleró mientras decidía cuál iba a ser el siguiente paso.

Pensó en las palabras de Jerry. El *sheriff* no se había pasado por su casa, no les había preguntado por el hombre desaparecido. Había mentido.

Ya se había imaginado que estaba recibiendo algún tipo de soborno o de recompensa por hacer la vista gorda con el ganado errante de Flint Cooper, pero ahora se preguntó en qué otros chanchullos andaría metido. ¿Formaba parte el hombre desaparecido de la red de caza ilegal? ¿Estaría involucrado también el *sheriff* y por eso se había mostrado tan reacio a buscarle?

Desconfiando de todo y de todos, redujo la velocidad. ¿Y si al final los agentes federales enviaban a alguien, pero resultaba ser un agente corrupto, como Remar? ¿De quién se fiaba? ¿A quién podía llamar? La imagen de Ben Hathaway le vino al instante a la cabeza. La fundación territorial lidiaba a menudo con la caza furtiva y el tráfico de animales. Si alguien sabía a quién convenía llamar, ese era Ben.

Salió de la carretera y se detuvo detrás de un soto. No se atrevía a parar el motor, no fuera que después no pudiese arrancarlo de nuevo. Se sacó la tarjeta de Ben del bolsillo y marcó el número. Ben respondió al cuarto tono, grogui. Para él eran las dos de la mañana pasadas.

—¿Diga?

—Ben, soy Alex Carter.

—¿Alex?

Sonaba confuso, como si le costase despertarse.

—Ha pasado algo.

—¿Estás bien?

—Por ahora, sí, pero necesito que me ayudes.

Le contó todo lo que se había encontrado, le habló de la gorila y del oso polar, de los animales enjaulados, de la suerte que había corrido el biólogo. Ben la escuchó sin interrumpir ni una vez. Cuando hubo terminado, dijo:

—Dios mío, pobre Dalton. Escúchame: sé lo que hay que hacer. Tenemos contactos, están los organismos de seguridad con los que trabajamos en casos de tráfico de animales como este. En cuanto colguemos me pongo a hacer llamadas.

Alex le contó lo de la tormenta.

—¿Cuándo crees que podría llegar alguien?

—Aún no lo sé, pero puedo llamarte en cuanto me entere. Alex —dijo después de una brevísima pausa—, no quiero que te quedes ahí arriesgando la vida. Vete a un lugar seguro.

—Eso me dicen todos...

—Y tienen razón. Voy a coger el primer vuelo que salga para allá.

La idea de verlo le levantó el ánimo.

—¿Puedes?

—¡Vaya que si puedo! —Oyó pasos apresurados, el sonido de una cremallera cerrando una maleta—. Me voy al aeropuerto. De camino llamaré a mis contactos. Tú escóndete y no corras peligro.

—Mantenme informada.

—Por supuesto.

Luego, colgó.

Alex se quedó contemplando la tormenta. Los vientos soplaban la nieve de lado, y la visibilidad iba y venía —de tres metros a uno, de uno a veinte— hasta que dejó de verse por completo. La tormenta estaba depositando más de cinco centímetros por hora. Podía darse media vuelta, volver al pueblo, despertar a Kathleen y esperar con ella pacientemente y con relativa seguridad.

Pero para entonces los animales podrían estar muertos.

Y eso Alex no podía permitirlo.

TREINTA Y UNO

Alex aceleró la avioneta al máximo y tuvo la sensación de alcanzar los cien por hora. Recordó que el camino que llevaba al rancho vecino estaba a unos ocho kilómetros al oeste de la entrada de la estación de esquí. Pasó por delante del buzón, sin encender los faros. El brillo difuso de la luna llena iluminaba de sobra el terreno, y ahora que estaba en la carretera principal ya no tenía que preocuparse por los troncos caídos o por las hondonadas que ocultaban riachuelos bajo la nieve.

Los copos se arremolinaban a su alrededor. Hasta donde le alcanzaba la vista, no había ni luces ni más vehículos en la carretera. Se sentía sola, pero sabía que no lo estaba: en el hotel había un tipo esperándola para matarla, y por los alrededores había otros.

Repasó para sus adentros la lista de hombres. Había matado al del remonte. En el recinto había visto a tres: Cliff, Gary y Tony. Tony no había vuelto a dar señales de vida. Cliff, con el brazo roto y la herida de la cabeza, no estaba precisamente en forma, pero aun en el caso de que hubiera conseguido continuar y Gary y él fueran los motoristas a los que acababa de sabotear, iban a estar un buen rato fuera de combate. Incluso puede que hubieran muerto. Quedaban el francotirador del hotel y el que estaba apostado al lado de su mochila. ¿Seguirían allí? Era posible que fueran ellos quienes habían conducido las motos en la zona de los establos. También era posible que Gary y Cliff estuvieran en estos momentos en el recinto, deshaciéndose de las pruebas.

Pero sabía que no eran los únicos miembros de la red de caza ilegal. Al día siguiente iban a llegar unas personas que esperaban salir de cacería. A este respecto, las condiciones meteorológicas jugaban a favor de Alex. Si las carreteras se cortaban a causa de la tormenta, seguramente retrasarían su llegada.

Al llegar a la entrada del recinto, detuvo la avioneta. Las rodadas de las motos de nieve salían de allí. Se metió por el camino de entrada, ciñéndose a las rodadas. Aún no se veían luces por ningún lado, ni siquiera en casas lejanas, y se preguntó si habría habido un apagón en la zona.

Continuó por el serpenteante camino de entrada, y cuando faltaban un par de kilómetros para llegar al recinto salió del camino y se metió en una densa arboleda. Encontró varias ramas grandes cubiertas de nieve, y las que todavía conservaban las agujas las echó sobre la avioneta. Cuando terminó de camuflarla, dio un paso atrás para contemplar su obra. Era difícil que alguien la viera en medio de la oscuridad, sobre todo si no la estaban buscando y, además, lo más probable era que atravesaran a toda prisa la zona en una moto de nieve.

Por último, cogió una de las ramas caídas y borró los surcos de la avioneta y las huellas de sus botas. De nuevo, se alegró de ver la facilidad con que la nieve cubría la zona. Siguió borrando sus huellas hasta que se apartó del camino. No era fácil: habían caído más de treinta centímetros de nieve, y como no llevaba raquetas se hundía con cada paso que daba.

Caminó sigilosamente entre los árboles y llegó al gran claro en el que se alzaba el recinto, un valle natural por el que discurría un arroyo. No había ninguna luz encendida.

Echó un vistazo a la nave de la taxidermia y después a la de las jaulas, pero no vio movimiento. ¿No había nadie, o era que se había cortado la luz? La hoguera ya no ardía. Rodeó el recinto sin salirse de la arboleda, sopesando las alternativas. Estaba sola, no llevaba nada más que un rifle y allí fuera había un montón de gente que se la tenía jurada.

Así, cuando entrase en escena Remar, si es que pensaba hacerlo, iba a tener que lidiar también con él.

Esperó y observó, pero no había ningún movimiento. Ni rastro de camiones ni remolques con animales en el recinto, tan solo una camioneta y un *quad*. Siguió dando vueltas y vio dos motos de nieve aparcadas junto al edificio del albergue. Ambas tenían una capa de nieve, por eso dedujo que debían de llevar allí un buen rato.

Salió de la arboleda y se dirigió al edificio de las jaulas. Quería echar un vistazo a los animales. El viento bramaba y le sacudía la capucha de la parka, impidiéndole oír bien. Se la bajó y sintió el frío azote de la nieve que se le metía en las orejas, pero aparte del viento no oyó nada más.

Cerca de la estructura, se paró en seco. Había huellas recientes que llevaban hasta la entrada, y alguien había quitado nieve de la base de la puerta para poder abrirla.

Respiró hondo, dispuesta a entrar. Entonces, de repente, la puerta se abrió, y Alex se pegó contra el muro para evitar ser vista. Esperando que salieran Tony o Gary, se quedó atónita al ver al *sheriff* Makepeace caminando fatigosamente por la nieve en dirección al albergue. No la vio.

Cuando el *sheriff* estaba cerca del albergue, Flint Cooper salió por la puerta principal, dando patadas en la nieve. Cruzada sobre el pecho llevaba una correa de la que colgaba un rifle. Makepeace solamente llevaba su pistola.

Aprovechando que se metían en el albergue, Alex se acercó sigilosamente al edificio de las jaulas, preparándose para lo peor. Sin embargo, descubrió aliviada que todos los animales estaban bien. Como no había ventanas, se atrevió a recorrer la estancia con la linterna para verlos a todos. Nada había cambiado desde su anterior visita, salvo, por supuesto, que habían sacado a Cliff de la jaula. Se preguntó si habrían bajado ya de la zona del remonte, y si habrían encontrado el cuerpo del hombre al que había matado en la pista.

Tenía que decidir el siguiente paso y se le ocurrió meterse en el armario de las herramientas para hacer un alto para pensar. Recordó que lo había registrado antes y había encontrado las pilas; estaba oscuro como boca de lobo. Encendió la linterna y alumbró los estantes en busca de algo que pudiera serle de utilidad, y esta vez, en el estante inferior, un objeto de aspecto familiar le llamó la atención. Era su cámara trampa, la que había desaparecido de la trampa destruida; al dorso llevaba la pegatina de la fundación territorial. La abrió y dio al botón de encendido. La batería seguía funcionando, y la pantallita de visualización se iluminó. Pulsó el botón para ver las imágenes: fotos de ramas que se movían, una marta, un oso negro que pasaba por delante y un rebaño de cabras montesas. Después llegó a la parte que iba buscando. Un inmenso oso polar llegó al lugar de la cámara trampa. Echó abajo el armazón de la trampa de pelo y después derribó la pata de ciervo; el tablón carril se astilló bajo su peso. Salía en varios fotogramas arrastrando el cebo.

A continuación, más imágenes de ramas que se movían. Varios fotogramas captaron la salida de la luna. Las imágenes del día siguiente volvían a sacar a la marta. Después aparecieron unos hombres. Uno se acercó a la cámara. Gary. La quitó del árbol. Había un primer plano de su rostro justo antes de apagarla, y después ya no había más fotos.

Volvió a dejar la cámara en el estante y de repente oyó que se abría la otra puerta, aquella por la que había entrado Cliff cuando tuvieron la pelea. Se asomó discretamente y vio entrar a Tony con una linterna frontal que sumió la habitación en una luz gris. Llevaba la parka cubierta de nieve y dio varios pisotones para quitarse la de las botas. Era obvio que acababa de llegar al recinto. Alex se preguntó si habría hablado ya con Makepeace y Cooper.

Tony llevaba un saco abultado y un recipiente con una etiqueta que no pudo leer a tanta distancia. Con movimientos rápidos, acercó un cubo vacío y metió el recipiente dentro, luego desapareció por la habitación donde estaba el teléfono destrozado. Salió otra vez y Alex vio, horrorizada, que se ponía una máscara de gas. Se dejó la parte delantera encima de la cabeza mientras seguía con los preparativos.

Después se levantó y se quedó mirando a los animales.

—Ya sé que esto no es muy caballeroso, pero viene la poli y no podemos esperar a trasladaros a otro sitio.

Se bajó la máscara de gas y se dirigió hacia el cubo. En el mismo instante en que fue a coger el saco, Alex salió del armario blandiendo el rifle. Tony llevaba una pistola al costado, pero levantó las manos sorprendido.

—Da marcha atrás —le dijo.

Miró el saco y vio que era cianuro de potasio. Dentro del cubo había un recipiente abierto de ácido sulfúrico, que, mezclado con el cianuro de potasio, habría liberado una fatal columna de gas de cianuro de hidrógeno que habría matado a todos los animales de la sala.

Tony retrocedió, observándola con los ojos entornados y una expresión cruel.

—Tú debes de ser la bióloga esa del Snowline. ¿Qué, has venido hasta aquí tú solita?

Echó un vistazo a su alrededor.

Alex no respondió. La jaula en la que había metido a Cliff estaba cerrada, y, sin la llave, sabía que no podría encerrar al hombre en su interior. Señaló con la cabeza las pocas jaulas que estaban vacías.

—¿Tienes las llaves?

—Claro. Las llevo en el bolsillo, déjame cogerlas.

Empezó a bajar la mano hacia la pistola, y Alex gritó:

—¡No te muevas!

Tony volvió a subir la mano.

—Me das asco —dijo ella entre dientes—. No me obligues a dispararte.

Tony se quedó un poco desconcertado; parecía menos arrogante.

Entonces la puerta se abrió de golpe, y todo sucedió tan deprisa que Alex apenas tuvo tiempo de reaccionar. Makepeace apareció en el umbral con la pistola desenfundada.

—¿Qué demonios hace aquí? —bramó, mirando a Alex.

En los segundos de confusión que siguieron a sus palabras, Tony agarró su pistola y apuntó a Alex. Makepeace disparó y le dio en el pecho, y Tony cayó de rodillas y se desplomó. La sangre empezó a brotar poco a poco y bajó serpenteando hacia el sumidero que había en el centro de la habitación.

Sin dejar de apuntar al cuerpo inmóvil, Makepeace se acercó y apartó la pistola de Tony con la punta de una bota cubierta de nieve. Después, con expresión adusta, le tomó el pulso. Por último, se levantó y metió la pistola en la funda.

—¡Ha cometido una estupidez al volver aquí! —le escupió—. Su mensaje de radio a Joe...

Alex le interrumpió.

—Y ¿qué hace usted aquí?

Makepeace se acercó y la miró de arriba abajo.

—¿Está herida?

Alex negó con la cabeza.

—Estoy esperando a que me responda.

—Oí lo que le contaba a Remar por radio. Ha estado haciendo cosas raras, desapareciendo a ratos durante su turno de noche, así que le he estado vigilando. Cuando la oí contarle lo que había encontrado, yo mismo llamé a la policía. Pero dijeron que no podían venir hasta que mejorase el tiempo. Me imaginé que usted vendría aquí. Maldita cabezota. Tenía que asegurarme de que no le pasaba nada. No quiero que me pese otro asesinato más sobre la conciencia. —Señaló la cámara frigorífica con el pulgar—. He encontrado a su colega ahí dentro.

Parecía que tenía ganas de vomitar.

La puerta del fondo volvió a abrirse de golpe. Esta vez apareció Flint Cooper en el umbral, jadeando y agarrando el rifle.

—¡He oído un disparo! ¿Está usted bien? —le preguntó a Makepeace.

El *sheriff* asintió con la cabeza.

—¿Qué hace ella aquí? —preguntó Cooper, mirando a Alex como si fuese algo desagradable que acababa de encontrarse en la suela del zapato.

—Muy buenas a usted también —dijo ella con asco.

—Volvió para echar un vistazo a los animales —dijo Makepeace—. Una locura. —A continuación añadió más suavemente—: Eso sí, hace falta tener agallas.

Parecía como si acabase de descubrir en su fuero interno que llegaría el día en el que Alex simplemente solo le caería un poco mal.

—Lo que hace falta es ser estúpida. Podría haber muerto.

—Caballeros, les recuerdo que estoy aquí. ¿Qué demonios está haciendo él aquí? —le preguntó a Makepeace, señalando al ranchero con un gesto.

—Estábamos jugando al póquer cuando entró su llamada. El bobo este quería venir. Se cree que es Wyatt Earp o qué se yo.

—Tengo mucha mejor puntería que tú, Bill —dijo Cooper, y a continuación se dirigió a ella por primera vez—: Puede que yo no comulgue con la fundación territorial, pero no quiero que maten a personas inocentes.

—Qué noble por su parte —dijo Alex, casi sinceramente.

—Mencionó usted por radio que había más hombres aparte de este tipo, ¿no? —dijo Makepeace, girándose para mirar el cuerpo de Tony.

Alex asintió con la cabeza, y después se acordó de Remar.

—Lamento tener que decirlo, *sheriff*, pero creo que sus sospechas sobre Joe no iban desencaminadas. Después de hablar conmigo, les dijo dónde podían encontrarme.

Convencida de que el *sheriff* se indignaría, Alex se sorprendió al ver que se limitaba a relajar los hombros con aire de resignación.

—Llevaba tiempo preocupado por que se estuviese dejando sobornar, por que se hubiera metido en algún asunto ilegal.

Alex se acordó de que Makepeace había hecho la vista gorda mientras las vacas de Cooper pastaban en tierras de la reserva, pero decidió que no era el momento de sacarlo a colación. Mejor que se encargasen los de la fundación territorial.

Makepeace prosiguió.

—Maldita sea. Debería haber hecho caso a mi instinto. Lamento que para encajar todas las piezas del puzle tuviera usted que arriesgarse a que le pegasen un tiro. Por no hablar de ese pobre capullo que está en la cámara frigorífica. Me sorprende que Joe se prestase a esto. Tal vez le pusieron contra las cuerdas de alguna manera. —Miró a su alrededor, volcando el peso sobre la otra pierna—. Bueno, y ¿dónde están los demás?

Cooper escuchaba en silencio, observándola con una expresión altiva y chulesca. Comprobó el estado de su rifle, escudriñando la recámara. Alex veía que se lo estaba pasando en grande.

Le habló a Makepeace de su enfrentamiento en el restaurante, del hombre que le había disparado en el remonte y de los dos motoristas a los que había saboteado.

Cooper señaló el cuerpo de Tony con la cabeza.

—No oí su moto.

—Seguramente la aparcó lejos y vino andando —especuló Makepeace.

289

—Puede que en estos momentos haya más tipos ahí fuera —dijo Cooper, dirigiéndose a la puerta.

Después de que saliera Cooper, Makepeace miró el cuerpo de Tony.

—Maldita sea. Es la segunda vez que he tenido que matar a un hombre —dijo en voz baja.

Alex percibió su pesar.

—Lo siento, *sheriff*.

Oyeron un estallido de rifle, procedente de lejos.

—¡Bill! —gritó Cooper—. ¡Vuelven! —A continuación, Alex oyó el ensordecedor estallido de su rifle justo al otro lado de la puerta.

TREINTA Y DOS

Makepeace la agarró del hombro.

—Escúcheme. Busque un sitio donde esconderse, ¿me oye? Maldita sea, ojalá no hubiera vuelto aquí. Es usted muy cabezota. —Le señaló el rifle con la cabeza—. ¿Sabe utilizar ese chisme?

Alex asintió.

—Bueno, pues no lo haga. Deje todo esto en mis manos.

Le señaló el armario de las herramientas.

—Métase ahí y eche el cerrojo. No salga hasta que yo le diga que está todo despejado. ¿Entendido?

Los ojos del *sheriff* brillaban intensamente.

—Entendido.

La llevó a toda prisa al armario y prácticamente la metió de un empujón.

—Eche el cerrojo, ¿me oye?

Alex buscó a tientas el botoncito del pomo metálico y cerró. La luz de la linterna de Makepeace se fue desvaneciendo por debajo de la puerta hasta que lo oyó salir. Alex encendió fugazmente su linterna para orientarse. El viento silbó al cerrarse la puerta detrás del *sheriff*, un aire frío se coló por debajo.

Y Alex se quedó sola en el edificio. Sonaron varios disparos de rifle más, tanto cerca como lejos. Oyó el pum de la pistola de Makepeace. En la distancia, pero acercándose cada vez más, se oía el zumbido de una moto de nieve. Más disparos desgarraron la noche, y la moto se acercó tanto que Alex pensó que debía de estar justo a la entrada del edificio. Agarró de nuevo el rifle, dispuesta a utilizarlo. La adrenalina corría por sus venas, le temblaban las manos y tenía la boca seca.

La moto pasó a toda velocidad por delante del edificio, y un segundo después Alex oyó un balazo. ¿Habría disparado el motorista a Cooper o a Makepeace, o lo habría eliminado uno de los dos a él? El motor aceleró a tope y, acto seguido, Alex oyó un ruido de metal estrellándose. Después, se hizo el silencio. Aguzó el oído, pero los disparos y los ruidos de motor habían cesado.

Nada más llegar el hombre, habían abierto fuego sobre él. ¿Sería un policía federal? Durante cinco minutos, Alex permaneció en un tenso silencio en medio de la oscuridad, preparándose para que alguien irrumpiera en el edificio anunciando que estaba todo despejado o bien con intención de matarlos a ella y a los animales. Las manos le temblaron sobre la culata del rifle mientras se mentalizaba para la segunda posibilidad.

Entonces oyó algo en el exterior, apenas perceptible entre los silbidos del viento. Se esforzó por identificarlo, y se repitió: un gemido agudo, penetrante.

—Socorro —dijo una voz que apenas se oía—. Ayúdeme.

Una súbita racha de viento azotó las paredes y sofocó la voz. Cuando amainó, Alex aguzó de nuevo el oído.

—Socorro.

Venía de fuera, de algún lugar cercano.

No se oían más disparos, y Alex se inquietó: ¿y si eran Makepeace o Cooper, heridos de bala e indefensos mientras los enemigos se acercaban? Tenía que salir. Tenía que arriesgarse. Si era uno de los pistoleros, se defendería. Pero si era Makepeace y podía ayudarle…

Tragando saliva, abrió el armario y salió con sigilo a la oscura habitación. Oía los pasos arrastrados del elefante, el rumoroso ir y venir del tigre. Desplazándose por la oscuridad, llegó a la habitación contigua y cruzó hasta la puerta exterior. Se quedó escuchando, pero no se oía nada más que el viento y el débil grito de socorro. Empujó la puerta sin apartar el dedo del seguro, lista para disparar.

Al salir, el viento volvió a azotarle en las orejas, enfriándole la cabeza. Pero no se subió la capucha; tenía que oír. Se detuvo en medio de la nieve, que le llegaba hasta la rodilla, y estiró el cuello. Entonces la oyó de nuevo. Venía de su izquierda.

—Ayuda…, por favor.

Alex avanzó lentamente por la nieve. El viento se arremolinaba a su alrededor formando una barrera blanca que le impedía ver más de medio metro por delante. Los gritos eran cada vez más fuertes; tenía que estar muy cerca. El suelo se hundía en dirección al riachuelo, y en la orilla vio una moto de nieve destrozada; el motor seguía caliente, y la nieve empezaba a cubrir el asiento. Pero no había nadie. No se atrevía a encender la linterna, por si la localizaban.

Dirigiéndose al remolino blanco, dijo:

—¿Quién está ahí?

—Joe —respondió una voz áspera, muy cerca.

—¿Vas armado?

—No. Por favor, ayúdame.

Tosió, y Alex notó que había humedad en sus pulmones.

El remolino blanco se abrió de pronto y Alex le vio. Estaba a tres metros de distancia, sepultado bajo un montón de nieve roja. Solo se le veía la cabeza asomando por encima de un ventisquero blanco. De la boca le salían chorros rojos. La nieve había chupado tanta sangre que parecía como si Joe estuviera tapado por una manta roja.

Alex se acercó con cautela. Joe tenía los dos brazos bajo la nieve, y su rostro ceniciento brillaba de sudor.

—¿Qué ha pasado?

Joe se atragantó.

—Intenté largarme. No sabía dónde las habían colocado.

—Colocado ¿qué?

—Las trampas para el…, para el oso polar huido.

Alex se arrodilló delante de él y se puso a escarbar en la nieve. Sus manos arañaron un objeto dentado y frío, y Joe, dolorido, respiró entrecortadamente. Con cuidado, cavó en torno a la forma metálica hasta que apareció una horrible imagen que supo que jamás olvidaría.

Joe se había caído de lleno en una trampa para osos que se había cerrado de golpe sobre su torso. Al menos uno de los pulmones estaba perforado. Intentaba respirar, haciendo un ruido áspero. Alex vio el brillo blanco de sus tripas asomando por una parte del estómago.

Se sobresaltó.

—Santo cielo.

Joe la miró.

—Lo siento muchísimo. Yo no quería ayudarles. —Le entró un ataque de tos y tragó saliva—. Amenazaron a mis padres. Y sabía que cumplirían su amenaza. Díselo a Makepeace... Grabé cada..., cada conversación. Sé quiénes son los proveedores. Está todo en mi ordenador portátil.

Su cuerpo sufrió un espasmo que le provocó otro ataque de tos.

—No intentes hablar ahora —dijo Alex—. La ayuda está de camino.

—Hay un hombre —susurró a través de las pompas de sangre que se le formaban en los labios—, un agente del Departamento de Justicia. Está debajo de la sala de las jaulas, a través del armario... —Joe esbozó una sonrisita triste—. Me alegro de que me hayas encontrado a tiempo. Ahora ya me puedo ir.

Alex le puso la mano en el hombro con ternura.

—No hables, aguanta.

Pero Joe soltó un estertor largo y ronco y se quedó inmóvil.

Alex se quedó sentada en la nieve mirando el cuerpo de Joe Remar. Recordó cómo bromeaba con ella cuando se conocieron, su amabilidad cuando se le averió la camioneta. Verlo en estas condiciones... Le tomó el pulso y, al no encontrarlo, se echó hacia atrás y bajó la cabeza. «Hay un hombre..., debajo de la sala de las jaulas, a través del armario...». Tenía que ir a comprobarlo.

Rifle en ristre, Alex volvió corriendo a la nave de las jaulas. Seguía sin oír tiros en el exterior y se acercó al armario de las herramientas. Si tenían a alguien prisionero en un cuarto secreto bajo las jaulas, esperaba encontrarlo con vida.

Una vez dentro del armario, bajó la linterna y vio el suelo de cemento y otro sumidero. En los estantes había cuerdas, una linterna, herramientas varias y bidones de gasolina. Unas mantas dobladas cubrían el estante más bajo. Arrodillándose, las apartó y vio el borde de una puerta de acero en el suelo. La estantería tenía unas ruedas que estaban tapadas por las mantas. Poco a poco, procurando no hacer ruido, empujó la estantería a un lado.

Fuera, a lo lejos pero cada vez más cerca, se oía otra moto de nieve. Le pareció que solo se oía un motor.

Preparó el rifle y asió el pomo de la puerta. Al abrir, descubrió unas escaleras que descendían a un cuadrado negro. Parecía una especie de antiguo refugio antiaéreo. Iluminándolo con la linterna, vio un suelo de tierra y estanterías viejas de madera con latas de conserva y frascos de agua. Tirado allí en medio, rodeado de un charco de sangre coagulada, estaba el hombre que se había encontrado en la montaña.

TREINTA Y TRES

El hombre estaba atado de pies y manos y le habían metido un trapo sucio en la boca. Levantó débilmente la cabeza y la miró.

Alex se asomó y alumbró el pequeño espacio con la linterna, pero, por lo demás, estaba vacío. Mientras bajaba por los tambaleantes peldaños, el hombre volvió a bajar la cabeza y tosió. Alex se acercó y le quitó el trapo; le salió un chorro de sangre por la boca. Alex cogió la botella de agua y le dio a beber un sorbito. El hombre tragó.

—Gracias —dijo con voz ronca.

—¿Quién eres?

El hombre tenía la mandíbula hinchada y le costaba hablar. Era evidente que le habían rehidratado, y estaba más lúcido que la otra vez.

—Agente especial Jason Coles. Departamento de Justicia. Del cuerpo especial contra el tráfico de animales salvajes.

Le desató las manos y los pies, pero apenas se movió. Los dedos rotos se le habían puesto espantosamente negros y azules, y vio que los cortes que tenía en la ropa llegaban hasta su cuerpo. Las rodillas, destrozadas, eran gruesos nudos hinchados que presionaban contra los pantalones vaqueros.

—Tú…, tú me encontraste… —susurró—. En la montaña. Intenté avisarte con aquella nota para que te fueras.

Alex asintió con la cabeza.

—Intentaron hacerme hablar…, querían que dijera que no había encontrado nada aquí. —Tragó saliva y Alex le echó más agua en la boca—. Me escapé dos veces, pero las dos veces me encontraron. Me caí mientras huía de ellos la segunda vez.

Alex hizo memoria. Cuando se lo encontró en la montaña, el hombre había dicho, «No pueden encontrarme». No había querido decir que los rescatadores no eran capaces de encontrarle; había dicho «no pueden» en el sentido de «no deben».

Cuando Alex había vuelto con el *sheriff* y los paramédicos, ya no estaba. ¿Cómo lo habían encontrado tan deprisa? Entonces cayó. Le había dicho a Kathleen las coordenadas exactas del GPS. Si Joe Remar había estado escuchando, habría podido pasar la información.

—Está aquí el *sheriff* —le dijo—. Vamos a sacarte de aquí en cuanto amaine el temporal. Hay una ventisca tremenda. —Se esforzó por transmitirle cosas que le mantuvieran consciente y le dieran ánimos—. Has conseguido sobrevivir todo este tiempo. Vas a estar bien —añadió. Aunque al mirar sus heridas y la cantidad de sangre que había perdido, esperó que estuviera sonando más convencida de lo que realmente estaba.

—Me..., me torturaron. Había un tipo en concreto que disfrutaba. Me rompió los dedos de las manos y de los pies. Me amputó varios. Dijo que había estudiado técnicas de interrogación solo para utilizarlas conmigo. Es el que ha montado toda esta operación. —Se pasó la lengua por los labios y Alex le echó más agua en la boca—. El *sheriff*... no está solo, ¿verdad? ¿Tiene refuerzos?

—La policía federal está avisada. Vienen con algo de retraso por el mal tiempo.

El hombre suspiró, cerrando los ojos.

—Y el *sheriff* me tiene a mí —dijo Alex.

Sintió un frío temblor en las tripas: de repente supo que, si no tenía más remedio, era capaz de matar para protegerse, y solo de pensarlo se sentía extraña, como insensibilizada.

Por su cabeza volvieron a desfilar las imágenes de la cara destrozada del hombre, del amasijo de su moto de nieve, de su pierna amputada. Movió la cabeza, intentando ahuyentar aquellas imágenes que sabía que la iban a acompañar el resto de su vida. Había tenido que elegir entre matar o morir; eso lo sabía. La invadió una sensación nueva: había perdido la inocencia. Tragó saliva y se obligó a hablar:

—Y también tiene a su amigo Cooper, que por lo visto sabe manejar muy bien un arma. Al menos, se estaba jactando de ello.

Los ojos del agente se abrieron de par en par.

—Espera…, ¿Cooper? ¿Flint Cooper?

Alex asintió.

—Sí. ¿Has oído hablar de él?

Acercó la mano machacada a la pierna de Alex.

—Él es el que…, el que me torturó. Todo este cotarro es cosa suya.

Alex enmudeció. El *sheriff* estaba a solas con Cooper, enfrentándose a sus adversarios sin saber que su amigo era, en realidad, su enemigo. Apoyó la mano con delicadeza sobre el hombro del agente.

—Tengo que subir ahí arriba.

—… cuidado —murmuró él, parpadeando. Se le pusieron los ojos en blanco, estaba perdiendo el conocimiento.

Sintiendo que la adrenalina corría por sus venas, Alex levantó el rifle y subió las escaleras.

TREINTA Y CUATRO

Mientras abría el armario de las herramientas, oyó que se apagaba el motor de una moto de nieve. Por suerte, solo se oía una. A menos que la montaran dos personas, solo había llegado un hombre más. Y a lo mejor era un federal, pensó esperanzada, aunque sin creérselo del todo; hacía demasiado mal tiempo. Apagó la linterna y se dirigió hacia la parte de atrás del edificio.

Salió a la tormenta. La nieve caía de lado, el viento aullaba a través de los cristales de los edificios y le azotaba el rostro. Tenía que esforzarse para ver, para distinguir formas en la oscuridad. ¿Dónde estaba Makepeace? ¿Le habrían abatido? No había oído tiroteos desde justo antes de que Remar se estrellase en el lecho del río.

Las agujas de hielo se le clavaban en los ojos y en las orejas, ¡qué no habría dado por unas gafas de nieve! El pelo lo tenía completamente calado. Echó a andar entre los edificios, buscando con sigilo a Makepeace. Y de repente vio una figura que doblaba por la nave de la taxidermia. Llevaba un sombrero de ala ancha y ropa oscura, pero entre la distancia y la nieve cegadora no pudo distinguir quién era. El hombre dio un traspiés y Alex se pegó al muro exterior del albergue. Al principio pensó que quizá estuviera herido, aunque enseguida vio que tan solo estaba luchando contra la profunda capa de nieve y contra el viento.

Al acercarse, comprobó aliviada que era Makepeace. Estaba solo.

—*Sheriff*—llamó, apartándose del edificio.

Makepeace se sobresaltó, pero al identificarla entre la penumbra soltó un suspiro.

—¿Está bien? Pero ¿no le dije que no se moviera del armario? Maldita cabezota.

—¿Dónde está Cooper?

El *sheriff* señaló hacia las montañas.

—Coop y yo nos liamos a tiros con alguien ahí arriba, en el bosque. El tipo debía de llevar un fusil de francotirador, porque no pudimos localizarle. El idiota de Coop salió escopetado para acercarse más y lo perdí de vista con el temporal.

Alex dio otro paso para no tener que gritar.

—Escuche, *sheriff*. —No sabía cómo darle la noticia de la muerte de Remar y decidió dejarlo para más tarde—. He encontrado a un hombre escondido debajo de las jaulas…, es el hombre al que intenté ayudar en la montaña. Es un agente del Departamento de Justicia. Me ha dicho que Cooper está detrás de todo esto.

Al *sheriff* se le abrieron los ojos como platos.

—¿Coop? Ni hablar.

—Créame, *sheriff* —insistió Alex—. No se lo estaba inventando.

El *sheriff* levantó una mano y negó con la cabeza.

—Hace cuarenta años que conozco a Coop. Nos criamos juntos. Ni de coña se metería en un fregado como este.

Alex recorrió con la mirada el blanco cegador de la tormenta.

—Tenemos que ponernos a cubierto —dijo, dándose media vuelta en dirección a la nave de las jaulas. Pero de repente se paró en seco.

Gary estaba allí, apuntándoles con una pistola. Con el vendaval, no le habían oído llegar.

Alex levantó inmediatamente el rifle y apuntó al torso de Gary. Makepeace sacó su pistola.

—Doctora Carter —dijo Gary—. Ya empezaba a temer que no fuese a encontrarla.

—Desde luego, no ha parado de intentarlo. —El corazón le latía acelerado.

En cualquier momento, Gary podía apretar el gatillo y poner fin a su vida.

—¡Para! —oyó gritar a Makepeace—. ¡Baja la pistola!

—No —se oyó decir de repente a Cooper, que estaba a escasos metros de distancia—. Suéltala tú, Bill.

Alex giró la cabeza, arriesgándose a perder visión periférica. Cooper estaba justo detrás de Makepeace, apuntándole a la cabeza con el rifle.

—Siento que hayas tenido que enterarte de esto, Bill —dijo Cooper—. Tú y yo somos amigos desde hace mucho tiempo. —Se sorbió la nariz, que le goteaba a causa del frío—. Pensé que, si mataba a los otros, no quedaría ningún testigo. —Entornó los ojos y miró a Alex con dureza—. Pero tuvo que venir usted a fisgonear. —De nuevo miró a Makepeace—. Oí lo que decíais ahí detrás.

Makepeace seguía apuntando a Gary.

—Coop, no me lo puedo creer. Vamos a hablarlo. Seguro que con un buen abogado…

—Cállate —ordenó con frialdad—. Sabes perfectamente cómo tiene que terminar esto, y no me apetece nada hacerlo.

—Pues no lo hagas —dijo Makepeace.

—No hay alternativa —respondió Cooper, y Alex vio que se preparaba para dispararle—. Gary, ya sabes lo que tienes que hacer con la chica.

—Sí, señor —dijo Gary.

Alex se dispuso a apretar el gatillo cuando, de repente, Gary desvió el arma a la izquierda y disparó. Cooper se quedó pestañeando, sorprendido. En su chaqueta había un pequeño agujero negro del que empezó a salir un hilo rojo. Cayó de rodillas boqueando con expresión incrédula y después se dio de bruces contra la nieve. Gary se enfundó la pistola y subió las manos. Sin dejar de apuntar a Gary, Makepeace se acercó a Cooper y le tomó el pulso. Su rostro serio bastó para que Alex supiera que no lo encontraba.

Makepeace se enderezó y le lanzó unas esposas a Gary.

—Póntelas.

Pero Gary permaneció donde estaba con las manos alzadas.

—Déjeme que se lo explique. Por favor. —Miró a Alex—. No fui hasta allí para matarla. Fui para protegerla. ¿Por qué cree que no disparé cuando la vi en el remonte?

—Desde que nos conocemos, hace cosas muy raras —dijo Alex—. Estaba con esos hombres.

—Se lo voy a explicar. El año pasado, unos tipos vinieron a pedirme consejo para construir unas jaulas. Les diseñé varias. Sabía que hay gente que de vez en cuando atrapa animales para organizar cacerías controladas con los amiguetes. Pero, créame, no tenía ni idea de que estuvieran traficando con animales amenazados. Cuando me enteré, no sabía qué hacer, y me amenazaron, me dijeron que guardara silencio. Sabía que Makepeace y Cooper eran amigos, pero no sabía hasta qué punto. Entonces vino a verme uno de los cazadores. En realidad, era un agente encubierto que estaba recogiendo información y sabía que yo no estaba metido en cuerpo y alma en el tinglado. El agente necesitaba un topo, y empecé a ayudarle. Pero de repente desapareció. Cooper dijo que se había ido a visitar a unos familiares, pero a mí me daba mala espina. Sabía que le habían hecho algo, y me preocupaba que supieran que yo le había ayudado. No sabía si me habían calado. Luego, cuando mataron a aquel biólogo, supe que no vacilarían en hacerme a mí lo mismo. Pensé que, como usted estaba con esa fundación territorial, a lo mejor sabía qué me convenía hacer. Por eso me pasé aquel día por el hotel, para hablar con usted. Pero perdí el valor, y, además, no sabía si podía confiar en usted. La había visto hablando con Cooper en el café.

Makepeace resopló.

—¿Esperas que nos creamos esa monserga? Tú lo que quieres es escaquearte de todo esto.

Alex bajó el rifle.

—Creo que está diciendo la verdad, *sheriff*. —Indicó el edificio con un gesto—. Es lo mismo que me contó hace un rato el agente. Todo este entramado es cosa de Cooper.

Makepeace apartó los ojos de Gary y miró hacia el cuerpo de su amigo.

—Coop.

—El agente está en muy mal estado, *sheriff*. Hay que estabilizarlo hasta que se le pueda trasladar a un hospital —dijo Alex.

—¿Cuántos hombres más hay ahí fuera? —preguntó el *sheriff* a Gary—. Hay un tipo dentro de ese edificio. Pero había alguien disparando desde los árboles. —Miró a su amigo muerto—. A lo mejor lo ha matado Coop…

Gary se quedó pensando.

—Hay dos motoristas más. Se dirigían hacia los antiguos establos de la estación de esquí.

Alex miró a Makepeace.

—Pues entonces seguro que están fuera de juego. —Se volvió hacia Gary—: Y ¿qué hay de los francotiradores apostados en el hotel y cerca de mi mochila?

—Esos eran los que se dirigían a los establos. Cuando averiguaron dónde estabas, Coop les hizo abandonar sus posiciones de francotiradores. —Hizo una pausa—. Así que solo queda Cliff. Pero está malherido.

Makepeace volvió a escrutar los montes circundantes.

—Puede que sea el francotirador que abrió fuego sobre Coop y sobre mí. Venga, vamos. —Se arrimaron al muro de un edificio en busca de protección y Makepeace preguntó—: ¿Y Joe Remar?

Gary movió la cabeza.

—No lo sé. De hecho, ni siquiera sabía que estuviese involucrado en todo esto hasta esta noche, cuando nos comunicó por radio dónde estaba la doctora Carter.

Alex se volvió hacia Makepeace y dijo en voz baja:

—Lo siento, *sheriff*, pero encontré a Joe hace un rato. —Señaló hacia la tormenta—. Está allí. Muerto.

Makepeace espiró abatido y miró el cuerpo de su amigo.

—Qué horror de noche —murmuró, enfundándose la pistola—. Qué horror de noche.

Se oyó un disparo procedente de la oscuridad, y una bala atravesó la parte superior del pecho del *sheriff*.

Los remolinos de brumas se abrieron, y Alex vio a Cliff. Llevaba el rifle torpemente agarrado contra el cuerpo, y el brazo roto le colgaba inútilmente a un lado. Tenía ventaja sobre ellos. Alex empezó a subir el rifle y Cliff apretó el gatillo, pero no podía apuntar bien y erró el tiro. Alex dio un respingo y cayó de bruces sobre la nieve.

Cliff echó a andar, encañonándola. Esta vez no iba a fallar. Resollando, Makepeace intentó coger su pistola, pero se había caído del lado derecho y no pudo sacarla a tiempo.

Alex apuntó con su rifle. De repente, un disparo restalló en medio de la noche. De la cabeza de Cliff salió volando una mezcla de sangre y materia cerebral. Su cuerpo cayó de lado y se desplomó sobre la nieve. Alex giró con brusquedad la cabeza y alcanzó a ver a un hombre arrodillado en la nieve, completamente cubierto por un mono blanco de camuflaje, el rostro tapado por una máscara. Se levantó y, mirándola, asintió con la cabeza. Después, se dio media vuelta y desapareció entre la neblina.

—¿Quién diablos era? —preguntó Makepeace con voz ronca.

Alex miró el cuerpo de Cliff y una extraña sensación de *déjà vu* le hizo estremecerse. Un hombre armado que la salvaba de un pistolero en el último momento. Primero en los humedales, ahora aquí.

TREINTA Y CINCO

Con el teléfono vía satélite, Alex interrumpió el sueño de Kathleen. La operadora se puso en marcha inmediatamente y llamó a dos agentes que no estaban de servicio y a los paramédicos Bubba y Lisa. Se dividieron en dos grupos: un agente y Bubba atenderían a los dos motoristas a los que Alex había tendido una trampa mientras Lisa y el otro agente estabilizaban a Makepeace y al agente del Departamento de Justicia. Después, Lisa limpió y trató la rozadura de bala de Alex, asegurándole que no era grave. Bubba se encontró a los dos motoristas con vida, pero muy malheridos.

Una vez localizados todos los enemigos, Alex volvió con la avioneta al hotel. Entró renqueando, exhausta y llena de cardenales, el brazo dolorido. Se aseó y llamó a su padre. Aunque era temprano, sabía que ya estaría levantado, bebiendo café a sorbitos mientras contemplaba el amanecer y se imaginaba su siguiente cuadro.

—¡Tesoro! —dijo al oír su voz.

Tuvo que reprimir unas lágrimas de alivio al oír a su padre, su gran apoyo.

—Menuda nochecita, no te lo vas a creer.

—¿Qué ha pasado?

Le contó los acontecimientos de la víspera. Su padre se iba inquietando cada vez más a medida que avanzaba el relato, pero cuando llegó al clímax soltó un suspiro de alivio y hasta consiguió soltar unas risitas.

—Aquellos juegos de supervivencia tan demenciales a los que te obligaba a jugar tu madre... ¡Al final, puede que no estuviera tan chalada!

305

—¡Desde luego! Yo he pensado lo mismo.

—Supongo que las cosas suceden por algo. Estaría orgullosa.

—Gracias, papá.

—Entonces, ¿vas a quedarte allí el resto del invierno? Puedes volver conmigo a casa, ya lo sabes.

Alex lo consideró seriamente y después se quedó mirando por la ventana. La nieve caía en cascada, al este había un resplandor rosáceo. Suspiró. Llevaba las montañas en la sangre. Y no podía fallar a los carcayús.

—Creo que me voy a quedar.

—No esperaba otra cosa —dijo con cariño su padre—. ¿Estás bien?

Aunque seguía muy afectada, pensó en los animales que habían salvado y que pronto iban a salir de sus jaulas.

—Creo que sí. —Y añadió—: Te quiero, papá.

—Yo también te quiero, tesoro.

Estuvieron hablando un poco más y su padre se quedó tranquilo al ver que se encontraba bien y que policía federal estaba de camino. Después colgaron y Alex se tiró en la cama, demasiado cansada para quitarse siquiera la ropa.

Cuando mejoraron las condiciones meteorológicas, los agentes federales llegaron y arrestaron a los dos hombres a los que Alex había tendido una trampa en el camino del barracón. Se estaban recuperando en el hospital.

Después de pasar con éxito por el quirófano, Makepeace se empeñó en trabajar desde la cama del hospital y se dedicó a revisar el ordenador de Joe. Encontró amenazas de Cooper que se remontaban a varios meses atrás. Al parecer, Remar había empezado a llevar un micrófono porque necesitaban tener un infiltrado que hiciera desaparecer ciertas cosas. El año anterior, Remar había parado a uno de los camiones que transportaban animales y había descubierto lo que llevaban en la parte de atrás. Desde entonces, no le habían perdido de vista. Le amenazaron con matar a sus padres si mencionaba algo. Joe terminó haciéndoles todo tipo de favores e impidió que ningún tejemaneje sospechoso llegase a oídos del *sheriff*. La situación le había reconcomido.

Pero Remar había grabado todo. También había hecho copias de facturas y de entradas contables, sabía quiénes eran los proveedores. Gracias a las notas de Joe, habían descubierto cómo funcionaba la banda. Los clientes le decían a Cooper qué animales querían cazar y Cooper los localizaba a través de redes de contrabando. Cuando los animales llegaban, los cazadores se trasladaban en avión. A menudo, Cooper acumulaba animales y organizaba cacerías de grupo y, a veces, si se enteraba de que determinada especie estaba disponible, la traía de contrabando y tanteaba el terreno en busca de potenciales cazadores. La actividad tenía cada vez más demanda y necesitaban más ayuda. Fue entonces cuando Cliff y varios hombres más empezaron a trabajar para ellos, pero una noche Cliff había cometido una metedura de pata durante el transporte y una gorila y un oso polar se habían escapado mientras los metían en las jaulas.

Dalton Cuthbert estaba haciendo trabajo de campo en ese momento y había visto al oso polar y a los hombres que lo perseguían. Al verle, le habían pegado un tiro.

En el ordenador de Cooper, Makepeace encontró los nombres de los cazadores que habían cogido un vuelo para participar en la cacería. Habían salido con dos días de retraso por el mal tiempo, pero los agentes federales los arrestaron en cuanto el avión aterrizó en el aeropuerto.

En menos de una semana, un gran número de contrabandistas y de funcionarios de transportes corruptos habían sido detenidos.

Los servicios sociales se habían hecho cargo de los animales. Tanto la gorila como el oso polar habían sido capturados sin incidentes. Buena parte de los animales iban a ser devueltos a su hábitat natural gracias a la ayuda de la fundación territorial, y al resto se los llevarían a centros de rescate con instalaciones en las que podrían moverse a sus anchas. El oso polar, que había sido grabado hacía tiempo por unos investigadores de la parte occidental de la bahía de Hudson, fue devuelto a su hábitat natural en Manitoba.

La gorila se reencontró con sus compañeros humanos y gorilas de una reserva de investigación del gorila del estado de Washington, donde había aprendido a comunicarse por señas antes de que la secuestrasen hacía dos meses.

Jolene se había llevado una profunda desilusión al ver que, después de todo, no era un *sasquatch*. Y Alex se enteró de que Makepeace sí que se había pasado por casa de Jolene con una foto del agente desaparecido, al que Jolene no había reconocido. Aquel día Jerry no estaba en casa. Había salido a vender hierba, y cuando Alex se topó con él acababa de volver.

Ahora, Alex estaba sentada a una mesa del Rockies Café con Ben Hathaway. Fiel a su palabra, Ben había cogido un avión la mañana siguiente a la llamada de Alex para ver con sus propios ojos que se encontraba bien. Se había deshecho en disculpas, como si todo hubiera sido culpa suya. Alex le aseguró que estaba bien, solo un poco alterada. Horrorizado por lo que le había sucedido a Dalton, Ben dio por hecho que querría dejar el trabajo y le sorprendió que Alex le informase de que quería continuar. Era el tipo de trabajo en el que se sentía a gusto, insistió. Ahora que habían desarticulado la red de caza ilegal, tenía la esperanza de disfrutar de un invierno tranquilo, esquiando campo través y buscando carcayús.

Ben la miró.

—Bueno, y cuando termines el estudio de los carcayús, ¿qué vas a hacer?

—Aún no estoy segura.

—Porque en la fundación territorial tenemos varios proyectos en puertas. —Al ver que no respondía, esbozó una sonrisa compungida—. Te juro que no todas nuestras evaluaciones de biólogos acaban en tiroteos.

Alex se rio.

—Solo la mitad... —añadió.

Habían pasado la última semana juntos, por su parte Alex había disfrutado mucho. Ben la había acompañado esquiando a todas las cámaras de fototrampeo y Alex había obtenido más fotos de carcayús. En total, había al menos cuatro carcayús haciendo uso del lugar, dos hembras y dos machos. Los pelos que le había enviado al voluntario que hacía los análisis de ADN decidirían qué parentesco había entre ellos. Incluso puede que en un par de años hubiera más cachorros. Esto superaba todas sus expectativas y se sentía muy agradecida porque los carcayús se pasearan por tierras protegidas.

¡Y qué gusto daba estar con una persona que también se alegraba por este tipo de cosas! Hablar con un alma gemela, con alguien que compartía su intenso amor por la fauna silvestre hasta el punto de desarrollar su carrera profesional en este ámbito, era un subidón que hasta ahora no había experimentado.

Además de que la idea de seguir trabajando con la fundación fuera emocionante y sintiera que podía contribuir a mejorar las cosas, tenía que reconocer que seguir viendo a Ben también era muy tentador.

Ben se recostó y bebió un trago de cerveza.

—Avísame cuando lo sepas. Cuando termines aquí, tendremos más ofertas para hacer trabajo de campo.

La miró a los ojos más tiempo del habitual, y Alex sintió mariposas en el estómago.

Ben carraspeó y apartó la mirada. Alex tenía la sensación de que, aunque intentaba ser tan profesional como ella, también se sentía atraído. Pero nunca se le había dado bien juzgar ese tipo de cosas.

Ben tenía que subirse a un avión después de comer, y le iba a echar de menos. Pero gracias a su visita había comprendido que disfrutar de la compañía de alguien y estar en plena naturaleza ayudando a la fauna salvaje no tenían por qué ser incompatibles.

Lo único que le desagradaba eran las circunstancias que habían traído a Ben hasta allí en esta ocasión.

Alex suspiró y se quedó mirando las montañas por la ventana. Estaba muy ilusionada con las próximas semanas: iba a dedicarlas a esquiar, investigar rastros de animales, tumbarse al sol de la montaña y buscar carcayús en las fotos.

—Esto te sienta bien, ¿no? —preguntó Ben.

Alex volvió la cabeza.

—¿El qué?

—El trabajo de campo.

Alex sonrió.

—Desde luego que sí.

Terminaron de comer y se fueron andando hacia los coches. La tormenta había pasado y las quitanieves habían dejado enormes montones de nieve a los lados de los caminos.

—Me alegro de que estés bien —dijo Ben e hizo una pausa antes de subir al coche.

—¡Yo también! —exclamó Alex, riéndose.

Ben le dio un largo y cálido abrazo. Alex apoyó la barbilla en su hombro y respiró el sugerente aroma que desprendía.

—Gracias por venir.

Ben se apartó y sonrió.

—Ha sido un placer.

Después se subió al coche y arrancó. Alex esperó hasta que dejó de verle, y se fue a su coche sintiendo una punzadita de melancolía.

De vuelta al hotel, se detuvo delante del buzón y sacó varias cartas y una revista de sistemas de información geográfica. Debajo había un sobre acolchado, y lo cogió ilusionada pensando que sería de su padre. Pero no. Su nombre y su dirección estaban escritos con esmeradas mayúsculas y con la misma letra de las postales. Esta vez no había ninguna pegatina amarilla de reenvío. La dirección era la de su apartado de correos de Montana. No había remite, pero el matasellos era de Bitterroot.

Al abrir el sobre se encontró con un DVD grabable dentro de una funda. Ni una carta, ni una nota. El DVD no llevaba ninguna etiqueta ni nada escrito. Necesitaba el ordenador para saber qué tenía grabado.

Pensó en las postales de Berkeley y de Tucson, y en la caja enviada desde Cheyenne a casa de su padre. Todos eran lugares en los que había vivido o en los que había investigado. En la época en que había hecho estudios de impacto medioambiental para el municipio de la bahía de San Francisco, había trabajado en muchos proyectos con las mismas personas, pero nadie había estado con ella en todos los viajes. Y esta persona sabía, sin duda, dónde había estado. Tal vez tuviera acceso a su currículum, en el que figuraban todos los lugares en los que había llevado a cabo estudios. Hizo memoria para averiguar quién podría tenerlo: sus compañeros del trabajo posdoctoral de Boston, la fundación territorial, el profesor Brightwell... También Brad sabría en qué lugares había estado. Después pensó en el GPS desaparecido que le había sido devuelto a su padre.

Iba a tener que comparar la letra del sobre con la de las postales para cerciorarse, pero si estos mensajes eran de la misma persona que le había enviado el GPS a su padre, sin duda estaba informada de los escenarios donde se habían desarrollado sus estudios de campo.

Todo aquello la inquietaba. ¿Sería alguien que quería asustarla, o sería tan solo una persona que carecía por completo de aptitudes sociales?

De vuelta en el hotel, metió el DVD en el portátil. El reproductor se activó al instante y en la pantalla apareció un vídeo en el que se veía el familiar marco del nuevo parque de los humedales de Boston. Desfilaron secuencias de la entrevista que le habían hecho durante la ceremonia inaugural, en las que hablaba de las medidas que podía tomar la gente para ayudar a las aves.

Después se interrumpió para dar paso a otras imágenes, que parecían grabadas con una cámara de cuerpo. Se movía con la persona que la llevaba. En la pantalla, la gente bebía vino y se divertía. Alex seguía en la entrevista y parecía nerviosa. Y entonces, el pistolero se abrió paso entre la multitud. Horrorizada, vio cómo abatía a la periodista, y sintió como si se estuviese repitiendo todo. Se le cortó la respiración al ver desplomarse a la mujer. De repente le pareció que hacía frío en el hotel.

El pistolero se giró y disparó sobre la multitud, entonces el hombre que llevaba la cámara se dio la vuelta y salió corriendo hacia los árboles. Se acordaba de él, de su gorra negra, pero no le venía ninguna imagen de su cara ni de cómo iba vestido. La cinta mostraba planos inclinados y temblorosos del hombre corriendo hacia el amparo de los árboles; una vez allí, se giró y vio a Alex y a Christine tirándose al suelo debajo del escenario. El pistolero subió a la plataforma, y Alex lo vio arrimarse peligrosamente al borde antes de que Christine y ella salieran corriendo.

La persona que estaba filmando avanzaba entre los árboles al mismo ritmo que el pistolero, y en la pantalla vio que sacaba una pistola semiautomática. La pistola se metió en el marco de la cámara, apuntando al pistolero, quien cada vez estaba más cerca de Alex. Entonces disparó y dio una sacudida hacia arriba.

A la vista de todos, el pistolero se detuvo de repente, agarrándose el brazo. Después se inclinó, cogió su pistola con la mano izquierda y dio unos pasos.

Alex recordó la descarga de pánico que sintió al ver que la apuntaba con la pistola temblorosa. Pero entonces el hombre de la cámara volvió a disparar y le paró los pies para siempre. Recordó el espantoso orificio de salida en la cabeza del hombre, la sangre derramándose por el cenagal, y lo vio desplomarse en el barro.

En la pantalla, el hombre se enfundó el arma y se dio la vuelta, adentrándose a la carrera por la arboleda. Después apagó la cámara. La grabación dio paso a otra escena, nevada y oscura esta vez, y de nuevo tomada con una cámara de cuerpo. Le sorprendió verse a sí misma en el recinto de las naves, parada en medio de la nieve con Gary delante y Makepeace a su lado. A lo lejos vio el destello de la boca de un rifle y Makepeace cayó en la nieve. La persona de la cámara de cuerpo se arrodilló y apuntó cuidadosamente con un rifle. La boca del arma lanzó un destello y Cliff cayó. Se hizo un fundido en negro, y un texto escrito con letras blancas empezó a desplazarse de un lado a otro de la pantalla: «Perdona que llegase tarde a la fiesta. Pero no me pareció que necesitases demasiada ayuda. Impresionante ver lo que eres capaz de hacer en acción». La pantalla se volvió a oscurecer y apareció un último mensaje: «Alex, tú me cubriste las espaldas, y ahora te las voy a cubrir yo a ti».

Alex se reclinó en la silla, desconcertada. No tenía ni idea de quién era ni de por qué pensaba que le había cubierto las espaldas. Pero había una cosa que estaba clara. Había matado por ella. Había matado dos veces para protegerla.

Y Alex Carter iba a averiguar por qué.

EPÍLOGO

Los carcayús son unas criaturas asombrosas, y tengo la suerte de haberlos visto dos veces en su hábitat natural. La primera vez, estaba acampando debajo del impresionante glaciar Illecillewaet del Parque Nacional de los Glaciares, en la Columbia Británica. Era un verano muy caluroso, y un guardabosques nos había advertido que era posible que evacuaran a los campistas en cualquier momento. Junto al glaciar se había formado un lago represado por el hielo, explicó, y había riesgo de que se abriera paso y cayera súbitamente sobre nosotros.

Un día, paseando por los alrededores y contemplando las inmensas montañas Selkirk, oí un frufrú entre unos arbustos. Me paré a mirar entre la maleza y de repente salió un carcayú y se plantó en medio del sendero. Me quedé clavada en el sitio, maravillada: en efecto, ahí estaba, ¡por fin veía uno! Con sus ojos oscuros y penetrantes, me miró sin temor por encima del hombro y salió disparado. «Te estoy viendo», parecía decir. Después se adentró por la maleza del otro lado sin detenerse y se fue alejando entre el follaje hasta que desapareció. Había estado a pocos metros de distancia. Me hizo muchísima ilusión.

Es increíblemente difícil ver un carcayú, no solo porque viven en zonas altas y remotas, sino también porque sus poblaciones están mermando de manera drástica.

Las razones de este descenso son diversas: el cambio climático antropogénico ha reducido el manto de nieve, limitando el número de lugares adecuados para que construyan sus madrigueras; la fragmentación del hábitat les impide cruzar terrenos con facilidad e introducir diversidad genética, tan necesaria, en otros territorios; el trampeo,

incluso las trampas que no están hechas concretamente para los carcayús, sigue matándolos de manera indiscriminada, y los programas de
envenenamiento de depredadores desarrollados por los Gobiernos
de los Estados Unidos y Canadá introducen toxinas en la cadena ali-
mentaria y matan a los grandes depredadores de los que dependen los
carcayús para alimentarse de carroña.

Se puede hacer algo al respecto para ayudar a los carcayús. Podemos frenar el calentamiento, construir corredores biológicos, controlar más de cerca el trampeo, escribir a nuestros representantes para que
modifiquen los programas de control de los depredadores.

Ha habido muchos intentos por parte de las organizaciones de
conservación de la vida salvaje para incluir a los carcayús en la Ley
de Especies en Peligro de Extinción, pero por ahora han sido obstacu-
lizados por la negativa del Servicio de Pesca y Vida Silvestre de los Estados Unidos. No obstante, en 2016 un tribunal de distrito anuló la
decisión y ordenó a este organismo que revisase los informes científi-
cos. En este punto nos encontramos en la actualidad.

PARA SABER MÁS SOBRE
LOS CARCAYÚS...

Si te interesa leer más sobre los carcayús, aquí tienes dos textos de referencia excelentes:

Chadwick, Douglas. *The Wolverine Way.* Ventura, CA: Patagonia Books, 2013.
Robbins, Jim. «Truth in the Wild: A Great Dad That Wanders Wide». *New York Times,* 12 de abril de 2005.

Si te interesa ver documentales sobre los carcayús, te recomiendo:

Wolverine: Ghost of the Northern Forest. Dirigido por Andrew Manske y Jeff Turner. CBC Television, 2016. Película.
    Andrew Manske estuvo cinco años filmando a los carcayús y a los investigadores que se dedican a estudiar a estas escurridizas criaturas.
Wolverine: Chasing the Phantom. Diridido por Gianna Savoie. PBS, 2010. Película.
    El director de cine medioambiental Steve Kroschel estuvo viviendo más de veinticinco años entre carcayús, e incluso cuidó de carcayús heridos y huérfanos. Este documental se estrenó en la serie documental de PBS *Nature,* temporada 29, episodio 5.

Si quieres hacer voluntariado en algún proyecto relacionado con los carcayús, puedes echar un vistazo a estas opciones:

Conservation Northwest desarrolla un proyecto de control de la vida salvaje por los ciudadanos (Citizen Wildlife Monitoring

Project) en el que puedes ayudar a los carcayús de Washington y del sur de la Columbia Británica: *https://www.conservationnw.org*.
Adventure Scientists ofrece oportunidades para realizar trabajo de campo con los carcayús: *https://www.adventurescientists.org*.
Cascadia Wild tiene un proyecto de rastreo de caracyús (Wolverine Tracking Project) en el Mount Hood National Forest: *https://www.cascadiawild.org*.

Las siguientes organizaciones sin ánimo de lucro apoyan la investigación, la protección y la legislación en cuestiones referentes a los carcayús:

Center for Biological Diversity: *https://www.biologicaldiversity.org*.
National Resources Defense Council: *https://www.nrdc.org*.
Conservation Northwest actualiza constantemente las noticias sobre los carcayús: *https://www.conservationnw.org*.
Idaho Conservation League: *https://www.idahoconservation.org*.

AGRADECIMIENTOS

Muchísimas gracias a mi maravilloso agente, Alexander Slater, por su fe en esta serie, tan evidente en el resultado final. Es un absoluto placer trabajar con mi extraordinaria editora Lyssa Keusch; el amor que compartimos por la vida salvaje ha enriquecido el libro. Muchas gracias a Elsie Lyons por la preciosa ilustración de la cubierta original, y a Nancy Singer por el magnífico diseño del interior.

Gracias al escritor Michael McBride por su generosa ayuda.

Gracias a Jon Edwards, cuyos vastos conocimientos militares fueron de gran ayuda para escribir la historia de la madre de Alex.

Estoy en deuda con numerosos amigos y lectores que han apoyado mi carrera de escritora; en especial, Dawn, Shavell, Sarah y Jon.

Gracias a Becky, mi amiga de toda la vida, que ha estado a mi lado desde que quise ser escritora por primera vez. Y gracias a Jon, alma gemela, creador y conservacionista, cuyo aliento y apoyo han sido en todo momento una fuente de inspiración y fortaleza.